Theory & Text

理论与文本

比较文学与世界文学新论集

易晓明　主编

中国社会科学出版社

图书在版编目(CIP)数据

理论与文本：比较文学与世界文学新论集／易晓明主编．—北京：中国社会
科学出版社，2015.12

ISBN 978 - 7 - 5161 - 7204 - 9

Ⅰ.①理⋯ Ⅱ.①易⋯ Ⅲ.①比较文学—文集②世界文学—文学研究—
文集 Ⅳ.①I0 - 03②I106 - 53

中国版本图书馆 CIP 数据核字（2015）第 291204 号

出 版 人	赵剑英
责任编辑	刘志兵
特约编辑	张翠萍等
责任校对	朱妍洁
责任印制	李寡寡

出　　版	中国社会科学出版社
社　　址	北京鼓楼西大街甲 158 号
邮　　编	100720
网　　址	http://www.csspw.cn
发 行 部	010 - 84083685
门 市 部	010 - 84029450
经　　销	新华书店及其他书店

印刷装订	三河市君旺印务有限公司
版　　次	2015 年 12 月第 1 版
印　　次	2015 年 12 月第 1 次印刷

开　　本	710×1000　1/16
印　　张	22
插　　页	2
字　　数	372 千字
定　　价	78.00 元

目　　录

小说文本与艺术形式

现代主义诗歌研究

中西文学交互观照研究

序

在全球化的时代，世界文学越来越受到关注，而比较文学却相对有些衰落。美国多所大学的比较文学系关门，如加州大学尔湾分校的比较文学系。比较文学是一个新兴学科，具有无所不包的建制，它可以是哲学的，也可以是文学的，还可以是多元文化的，或是电影等跨媒介的研究，宽泛得没有边界的比较文学学科，因此也受到质疑。

为了建立学科边界，比较文学同仁们对比较文学范式建构付出了巨大的努力，各类教材不遗余力地宣讲文学范围内的比较文学的两种基本范式，即所谓影响研究与平行研究。然而，比较范式一旦确立，又意味着陷入僵化。国别作家之间、流派之间、思潮之间、文学与文化之间的关系，必须按照这两种范式来比较，难道只有遵守这样的套路才是比较文学？如果答案是肯定的，比较文学就走进了死胡同；如果答案是否定的，没有基本范式的学科又立不住。因而"比较文学死了"的悲观言论甚嚣尘上，也就是说，比较文学一诞生似乎就有了走向死亡的宿命。

从影响研究与平行研究本身看，各国文学间的影响或平行关系的梳理固然重要，然而，任何一种文学与文化最活跃、最有生机的部分，一定是现实土壤中的主流文化，外来影响多数情况下只是边缘话题。由此，比较文学一经确立，就同时意味着它自身的边缘化。

比较文学尽管号称精英学科，因为各种关系的爬梳，确实需要多门外语功底与细致的学问功夫，然而影响研究与平行研究的定位，势必使得比较文学又多少显出资料凭据与细节考察为首要的倾向，这样，比较文学的实际作业范围，远远赶不上它力图弥补，甚至颠覆传统学科边界的雄心，比较文学建立之后很快就发现自己难以完成之前的宏愿。

作为身在比较文学与世界文学学科中的一员，我感到无论什么学科，都不能为范式而范式，认识问题与解决问题方为学术之首要。文学最初是以立足于人文教育才获得了在大学的学科建制，第一个文学系（英文系）在20世纪初的剑桥大学得以创立。后来在"新批评"的引领下，文学系开始从立足于人文教育转向立足于批评，进入真正的学科化。弗莱说过，文学是不能教的，教的是批评，就像自然不能教，而教的是物理、生物一样。因而，今天大学的文学学科实际上都是文学批评学科，研究文学必须符合批评范式，具有批评理论视角。因此，我以为比较文学的特殊性主要在于，它的研究对象通常具有两个界面，它们可以是国别间的，也可以是不同媒介间的，还可以是各式各样的，但两个界面的对比审查则应具有批评理论视角，这样才不会脱离批评学科的大背景。只有以批评为基础的比较文学，才能真正成为提炼问题的论题化研究，进而切入主流学术问题或相关领域，从而避免比较文学因抱守比较范式而分割于批评所陷入的画地为牢的境地。比较文学存在两个极端的提法：一个极端是否定式的，对不符合比较范式的比较一概否定；另一个极端是来者不拒的，认定比较文学没有边界范围。本书体现的批评理论视域下的比较文学研究，依照文学学科的批评定位，使这种矛盾得到调和，体现了对比较文学学科的第三种定位。

　　本书所选均为理论视域下的比较文学与世界文学论文，它们突出的论题性、问题意识或新的理论应用视域，带来了对各自研究领域的或多或少的推进。

　　第一组论文为选取大理论家的理论体系中被理论研究界所忽略的文学相关论题所进行的研究。克尔凯郭尔主要被视为一位存在主义哲学家，然而其著作中的重要文学人物——唐璜形象，未引起理论界足够的关注，尚景建的《历史谱系法视域下的唐璜形象起源与演变》一文，从克尔凯郭尔著作中的唐璜形象入手，追溯唐璜形象的起源、演变，重点论述克尔凯郭尔如何赋予唐璜以新的现代特质，并用之来表达其哲学中的"审美阶段性"理念。鲍德里亚创造了著名的结合政治经济学批判的"仿像"理论，将工业生产、商品与象征问题融合，荣禾香的《鲍德里亚"仿像"透视下的西方文学——对西方文学史的一种解读》一文，选取鲍德里亚仿像理论中涉及19世纪以来西方文学的象征意义生成这一被忽视的领域作为研究对象，论证了生产速度与拟像观照中的西方19世纪以来文学史作为一种全新构架，对西方文学史进行了一个全新的审视。耿芳芳的

《福柯的作者理论及其在中国先锋文学中的表征》一文，认为福柯主要作为结构主义与后结构主义理论家受到关注，该文提取福柯并没有引起广泛注意的作者理论并应用于分析中国当代先锋作家群体，形成了对中国当代先锋作家艺术探索的独特的作者理论视角的研究。

性别理论被运用到作家作品研究，开启了一条作品解读的新路径。刘桂霞的《视觉建构与性别身份的颠覆与重塑——论杜拉斯〈情人〉等作品中的"凝视"》，以"凝视"理论分析法国作家杜拉斯的《中国情人》等"情人系列作品"中的男性视角，为杜拉斯研究提供了超出女性研究的新视角。阿兰·霍林赫斯特是一位颇具影响的英国当代作家，其长篇小说多写男性同性恋题材。王艳杰的《论同性恋小说〈美丽曲线〉中尼克的审美化生存与困境》一文，从身体美学、生存美学等角度，探讨霍林赫斯特获布克奖的《美丽曲线》中同性恋主人公的审美化生存，考察了同性恋与审美化生存之间的关系。田彩虹的论文《性别视角下的〈红楼梦〉男性人物形象解读》，是其以西方性别理论对《红楼梦》中的人物形象进行女性男性气质与男性女性气质研究的一部分，其中对伶人的男性女性化的论述，涉及中国古代的文化现象，论题本身已具有了吸引力。

叙述学属于一个理论领域，而将叙述学理论应用于作家的应用研究也很常见，祁娜的《康拉德的"马洛系列"小说之叙述与主题的关联》一文，在叙述理论与研究对象结合方面，克服了一般论文常常存在游离状态的缺陷，对康拉德"马洛系列"小说的叙述层次与功能的分析颇为深入细腻。

谈到对外国作家作品的艺术形式研究，不得不提吕国庆的乔伊斯研究。乔伊斯是公认的难度很大的作家，其自由间接引语作为语言问题，对于中国学者更是一个难点。而吕国庆的《节奏即人——论自由间接引语与乔伊斯的小说构造》一文，对乔伊斯作品中的自由间接引语问题进行了游刃有余的细腻分析。这来自作者长期的研究积累，迷醉于乔学的他，从国外广泛收集英文研究著作而读之。这篇文章本身的精美语感，反映出国庆誓写出美文与学术研究同等重要的学术理念与学术追求。戴维·洛奇是英国的教授作家，其知识分子人物与题材的论题备受关注。耿程程的《论互文性在戴维·洛奇〈小世界〉中的应用》一文，却以"互文性"理论分析洛奇小说的原型互文，揭示其作品建立在系统知识叠映上的新奇虚构。伍德豪斯是英国十分流行的幽默作家，在中国却基本没有影响。王媛的《论伍德豪斯的伯蒂－吉夫斯系列小说中的反讽式幽默》,致力于给这位幽默作家的幽默风格进行定位。她进行了大量的英文阅读,在做论文的过程中,甚至自己也同时翻译伍德豪斯的小说。应该说在调侃、反讽与冷幽默日渐流行的新媒介语境下,这一对伍德豪斯的推介,无疑对中国的读者市场具有特别的现实意义。

诗歌本身存在难于阐释的问题,尤其对于外国诗歌,更是如此。国内较少关注的威尔士诗人狄兰·托马斯,即使在西方世界,也颇具另类色彩。李彬彬的《论狄兰·托马斯诗歌的现代主义特色及其本土化因素》一文,致力于揭示其诗歌的现代主义与威尔士本土文化奇妙结合所呈现的一种游移于西方现代主义主流诗歌之外的混合特质。伊丽莎白·毕晓普的诗歌是近年西方诗歌研究中的一个热点,尤其是其诗歌的后殖民特征引人关注,而吴远林的《伊丽莎白·毕晓普诗歌的写实技艺》一文,抓住毕晓普诗歌中大量具象事物而兼具主观夸张色彩的糅合风格,在写实性的视角下揭示出其诗歌的艺术风格。

最后一组"中西文学交互观照研究"的论文,选题尤其丰富。

瑞士华裔作家赵淑侠的《赛金花》,负载有中西文化视角、女性视角以及处理历史题材的现代视角等多维性。李欣选取西方女性研究与历史研究的双重视角切入,从《赛金花》这一老题材引发出各种新论题,其《论赵淑侠〈赛金花〉中的女性历史——兼及赛金花题材文学》是一篇颇具创新性的论文,也是一篇涉及历史文化个案的成功研究之作。

《雪花和秘密的扇子》是美国华裔女作家邝丽莎的新作,它以清末中国湖南江永县少数民族地区为背景,讲述主人公百合与雪花之间的姐妹情谊。宋姗姗的论文《从中西文化看〈雪花和秘密的扇子〉中的"老同"关系》,一方面比照西方的女同性恋关系对姐妹情谊进行性别研究,另一方面,对包含婚姻契约的"老同"关系,又超越了性别研究,而与当地的"女书"文化结合,拓展到中国社会的伦理、民俗与文化等多个维度。特别难能可贵的是,在邝丽莎的新作尚缺乏研究资料的情形下,这篇论文可谓具有一定的前沿性。

李秀红的《东方主义观照下18—20世纪初英国文学中的"黄祸"形象》一文,选取的研究对象是英国文学中具有东西文化冲突内涵的一类中国形象,它既涉及比较文学中的形象学,也涉及东方主义的普遍性话题,还具有历史演变的线索,是一篇符合比较文学的比较范式而同时又有丰富论题视域的论文。

最后，并非不重要的，是岳志华的《中国政治文化视域中聂鲁达的接受研究》一文，文中作为外国诗人，聂鲁达几乎成了新中国社会几度变化的风向标与历史参照系，不同历史语境接受的是聂鲁达的不同侧面，即政治诗人、爱情诗人、情欲诗人等，该文集中论述拉美诗人聂鲁达在中国被接受的几个阶段中的政治诗人阶段，论文资料翔实，既涉及中国不同的阶段性语境对外国作家的接受与塑造，又反映了中国社会自身的变迁与历史。多面孔的聂鲁达，成为中国阶段性接受语境中被多面呈现的外国作家的典范。

还需指出的是，这本《理论与文本——比较文学与世界文学新论集》的所有作者，都发表了相关的研究论文，如吕国庆、尚景建、荣禾香等作者的相关论文分别发表在《外国文学评论》《外国文学》《哲学动态》《英美文学研究论丛》以及《差异》等权威与核心刊物上。本论文集既丰富了作家个案研究，也拓宽了比较文学视域，甚至在某种程度上，还带来了对比较文学范式的重新认识与定位，是一个可喜的研究成果。

主编谨识

2014 年 12 月 16 日于吉晟

理论与文学演变

历史谱系法视域下的唐璜形象
起源与演变

尚景建

摘　要：唐璜形象，在各种文学、艺术以及哲学著作中被不断塑造，衍生出唐璜作品群。他在不同时代的作品中被反复重塑，呈现出经久不衰的生命力。然而，其形象的起源一直存在很大争议。唐璜形象在产生初期，受到宗教理性的非议，被定位为勾引者。后经 18 世纪莫里哀、音乐领域莫扎特以及 19 世纪拜伦，直至存在主义哲学先驱克尔凯郭尔等的反复塑造，这一形象才逐渐被美学化与被哲学化，大大扩大了其原有内涵，甚至被赋予反叛与自由精神的正面特征。本文从其起源与演进，论述唐璜形象演变的丰富性，这个过程可视为西方思想演变的一个参照。

关键词：克尔凯郭尔；唐璜形象；起源；演变

唐璜形象最早出现于 17 世纪的西班牙文学中。这个塞维利亚（Seville）① 浪子由微显到广泛，进入戏剧、诗歌、音乐、哲学等领域，在不同时期的文学家、艺术家、哲学家的笔下被反复重新塑造，唐璜与哈姆莱特、堂吉诃德、浮士德一同成为西方文学的四大著名形象。直至今日唯有唐璜形象不断重塑，形成作品群，构成了一个可以追溯的谱系。本文重点探讨唐璜形象的产生、演变及其背后时代思想的关联性，也就是唐璜形象

---

① 塞维利亚是西班牙南部文化、艺术、金融中心，产生了塞万提斯的《堂吉诃德》，比才（Bizet）和梅里美（Mérimée）的《卡门》（*Carmen*），罗西尼（Rossini）的《塞维利亚的理发师》（*The Barber of Seville*），贝多芬（Beethoven）的《费德里奥》（*Fidelio*），莫扎特的《唐璜》（*Don Giovanni*）和《费加罗的婚礼》（*The Marriage of Figaro*）。同时也是西班牙的国粹弗拉门戈舞（Flamenco）的发源地。其艺术的特征和西班牙人乐观向上、自由奔放、激情浪漫的性格相应和。详见 http：//en. wikipedia. org/wiki/Seville。

的本质与外化，在各个时代都与那个时代的思想保持了共振频率。早在神学时代末期，他呈现为受惩罚的浪子；19世纪随着浪漫主义兴起，他变成了反抗的异端与自由精神的代表；20世纪在现代主义与非理性哲学的背景下，他时而呈现为存在主义的个体，时而又被当成精神分析的病理现象。唐璜形象从"基督教的敌人"逐渐演化为与宗教、道德、理性的抗争性形象，后又被分别贴上个性主义、存在主义、病理学等各式各样的标签，这一形象负载有对中世纪伦理道德的否定，同时也承载深刻的人性本质，还潜藏着西方浪漫主义的反叛精神，甚至蕴含着20世纪虚无主义思想的种子。唐璜是超越其自身形象的多重代码，成为西方社会思想演变的一个参照性形象。

一　唐璜形象的起源

在文学形象中，唐璜往往被简略为一个好色滥情、追逐异性、纵欲无度、伤风败俗的花花公子。他具有人的劣根性，是思想与理性的对立面，是道德与信仰的敌人。然而他这种恶魔般的特性，却吸引了众多西方的诗人艺术家，自诞生以来，唐璜就备受各个时代艺术家、思想家的青睐，莫里哀、莫扎特、克尔凯郭尔、拜伦、萧伯纳、理查·斯特劳斯、加缪等都创作过唐璜题材的作品，这其中任何一部，都能让唐璜名垂青史，跻身于文学艺术殿堂之中。迄今为止从戏剧到诗歌、绘画、音乐、哲学等各个领域，展示唐璜这个形象的各类艺术作品不计其数，已有一千多种表现唐璜主题的作品，四千多种相关的著作①，显赫的唐璜群谱俨然构成了"唐璜学"。正如马达里亚加（Salvador de Madariaga）所言："四个伟大的形象在欧洲文学史上英名远播：哈姆雷特和浮士德名列其中，还有西班牙人堂吉诃德和唐璜——而他们两个又是这四个中的翘楚。"②

然而，长久以来，关于唐璜的起源，一直是一个争论不休的问题。由

---

① Armand Edwards Singer, "A Bibliography of the Don Juan Theme, Versions and Criticism", *West Virginia University Bulletin*, West Virginia University Press, 1965; and see also Leo Weinstein, *The Metamorphoses of Don Juan*, Stanford University Press, 1959; Jean Rousset, *Le mythe de Don Juan*, Armand Colin, 1978.

② Salvador de Madariaga, *The Genius of Spainand Other Essays on Spanish Contemporary Literature*, Oxford University Press, 1923, p. xiii.

于唐璜传说始于口述文学时期，缺乏有据可考的文本资料，其最早的形象显得模糊不清。① 加上一些学者源于民族主义争夺唐璜的"国籍"，使得唐璜形象呈现出复杂性。有的研究者从文学作品出发，通过考订作者和文本演变轨迹，确定唐璜形象的文学来源；另一些研究者则视之为"文学化"的历史人物，从历史谱系入手，寻求唐璜形象的历史原型；也有研究者从思想和哲学角度来寻求唐璜存在的可能性，这说明唐璜不仅属于历史和文学，而且还是本真人性的一个具象。唐璜被赋予时代思想，日益成为一个神话——人类永不停息追求真爱与纯美的化身，也是个人反抗精神外化的"文化偶像"（cultural icon）②。就其形象起源而言，通常有三种类型的说法：其一，唐璜是西班牙的蒂尔索或其他文学家虚构的文学人物；其二，唐璜形象源于真实的历史人物，属于民间传奇；其三，唐璜形象普遍存在于人类思想之中，不过是人格化的理念，或者说"道成肉身"的"唐璜神话"，他身上体现出人性狂欢与异端僭越。

　　本文从唐璜形象的来源问题入手，揭示唐璜形象及其演变的形态学分布状态，探求唐璜形象背后的"人类思想图景"，致力于显现文学、历史、思想在唐璜身上的交互体现，揭示出西方不同时期的思想在唐璜身上体现的轨迹。

（一）唐璜来源的文学争端

　　今天通常认为，西班牙僧侣加布里埃尔·特雷兹（Gabriel Tellez）的戏剧《塞维利亚浪子，或曰石头客》（*l burlador de Sevilla y convidado de piedra*，*The Trickster of Seville and the Stone Guest*③）中的主人公唐璜是唐璜形象的最早来源。作者以蒂尔索为笔名发表，第一次将口传文学中的唐璜

---

　　① 即便是在文学作品中，唐璜也显得十分神秘，他只是个模糊的男人，甚至很多时候处在隐匿状态。如在蒂尔索的《塞维利亚浪子，或曰石头客》中，唐璜说自己"一个男人……我没有名字"。在维尔利斯的喜剧《彼得的宴请或孽子》中，唐璜说："无人能辨认我……"在达·蓬特的剧本《唐璜》中，唐璜说："傻瓜，别哭，你永远不会知道我是谁。"详见 Oscar Mandel, *The Theatre of Don Juan: A Collection of Plays and Views, 1630 – 1963*, University of Nebraska Press, 1963, pp. 51, 106, 288。

　　② Sarah Wright, *Tales of Seduction: The Figure of Don Juan in Spanish Culture*, I. B. Tauri, 2012, p. 9.

　　③ Oscar Mandel, *The Theatre of Don Juan: A Collection of Plays and Views, 1630 – 1963*, University of Nebraska Press, 1963, p. 4.

故事转变为文学文本。这部作品写作于 1607—1629 年（一说是 1606—1625 年），极有可能是 1616 年作者定居在塞维利亚时成稿。① 据说蒂尔索 1581 年（还有 1579 年、1583 年等说法）生于马德里，他兼为教士、剧作家、说书人，曾创作过大量剧本，但传世作品极少。他与西班牙文艺复兴时期的伟大剧作家维加亦师亦友，曾游历过西印度群岛，可能在 1648 年死于索里亚的慈悲女神修道院。正是作家信息的模糊不清，致使唐璜故事的起源变得扑朔迷离。

唐璜故事起源于流变性极强的民间传说。② 在生成文学文本之前，这个形象曾长时间在民间流传。唐璜传说始于中世纪末期，以游吟文学或口传形式存在。在有文字记载的民间故事书和歌谣集中，极少见到他的身影③，从而缺乏充足的文本信息作为依据。唐璜形象只在民谣《公子与骷髅》（*El galány la calavera*）中隐约地提及过。克尔凯郭尔针对这一问题探讨过唐璜形象的隐匿性：

> 我已经说得足够多了，只想指出的是没有关于唐璜这样的传说。这些年以来不断出版的民间故事和歌谣集中，不见唐璜的踪影。根据推测很可能确实存在过一个传说，但很可能仅限于极少的暗示，或许比为毕尔格（Bürger）的《丽诺尔》（*Lenore*）奠定基础的几个诗节（stanzas）还要简短。如果我没有大错特错的话，在这个传说中可能仅仅包含唐璜勾引过女性的数字——目前的数字是 1003 个。唐璜作为传说一无所有，显得有些贫瘠不堪，某种程度上解释了他未成为书

① Ian Watt, *Myths of Modern Individualism*：*Faust*, *Don Quixote*, *Don Juan*, *Robinson Crusoe*, Cambridge University Press, 1996, pp. 90 – 91.

② 在《非此即彼》的《间奏曲》中，克尔凯郭尔说："在民间文学中有着巨大的诗学力量（poetic power），其中之一就是欲望的力量。而我们时代的欲望是罪孽深重而又枯燥无味的，因为欲望的对象是邻人。民间文学中的欲望，清楚地告诉我们，邻人并不比自己拥有更多的寻求的东西。而如果以罪孽的方式去欲求，就会昭然若揭让人震惊。它不会因为平庸理解力的冷静计算将自己击败。唐璜仍然携着 1003 个情人穿过舞台。出于对传统的尊重，没人敢笑他。一个诗人胆敢在我们的时代这样做，他会被嗤之以鼻。" Søren Kierkegaard, *Either/Or*, Trans. by Howard V. Hong and Edna H. Hong, Princeton University Press, 1987, pp. 22 – 23.

③ Otto Rank, *The Don Juan Legend*, Princeton University Press, 1975, pp. 61 – 77; and also see Victor SaídArmesto, *La leyenda deDon Juan*：*orígenespoéticos de " El burlador de Sevilla y convidado depiedra"*, Espasa-Calpe, 1908.

面文本的原因。[1]

1630 年，署名蒂尔索的作品《塞维利亚浪子，或曰石头客》第一次出现在名为《维加以及其他作家的十二部新喜剧》（*Twelve New Comedies by Lope de Vega Carpio, and Other Authors*）作品集中。[2] 该剧中唐璜故事包括勾引、凶杀、惩戒三部分，这也是西班牙黄金时代作家常用的剧情。主人公唐璜在那不勒斯勾引公爵小姐伊莎贝拉后逃回塞维利亚，在途中玩弄了渔女蒂斯贝雅，回到塞利维亚后，他诱骗朋友之妻唐娜，并杀死了唐娜的父亲，逃脱后又勾引农妇阿敏姐。唐璜嘲讽唐娜死去父亲的石像并宴请他，接着又满不在乎地应邀参加石像为他准备的晚宴。在晚宴的墓地里，唐璜被石像拖入地狱，象征惩罚的烈焰吞没了他。

然而，1630 年的这个版本存在很多可疑之处："微小的空白脱文、格律杂乱、表达模糊（有一些无法解释），情节在逻辑上不连贯。"[3] 更让人怀疑的是它没有收录在蒂尔索生前出版的五个作品集中。唯一确切的信息出现在作品的卷首页，标明当时有个知名度很高的演员菲戈罗亚（Figueroa）出演过该剧，随后的近一个世纪里，再没有这部剧作的任何消息。这使得后人对该剧作是否属于蒂尔索争论不休，其中法拉内利（A. Farinelli）和施罗德（T. A. E. Schröder）都曾提出过很有分量的质疑，他们否认蒂尔索创造了唐璜形象。他们的观点总结如下：（1）1630 年该剧本以蒂尔索署名出版并不能说明是他的作品，因为当时普遍存在假借著名作家提高自己名声的情况，极可能是他人冒充蒂尔索之名发表的作品。（2）这部作品第一次出现在维加的作品集里，却并未收录在蒂尔索生前的五部作品集中。（3）蒂尔索在其他作品中善用的手法风格，在这部作品中并不存在。（4）蒂尔索的作品中，女性通常占据重要的地位，但这部作品中女性却无关紧要。[4] 白波特（Gendarme de Bévotte）则在《唐璜的传说》（*Le léyende de Don Juan*）中反驳了他们的论点，认为该剧的作

① Søren Kierkegaard, *Either/Or*, trans. by Howard V. Hong and Edna H. Hong, Princeton University Press, 1987, p. 91.

② Gerald E. Wade's, *The Character of Tirso's Don Juan*, New York: Charles Scribner's Sons, 1969, pp. 41–53.

③ Oscar Mandel, *The Theatre of Don Juan: A Collection of Plays and Views, 1630–1963*, University of Nebraska Press, 1963, p. 39.

④ Leo Weinstein, *The Metamorphoses of Don Juan*, Stanford Univereity Press, 1959, p. 7.

者就是蒂尔索，并逐条对法拉内利进行反驳：（1）在没有找到其他证据之前，必须承认蒂尔索是《塞维亚浪子，或曰石头客》的作者。（2）蒂尔索一生创作四百多种剧本，保存下来的有 83 种，他的作品集中只收录了少部分作品，且蒂尔索和当时其他作家都对版权不在意。（3）1630 年出版的这部剧作很可能是模糊混乱的样稿。此外，法拉内利说蒂尔索善用的风格在其他作品中并未发现。（4）由于这部作品中，唐璜对女性是速战速决的勾引，所以女性不会在作品中过多展示。① 后来大部分研究者都认同白波特的结论，认为《塞维利亚浪子，或曰石头客》是蒂尔索的作品，唐璜亦是他创作的文学形象。

　　19 世纪末期，西蒙·布劳威尔（Simone Brouwer）在《唐璜重现》（Ancora Don Giovanni）中宣称，在罗马发现了一部作品集手稿，其中有一部名为《石头客》（L'ateista Fulminato）的宗教圣礼剧（auto sacramental），他认为蒂尔索的《塞维利亚浪子，或曰石头客》在内容和人物上承袭了这部剧作。而且在 17 世纪的英国作家沙德威尔（Thomas Shadwell）作品《浪荡子》的前言里也提到，《石头客》在《塞维利亚浪子，或曰石头客》之前已经在意大利教堂里演出了很多年。但布劳威尔和沙德威尔都没有给定这部作品的时间和作者信息，他们推测是 15—16 世纪意大利无名氏作品，早于蒂尔索的唐璜，戏剧内容与《塞维利亚浪子，或曰石头客》有极多交集的部分，也是勾引、凶杀和石像报复的情节。后来研究者认为此剧是对蒂尔索作品的诸多借鉴和改良，应该出现在 17 世纪晚期，是改编自蒂尔索的一部作品。②

　　1878 年，瓦莱（Marqués de Fuensanta del Valle）在塞维利亚发现了一部名为《末日还很遥远》（Tan largo me lo fiáis③）的作品，这部作品出现在剧作家卡尔德隆的（Pedro Calderón de la Barca）作品集中。但遗憾的是不清楚写作时间与其他相关信息。里奥斯（Doña Blanca de los Ríos）考证它的时间是 1623—1625 年，而蒂尔索的作品则晚于它出现在 1625—1629 年，因此里奥斯推测蒂尔索改编了这部作品，但后来证明这种推论

---

　　① Ian Watt, *Myths of Modern Individualism*, Cambridge Unirersity Press, 1996, p. 92. Also see Leo Weinstein, *The Metamorphoses of Don Juan*, Stanford Unirereity Press, 1959, p. 7.

　　② Leo Weinstein, *The Metamorphoses of Don Juan*, Stanford University Press, p. 9.

　　③ 这是唐璜反唇相讥别人警告惩罚的口头禅，是一句西班牙谚语，意思是 "决定的时刻还遥遥无期"，"还有很多时间为所欲为"，"你们想得太远" 等。

站不住脚。[①] 华金·卡萨杜耶罗（Joaquín Casalduero）认为这个作品出现在蒂尔索作品之后的1650—1660年，并且他罗列了强有力的证据来捍卫自己的观点。[②] 此剧曾经一度被认为是卡尔德隆的作品，但有后来证明此剧本源于蒂尔索原始剧本。比如，其中经常出现的语言、故事结构和人物特征都显示与蒂尔索的《塞维利亚浪子，或曰石头客》是出于同一作品。虽然和《塞维利亚浪子，或曰石头客》相比，《末日还很遥远》"逻辑性强，更加整一清晰，更像佳构剧（*pièce bien faite*，即 well-made play），而且这部作品在很多地方更有诗的光辉，更有神韵，韵律上更粗犷自由，从商业讲，更加有喜剧滑稽色彩"[③]。就像对待莎士比亚的某些作品一样，后来人们把《塞维利亚浪子，或曰石头客》和《末日还很遥远》视为同一部文学作品在不同时期不同的刻印版本。由于唐璜传说源于口传，曾在不同地区传诵，蒂尔索将这个故事文本化，后来又被其他作家因袭沿用[④]，使得唐璜形象的来源显得复杂神秘。伊恩·瓦特采取了务实的态度，认为即便这部作品是蒂尔索的作品，"《塞维利亚浪子，或曰石头客》不可能仅仅归功于蒂尔索——他很可能改写了一个二手的、缺乏天赋的作品……蒂尔索现存的版本的确没有很好的保存"[⑤]。他认同了唐璜的文学形象源于蒂尔索，但也没有排除其他可能性。

正是由于唐璜文学文本信息的匮乏，后人对他想象与解读空间越来越大，唐璜的来源显得更加神秘。"无疑，一个能被普遍接受的唐璜版本的缺席（absence），几个世纪来鼓舞着作家呈现（present）这个形象。"[⑥] 由于没有固定的摹本，作者们有着更大的阐释空间，从而衍生出相关作品群；另外，每个作家笔下的唐璜，都可以突破以前的性格特征，使唐璜形象永远处在变化生成中——从某种意义上讲唐璜是永远年轻的。他的多维

---

① Samuel M. Waxman, "The Don Juan Legend in Literature", *The Journal of American Folklore*, Vol. 21, No. 81, 1908, pp. 184–204.

② Leo Weinstein, *The Metamorphoses of Don Juan*, Stanford University Press, 1959, p. 7.

③ Oscar Mandel, *The Theatre of Don Juan: A Collection of Plays and Views, 1630–1963*, University of Nebraska Press, 1963, pp. 39–40.

④ Victor Saíd Armesto, *La leyenda deDon Juan: Orígenespoéticos de "El burlador de Sevillay convidado depiedra"*, Madrid: Espasa-Calpe, 1908.

⑤ Ian Watt, *Myths of modern individualism: Faust, Don Quixote, Don Juan, Robinson Crusoe*, Cambridge University Press, 1996, p. 92.

⑥ M. Grazia Sumeli Weinberg, "The Myth of Don Juan and Feminine Sensibility: A New Turning Point?", *Journal of European Studies*, 1996 (26), p. 141.

度与多义性，更能激起大家对他的想象和争论，这种争论绝不止于"文学性"，它涉及历史、文化、思想、哲学等多个方面。很多学者从历史和文学之间的跨学科关系来考虑唐璜形象是否来源于历史，试图在文学虚构和历史真实之间搭建桥梁，从真实历史人物中确定唐璜传说的来源。

（二）唐璜形象的历史风俗来源

由于蒂尔索在作品中借用了历史中真实的人物姓名，有学者用索隐方式试图将唐璜形象还原成历史人物，通过搜索故事之后隐喻暗指的史实，寻找历史中真实人物。也有学者则从历史传说和风俗仪式中考察唐璜可能出现的地点和时间，通过田野调查和文化考古来确定唐璜的来源。还有学者从民族诉求出发，为争夺唐璜的文化遗产伪造历史事件，争论集中在唐璜是西班牙、意大利、德国还是法国的真实历史人物。

据格雷戈里奥·马拉尼翁（Gregorio Marañón）考证，唐璜传说基于一个意大利名为唐璜·泰西·阿库那（Don Juan de Tassisy Acuña）的历史人物，此人曾经是有名的浪荡子，出身意大利名门望族，在欧洲各地包括西班牙，都有他家族后裔。1603 年西班牙菲利普三世（Felipe Ⅲ of Spain）封他为爵士，他曾长时间担任西班牙的邮政大臣。但后来证明这个论断属于杜撰，此人和蒂尔索笔下的唐璜没有直接关系。法拉内利等人对唐璜故事来源于西班牙也不认同，他认为是唐璜故事改编于 1620 年意大利作品，且在意大利确有唐璜这个人。而施罗德不但认为唐璜的传说来源于德国，而且宣称他和浮士德是同一起源生发出的两个人物。[①] 19 世纪法国学者认为，唐璜的故事源于法国中世纪传说"恶魔罗伯特"（Robert the Devil），和法国作品《恶魔罗伯特》（*Robert le diable*）有极多相似之处，唐璜或许是法国人。

这种历史谱系方法在唐璜起源研究中一直比较兴盛，最突出的是"富于想象力和粗枝大叶"的法国历史学家维亚多（Louis Viardot）对唐璜来源的演绎。这位历史学家宣称在塞维利亚一本古老的编年史中，发现了唐璜·特诺里奥（Don JuanTenorio）的故事。唐璜出生于一个显赫的世家，与"残忍的佩德罗"（Pedro the Cruel, 1350—1369）家族关系甚密。他风流多情，沉迷女色，诱骗了卡拉特拉瓦（Calatrava）司令官的

---

① Leo Weinstein, *The Metamorphoses of Don Juan*, Stanford University Press, 1959, p. 6.

女儿，并在遭到阻拦的时候杀死了司令官，同时他还诱骗塞维利亚的圣弗朗西斯科女修道院（Convent of San Francisco）里的修女。后来修女们将他骗到教堂里抓捕，圣训后秘密杀死了他。然后修女放出传言，说唐璜挑衅司令官墓前的石像，后被石像拖入地狱而死。维亚多的这种说法在随后的近一个世纪都被认为是可信的。但是西班牙学者仔细搜寻了塞维利亚和其他相近城市的卷宗，并未发现这个故事及其中的人物。在塞维利亚确实有特诺里奥家族（Tenorio），但和蒂尔索笔下的唐璜没有关系，唯一的可能只是蒂尔索为了让故事更真实，借用了这个古老的名字。[①] 此外还有学者提出唐璜生活在 14 世纪，是朋特维德拉省（Pontevedra）舰队司令 A. J. 特诺里奥（Alonso Jofre Tenorio，1292—1340）的儿子，但同样不具有史学真实性，只是一些学者的臆断。蒂尔索作品中使用的历史人物名字，如特诺里奥、残忍的佩德罗等都是西班牙曾经的显赫家族，这使得唐璜故事具有更多历史的意味，但经过白波特等人考察认为蒂尔索的唐璜是基于"伪历史事件"（pseudo-historical event），这种文学作品假借历史人物和事件的现象在当时西班牙文学是很常见的，与真实历史并没有关联。[②]

除了从历史谱系中寻找唐璜起源，还有学者从民间传说中寻找唐璜的身影。比如阿梅斯托（Victor Said Armesto）考证，唐璜传说中的核心情节"双重邀宴"（double invitation）一直存在于西班牙和邻近国家的口传文学中，它是基督教中古老的殡葬风俗和信仰仪式的遗风。在"双重邀宴"故事中，一个让虚荣冲昏头脑的年轻人，侮辱亡者的头骨，并戏谑地邀请对方和自己一同进餐。而亡者出人意料答应赴宴并回请，年轻人在亡灵回请的宴会中，受到正义和道德的谴责，通常会发疯或者被拖入地狱。D. E. 麦基（Dorothy Epplen MacKay）总共搜集了 81 个双重邀宴的民间传说，其中大部分是民歌。这个主题在欧洲其他地方也有分布，但西班牙在这一主题上占绝对优势：其一，故事发生地点：在教堂或者去教堂路上，13 个欧洲故事中有 11 个发生在西班牙。其二，故事情节：年轻人去教堂只是满足寻花问柳的世俗愿望，6 个故事中有 5 个是在西班牙。其

---

① Oscar Mandel, *The Theatre of Don Juan: A Collection of Plays and Views, 1630–1963*, University of Nebraska Press, 1963, p. 4.

② Leo Weinstein, *The Metamorphoses of Don Juan*, Standford University Press, 1959, p. 7.

三，亡者：四个版本中亡者是石像，其中三个是在西班牙（另一个是葡萄牙）。其四，结局：年轻人受罚死去是最常见的，在 81 个故事里有 46 个这样的结局，但在西班牙 15 个故事里，却有 13 个是让年轻人忏悔，皈依上帝，最后得以保命。① 由此可以看出，唐璜传说在西班牙历史上的兴盛程度要远甚于其他欧洲国家。有证据表明，蒂尔索知晓这个故事早期的"拉丁文版本"（Latin versions），他借用并给这个版本注入新的元素："民间传说中缺乏丰满、复杂和戏剧性；让石像再现为屈死的父亲，让这个年轻的'恶人'先杀掉他再无缘无故的羞辱他，蒂尔索给予了这个故事强大的内在道德逻辑。"②

唐璜故事包含了一定的历史因素，比如邀宴或宴请亡灵主题广泛地存在于西班牙各地风俗中。学者毕达尔（Menéndez Pidal）在莱昂和塞戈维亚发现了很多源于中世纪的邀请亡灵赴宴的风俗仪式，通常人们会在葬礼、年祭仪式中给死者提供食物与酒水。万灵节（All Souls' Day）和万圣节（All Saints' Day）就是这种制度的民间风俗，在 1541 年西班牙废止这个活动之前，邀宴亡者的纪念行为普遍存在。唐璜在故事中嘲弄了这种风俗，羞辱了传统的家庭观念，并冒犯死者，这是异常严重的罪孽。作为神父，蒂尔索给这个故事注入强烈的宗教因素，使之有了更为广泛的惩戒意义和道德说教意味。

虽然后来的学术界认同"没有证据表明唐璜是个真实的历史人物"③，但毋庸置疑唐璜传说起源于西班牙，借用了当时的历史人物和风俗人情。用历史考据的方法来研究唐璜的起源有一定的价值，但这种方法一旦受制于民族主义视野，就会变成追求功利的伪文学研究。而这也似乎说明唐璜形象超越了历史研究和普通文学形象。与其说唐璜是个文学人物或历史人物，不如说他是一个被理性压抑的意识和思维模式，一个人类永恒冲动和鲜活生命的缩影。

---

① Dorothy Epplen MacKay, *The Double Invitation in the Legend of Don Juan*, Stanford University Press, 1943, pp. 120 – 105.

② Ian Watt, *Myths of Modern Individualism*: *Faust*, *Don Quixote*, *Don Juan*, *Robinson Crusoe*, Cambridge University Press, 1996, pp. 113 – 114.

③ Phyllis Hartnoll and Peter Found, *The Concise Oxford Companion to the Theatre*, Oxford University Press, 1992, p. 128.

二　唐璜形象的演进

珍·加里（Jane Garry）认为："文学中，唐璜形象万世千秋，长盛不衰，是勾引者最突出的万能原型……一个末世论的戏剧，主角被打入地狱，在当时的文学时代中，是罕见的珍品。"① 伴随着人文主义的发展和神学的衰微，唐璜被越来越多的人接受、改编。在蒂尔索之后，唐璜意象持续繁衍，如意大利的希克尼尼（Giacinto Andrea Cicognini）的剧作《石头客人》（*Il Convitato di pietra*）、哥尔多尼（Carlos Goldoni）的戏剧《唐乔万尼或浪荡子》（*Don Giovanni Tenorioossiail Disoluto*）、莫里哀的喜剧《唐璜》（*Dom Juan ou Le Festin de pierre*）、拜伦的长诗《唐璜》（*Don Juan*）、克拉贝（Christian Dietrich Grabbe）的《唐璜与浮士德》（*Don Juan und Faust*）、普希金的剧作《石客》（*Kamenny-Gost*）、布莱希特的《唐璜》（*Don Juan*）等。除此之外，唐璜也在其他领域展示自己，歌剧中最有代表性的是莫扎特的《唐璜》（*Don Giovanni*），瓦格纳和赫曼赫塞也都论述过唐璜。在哲学领域中，克尔凯郭尔的《非此即彼》和加缪的《西西弗的反抗》都对唐璜予以了哲学解读。可以说，唐璜从最早在民间隐现，进入到文学、艺术与哲学等领域之中，不仅仅在于他浪荡的行为，更深层次原因在于他代表了一种被压制的思想，是一种无所畏惧的人性释放。

蒂尔索的主题是勾引和惩戒。然而唐璜早已突破这一形象定位，成为一个上下求索的形象，在莫里哀笔下，"由于宗教和历史因素，唐璜引起了很大的争议：他的无神论和缺乏绅士风度被视为是非天主教（un-Catholic）与非西班牙（un-Spanish）的，更别说他的奸淫和勾引了"②。唐璜是一切社会现存的挑战者，一个具有现代主义色彩的"反英雄"形象，他不顾一切地解构社会所有终极意义和观念价值，颠覆理性和信仰的宏伟大厦：

---

① Jane Garry, Hasan El-Shamy, *Archetypes and Motifs in Folklore and Literature*, New York: M. E. Sharpe, 2005, p. 285.

② Burton D. Fisher, *Mozart's Don Giovanni*, Opera Journeys Publishing, 2002, p. 19.

　　我的主人唐璜是世上自来有的最大的坏蛋，他是一个疯子、一只饿狼、一个魔鬼、一个土耳其人、一个异端，不信天，不信地狱、不信妖怪，像真正野兽一样过日子，一只伊壁鸠鲁的猪，一个地道的萨尔达纳帕耳，堵住耳朵，不听任何劝告，把我们的信仰全都看成扯淡……结婚在他看来简直不算一回事，他只是用结婚这个圈套去追求美女，他是一位结婚专家。①

　　正因如此，有人认为"唐璜代表了人性"，"唐璜就是我们自己"，因为他是"流浪者，猎奇者，冒险者，他欲望的精髓无处不在"。到拜伦笔下，唐璜已经成为一种精神的代表、一个英雄和反抗符码。他被表现得个性鲜明，自由、自我，而在我行我素中，又有强烈的责任心，敢于担当，他甚至对传说中的唐璜，予以讽刺式使用：

　　　　骑马、击剑、射击，他已样样熟练。（38）
　　　　人文、艺术、科学，唐璜无不通晓。（39）
　　　　他熟知各种语言，尤其古代语。
　　　　广猎科学，尤精于抽象的玄学。（40）②

　　唐璜在母亲的调教下，成为一个热情、正义的反抗者形象。与以往猎获爱情相比，他更多展示的是牺牲者和悲剧情怀。同样在萧伯纳的《人与超人》（*Man and Superman*）中，唐璜是反抗性"人生力量"的化身，具有恶魔性和撒旦般的强力，向上帝发出挑战。

　　到20世纪，唐璜披上了哲学的外衣：不为吸引女人而吸引女人，他与时间一同燃烧，追求爱情的目的，不是婚姻和长相厮守，而是爱情本身、情欲本身。爱情对他来说不是最终目标，而是过程，也是手段。女人之于唐璜是一座桥梁、一条直线、一次经历、一种情欲，别无其他。生活过，恋爱过，存在过，就是他所乐于追求的目标。在《西西弗的神话》中，加缪视唐璜为英雄——"唐璜主义"（Don Juanism），唐璜不达目的永不止步的决绝，像西西弗一样，在不停地重复自己的行动，"唐璜付诸

---

　　① ［法］莫里哀：《莫里哀喜剧》，李健吾译，湖南人民出版社1982年版，第275页。
　　② ［英］拜伦：《唐璜》，查良铮译，人民文学出版社2008年版，第32页。

于行动的，是一种数量的伦理学，这与倾向于质量的圣人的伦理学背道而驰"①。唐璜在反抗，与整个时代抗争，面对坚不可摧的道德、观念、宗教、理性，他像堂吉诃德一样单枪匹马冲过去，哪怕粉身碎骨。当唐璜的大限已至，石像紧攥他的手，地狱烈火蔓延燃烧，死亡之门向他敞开，他依然故我，毫不犹豫："忏悔！""不！""忏悔！""不！"" 忏悔！""不！"唐璜和石像的三次对话，每一次脱口而出，却都是斩钉截铁，底气十足。此时的唐璜更像崇高威严的悲剧英雄，有着无所畏惧的普罗米修斯的影子。

　　伊恩·瓦特把唐璜当作近代个人主义的源头，唐璜代表着另类、自我、异端，向庞大的社会权威挑战，他用世俗的诉求对抗着道德的威严，他用欺骗和性欲给骑士之爱脱冕，他用嘲弄和轻蔑在死亡面前狂欢。"唐璜的道德废弃论和自我中心论让他和尊长对立了起来，而这些尊长正是代表权威的社会，道德和宗教的权威。"② 唐璜身上体现的是西方文化中个人英雄主义。他顽固地追求自己内心需求，对社会、道德、宗教置若罔闻，不惜与整个时代背道而驰，而在自我的道路上孤独前行。正像白波特所说，"唐璜代表着自我的哲学、独立的美德，向陈腐的屈从发起进攻。"③

　　克尔凯郭尔认为唐璜伴随基督教兴盛而诞生，却受到宗教和理性的排斥和异化。就像福柯论述疯癫的历史一样，唐璜也从一种自然的人性，逐渐变成了 20 世纪的病理学观照的对象，变成了病人。《剑桥西班牙文学指南》对这一形象的评论显得具有戏剧性：在列奥来多·阿拉斯（Leololdo Alas）和马拉尼翁（Marañón）等人笔下，他从登徒子、"无情的浪子"（heartless libertine）演变成"娘娘腔"（possibly effeminate），"性别不稳定"（sexually insecure）。上演于 1995 年的电影《天生爱情狂》（*Don Juan DeMarco*）中唐璜有着狂躁症、歇斯底里、妄想症等特征。唐璜的形象有了新的内涵，他从正常的男人变成了有病的男人。他是正常人类的异

　　① ［法］加缪：《西西弗的神话：加缪荒谬与反抗论集》，杜小真译，陕西师范大学出版社 2003 年版，第 84 页。

　　② Ian Watt, *Myths of Modern Individualism*：*Faust*，*Don Quixote*，*Don Juan*，*Robinson Crusoe*，Cambridge University Press，1996，pp. 90 – 91.

　　③ Oscar Mandel, *The Theatre of Don Juan*：*A Collection of Plays and Views*，*1630 – 1963*，University of Nebraska Press，1963，pp. 16 – 17.

己现象，不但思想有问题，身体也病态，像疯子要进入精神病院一样，他应该进入医院。在阅尽人间美色之后，唐璜不但要接受道德的审判，同时被科学放到手术台上阉割。唐璜这个花花公子形象，在本质上悄悄地被医学颠覆——貌似四处留情，却是性无能者，是个精神病患者。弗洛伊德精神分析小组的奥托·费尼切尔（Otto Fenichel，1897—1946）对唐璜的病理分析最具代表性："唐璜的行为无疑要归结为俄狄浦斯情结，他在所有女人身上寻找母亲，却劳而无获。对唐璜典型的分析得知，他的俄狄浦斯情结较为独特，被性前期的交合目的所支配，并交织着自恋需求（narcissistic needs）和虐待狂的冲动（sadistic impulses）。换言之，唐璜竭力寻求性欲的满足，努力寻找自恋的替代品——女人，为的是满足自尊。如果这种需求没有马上得到满足，他就会有虐待狂的反应。"[1]

在 20 世纪对唐璜的病理学研究中，关乎唐璜的有两个重要的概念：即唐璜症候群（Don Juan syndrome）与唐璜主义（Don Juanism），这两个术语在大部分情况下是一致的，但前者更注重生理，后者注重心理。

唐璜症候群是一种非临床医学术语，源于唐璜的滥性行为，指那些希望和很多女性发生关系的男性、勾引女性者（seducer of women），他们通过不停的性活动来证明自己的性能力，但实际上却是性无能。有时候也用这个词指代 satyriasis（该词来源于 satyr，意为性欲、颠覆和危险的男性色情狂）（男性）淫乱症，是和 nymphomania（女色情狂、花痴）对等的一个词语。唐璜喜欢猎艳，他的人生信条是：邂逅—占有—抛弃—邂逅……在莫扎特的《花之歌》中唐璜诱骗的女性是个天文数字，"意大利有 640 个，德国有 231 个，法国……土耳其……单在西班牙已有 1003 个了"。他的全部自信和尊严都来源于情人的数量和自己的风流史，他需要不停地占有女性来证明自己的魅力和价值，他在征服女性的过程中寻求自我。他一再地猎艳和调情，目的是要确立自己"男性气概"，重新证明自己对女性有致命的吸引力，进而恢复男人自尊，确定自己的性能力。然而，在心理上，他其实相当不成熟，通常有强烈的自恋倾向，过分高估自己的魅力和能力，除了性，难以和异性建立真正的亲密关系。唐璜在情场上如鱼得水，深谙女性心理，但他很难用自己的真情换取女人心，只想借肉体的亲密无间，缩短感情的陌生疏离。唐璜症候群表明这类人是性无能，无论是

---

① Otto Fenichel, *The Psychoanalytic Theory of Neurosis*, New York：Norton，1945，p. 201.

心理还是器质性。这就是唐璜的悖论，越是性无能就越要寻求更多的女性来证明，寻求的女性越多越验证他的性无能。

唐璜主义是指一个精神分析术语，既指和女性淫乱的心理，也是对女性心理的一种趋同特征。荣格认为唐璜不停地寻求女性源于对母亲的迷恋，源于恋母情结，唐璜对遇到的每一个女性所产生的无意识的冲动，是对母亲情感的投射，对母亲的回归。在女性身上，唐璜寻找的不仅是性，还有港湾、母性、心灵的满足。而这种情结有可能会发展成两种畸形性格：同性恋和淫乱的唐璜主义。在无意识的状态下对母亲过分地沉溺，对母亲完全趋同，就形成了同性恋气质。如果从其他女性身上寻求母亲，而母亲意象不可能在他人身上完全寻找到，所以唐璜不停地从一个女人身上转到另一个女人身上，就像唐璜症候群表现的那样。唐璜不停地寻找女性，对自己的魅力极为认同，他有着强烈自恋倾向。所以帕尔（James A. Parr）说他是一个具有同性恋性质的施虐癖[①]，同时也是最缺乏自信的男人，他不停地追求女性，以此来验证自己的魅力。但荣格认为唐璜主义有积极正面的好处：面对女性，男人爆发原始的雄性冲动，在性欲本能的驱使下，可以激发英雄主义、坚持不懈的精神和顽强的意志力（heroism, perseverance and strength of will）。[②] 唐璜在追求女性的时候，显示出了他的聪明才智和勃勃生机，一旦得到那个女人，马上就是另一种面貌，左顾右盼，冰凉僵硬，完全丧失英雄主义的特征。事实上，男人的唐璜心理是一种生理现象，男人通过征服女人来征服世界，女性是激发男人潜能的动力。

性无能、虐待狂、恋母情结、同性恋……一直关押精神病、疯癫、麻风病的医院迎来了自己的新病人唐璜。要想控制唐璜，除了道德枷锁、末日审判还要加上病理学的恐吓和嘲弄，在宗教与道德之外游荡了几百年的唐璜，终于被囚禁起来。精神和生理上的病态让唐璜露出原形，终于在女性面前低下了高傲的头颅，流露出无能的神情，曾经每战必胜的唐璜原来中看不中用……

---

① Denise M. DiPuccio, "Don Quixote, Don Juanand Related Subjects: Form and Tradition in-SpanishLiterature, 1330 – 1630", *Published Comparative Literature Studies*, Penn State University Press, Vol. 43, No. 4, 2006, pp. 532 – 535（Review）.

② C. G. Jung, "Psychological Aspects of the Mother Archetype", *Collected Works of C. G. Jung*, Vol. 9, Part 1, Princeton University Press, 1968, pp. 75 – 80.

但唐璜的身上隐藏着一股暗流：自由、自我、个性主义、人性，向神学、道德、理性宣战，他不是恶，只是善的对立面。他是自我表现（self-expression）和逃离严格的自我约束（self-restraint）的典范。他之所以长久地植根于历史和艺术，是他展示了某些可贵的品质：反抗精神、自由精神、个性主义、无神论思想、病态审美主义。

唐璜浮游在思想表面，放纵自己的肉欲。被宗教审判，被道德谴责，被理性驱逐，被科学诊治。唐璜表现的魅力就在于此，因为他敢于用"人性"来对抗理性和道德对人的异化，用一种纯粹游戏的态度对待审美和生活。他代表西班牙的民族性格，是西班牙文化中崇尚人性的精神。他的形象完全体现"西班牙人"的特征：

> 在西班牙，人就是诗歌，是绘画，是建筑。人就是这个国家的哲学。这些黄金时代的西班牙人生活着，感受着，行动着，但他们并不思考。他们追求并发现的是生活，是骚动的、热烈的、多样的生活。激情是他们生命的种子，激情也是他们绽放的花朵……这个精力旺盛的民族视乎将它所有的活力和独创性都投入了一个目标，一个唯一的目标：人的创造。他们并不擅长艺术，他们擅长的是一个比艺术更加伟大的领域——人。①

西班牙民族对享乐的追求，对自由的追求，继承了古希腊的传统，他热爱生活，挥霍情感，迷恋美；他们不信来世，自由自我，直面生命。唐璜身上表现了"人性复苏、个性解放以后的纵欲与狂欢"。

三　唐璜形象的象征化——"唐璜神话"

（一）唐璜的象征意义

奥斯卡·曼德尔（Oscar Mandel）认为唐璜是人类生存的"神话"和象征，是深藏的集体无意识原型。唐璜神秘的来源恰恰说明其具有更普遍广泛的意义，他从来没有在真实的历史中存在过，也不是凭空从蒂尔索头脑中诞生的。唐璜已经超越文学和历史，像浮士德一样代表人类对美的永

---

① ［英］毛姆：《西班牙主题变奏》，李晓愚译，译林出版社 2010 年版，第 220—221 页。

恒探索和永无止境的渴望；他是西西弗式的英雄，在远离理性和信仰中心的边缘地带浮现；象征着不息的生命本能和本我的无限张扬；代表着极端的自由和个人主义的理念：

> 在我们的世界里，唐璜不仅是个传说（legend），也是个神话（myth）：他是永恒的象征，象征着人类的激情、行动和渴望。他不是也从未是神（god）；他的存在不能解释宇宙现象；他是人类最基本欲求之道成肉身，和浮士德一样永远位于经典的神殿之中。将唐璜视为象征或者神话意义非凡。这足以说明神话要他去征服女人犹如呼吸持久不息。唐璜没有女人就像普罗米修斯没有火种。①

马拉尼翁将唐璜形象上升为一种抽象的文化心理模式——"唐璜主义"。"唐璜已从传说、文学神话转变成人类一种爱的行为模式。除掉传说中唐璜邀骷髅赴宴、与死者共饮的元素后，唐璜其实是不属于特定身份、没有国籍之分的。"② 唐璜表现的爱与欲望已经成为人类普遍性的共性特征。他是西方文化中的花花公子形象的原型，但又超越这一形象，表现为绝对自我的理念③：他享受世俗当下，无视永恒彼岸；他沉浸于瞬间的审美之中，鄙弃道德理性；唐璜狂热地渴求女性，一如浮士德渴求知识。戈蒂耶说唐璜代表"对于完美典范的渴望。不是粗鄙的放荡让他蠢蠢欲动；犹如提坦般无畏电闪雷鸣，执着地追逐着心中的梦想……唐璜不会下地狱，也不会进天堂，而是竭尽全力去天上人间寻找真爱和绝色，没人能有如此高贵的职业"④。唐璜是个极端的病态审美主义者，是历史上最伟大的情人，在他眼中女性的躯体乃是唯一珍宝，他爱女人甚于爱上帝。他不是个勾引者，而是个审美者，他懂女人胜过女人懂自己。他抛弃女人，却从不欺骗女人；他迷恋女人，却从不留恋女人。他追求爱情的目的不是婚姻和长相厮守，而是爱情本身、情欲本身。爱情对他来说不是目

① Oscar Mandel, *The Theatre of Don Juan: A Collection of Plays and Views, 1630 – 1963*, University of Nebraska Press, 1963, pp. 10 – 11.

② Gregorio Marañón, *Don Juan*, Espasa-Calpe, 1964, p. 87.

③ Leo Marley Lowther, *Don Juan and Comparative Literary Criticism: Four Approaches*, University of Utah, 1971, p. 70.

④ Leo Weinstein, *The Metamorphoses of Don Juan*, Stanford University Press, 1959, p. 7.

标而是过程……

唐璜要用人的神话替代上帝的神话，他努力与上帝划清界限。卡米尔·杜默连（Camille Dumoulié）说："直到现代社会，唐璜的神话才变得永恒，唐璜是古希腊悲剧英雄。"面对巍然矗立千年的基督教，唐璜的抗争显得神圣，越是道德宗教威严的时候，唐璜越体现出反抗的英雄色彩。他不信上帝，不怕末日审判，嘲笑教徒的虚伪。他的所作所为是对当时高雅的骑士精神和宫廷爱情（chivalry and courtly love）的嘲讽，扰乱了以荣誉和骑士精神为根基的爱情模式。"细数名单众女子，一年平均把她分，一天爱恋她们，一天赢得芳心，一天将她抛弃，两天替换旧爱新欢，一个钟头把她遗忘。"他践踏基督教忠贞于婚姻的教义，挑战当时人们的道德和信仰底线："无论到哪里，理性任我践，美德我侮辱，公理尽嘲笑，女人遭我叛，低下至农庄，登高入宫殿，修院我窃进，天涯和海角，痛楚处处留。"① 唐璜延续着文艺复兴对"灵与肉"问题的思考，他代表个人主义和自我从神学的催眠中觉醒，代表的爱欲是对理性宗教猛烈的抗争。

至此唐璜已然超越了单纯的文学形象，超越了民族和历史，变成了隐喻和象征。唐璜是神话——他代表着理性压抑的肉欲本能，他是敢于自由选择、敢于反抗的英雄，是自我和个人主义对核心价值的挑战。因此马叶兹度（Ramiro de Maeztu）说："我不相信，唐璜的形象源于西班牙或其他任何国家，他的心理组成部分不能减约为共同点。他追逐女人却不会陷入爱情，他是个浪荡子却不失强大，他挥霍无度但不会摧毁自己，他否认所有的社会理想和宗教责任却仍是以基督血统为荣的贵族。唐璜是神话。除了是神话，他从未存在过，也不会存在着，也将不会存在。"②

可以看到，唐璜是蒂尔索借用历史和风俗中的人情世故创作的文学人物，而这个人物形象已经上升为一种神话式的存在，并沉淀成思想文化原型。唐璜形象起源的隐蔽和后世的兴盛之间，形成极大的张力，构成多种解读的可能性。事实上，无论唐璜传说的来源是什么，他都是西班牙献给世界伟大的礼物。只要我们有爱的欲望，有对伦理道德僭越的冲动，有对真实自我的追求，唐璜就会永远不朽。对唐璜故事的发掘与诠释，验证人

---

① ［西班牙］何瑟·索瑞亚：《东焕·德诺略》，王安博译，台北书林出版社1996年版，第106页。

② Leo Weinstein, *The Metamorphoses of Don Juan*, Stanford University Press, 1959, p. 7.

类试图用爱和欲望战胜死亡，在审美中体验生命，在神秘之中寻求永恒：
"唐璜，盛名于口中回荡；神秘的名字，响彻四方；无人知之却四处
传唱。"①

（二）"唐璜主义"

格罗姆（Jacob Golomb）认为克尔凯郭尔笔下的亚伯拉罕、尼采的查
拉图斯特拉、萨特的"神"和"人"、加缪的莫索特，这些主人公都想超
越他们的社会和伦理困境，达到生存的真实状态，他们试图撰写自己的真
实人生。这些"真实的英雄"（heroes of authenticity）具有反英雄（anti-
heroes）的特征：为了个体，不顾一切地超越社会思潮（theos），获取个
人和主体的价值。② 这些英雄不但面临着个人和自我的危机，也面临着社
会和历史的危机——认同自我身份，远比认同自己的社会身份更艰巨。唐
璜也面临相同的境地，他树立自己的价值和终极目标，执着地展示真实的
自我。

加缪在《西西弗的神话》中这样评价唐璜的存在主义特征："不相信
事物深刻的意义，这是荒谬的人特有的个性。他完全感受了这些热情或令
人称慕的面貌，而且把它们储存起来并且燃烧它们。时间与他齐头并进。
荒谬的人就是与时间须臾不可分的人。唐璜并不想'收集'这些女人。
而是要穷尽无数的女人，并且与这些女人一起穷尽生活的机遇。"③

加缪将唐璜的一生视为"一个完全被荒诞浸染的人生"。虽然加缪的
唐璜和克尔凯郭尔笔下的唐璜非常不同，加缪认为唐璜有"傲慢无礼的
征服（conquering insolence）、独一无二的笑声和嬉戏的行为（ludic behav-
ior），他的智力是无限的（unlimited），也毫无忧郁（melancholy）无痕迹
的。"加缪的唐璜浓缩了一个自我的形象——在完全没有未来的当下祭坛
上献祭自己。他慷慨大方（但不是心地善良），男人的沉默，孤独的不懈

---

① Alfred de Musset, *The Complete Writings of Alfred de Musset*, trans. by Marie Agatha Clarke,
E. C. Hill Company, Vol. I , 1905, p. 38.

② Jacob Golomb, *In Search of Authenticity*: *Existentialism from Kierkegaard to Camus*, Routledge,
1995, pp. 2 – 3.

③ ［法］加缪：《西西弗的神话：加缪荒谬与反抗论集》，杜小真译，陕西师范大学出版社
2003 年版，第 93 页。

追求。"①

在加缪看来，唐璜是一个"平凡的勾引者"、一个"性爱运动员"，生活在"数量的伦理学"中。毋庸置疑，唐璜"用同样的激情每一次全身心地"爱着每一个女人，但是因为"欲望、情感和智慧"，让他对女性丧失心智，所以唐璜会"伦理的"追求性事的最大化。每一个女性对于他泛滥的爱都是"短命与例外的"，所以，他要重复他的天才与复杂的要求。唐璜的增值能力是绝对的爱，他对人生的重复反抗，体现为将每一次爱都视为独一无二的绝对经历。唐璜生活在持续的当下——反抗、自由、热情——全都是情欲所在。

克尔凯郭尔与加缪有着相同的"唐璜主义"（Don Juanism）看法。首先，克尔凯郭尔与加缪都认为勾引者生活在一个持续直接的当下，没有过去和未来的观念，唐璜没有历史，进而取消了历史意义。其次，两人都认为唐璜不顾及身份、体面，没有道德荣誉感，远离时代。最后，唐璜代表的直接和数量的重复，他只是在重复相同动作，思考相同事情，陷入"永恒轮回"（The Eternal Return②）之中，这是一种极端虚无主义，消解一切意义。赛琪（Avi Sagi）在《加缪和荒诞哲学家》中评论道："就像理解帕斯卡、克尔凯郭尔、尼采、陀思妥耶夫斯基和卡夫卡一样，理解加缪的最好的途径是将他视为'一个个人思想家'。"③罗杰·普尔（Roger Poole）认为"加缪在克尔凯郭尔那里寻找到了，没有上帝的存在主义理想范式"④。

在鲁多尔夫·洛克尔的《六人》中，唐璜存在主义特征体现得更突

①　Jon Bartley Stewart, *Kierkegaardand Existentialism*, Bodmin, Cornwall：MPG Books Ltd., 2011, p. 81.

②　据尼采说，他在 1881 年 8 月，在高山的森林中散步时获得这个概念，并承认受到赫拉克利特的影响。他认为这是"虚无主义的最极端形式"，同样也是克服虚无主义的方式。他在《查拉图斯特拉如是说》中说道："万物方来，万物方去，永远的转着存在的轮子。万物方生，万物方死，存在的时间永远的运行。离而相合，存在之环，永远地忠实于自己每一刹那都有生存开始，'那里'的球绕着每一个'这里'而旋转，中心是无所不在的永恒之路是曲折的。"参见尼采《查拉图斯特拉如是说》，钱春绮译，生活·读书·新知三联书店 2007 年版，第 259 页。

③　Avi Sagi, *Albert Camus and the Philosophy of the Absurd*, trans. by Batya Stein, Amsterdam and New York：Rodopi, 2002, pp. 25 – 34.

④　Roger Poole, "The Unknown Kierkegaard：Twentieth-Century Receptions", *The Cambridge Companion to Kierkegaard*, ed. by Alastair Hannay and Gordon D. Marino, Cambridge：Cambridge University Press, 1998, pp. 48 – 75.

出：亘古未变的苍穹，雄浑遥远的大漠，斯芬克斯沉默地昭示着神秘的永恒，呼唤解开复杂的格尔迪奥斯绳结。他的谜底只能接近却无法抵达。六个人选择六种路径，六个人携带六把打开人生之锁的密钥，六个人"背负着命运严酷的诅咒"，六个人在崎岖的道路上执着地前行——六个人前面是隐含人生意义的斯芬克斯，唐璜要用自己行为体验人生。在充满爱情和冒险的塞维利亚，叛逆、勇敢的唐璜眼里闪露着"地狱的火焰和天国的幸福"。他桀骜不驯，严格地遵循自我，厌弃虚伪的道德，质疑冰凉的理性："酒里面灌注着真理的热流，但是所有的真理都不过是感官的陶醉，而所有的陶醉又只是一个梦，在陶醉的时候，我们就打破了理性用来阻止我们官能的大胆活动的那个专断的束缚，那个虚伪的镣铐……"① 他并不寻找终极目标和意义，道德、善、礼仪只是伪装的面具。可以看到，唐璜表现出和西西弗一样的存在主义英雄气概。

唐璜还代表文学中极端个人主义，伊恩·瓦特在《现代个人主义的神话：浮士德、堂吉诃德、唐璜与鲁滨孙》中，认为唐璜表现出孤独、自恋、用自我诉求对抗社会诉求。唐璜永远将自我中心作为第一原则，体现自由独立的个人行为和思想，不惜一切代价追求自己的选择，没有任何"种族、人民、社团、家庭和团体"观念，只是自我意识形态的狂热者。从《奥德修斯》到《尤利西斯》，文学历史中有"归家""回归"的传统，而离家则是一种惩罚，就像亚里士多德所认为的那些孤独个体，不是野兽，就是神。在基督教观念中，从家庭和社会团体中流放出来被视为个人的灾难，亚当夏娃失乐园，该隐在诅咒中被流放。但唐璜是个自由意愿的漫游者，他的足迹遍布那不勒斯和西班牙各地，在所有场景中，他没有家庭、婚姻、兄妹、子女，所以唐璜最大限度地剥离了家庭联系，生活在自我追求的真空中。②

由此可见，唐璜形象的起源和演变已经超越了单纯的艺术形象，在深层次附着于西方思潮的起伏脉络上。伊文·瓦特说他已经代表了某种精神，在他身上体现了西方近代和现代思想的演进。唐璜身上不仅有迷人的魅力和俊朗的外表，还有被压抑的"人性"和对感性美不可抑制的追求，越接近他，就越能感受人的特征。在西方他是个被反复言说与重塑的形

① ［德］鲁多尔夫·洛克尔：《六人》，傅唯兹译，陕西师范大学出版社 2003 年版，第 43 页。
② Ian Watt, *Myths of Modern Individualism*, pp. 121 – 123.

象，"唐璜们"（Don Juanes）不但是鲜活的形象，同时还负载着思想。他被称为英雄，有关他的故事被称为神话。唐璜由民间野史大摇大摆地登上艺术圣殿显赫位置的过程，呈现了西方思想演变轨迹，唐璜形象的历史也折射了西方思想运行的历史。

参考文献

［1］Alfred de Musset，*The Complete Writings of Alfred de Musset*，trans. by Marie Agatha Clarke，E. C. Hill Company，1905.

［2］Armand Edwards Singer，"A Bibliography of the Don Juan Theme，Versions and Criticism"，*West Virginia University Bulletin*，West Virginia University Press，1965.

［3］Avi Sagi，*Albert Camus and the Philosophy of the Absurd*，trans. by Batya Stein，Amsterdam and New York：Rodopi，2002.

［4］Burton D. Fisher，*Mozart's Don Giovanni*，Opera Journeys Publishing，2002.

［5］C. G. Jung，"Psychological Aspects of the Mother Archetype"，*Collected Works of C. G. Jung*，Princeton University Press，Vol. 9，Part 1，2nd ed.，1968.

［6］Denise M. DiPuccio，"Don Quixote，Don Juan，and Related Subjects：Form and Tradition in Spanish Literature，1330 – 1630"，*Published Comparative Literature Studies*，Vol. 43，No. 4，2006.

［7］Dorothy Epplen MacKay，*The double invitation in the legend of Don Juan*，Stanford University Press，1943.

［8］Otto Fenichel，*The Psychoanalytic Theory of Neurosis*，New York：Norton，1945.

［9］Gerald E. Wade's，*The Character of Tirso's Don Juan*，New York：Charles Scribner's Sons，1969.

［10］Ian Watt，*Myths of Modern Individualism：Faust，Don Quixote，Don Juan，Robinson Crusoe*，Cambridge University Press，1996.

［11］Jacob Golomb，*In Search of Authenticity：Existentialism from Kierkegaard to Camus*，Routledge，1995.

［12］Jane Garry，Hasan El-Shamy，*Archetypes and Motifs in Folklore and Literature*，New York：M. E. Sharpe，2005.

［13］Jean Rousset，*Le mythe de Don Juan*，Armand Colin，1978.

［14］Jon Bartley Stewart，*Kierkegaardand Existentialism*，MPG Books Ltd.，Bodmin，Cornwall，2011.

［15］Leo Marley Lowther，*Don Juan and Comparative Literary Criticism：Four Approaches*，University of Utah，1971.

［16］Leo Weinstein, *The Metamorphoses of Don Juan*, Stanford University Press, 1959.

［17］Gregorio Marañón, *Don Juan*, Espasa-Calpe, 1964.

［18］M. Grazia Sumeli Weinberg, "The Myth of Don Juan and Feminine Sensibility: a New Turning Point?", *Journal of European Studies*, 1996（26）.

［19］Oscar Mandel, *The Theatre of Don Juan: A Collection of Plays and Views*, 1630 – 1963, University of Nebraska Press, 1963.

［20］Otto Rank, *The Don Juan Legend*, Princeton University Press, 1975.

［21］Roger Poole, "The Unknown Kierkegaard: Twentieth-Century Receptions", *The Cambridge Companion to Kierkegaard*, ed. by Alastair Hannay and Gordon D. Marino, Cambridge: Cambridge University Press, 1998.

［22］Salvador de Madariaga, *The Genius of Spainand other Essays on Spanish Contemporary Literature*, Oxford University Press, 1923.

［23］Phyllis Hartnoll, Peter Found, *The Concise Oxford Companion to the Theatre*, Oxford University Press, 1992.

［24］Samuel M. Waxman, "The Don Juan Legend in Literature", *The Journal of American Folklore*, Vol. 21, No. 81, 1908.

［25］Sarah Wright, *Tales of Seduction: The Figure of Don Juan in Spanish Culture*, I. B. Tauri, 2012.

［26］Søren Kierkegaard, *Either/Or*, trans. by Howard V. Hong and Edna H. Hong, Princeton University Press, 1987.

［27］［英］拜伦:《唐璜》,查良铮译,人民文学出版社 2008 年版。

［28］［西班牙］何瑟·索瑞亚:《东焕·德诺略》,王安博译,台北书林出版社 1996 年版。

［29］［法］加缪:《西西弗的神话:加缪荒谬与反抗论集》,杜小真译,陕西师范大学出版社 2003 年版。

［30］［德］鲁多尔夫·洛克尔:《六人》,傅唯兹译,陕西师范大学出版社 2003 年版。

［31］［英］毛姆:《西班牙主题变奏》,李晓愚译,译林出版社 2010 年版。

［32］［法］莫里哀:《莫里哀喜剧》,李健吾译,湖南人民出版社 1982 年版。

［33］［德］尼采:《查拉图斯特拉如是说》,钱春绮译,生活·读书·新知三联书店 2007 年版。

鲍德里亚"仿像"透视下的西方文学
——对西方文学史的一种解读

荣禾香

摘　要："仿像"是法国后现代理论家让·鲍德里亚思想中的关键术语，其"仿像"具有三个等级，即模仿、生产、符号。本文拟从鲍德里亚"仿像"理论透视西方文学，探讨"文本—世界"之间的关系，通过对"仿像"三个等级，分析不同的"仿像"阶段的文学理论以及文学作品中所呈现的意义生成。鲍德里亚为文学作品与世界关系以及作品的意义生成所揭示的新路径，使西方文学史得到一种有别于通常以历史为线索的全新观照。

关键词：鲍德里亚；仿像；模仿；生产；符号

让·鲍德里亚（Jean Baudrillard，1929—2007）是法国 20 世纪著名社会理论家，也是旗帜最为鲜明、著作最为晦涩的后现代理论家之一。鲍德里亚首先以社会理论家的身份为大家所接受，但他绝不只是一个社会理论家，他对于"生产""消费""仿像"等问题的研究影响甚广，在广告、媒介、时尚等方面都有广泛涉猎，特别是他的"仿像"（simulacrum）[①]理论贯穿他的整个思想，使之成为一个思想的先驱。

在鲍德里亚看来，随着消费社会的来临和大众传播的急剧膨胀，西方

[①]　关于"仿像"的译法很多，如盛宁在《鲍德里亚后现代社会解剖学》中译为"幻像"，周宪在《20 世纪西方美学》中译为"仿像"，季桂保在《鲍德里亚的大众传媒理论述评》中译为"类像"，孔明安在《技术、虚像与形而上学的命运——鲍德里亚对形而上学问题的哲学反思》中译为"虚像"，这都是从不同角度和侧重点进行的翻译，如"类像"的"类"侧重于指形象群的复制性，"拟像"的"拟"则侧重于形象自身非真实的虚拟性，而"仿像"的"仿"侧重于形象的模仿性。

社会和文化从总体上进入后现代时期。"仿像"是鲍德里亚用以分析后现代社会、生活和文化的一个关键性术语，具体指后现代社会大量复制的、没有客观本源的、没有任何所指而又极度真实的符号。可见，鲍德里亚的"仿像"这一术语从根本上颠覆并重新定义了传统的"真实"观，它呈现了当代文化精确复制、逼真模拟客观真实并批量生产的高技术特征，也揭示出后现代社会的文化逻辑。

　　鲍德里亚的"仿像"理论在很大程度上受到索绪尔结构主义语言学的影响。[①] 在生产阶段，"使用价值/交换价值"的间接关联，恰恰与索绪尔"所指/能指"在结构上具有一致性。同理，在模仿阶段，模仿本身包含着所指和能指的直接关系；而在仿真阶段，仿真本身则包含着能指之间的关系。[②] 鲍德里亚正是对"所指/能指"在政治经济学中的应用，确立了他"仿像的三个等级"，同时也使其"仿像"诸概念获得了形而上学的维度。基于此，本文拟通过对"仿像"几个等级的分析，来展现在不同的"仿像"阶段，文学理论以及文学作品本身所呈现的意义生成，探讨"文本—世界"之间的新型关系。对于任何一个时代或者任何一个作家来说，鲍德里亚的"生产"的作品的意义来源于哪里？是一个文学研究中的突出问题。本文通过鲍德里亚"仿像"透视西方文学，探讨文学作品与世界的新型关系，获得的无疑是一条不同于历史化审视西方文学的路径，具体展现出文学史的新的阶段论。

一　神圣秩序的瓦解和模仿的开始——自文艺复兴以来的文学世界

（一）"模仿"——一种新的时代精神

　　仿造是鲍德里亚针对文艺复兴时期的仿像的表达使用的概念，在鲍德里亚看来，仿造是与封建秩序的解体一起出现的。封建秩序意味着一种强制的符号体系，严密的等级秩序和身份地位的差异保障了该符号体系的稳定性。

---

① ［法］让·鲍德里亚：《象征交换与死亡》，车槿山译，译林出版社 2006 年版，第 3 页。
② ［美］道格拉斯·凯尔纳编：《波德里亚：批判性读本》，陈维振等译，江苏人民出版社 2005 年版，第 164—165 页。

　　鲍德里亚将前文艺复兴社会表述为"种姓社会""封建社会"或者"古代社会"。在这样的社会中，伴随着严酷的等级秩序的是符号的确定性，而符号的确定性正是一种神圣的秩序的表达。埃夫拉特·齐龙（Efrat Tseelon）在《鲍德里亚著作中的时尚和指意》中以服饰展示了鲍德里亚"仿像"的三个等级。用她的话说就是，体现古典阶段特点的仿像，是建立在超验价值的宗教信仰之上的。服饰毫不含糊地体现自然的秩序。[①] 按鲍德里亚的说法则是：

　　　　在种姓社会、封建社会、古代社会，即残忍的社会，符号数量有限，传播范围有限，每个符号都有自己的完整禁忌价值，每个符号都是种姓、氏族或个人之间的相互义务：因此它们不是任意的。[②]

　　种姓社会、封建社会、古代社会之所以被鲍德里亚称为"残忍的社会"，就在于其符号的稀缺，因而具有一种非任意性，这与现代社会形成了一个巨大的反差。符号的非任意性在于其与特定阶级之间的权利与义务有着严酷的确定关系，在这种关系统治之下，绝对不可能有任何的仿造。

　　到了文艺复兴时期，严酷的等级秩序渐趋解体。伴随着这种"神圣"秩序的解体，符号失去了以往的确定性。因此，有价值的符号再也不是稀缺之物，而是可以按照需求进行生产[③]。于是，仿造出现了。这是一个具有划时代意义的历史契机，符号统治地位确立的前提是符号确定性的消亡，在这个意义上，文艺复兴与以往时代的距离较之其与"仿真"时代的距离要大得多。鲍德里亚指出：

　　　　仿大理石和巴罗克艺术的壮举显示了仿造的形而上学和文艺复兴时期的新抱负——这是世俗造物主的抱负，即把任何自然都转变成为唯一的、戏剧性的实体，以此作为资产阶级价值符号下的统一社会性，超越各种各样的血统、等级或种姓。……这是向一切新奇组合、

---

　　① 参见［美］道格拉斯·凯尔纳编《波德里亚：批判性读本》，陈维振等译，江苏人民出版社 2005 年版，第 163 页。
　　② ［法］让·鲍德里亚：《象征交换与死亡》，车槿山译，译林出版社 2006 年版，第 68 页。
　　③ 这里的"生产"与机器大生产时代的"生产"有区别，它只是一种符号的生成过程。

一切游戏、一切仿造开放的道路——资产阶级的普罗米修斯式野心首先进入自然的模仿，然后才进入生产。①

"仿造"企图清算以往社会符号稀缺带来的符号禁忌，于是，开始了符号的模仿。然而，在鲍德里亚看来，仿造不仅仅意味着符号的开放性的发生，它还为资产阶级统一的社会性的要求提供了可能。很显然，在鲍德里亚看来，仿造只是一个开端，是打破传统价值秩序的开端，而这个开端将历史直接引向后来的"生产"和"仿真"。

反映指称文本与世界之间的直接关联。当福柯企图梳理文艺复兴以来的知识型时，文本与世界之间的关系成为一个有益的视角。遗憾的是，福柯只关注文艺复兴以来的模仿，而事实上，模仿作为一种美学理念，可能要追溯到遥远的古希腊。

塔塔尔凯维奇在他的《西方六大美学观念史》中曾梳理了模仿这个概念的历史。据塔氏说，模仿这个词，可追溯到古希腊，并且有着多层次的内涵：

> 总括说起来，在公元前4世纪的古典时期，共有四种不同的模仿概念被人用到：礼拜式的概念（表现）、德谟克利特式的概念（自然作用的模仿）、柏拉图式的概念（自然的临摹）以及亚里士多德的概念（以自然的元素为基础的艺术品的自由创作）。

而这些不同内涵的模仿被后世广泛接受，其中亚里士多德的说法尤为受人青睐。古罗马的西塞罗、文艺复兴以来的达·芬奇等，还有及古典主义时期如高乃依等，这些崇尚模仿的作家理论家，都在追问作品（文本）意义的来源，而追问的结果便是纷纷将意义的来源指向世界，或者对外部世界的模仿。

也就是说，自从古希腊以来，文本的表现形式可能是多种多样的，但不变的是文本和世界之间存在一种关系，即文本的意义来源于世界。但不同时代对于模仿的理解不同，又决定了文本与世界之间关系的特性。

在《诗学》的第二章，亚里士多德曾经说：喜剧倾向于表现比今天

---

① ［法］让·鲍德里亚：《象征交换与死亡》，车槿山译，译林出版社2006年版，第70页。

的人差的人，悲剧则倾向于表现比今天的人好的人。这里亚里士多德所要说明的是，悲剧所表现的是上层人物，而喜剧则表现的是下层人物。当然这里的上下之别，即包含了社会地位，也包含了道德品质。而这种界定遭到了高乃依的强烈反对：

> 按照亚里士多德的说法，戏剧是对行动的模拟。但亚里士多德只谈人物的身份，并没有说明应该模拟什么样的行动。不论如何，他的定义是与他所处的那个时代的风习有关的，因为当时的喜剧是描写身份极为低下的人物。但对我们来说，这个定义便不完全正确了。

亚里士多德将悲剧和喜剧分别作为表现上层人物与下层人物的戏剧形式，但高乃依则认为这是因为当时的习俗使然，这种囿于自身习俗和成见的戏剧观念显然是需要反思的，"亚里士多德关于悲剧完美性不同等级的那些话，对他的时代和他的同时代人很可能是正确的……但我不能不说，在喜欢这一类或者不喜欢那一类的看法上，我们的时代爱好和他的时代绝不相同。至少他的雅典人所最喜欢的，法兰西人就不一定喜欢"。很显然，高乃依想从自身所处的时代出发，重新界定悲剧与喜剧的划分。如果说，亚里士多德将社会地位作为区分悲剧、喜剧的标准，那么高乃依则认为喜剧也可以表现国王，"如果他们的行为并不高出喜剧的境界"。

无论高乃依对于亚里士多德的批评是否基于客观的标准，比如国王的道德水准可能很差，但不可否认的是，他改变了以往文本和世界严整的对应关系，而扩大了文本的表现范围，也就是说增加了文本表现的随意性。喜剧不再只是表现地位低下的人，而有可能表现所有品质庸俗的人。

亚里士多德和高乃依对于戏剧表现内容的分歧，揭示了古希腊时期和古典时期对于反映（模仿）认识的差异，虽然他们都承认世界对于文本的意义，但是文本和世界的关系相对松弛了。

（二）"模仿"：对确定性的最初"背叛"

文艺复兴时期以来的文学理论与文学作品均指向这样一种事实：世界还是那个世界，可作品与世界的对应关系相对于以前出现了错位，这种错位是对世界原有的确定性的否定。不只是文学世界，可以说这种"模仿"渗透到了这个时期社会生活的方方面面。

当资产阶级开始自然的模仿之后，由仿造到生产，再由生产到仿真，都显得顺理成章，这便是仿像的历史。而仿像的历史便是政治经济学的历史。鲍德里亚在分析仿像的三个等级时曾说过，仿造依赖的是价值的自然规律，生产依赖的是价值的商品规律，仿真依赖的是价值的结构规律。所谓政治经济学所关注的核心便是价值和交换价值之间的关系。价值的自然规律指的是政治经济学的古典形式。在这里，价值决定着交换价值，模仿物的交换价值取决于模仿相似性以及此相似性带来的意义。所以，鲍德里亚将结构主义语言学的概念"所指"和"能指"引入政治经济学。在他看来，政治经济学的古典形式是"所指"和"能指"密切相关，"能指"的意义在于其"所指"。至于生产时代，"等价物"驱逐了"类比物"，在交换价值与使用价值之间，商品的流动使得交换价值掩盖了使用价值，这种情况下，鲍德里亚认为是"能指"掩盖了"所指"。在仿真时代，是符号统治的时代，符号获得了解放，它摆脱了过去那种指称某物的"古老"义务，获得了自由，可以按照一种随意性和完全的不确定性展开自身的游戏。这是"能指"对"所指"的放逐，在这里，已经不是一方对另一方的掩盖关系，而是"所指"的完全不在场。这便是政治经济学的历史，也是仿像的历史。

政治经济学关注价值和交换价值之间的关系，从某种意义上说，也就是说政治经济学完全可以体现符号和意义之间的关系。基于此，我们便不难理解，为何前文艺复兴时代不存在政治经济学？按鲍德里亚的说法，在古代社会，存在着"残酷"的等级秩序，这种残忍伴随的是符号的透明性，即任何符号的意义都是确定的、明了的，绝无任何疑义。符号和意义直接相关，就意味着政治经济学是不可能的。而文艺复兴时期的仿造则是符号和意义不确定性的开始，因而也成为政治经济学的开始。

符号和意义的不确定是现代性问题，是与古代截然不同的一种表现。在这个意义上，我们完全可以认为，仿像的历史就是现代性的历史。

如果将任何"模仿"都理解为人的创作的话，那么这就意味着这个时代对生产（作品）和价值（意义）之间的关系做重新理解。于是，迎来了现代性的第一缕曙光。

二　生产的速度和意义的生成——19 世纪以来现代主义文学世界

（一）波德莱尔的阴谋

福柯对于 19 世纪以来文学特征的描述是，"文学所要做的，只是在一个永恒的自我轮回中折返"①。提及现代主义文学，波德莱尔是一个无法忽略的人，本雅明曾经把他描述为"同语言一道密谋策划的人，他在诗行里调遣词句，计算它们的功效，像密谋者在城市地图前分派暴动的人手"。是的，波德莱尔的确在"谋划"一场"革命"，即通过语言和意象的交织，实现一种新的艺术——为艺术而艺术的艺术。

要看穿波德莱尔的"阴谋"，首先需要看一下他对美的界定。

波德莱尔曾经说过，"诗的本质不过是，也仅仅是人类对一种最高的美的向往"②，然而，波德莱尔心目中的美到底有什么独特之处？波德莱尔曾经说过：

> 我发现了美的定义，我的美德定义。那种热烈的、忧郁的东西，其中有些茫然、可供猜测的东西。——神秘、悔恨也是美的特点。③
>
> 美总是古怪的。我不是说它之古怪是自愿的，冷漠的，如果是这样的话，它就将是一个脱离生活轨道的怪物；我是说它总是包含着一点儿古怪，天真的、无意的、不自觉的古怪，正是这种古怪使它成为美。④
>
> 只要人们愿意深入到自己的内心中去，询问自己的灵魂，再现那些激起热情的回忆，就会知道，诗除了自身之外没有其他目的；它不可能有其他目的，除了纯粹为写诗的快乐而写诗之外，没有任何诗是伟大、高贵、真正无愧于诗这个名称的。⑤

---

①　[法] 米歇尔·福柯：《词与物》，莫伟民译，上海三联书店 2001 年版，第 392 页。

②　[法] 波德莱尔：《1846 年的沙龙——波德莱尔美学论文选》，郭宏安译，广西师范大学出版社 2002 年版，第 182 页。

③　同上书，第 12 页。

④　同上书，第 317 页。

⑤　同上书，第 65 页。

从上面几段文字可以看出，波德莱尔把艺术从道德、科学甚至是哲学之中分离出来。不仅如此，波德莱尔甚至认为这些东西会影响艺术对于美的追求。"艺术愈是想在哲学上清晰，就愈是倒退，倒退到幼稚的象形阶段；相反，艺术愈是远离教诲，就愈是朝着纯粹的，无为的美上升。"①波德莱尔的思想显然受他的老师戈蒂耶以及美国作家爱伦·坡的影响。爱伦·坡主张，诗的真正要素就是美。波德莱尔忠实于美，这个"美"不是普通意义上的，而是"唯美"，即唯形式之美。自从康德厘清了"纯粹美""纯粹的欣赏判断"与一切关乎利害关系的快感和判断的区别后，"形式"的价值和意义就被抬到一个空前的高度。波德莱尔充分肯定了"形式"的重要性，并且把它作为一个标尺，来界定艺术与非艺术差别。如此一来，艺术和道德便划清了关系。

当诗乃至更广泛意义上的文学作品的意义不再与世界相关，而是取决于自身的逻辑，"在一个永恒的自我轮回中折返"时，文学或艺术便获得了前所未有的独立性，独立于道德，独立于社会，乃至独立于人。

（二）"工业仿像"与意义的自我生成

鲍德里亚在《象征交换与死亡》中曾经肯定了本雅明在《机械复制时代的艺术作品》中对"再生产"原则的分析。在鲍德里亚看来，本雅明比马克思更加清楚，在机械复制时代，再生产本身比生产更加具有根本性。所谓的再生产，是剩余价值的再生产，是对一个固定模式的无限复制，在这个过程中已经不存在仿像第一个等级中对原型的仿造，也不存在第二级仿像中的生产系列，只有不再按照自己目的发展的模式。鲍德里亚认为，本雅明（包括麦克卢汉）的分析已经处在再生产和仿真的边界上。②

鲍德里亚所谓的仿真时代在本雅明那里称为"机械复制时代"，这是一个被福柯归结为现代而"忽略"了的时代。艺术作品在原则上都是可以被模仿的，人所制作的东西总是可以被仿造的，但是，在以往没有任何仿造可以像今天机械复制一样，给艺术领域带来结构性的变化。对此，本

---

① ［法］波德莱尔：《1846年的沙龙——波德莱尔美学论文选》，郭宏安译，广西师范大学出版社2002年版，第137页。

② 参见［法］让·鲍德里亚《象征交换与死亡》，车槿山译，译林出版社2006年版，第78页。

雅明解释道：

> 在对艺术作品的机械复制时代凋谢的东西就是艺术作品的光韵（Aura）。这是一个有明显特征的过程，其意义远远超出了艺术领域之外。总而言之，复制技术把所复制的东西从传统领域中解脱了出来。由于它制作了许许多多的复制品，因而它就用众多的复制物取代了独一无二的存在；由于它使复制品能为接受者在各自环境中去加以欣赏，因而它就赋予了所复制的对象以现实的活力。①

复制技术成功实现了所有复制品的无差异性，这种无差异性最终消解了艺术品的光韵，消解了艺术作品的独一无二性，也消解了艺术品身上所包含的"礼仪与政治"。② 也就是说，大众（消费者）面对成千上万的绝对雷同的复制品时，原作品（甚至没有原作品）所具有的独特价值，其包含的社会意义均被他们遗忘了。在鲍德里亚看来，在机械复制时代，充斥在消费者眼前的不过是一系列的符号。艺术家的创作性、理性思考以及表现方式的协调性在符号化、系列化的行进过程中已经完全被内爆了，作品变成在作品系列中的无限重复。③ 为此，鲍德里亚以安迪·沃霍尔的作品《玛丽莲·梦露》作为分析的案例。沃霍尔是 POP 艺术的代表，大力倡导复制艺术，在他的努力之下，复制了无数的梦露，几乎人手一张。在鲍德里亚看来，这是真人沦为符号的过程。④ 在《完美的罪行中》，鲍德里亚如此评价沃霍尔：

> 每个沃霍尔的影响并无价值，但是又具有一种绝对价值，一个其所有超验性的愿望都被打消的人物的价值，只会被影像的内在所代替。⑤

---

① ［德］瓦尔特·本雅明：《机械复制时代的艺术作品》，王才勇译，江苏人民出版社 2006 年版，第 53 页。

② 同上书，第 59 页。详参 Walter Benjamin, *The Work of Art in the Era of Mechanical Reproduction in Illuminations*, New York: Shocken, 1969, p. 17.

③ 参见金惠敏等《西方美学史》第 4 卷，中国社会科学出版社 2008 年版，第 844 页。

④ 同上。

⑤ ［法］让·鲍德里亚：《完美的罪行》，王为民译，商务印书馆 2002 年版，第 111 页。

在鲍德里亚看来，每张沃霍尔所"创作"的《玛丽莲·梦露》其实没有任何价值，它只是一个符号。然而，这个符号的价值就在于，它消解艺术创作主体的超验性愿望，将沃霍尔这样的创作主体溶化在一张又一张的复制品中。当艺术作品与创作主体之间的关系变得可有可无时，艺术品与世界之间的关联被消解了。因为，它的意义不在于鲍德里亚所说的创作主体的"超验性愿望"，而是在大众之间不断地往复流行。如此一来，复制品就只是一个符号。

鲍德里亚曾特别关注索绪尔的《易位书写》。索绪尔认为古老的吠陀文、日耳曼文以及拉丁文诗歌中找不到所指和能指之间的编码关系法则，也没有能指之间的线性法则，因而放弃了对此的深入研究。然而，这在鲍德里亚看来，却是一个很好的例子：

> 好诗就是没有剩余的诗，就是把跳动起来的声音材料全部耗尽的诗……剩余就是价值，是意指活动的话语，是受语言学支配的我们的语言。①

由此可以看出，在鲍德里亚看来，好的艺术品就是没有"剩余"，就是将所有的物质载体都转化成意义，如同原始社会的馈赠与反馈赠一般。沃霍尔的艺术复制是典型的现代艺术，它非但不是耗尽所有的"剩余"，而是作品本身全部是"剩余"。如此一来，这些所谓的 POP 艺术就不再是传统意义上的艺术，而是一个不能与世界进行意义交换的符号、一个彻头彻尾的符号。

三　后现代的诉求——20 世纪以来后现代主义文学世界

（一）代码的形而上学

如果说模仿体现的是"所指"和"能指"之间的直接关联，"生产"体现的是"所指"和"能指"之间的间接关联，那么"代码"（"符号"）的统治则意味着"所指"放逐和彻头彻尾的"能指"之间的关联。一切

---

① ［法］让·鲍德里亚：《象征交换与死亡》，车槿山译，译林出版社 2006 年版，第 301 页。

作品（人为的生产）均失去了它终极指向，"世界"本身消失了。

代码是"仿像"第三个等级中一个至关重要的概念，它是决定着仿真形态的基本原则。数字性则是这一形态的形而上学原则。这一原则将人们的参照性和目的性推到了灭绝的边缘。这就是第三级仿像，是"只有0和1二进制系统那神秘的优美"，所有生物都来源于此；这便是符号的统治地位，这种绝对地位意味着意指（意义）的终结。①

（二）博尔赫斯及《黑客帝国》

阿根廷小说家博尔赫斯在《论科学的严密性》中曾讲过这样一个小故事：制图人奉国王之命要绘制一幅与真实疆域毫厘不差的地图，最终绘出的地图能够覆盖全部国土，甚至可以精确到国土的任何角落。帝国败落之后，这幅地图与国土一起在沙漠上腐烂，融为一体。② 在鲍德里亚看来，博尔赫斯讲的这个故事就是如今人们所处境况的一个寓言，人们有能力制造出和真实完全一模一样的东西，不过不是国土生成地图，而是"拟像在先，地图生成国土"，国土的碎片在地图上慢慢腐烂，变成"真实自身的沙漠"③。他所说的"仿像"就是和复制对象毫无差别的摹本，尤其是迪士尼乐园之类本身就源于虚幻的东西。而迪士尼乐园或者拉斯维加斯这样的地方所造成的就是一种"超级真实"，在他看来，美国社会正在越来越像一个迪士尼乐园。当他二十多年以前提出这个概念的时候，网络游戏尚未变成现实，虚拟物品的交易还像是科幻小说当中的东西。

据说沃卓斯基兄弟在拍摄《黑客帝国》时的案头读物便是鲍德里亚的《完美的罪行》。在这部电影中，我们几乎可以找到鲍德里亚理论的全部因素：仿像、代码、复制、虚拟、数字的形而上学等。而电影中虚拟世界通过仿像扼杀实在，而不折不扣地成为一桩"完美的罪行"。

博尔赫斯的《论科学的严密性》所表现的正是符号对真实的优先性，倒置了的真实与符号的关系恰恰是鲍德里亚所说的"仿像"的第三个等级。如果说博尔赫斯的小说以隐喻的方式表现真实和符号的关系，那么

---

① ［法］让·鲍德里亚：《象征交换与死亡》，车槿山译，译林出版社2006年版，第80—82页。

② 参见［阿根廷］博尔赫斯《博尔赫斯全集》（小说卷），王永年等译，浙江文艺出版社2005年版，第321页。

③ ［法］让·鲍德里亚：《生产之镜》，仰海峰译，中央编译出版社2005年版，第184页。

《黑客帝国》则更进一步表明：虚拟世界（符号）是自足的，这种自足甚至不需要真实的映衬。而《黑客帝国》所要表明的正是现代性的诉求——扼杀真实。

（三）"仿像"的最高阶段——真实的沦陷

在 1983 年的《致命的策略》里，鲍德里亚认为在"超真实"世界，物品已经俘获了消费者，符号已经摆脱了意义，拟象已经淹没了真实，客体已经战胜了主体，或者说，主体不能再对客体进行任何理解、概括和控制；也许唯一的办法是再加大客体的力量，造成物极必反之势，让"真实"比仿真操作和媒体里的"真实"更"真实"，让"美"比时尚展示的"美"更"美"。而《黑客帝国》所展示的正是一个"超真实"的世界，以及"超真实"世界对"真实"世界的吞噬。

在某种意义上，这便是现代性所追求的：以"超真实"扼杀真实，在符号中放逐意义。

结　　语

鲍德里亚的"仿像"是其政治经济学批判的一个重要术语，通过"仿像"透视西方文学，我们似乎发现了解读西方文学史的一个独特的视角，即通过对"模仿—生产（等价交换）—符号"的分析来追问作品中"价值/意义"的生成方式。通过前面的分析我们发现，文艺复兴时期以来的"模仿"这一行为本身已经游离出传统的秩序，这个秩序在以往被认为是神圣的，是依托于宗教所表达的终极意义而生成的。在这个意义上说，"模仿"是一种反抗，但是这种反抗仍然是建立在对终极意义的确认的基础上的。机器大生产摧毁了原始的田园牧歌，打破了人与人之间的温情脉脉。在鲍德里亚看来，这个建立在生产基础上的时代的关键词是"交换"，而且是等价交换，一切商品都可以在等价的意义上往复循环，而此时的商品再也不是对自然（上帝的造物）的模仿，而是把自然也纳入交换的过程，使自然也成为等价交换的一端。据马克思说，决定交换背后的一切秘密在于价值，即人类的抽象劳动。在这里，交换的扩大化似乎赋予价值压倒性的优势，可是马克思对使用价值的强调，也启发我们：价值和使用价值之间仍有一种"隐晦"的关系，即鲍德里亚所说的"所指"

和"能指"之间的间接关系。这种间接的关联恰恰说明，此时价值（意义）的生成仍然间接地指向世界，指向终极意义。后现代是符号一统天下的时代，符号与符号之间的交换是无限制的，甚至符号本身也没有任何意义，它只能说明自身，或者首先表现自身。一切符号所构建的世界都是虚拟的，然而在这样虚拟世界中的符号交换是自足的，是完全可以摆脱外在世界而存在的。就如同博尔赫斯的小说所表明的，地图优先于国土。

综上，"仿像"三个阶段透视下的西方文学表明了这样一个历史进程，即作品意义生成的方式逐渐摆脱神圣的终极意义"束缚"的过程。在某种意义上，这可以说是现代性进程的表征之一。

参考文献

[1]［古希腊］亚里士多德：《诗学》，陈中梅译注，商务印书馆1996年版。

[2]伍蠡甫编：《西方文论选》，上海译文出版社1982年版。

[3]［西班牙］塞万提斯：《堂吉诃德》，张广森译，上海译文出版社2002年版。

[4]［法］波德莱尔：《1846年的沙龙——波德莱尔美学论文选》，郭宏安译，广西师范大学出版社2002年版。

[5]［法］波德莱尔：《恶之花》，钱春绮译，人民文学出版社1991年版。

[6]［阿根廷］博尔赫斯：《博尔赫斯全集》，王永年等译，浙江文艺出版社2005年版。

[7]［法］让·鲍德里亚：《生产之镜》，仰海峰译，中央编译出版社2005年版。

[8]［法］让·鲍德里亚：《象征交换与死亡》，车槿山译，译林出版社2006年版。

[9]［法］让·鲍德里亚：《完美的罪行》，王为民译，商务印书馆2000年版。

[10]［法］让·鲍德里亚：《消费社会》，王为民译，南京大学出版社2006年版。

[11]［美］道格拉斯·凯尔纳编：《鲍德里亚：批判性读本》，陈维振等译，江苏人民出版社2005年版。

[12]周小仪：《唯美主义与消费文化》，北京大学出版社2002年版。

福柯的作者理论及其在中国先锋文学中的表征

耿芳芳

摘　要：福柯是后现代主义运动的领袖，也是法国继萨特之后重要的哲学家，关于他的哲学论述国内研究颇为丰硕。然而福柯的作者理论，却没有引起足够的关注。他的《什么是作者》（"What is the Author"）一文详尽地论述了他的文学—作者观。本文重点探讨福柯的作者理论，并以其作者理论视角审视文学，特别是应用于中国当代先锋文学的作者分析，以考察其对当代文学创作领域所产生的实际的不可忽视的意义。

关键词：福柯；作者理论；先锋文学

米歇尔·福柯（Michel Foucault，1929—1984）属于这样一类思想家，即他的出现不仅仅改变了我们的观点，而且在很大程度上改变了我们看待知识、事物和社会的方式。福柯为我们贡献了一张令生命震撼的法语版图：从《疯狂与非理性》到《求真意志》，从红色的酷刑、灰色的监狱、黑色的性到黄色的麻风病，其广泛的话题成就了他在法国哲学界举足轻重的地位。

福柯的思想已经进入中国，并备受国内思想界的瞩目。作为思想家与哲学家的福柯，被国内很多学者所研究。但福柯首先是一个文学爱好者，甚至可以说是文学将他带入哲学道路。福柯在文学理论上也颇有建树，其作者理论就是一个典型例证。对于其作者理论，国内外学者关注甚少。

"作者"是文学批评的重要概念，福柯写于1969年的《什么是作者》（"What is the Author"）一文［本文所谈的《什么是作者》，是以刊登在英文版《语言、反记忆和实践》（*Language，Counter-memory，Practice*）

的第 113—118 页为参考的] 详尽地阐述了他的文学—作者观。

　　作为一个后现代主义者，福柯的作者理论不同于传统的作者论。在传统的作者理论中，作者被认为是文本的创造者与意义的最终解释者，而被放在了神圣的位置上。然而，传统作者论视角明显不适用于当代文学创作，因为当代文学更关注作者的隐退问题。福柯正视当代文学现象，承认作者的消隐，他说："文学只关注自身，倘若文学也关注作者，那么只关注作者的死亡，沉默和消失，哪怕是正在写作的作者……"①然而，福柯的作者理论又不同于其他后现代主义者的作者理论，如罗兰·巴特、德里达等认为文本完全是语言自身的建构，是"絮语"，是"无底盘的游戏"，作者处于死亡状态。福柯认为这种观点，是通过打破将文学设置为绝对表现形式的环节，旨在破除作者的神圣化，而由此造成断层，让人看到在那个特定的时刻、那个特定的模式、那个特定区域中的语言是如何建构起来的。然而，福柯认为文学文本不是自我封闭的"白纸黑字"，他提出作者不是一般的专有名词，而是话语的一种功能，作者概念把一个有血有肉、活生生的人从话语的内部引向外部。作者这一名词因而与作品形影相随，它划定作品的界限，显示他们的存在方式及其特征：

　　　　我们可以说，在我们的文化里，作者的名字是一个可变物，它只是伴随某些文本以排除其他文本，一封保密信件可以有一个签署者，但它没有作者；一个合同可以有一个签名，但它也没有作者；同样，贴在墙上的告示可以有一个写它的人，但这个人可以不是作者。在这个意义上，作者的作用是表示一个社会中某些话语的存在、传播和运作的特征。②

　　福柯最终承认了作者的功能性地位。本文试图探讨福柯的作者理论，重点辨析出其独特贡献，并将其应用于中国先锋文学并进行作者分析，以考察其当代实用性和对文学领域的意义。

---

①　陆扬：《后现代性的文本阐释：福柯与德里达》，上海三联书店 2000 年版，第 210 页。

②　Michel Foucault, "What is the Author", in *Language*, *Counter-memory*, *Practice*, New York：Cornel University Press, 1977, p. 113.

一　理论分析：福柯作者理论

福柯于 1969 年曾向"法兰西哲学学会"递交过一份名为《什么是作者》的报告。他开宗明义地表明他要探讨所谓的"作者"问题，"直至今日，就其在话语中的一般功能和尤其从我自己的作品来看，'作者'一直是一个悬而未决的问题"。① 首先，福柯论证了当代理论与创作中的一个常见的现象：作者之死。福柯不能确定"作者之死"这一主题是否得到了深入的分析，这一事件的重要性是否获得了足够的评价。他进一步分析到，造成作者失踪的原因主要在于"作品"与"写作"两个术语的理解上。

首先，面对作品概念模糊不清的理解，即什么是作品？什么是我们称之为的"作品"的奇特组合？福柯并没有进行词源学上的考证，而是询问了以下的问题：

它由哪些因素构成？难道它不是作者所写的东西？难点随之产生：如果一个人不是一个作者，我们是否能够说，他写作的所有东西，或从他手稿中收集的东西可以称之为"作品"？如果一个著名作家被承认是一个作者，那么他的文章的身份如何？身陷囹圄的作家（不被承认为作者）的书卷，难道能说是一堆幻想的纸张吗？即使一个人被社会承认为作者，他所写的或留下的一切，是否都可算作他的作品的一部分呢？这既是理论问题，也是技术问题。譬如，你从事尼采著作的出版工作，在哪里打住好呢？他所有出版的作品算吗？当然！他的著作草纲呢？算！他的格言呢？也算！删掉的段落和书角注释呢？那么，在一个写满格言警句的写作手册中发现的参考材料、会议通知或一张便条呢？甚至可能是洗衣单呢？失去作者，判断的标准在哪里？对作品观念的一大堆问题，使我们很难离开写作的人来研究其作品本身。

其次，"写作"模糊并掩藏了作者的消隐，悄悄地维护着作者的存在。当代的写作概念，既不涉及写作行为，也与其所表达的意义无关——无论写作被视为症候（symptom）还是符号（sign），写作这个概念使大家

---

① Michel Foucault, "What is the Author", in *Language*, *Counter-memory*, *Practice*, New York: Cornel University Press, 1977, p. 130.

尽最大努力去想象文本的一般前提，它既包括文本分布的空间前提，又包括文本展开的时间前提。在这种写作概念的指导下，作者的经验特征变成了一个超验的匿名特征，由此，批评的观点上升到宗教的观点，若承认写作是对忘却和压抑的挑战，似乎就以超验的范畴代表了关于潜藏的意义的宗教原则和关于隐晦意旨、无言判断和模糊内涵的批评原则。而若将写作想象为未在（absence），则似乎仅仅是对某种宗教原则和美学原则的重复，即传统不可改变而又永远不可实现的宗教原则，与关于作品在作者死后永存，并超越作者局限性的审美原则，总之，就是将作者的经验性标志抹去。在这种对写作的先决地位的维护下，仍保留着作者的特权，这种特权存活于灰暗光线之中，在各种因素的相互作用中，构成了作者的特殊形象。

尽管当代作者经常在开篇之后便不见了，甚至之初就隐身，但作者并未真正离开。就在被认为只写"物"、不写人，最无涉作者自身的法国新小说家罗布－格里耶看来，作者也绝不是中性的、冷漠的，尽管新小说要求"读者……处于创造者的地位"①。"新小说家……宣称他没有什么要说的，一切都发生在作品里面。"② 但新小说作者就站在一个个镜头后面，或者说，那双将世界分割成碎片的眼睛，正是新小说作者自己的！因此，仅仅指出作者死亡或隐匿是不够的，更重要的是应该揭示作者是如何隐匿于他的作品中的，也就是说，这个死亡事件是如何印在本文的话语构成方式上，而在话语的运作中起作用的。这样，"作者功能"才是理解的凭证。

福柯在《什么是作者》中，对"作者功能"的分析所采用的具体策略，是通过对作品生产力的阐述，从实用的经济领域转入虚构的小说领域，说明作者是如何参与作品的。他认为，我们文化中具有"作者功能"的话语，如果仅就书籍或文本的作者而言，可以用它的四个特征加以描述，这四个特征可分为经济领域和虚构的小说领域两个方面。

首先在经济领域中，话语是一种特征的占有物，它并不绝对影响一切话语。作者起源于受惩罚之时，即话语变成具有侵犯性之时。在许多文化

---

① ［法］阿兰·罗布－格里耶：《新小说，"冰山"理论与潜对话》，黄道怡等编，工人出版社，第531页。

② 同上书，第536页。

中，话语最初并不是一件产品，一个东西或一种货物。话语大体是一种行为，这种行为发生在神圣与世俗、合法与违法、宗教与渎神两极之间的领域中。从历史角度来看，话语在变成所有制循环的商品货物之前，其形象是具有冒险意味的。侵犯性与话语相连，但必须有一个事实上的攻击者。本文的所有制体系问世，即关于作者权利、作者—出版者关系、翻印权及其各种有关事项在 18 世纪末 19 世纪初开始生效，侵犯性便与写作行为连在了一起，逐渐形成了文学独有的专横。作者卷入这种财产分配系统，系统地实践其侵犯作用，可见，作者与所有制密不可分。但作者不是一劳永逸地穿过历史，永远作用于一切话语。对于民间故事、史诗、悲剧、喜剧这些体裁，无须问其作者是谁，都会被接受，并以各种形式加以保护。而对于科学话语，在中世纪，则必须以"某某人说"或"某某人阐明"这类的形式，才能被认为是真品。到了 17、18 世纪，科学话语自身开始得到承认，它们属于真理，不再属于作者。而在文学领域中，文学只有和作者功能同时存在才能被接受。我们总是习惯于这类提问方式：这首诗歌、这部小说或这篇散文，是哪个地区、哪个国家、哪个时代创作的？是谁写的？是在什么背景或意图下完成的？我们难以接受无名的文学的状态。如果假定文学的作者是匿名的，这只是以视它为一个谜为条件的，并没有消解文学作者的意思。

其次在虚构的小说领域，作者功能的运动和发展，并不自动表现出是某个人创作了某种话语，实际上话语是构筑某个理性存在（我们称之为"作者"）的复杂运动的结果。现代文学批评尽管与考证没有多大关系，但还是用考证的方法界定作者。作者不仅是解释其作品所表现的事件的基础，而且这种解释，往往会利用作者传记，即通过确定作者个人，分析他的社会地位，揭示其创作的艺术设计等。作者是表达的特殊源泉，其作品无论是著作、小品、信件、未成稿，还是别的什么，都被认为具有相等的价值，在艺术上其好坏是相当的，因为文本总是包含着某些指涉作者的符号。这些符号是人称代词、时间地点副词以及动词变化形式等，它们在具有作者功能的话语和不具有作者功能的话语中扮演不同角色。在没有作者功能的话语中，这些转换（shifter）指代真正的说话者与话语的时空坐标，如日常对话；而在具有作者功能的话语中，这些转换的作用就复杂了。我们知道，在以第一人称叙述的小说里，不论是第一人称代词还是现在时叙述，既不指代作者，又不指代作者写作的那一时刻，而指代一个变异的自我。作者的功能在这些转换中的裂缝、分野和距离中实现。这种自我多重性，实现于一切文本中，包括文学和科学话语。如在数学报告中，"我认为""我假定"的表达中，就可发现三个自我：第一个"我"，指代在一个特定时空完成特定任务的个体，而这个个体是不可替代的；第二个"我"，表示处于某一阐述水平境地的"我"，无论是谁，如果接受这个阐述水平，他就可能扮演这个"我"；第三个"我"，处于以将来时讲述意义、困难、解决方法及发展前景，这个"我"显现在有待出现的理论之中。

福柯分析了上述两个方面的功能，当然还暗含着更多的功能。福柯这么做的意义在于为我们找到观察作者理论的新视角、新方法，提供了一个可持续的思路。

保罗·德·曼在《语义学和修辞学》中，有类似这样的句子："这有什么区别。"当妻子询问丈夫，给他系球鞋带，是系上面还是系下面时，丈夫冷漠地回答"这有什么区别？"如果妻子不领会丈夫的意思，或只理解这一句话的语法意义，就会不厌其烦地解释系上面与系下面的区别。显然，这里的"这有什么区别"，还有另外的含义，即"没有区别"。在妻子与丈夫的对话中指的则是后者。再回过头来看《什么是作者》这一题目，我们便能够理解其中的深意。什么是作者已经无关紧要了，剩下的只是受动者的冷漠："谁在说话又有什么区别？"[1] 我们只听到"话语的搅拌"，残留的是作者的功能，作者因此陷入一种似有还无的尴尬境地。

二 理论应用：福柯作者理论在先锋文学中的表征

中国先锋派文学在 20 世纪 90 年代就已经陷入式微的境地，他们已经遭到了前所未有的阻击，先锋小说家退回到各自的领地，找到自己的新起点。但是无论如何，先锋小说都曾经是中国当代文学最重要的景观之一，它们以其短暂的历史显示了独特的价值，把小说叙事推到了相当的高度，表现了当代中国文学少有的对文学说话的纯粹姿态，并相应地改变了一些根深蒂固的文学观念，为中国当代文学带来了许多新鲜因素，丰富了中国

---

① Michel Foucault, "What is the Author", in *Language*, *Counter-memory*, *Practice*, New York: Cornel University Press, 1977, p. 138.

小说的面貌。那些先锋派开拓者勇敢地将他们所领会的写作观念引入创作中，用文本展示了对小说、对作者观念的独特理解。

他们对福柯及其权力话语理论十分偏爱。然而其《什么是作者》所代表的作者理论，却相对被忽视。本文尝试提取福柯的作者理论，在叙事层面上分析中国的先锋文学，寻求先锋小说与福柯作者理论的契合，揭示中国当代文学批评中作者分析的新发展。

（一）语言游戏：作者的解码

西方当代创作经历了一个突变期。在这场变革中，写作不再支撑不朽的概念，相反，它预示了写作主体个性特征的泯灭，使写作摆脱了表达的纬度，而成为依据能指的特质而自发产生的文本。那么，中国 20 世纪八九十年代，文坛历经"伤痕文学""反思文学""寻根文学""先锋文学"到新写实小说，以及女性"私人写作"和"新生代文学思潮"的交替衍生，经历了一场重视语言、形式的新实验。文学变革体现了创作主体的欲望，强调语言、形式对文学的意义，文学正是凭借形式使其从客观现实和主体心灵中独立出来，成为一种话语存在。对此，老作家汪曾祺曾不无感慨地说道："中国作家现在很重视语言，不少作家充分意识到语言的重要性，语言不只是一种形式，一种手段，应该提到内容的高度来认识……语言是外部的东西，它是和内容（思想）同时存在，不可剥离的。……世界上没有没有语言的思想，也没有没有思想的语言，……语言是小说的本体，不是附加的、可有可无的。"① 可见，中国文学变革对语言形式的重新认识，反映了文学理念的拓展，把语言视为文学的"第一要素"，甚至赋予语言形式为小说的本体。于是，人们从马原、余华、格非、苏童等先锋作家的小说文体新试验中，感受到的除了有对传统文学价值的历史生成的超越，还有其叙事策略夹杂后现代的特征——语言之笼造成了作者的死亡。作者完全被湮没于语言文体之中，消失在能指与所指的断裂处。

尹鸿在《新时期小说中的后现代主义文化特征》中，总结出这样的印象，他归纳出先锋小说的一个醒目的后现代特征即为"反小说"。他说："所谓反小说，就是对传统小说的整体性、因果性、规律性等程序和

---

① 汪曾祺：《中国文学的语言问题》，《汪曾祺文集·文论卷》，江苏文艺出版社 1993 年版，第 1—2 页。

规定的叛逆，使小说不成其为小说。……在小说的意指行为中，表层的能指系统并不必然引向一个深层的所指意义。在这类新时期作品中，尤以马原的创作特别引人注目。"① 从目前掌握的材料看，马原可以说是中国先锋写作的领头人，他制定了先锋写作的基本原则。那么马原的先锋写法表现在哪里呢？笼统地概括，可以表述为"矛盾、排列、不连贯性、随意性、虚构事实的混乱，等等"②。《冈底斯的诱惑》标志着马原的叙事方法走向成熟，它把三个毫不相关的故事拉扯到一起，联系它们的纽带仅仅只是伪装的两个叙述人。从一开始马原就把叙述人搞得很神秘，尽管每一次都设置了一个叙述人，设定了一个叙述视角，但一旦真正进入叙述，叙述人就失踪了。多个叙述人的替换，不但强调了叙述的意旨作用，而且模糊了作者的视线，隐藏了作者本人的叙述个性。尹鸿具体分析了五个特征："第一，它是三个若断若续的故事的非逻辑性套层组合。……这三个故事几乎毫无关联，而在人物上则又有某些重合。这种结构方式实际上是对结构的颠覆，是对小说作为一种整体化、有序化虚构的本质的颠覆。第二，它的叙事视角随意转换。……第三，叙事规则的自我破坏。……例如，小说中有一个重要人物，名叫'姚亮'。但马原又随时提醒你'姚亮并不一定确有其人'。……第四，叙事方式的任意选择。叙事方式是受因果逻辑制约的，但在马原这部小说中，顺叙、插叙、倒叙多重交替使用，却并无固定的规则，也没有时间的连续。这事实上是对小说的固定的时间观的有意破坏。第五，体裁、样式的杂和。这部作品有时像情节小说，有时像民间传说，有时又像纪实小说。最后，还加了两首长诗。这种混合也是对小说规则的破坏，对某种定型的东西的有意嘲讽。这些特点突出表明了后现代主义颠覆性、消解性的特征。"③ 正是这些特征，带动了一批先锋小说家对语言的迷恋和执着，他们沿此纷纷在自己的小说中设置语言的迷宫，仿佛即使是阿里阿德涅的线团，也无法引出作者的所在。

孙甘露无疑是迷宫设置的佼佼者。所有对孙甘露的阐释，所有对他的评论，几乎都集中于对他的语言质地的分析上，试图证明他的语言效果，如"到了结束的地方，没有了回忆的形象，只剩下了语言——卡塔菲卢

　　① 尹鸿：《新时期小说中的后现代主义文化特征》，载张国义、赵祖谟编《生存游戏的水圈——理论批评选》，北京大学出版社 1994 年版，第 130 页。

　　② 同上。

　　③ 同上。

斯"（《访问梦境》题辞）。他用这些成形的东西挡住了阅读的视线，于是作者本人成功地逃匿了。《信使之函》《访问梦境》《请女人猜谜》都是中国当代实验文体的极端之作，孙甘露对所指的彻底放逐，使文本成为能指的手舞足蹈。《信使之函》由"信是纯朴情怀的伤感的流亡；信是来自下里对典籍的公开模仿，信是一丝遥远而飘逸的触动……"等五十三个陈述句式编制而成。很显然，孙甘露意识到可能性永远大于现实性，文本都仅仅是语言迷幻色彩的展示。对此，陈晓明认为，"孙甘露的叙事，拒绝追踪话语的历史性构成，他的故事没有起源，也没有发展，当然也没有结果，叙事不过是一次语词放任自流的自律反应系列而已"。与马原有所不同的是，马原是从故事情节的随意组装上破坏传统小说的结构，孙甘露则是从语言的膨胀上破坏传统小说的结构。这里语言是第一位的，假想的残缺而不完整的"故事"，只是说话的由头。而且"叙述人的实际作用不是构造一个以自我为中心的话语秩序，而是打破话语习惯，扰乱话语可能构成的秩序"[1]。这使得小说的"故事"老是节外生枝、无限延伸，所以"话语在能指的平面滑动不断增殖"，使"所指延隔出场"，永远成为空缺。陈晓明指出，孙甘露的"叙述不断从故事破裂层重新开始，叙述原有的起源被消解，故事总是……为话语的自主性（无目的性的自律运动）所替代，话语的横向组合因为抛弃了语义的同一性，而专注于能指词系列的编码"[2]。像《请女人猜谜》中，"话语的欲望在这里随时溢出本文的习惯边界，大量的比喻结构的使用，有意在细枝末节夸夸其谈、毫无必要的引述或交代，而大量的省略和隐瞒使话语的随意性和任意性更加突出"[3]。在纷纷扰扰的语言闹剧中，读者如坠梦中，根本想不到作者的出场了。

作者的消失，在另一重意义上表现为本文向着语词差异系统的开放，文本卷入能指的自由播散活动。索绪尔认为语言是符号的体系，应该"共时地"加以研究。能指与所指的关系是任意的、武断的，体系中的每一符号，是凭着它与其他符号的差异而具有意义的。王蒙在《来劲》这篇两千来字的短文中，体现了这种探索精神，让小说成为能指的播撒：

　　① 陈晓明：《暴力游戏：无主体的话语——孙甘露与后现代的话语特征》，载张国义、赵祖谟主编《生存游戏的水圈——理论批评选》，北京大学出版社1994年版，第289页。

　　② 同上书，第274页。

　　③ 同上书，第280—293页。

　　　　你可以将我们的小说主人公叫做向明或者项铭、响鸣、香茗、乡
名、湘冥、祥命或者向明向铭向鸣向茗向名向冥向命……（《来劲》）

　　这是无数 Xiang Ming 组成的能指系统。在叙述过程中，作者有意识
地扩大本文出场词的范围，把写作有意识地选择出场词的作为，转变为文
本无意识的语词在差异链索中的连锁反应。不管王蒙的写作初衷如何，王
蒙自《来劲》以后的不少作品，都不同程度卷入语词的差异游戏活动，
他将语言的修辞策略替代了作品形象的主题所确立的文学性策略。王蒙在
开放的文本里，提示了叙述语言的另一种状态，它表明语词的自为活动可
以构成小说叙事的活动方式，文本彻底卷入能指的播撒中，作者如作家所
愿地退场了，语言成为最光辉的形象。

（二）叙事语法：作者的物质显现

　　正如这只是一个策略，一个愿望，如福柯所说的是"对文学的人为
的抬高"[①]，实际上作者永远不可能全然退场，这是因为"在就是事物在
自己的不在中被完成的"[②]。作者只是处于更难以被辨认的境地，依然可
以通过考察作为作者自我的物化的各种因素，来接近对作者的真正认识。
除了文本的物质性存在、作品所有权等外部因素，在文本内部我们还可发
现作者的蛛丝马迹。福柯认为从相对主义的观点出发才能理解作者的功
能。他论证作者的功能是在虚构的话语中介绍现实的、真理的、非矛盾
的、因果关系的和规律的东西。他说："（作者）是某种有功能的原则，
我们在自己的文化中按照这个原则进行限定、排斥和选择。"[③] 不管先锋
派小说家愿不愿意，文本中总是包含指涉作者个人的符号，"作者是表达
的特殊源泉"[④]。陈晓明挖掘出了先锋小说的一个重要的叙述句式：
"像——。"这是对当代文艺研究的一个不小的贡献。不过陈晓明认为，

---

　　① Michel Foucault, "What is the Author", in *Language*, *Counter-memory*, *Practice*, New York：Cornel University Press，1977，p. 125.

　　② Ibid.，p. 130.

　　③ 陆扬：《后现代性的文本阐释：福柯与德里达》，上海三联书店 2000 年版，第 210 页。

　　④ 张国义、赵祖谟主编：《生存游戏的水圈——理论批评选》，北京大学出版社 1994 年版，第 163 页。

"'像——'构成的比喻结构的大量使用，再度使叙事沉迷于语言的游戏。"① 确实，"像——"不仅给予人物、事件或细节行动以特殊描写，而且产生了一种补充的情调，有再度使文本陷入语言游戏的嫌疑。但是，与其他意象纷呈、意义叠加的长句式一样，这个补充句式，在感觉上能够生成附加的节奏冲力，它那伸展的力度和突然开启的空间，具有伸越而去的情致。从而作者功能也在情致中得到了展现。

"像——"的比喻结构，在具体的叙事中，具有不容忽视的独特的修辞效果和美学意味。陈晓明曾经将中国传统小说的"白描"手法，与这种比喻结构作了一个很好的对比，他认为，传统写实主义小说强调"白描"之类的再现客观真实的手法，把叙述人（主体）对客观世界的理解及其感觉方式压制到最低限度。而强调主观的当代小说，强化叙事的自我表白，给出作者视野之内的世界情景。

因而，"像——"这个从语法上讲纯粹多余的补充结构，其实却是至关重要的句式。如苏童在《一九三四年的逃亡》，写到农村孩子狗崽，逃到农村寻找父亲与梦想的时候：

> 狗崽光着脚耸起肩膀在枫树的黄泥大道上匆匆奔走，四处萤火流曳，枯草与树叶在夜风里低空飞行，黑黝黝无限伸展的稻田旋着神秘潜流，浮起狗崽轻盈的身体像浮起一条逃亡的小鱼。（《一九三四年的逃亡》）

又如写到祖母蒋氏分娩的情景，在陈文治的望远镜的视野中：

> 蒋氏干瘦发黑的胴体在诞生生命的前后变得丰硕美丽，像一株被日光放大的野菊花尽情燃烧。（《一九三四年的逃亡》）

比喻结构是作者感情的自然抒发，它给出奇特的情景，生存的困境在激情与痛苦中飞扬。作者以独特的比喻结构，构造一个诡秘神奇、不可思议的世界，同时作品也完成了一次"逃亡"的仪式：既是生存的逃亡，

---

① 张国义、赵祖谟主编：《生存游戏的水圈——理论批评选》，北京大学出版社1994年版，第163页。

也是文化的逃亡。在《一九三四年的逃亡》中，苏童强烈的自我宣泄与"逃亡"的自我救赎，在比喻结构中得以展现，作者独特的世界观在此结构中展开。还有苏童在《罂粟之家》中的片段：刘家的继承人沉草，始终在抵御家里罂粟气味，他姐姐素子在让他去杀陈茂而自己声称去"摘罂粟"后自杀了，嘴里吐出一股霉烂的罂粟气味，表情显得"轻松自如"。沉草受此感召，杀了陈茂（自己的真正生父），终于他

> ……闻见原野上永恒飘浮的罂粟气味而浓郁而消失殆尽了。沉草吐出一口气，心里有一种蓝天般透明的感觉。他看见陈茂的身体也像一棵老罂粟一样倾倒在地。他想我现在终于把那股霉烂的气味吐出来了，现在我也像姐姐一样轻松自如了。（《罂粟之家》）

"像——"作为一个比喻结构，对各种摹状词进行形象描绘，给读者的感官造成直接的刺激。当代文学创作者的语言观已超越了传统，他们总是采用最奇特的搭配，乐于追求创作上的快感和表达上的神奇效果，绘出这个世界令人惊诧的一面。在这方面，余华的《难逃劫数》又是一个好的例证。"像——"的句式制造了一连串作者独特的"心理真实"。通过幻觉的投射，余华彻底扭曲了世界的存在方式，而在给予世界变形的同时，其叙述洋溢出残酷的快乐情调：

> 四周滴滴嗒嗒的声音，始终使他恍若置身于一家钟表店的柜台前。
> 在一个像口腔一样敞开的窗口，东山看到了一条肥大的内裤。内裤由一根纤细的竹竿挑出，在风雨里飘扬着百年风骚。展现在东山视野中的这条内裤，有着龙飞凤舞的线条和深入浅出的红色。
> 沙子也想象出了露珠在那一刻里的神态。他知道这个肥大的女人一定是像一只跳蚤一样惊惶失措了。（《难逃劫数》）

语言在这里是如此"干净"，没有情景的对话，停留在叙述的表层。每一个人脸上都被描绘出生存的结局，这正是作者眼中的景观。东山与其说是在露珠的眼中，不如说是在作者的眼中，看到了内裤，走向性的毁灭。

　　这篇小说的开头部分，描写东山告诉露珠，他决定要与她结婚，这一场景却又不是采取平铺直叙的描写方式，而采用了由东山告诉沙子，再由沙子的想象重现的迂回的描写方式，这样小说不仅在叙事上避免了平铺直叙，更重要的是制造了一连串的"心理真实"。从大量的"像——"的结构中可以看出，也不难理解，作者既怀着热情，又怀着虐待的快感，去刻画精致的暴力场面，因为对于余华来说，残酷的抒情正是写作的快乐。

　　在语法学家眼里，名词、时间或地点副词、形容词都是一些变量，他们形成文本迹象；在福柯眼里，这些文本迹象也显示了作者的存在。先锋小说家运用各种出人意料的词语组合，表达不可言说的感觉，使读者的感官为之一颤，迅速地落入作者的世界，捕捉到作者的呼吸，如：

　　　　眼看一天比一天憔悴下去，作为妻子的心中出现了一张白纸一样的脸，和五根白色粉笔一样的手指。（余华《世事如烟》）
　　　　他们的声音都很光滑，让瞎子想到自己捧起碗时的感觉。（余华《世事如烟》）
　　　　陈保年心中张出一根灰暗的狗尾巴。（苏童《1934 年的逃亡》）
　　　　在阮进武之子阮海阔五岁的记忆中，天空漂满了血腥的树叶。（余华《鲜血梅花》）

　　孙甘露曾被称为语言游戏的"炼金术士"，"当代语言最偏激的挑战者"[①]，他用非秩序化的话语制造出了一个世界的形式，在《我的宫廷生活》中作者这样写道：

　　　　六指人是一些把玩季节的轻佻之客，他们以狱卒矜持的麻木勉励自己度过嬗替不止的懒洋洋的春天。昏昏欲睡的夏天、乱梦般的秋天、蛰伏般睡死过去的冬天。他们以静止的升华模拟殉难的绮丽造型。他们以卑琐的玩笑回溯质朴的情感。他们在葬仪开始之前的神态兼有脸谱的颠狂和面具的恐怖。（《我的宫廷生活》）

　　显然，这里任意运用了定语形容词和谓语动词，"前者给予世界以存

---

① 曹文轩：《20 世纪中国现象研究》，北京大学出版社 2002 年版，第 382 页。

在情态，后者给予世界以存在方式"。① 这种方式反映了作者自身对抗话语秩序的愿望，展现了作者把握瞬间世界的方式。

> 一位丰满而轻佻的女护士推着一具尸体笑盈盈地打他身旁经过。他忽然产生了在空中灿烂的阳光中自如飘移的感觉，然后，他淡淡一笑。他认识到自古以来，他就绕着这个花坛行走，他从记事起就在这儿读书。(《信使之函》)

这就是典型的孙甘露式的描写，它不再只是处理具体情态，作者总是把多重不协调的形象掺和在一起，形容词、副词的运用达到了炉火纯青的地步。"一位丰满而轻佻的女护士"，"推着一具尸体"，"笑盈盈地经过"。我想提示的是，文本的秘密在于作者那些"难以辨认的日子"。孙甘露利用对时间的原始秩序的破坏，使人物处在一个变幻不定的超验时间流程中，使时间"难以辨认"，并且瞬间向着"永恒"转化。炫目的阳光，特定的情景（一位丰满而轻佻的女护士推着一具尸体笑盈盈地打他身旁经过），"士"产生了虚幻飘移的感觉也是情理之中的。而"自古以来"四个字，使这一幅奇妙的图画获得了超验而神秘的内涵。"士"完全成为一个无限的概念。孙甘露让他一会儿成为守床者，一会儿成为在殖民地草坪上的捡球员，从而实现了"观古今于须臾，抚四海于一瞬"。作者在语词的运用中展现了自己的审美情趣和时间观念，沧海桑田在他眼中始于一瞬。

（三）"我"的分化：作者的精神显现

作者功能并不纯粹或简单地指称一个实际个体，而是同时产生了许多"我"和任何阶级的个体。先锋小说中存在着"我"的分化。叙述人对事件作了特殊的时空处理，因此叙述制做出双重结构：客体事物的情态结构与叙述人的主观语感的情调结构。这种外在于叙事语法的"我"的分化，本身就是内在的思想和态度，一种与作者的创作理念息息相关的东西。

马原之后，先锋派在 1987 年全面步入文坛，此前他们中的大多数人已经操练小说多年，却没有特别精彩的故事，也找不到自己的叙事话语。

---

① 陈晓明：《剩余的想象》，华艺出版社 1995 年版，第 173 页。

"1987年，他们似乎在一夜之间共同找到自我表白的话语，在强调叙述人'我'的句式中，实现了压抑已久的欲望。"① 马原的那个句式："我就是那个叫做马原的汉人"（马原《虚构》），成为先锋派的叙事母题语式。"我"在故事中神出鬼没，其他的先锋小说家将之发扬光大，"我"贯穿于每个叙述句式中。

格非的写作方式正是如此。在格非的小说里，逼近你的黑暗就是让人无从插手的世界，你好像都只能去面对它。无论是《风琴》《欲望的旗帜》或者是其他，都将哲学的讨论展示在文学文本之中，展示了世界的荒谬、戏谑和残忍。虽然其小说大多运用了第三人称，但是，这丝毫无碍于"我"的出现和分化。例如，格非在《风琴》里写到冯金山目睹妻子被日本人抓住，在马蹄践踏的灰尘中，在女人的尖叫声中，马的肥大臀部和女人裸露的下身成了画面中一明一暗强烈的对比：

> 一个日本兵抽出闪亮的刺刀在他腰部轻轻地挑了一下，老婆肥大的裤子一下褪落在地上，像风刮断了桅杆上的绳索使船帆轰然滑下。女人的大腿完全暴露在炫目的阳光下——那片耀眼的白色，在深秋的午后，在闪闪发光的马鬃、肌肉中间，在河流的边缘，在一切记忆和想象中的物体：澡盆、潮湿的棉絮中间、在那些起伏山坡上粉红色的花瓣中蔓延开来，渐渐地模糊了他的视线……（《风琴》）

格非在这里残酷地设置了这一场景：冯金山在那个阳光灿烂的正午里看他老婆被日本人蹂躏时，竟像局外人一样观赏得津津有味。冯金山的老婆顷刻之间仿佛成了另一个完全陌生的女人，冯金山从自己的处境中分离出来，成为一个"第三者"观看另一个"我"的情境。这显然不仅仅是心理的偏差。"第三者"使自我彻底丧失了主体地位，这为"我"的分化提供了契机。"我"首先一分为二，"一个是窥视的'他者'，另一个是被窥视的客体，一切都还原为一种本源性的荒诞"。② 书中的冯金山在平时只是一个酒鬼，感觉迟钝，但是，当灾难一旦降临，他的所有感觉突然变

---

① 陈晓明：《无边的挑战——中国先锋文学的后现代性》，时代文艺出版社1993年版，第78页。

② 同上书，第68页。

得异常锐利，因此，他在此刻发生的自我分离，只是上述双重角色在此地发生的位移而已。在这样的"紧急时刻"，他扮演完上述两个角色之后，"佝偻着身子从一个低矮的土墙下像一只老鼠往树林，他那荒唐而夸张的身影仿佛成了被日本兵占领后的村庄的某种永久象征"。另外，第三个"我"（作者）也产生了：他那空洞的目光穿过生存的界限，其整个叙事都将存在推入疑惑和两难的境地，生存在回忆中猝然断裂，而历史也变得荒谬、重复和不可靠，我们体验到的永远是无能和沮丧。

梵·弗朗兹说："人们寻找一些不可能找得到的东西或对其毫无所知的东西，这种时刻，所有理智或善良的劝告都均告无效……似乎只有一件事能起作用：那就是在没有偏见和纯粹天真的情况下，直接面向存在逼近的黑暗，竭力弄明白它的神秘目的究竟是什么，他想从你身上得到什么。"① 这就是格非小说所体现的。

1987 年，苏童在《一九三四年的逃亡》中写道："我不叫苏童。"这句话与马原的"我就是那个叫做马原的汉人"有着血缘的联系。叙述人有意把自己与真实的苏童区分开来，然而，仅此简单的断然否定是无济于事的，否定的语法反而获得了肯定的意义，作者被引入其中。那个叙述人在"我"的注视下给出了特殊的情态：一个是作者苏童，一个是叙述人苏童，一个是主人公苏童。《一九三四年的逃亡》带着作者过分激越的情感和表达欲望展现在读者面前。

作为当代小说写作最极端的挑战者，孙甘露在 1987 年左右写下的被称为小说的那种作品，无疑是叙述人"我"寻找语言快感的纯粹抒情文体。《我是少年酒坛子》，通篇是"我"任意构造的奇思怪想，这里没有任何故事性可言，那些优美流畅的句子，完全依凭"我"的意识流或莫名其妙的感觉随意漂流：

> 我为何至今依然漂泊无定，我要告诉你的就是这段往事。今夜我诗情洋溢，这不好。这我知道。毫无办法，诗情洋溢。（《我是少年酒坛子》）

---

① ［瑞士］卡尔·荣格等：《人类及其象征》，张举文译，辽宁教育出版社 1988 年版，第 136 页。

这个漂泊无定的"我"为"诗情"所怂恿，这个"我"在生活中漂泊无定，一如"我"在语言世界中随遇而安。这正是孙甘露当时自身生存状态的写照。

苏童优雅俊逸，格非清新明净，孙甘露雍容华贵，余华则诡秘奇异，这一切都在"我"的分化中展现。余华曾写过一篇小说叫作《现实一种》，还写过一个《我的真实》的表白，他说："我觉得对个人精神来说，存在的都是真实的，只存在真实。"① 他的一句话倒无意推翻现实的真实，而是设立了一个对抗的真实——感觉的真实。陈晓明也曾这样叙述过余华对他说起的感觉："在一个邂逅相遇的夜晚，余华对我说起他感觉到的'真实'：'阳台上的阳光'，在他看来并不就是现在，此时此刻投射在阳台上的那片阳光，它融进了童年时代家乡潮湿的街道上遗留的一片阳光，还有某个早晨穿鲜红上衣的少女从阳台上鱼跃而下携带的那道阳光。"对于余华来说，叙述彻底还原为感觉，在作者辨析那些怪异感觉的叙述中，你可以体验到事物存在的时间停滞。

余华的叙事很少使用第一人称，虽然没有运用"我"的视角，但是，"我"——作者的感觉、叙述人的感觉和主人公的感觉却层次分明。余华在《四月三日事件》中，以一种平静和客观的语言，交代"四月三日事件"的起始：一个很平常的早晨，主人公"他"站立在窗口，开始了对世界的眺望。这种眺望姿态被描述为一个漫不经心的语态和表象在真实的过程中完成，即它是经验的、实在的，被感官正常感知着的。但极其主观化的意象在这时突然插入了，一开始就进入感觉辨析的疑惑状态："他"在早晨八点钟的时候站在窗口，他感到户外有一片黄色很强烈，"那是阳光"，他心想。然后，

　　　　手上竟产生了冷漠的金属感觉
　　　　当手指沿着那金属慢慢挺进时，那种奇特的感觉却没有发展，它被固定。
　　　　那是一把钥匙，它的颜色与此刻窗外的阳光近似，它那不规则起伏的齿条，让他无端地想象出某一条凹凸艰难的路，或许他会走到这条路上去。（《四月三日事件》）

---

① 余华：《我的真实》，人民文学出版社 1989 年版，第 3 页。

　　从对"黄色"的感觉，过渡到对"阳光"的感觉，接下去是动作的感觉，叙述几乎是在显微镜下进行的：叙述人推移的心理转折，主人公迟钝的心理感觉，都在作者的叙述语感节奏中推出。可以看出，余华热衷于在感觉的状态中蠕动，在那种犹犹豫豫的体验里，最大可能地改变真实的存在方式。在对事物细致的叙述之后，我们仿佛亲耳听到余华对陈晓明讲述的那段"真实"的感觉，"这个沉淀在迫害妄想症中的青年'他'，在某种意义上正可说是余华本人的精神印象"。①

　　鉴于上述分析，我们可以得出这样的结论：作者的存在是两个层面的有机结合，一方面，他是能动的实体，是历史性存在，他的功能通过文本的叙事规则来显现，通过"写作"这种行为体现；另一方面，他又是一个精神性存在，文本的内在意蕴是他的家。而一旦没有了作者，那么文本就真的成为能指的无限游戏，或者成为弗莱所说的，"独立存在的词语结构"②，这样，文本就彻底成为绝对膨胀的怪物，这正是福柯所竭力反对的。

结　　语

　　将福柯作者理论用于先锋文学批评这套复杂的话语系统，要对其做出详尽的分析，不是以上文字能奏效的，但是窥斑见豹，我们可以看到其对中国小说的一种新的批评视角。但是，问题也会随之产生。中国的文学与意识形态向来有着千丝万缕的联系，作者背后有着庞大的社会因素，比如，"我"的分化，但是分化之后呢？分化的标准和原则是什么？分化之后的社会意义是什么？分化之后的三个个体，最终指涉的实体是什么、又为什么是他们？福柯的理论都不能做出回答。他的独特之处，就在于他善于从话语的面具背后发现隐藏着的意识形态内容。他将话语结构归结为一种普泛性的"权力关系"。福柯所注意到的是一种普泛性的、具有象征意义的"权力关系"。他的讨论中回避了"个体性"的概念：

---

　　①　余华：《我为何写作，我能否相信自己：余华随笔选》，人民日报出版社1998年版，第193页。

　　②　[加]诺思罗普·弗莱：《批评的解剖》，陈慧等译，百花文艺出版社1998年版，第75页。

　　陈述的主体不应被视为与表达的作者是同一的——无论在本质上还是在功能上。事实上，它不是一个句子的书写表达和言语表达……的原因。陈述的主体也不是充满了意义的意图，这种意图被认为先于词语而存在，能够像直观可见的事物那样支配词语……它是一种特殊的、空虚的场所，这种独特的、空虚的场所事实上可以为不同的个体所填充。①

　　一方面，这段话对作者提出了疑问；另一方面又没有解释决定个体占据作者位置的社会原因。话语变成了一种先验的范畴，而个体以一种必然的趋势占据它们，成为一种前话语的存在，如贝弗利·布朗（Beverly Brown）和马克·利辛斯（Mark Lousins）说的那样，福柯"用个体占据的能力取消了陈述主体的位置"②。

　　实际上，个体是这样占据陈述主体的位置吗？是如此的毫无区别以至于福柯只听到了"话语的搅拌"？我们知道，要占据一个权威位置，一个女人要比一个男人困难得多；一个犹太裔的卡夫卡要比一个非犹太裔的卡夫卡，对于理解卡夫卡作品要有利得多。

　　福柯的回避个体性的讨论，来源于其理论的一贯思维方式，即对因果关系的抛弃。众所周知，福柯尊重差异性，辨析突变性，而"这些变化是怎样发生的？它是怎样发现的？新的概念为什么会出现？这样的理论来自何方？"③对于这些令人尴尬的因果论问题，他采取断然拒绝的态度。

　　在作者退隐的西方理论背景下，福柯以"作者之名"唤起作者功能的努力，有着积极的意义，他对当代批评也有着革命性的启发，但其完全拒绝个体性讨论的理论倾向，也成为后现代主义的标志性旗帜，就值得斟酌。长期以来，中国自身的文学蕴含了沉重的政治话语和权力话语，如果我们如福柯般全盘忽视个体性的思考，如某论者将 1980 年的《金瓶梅》的作者探讨的历史，简单归结为我们的文学"还处于作者控制之下"，就只会造成中国文学理论的意义的倾斜和失衡，所以，我们必须学

---

① Michel Foucault, "What is the Author", *in Language, Counter-memory, Practice*, New York: Cornel University Press, 1977, p. 48.

② ［英］路易丝·麦克尼：《福柯》，贾湜译，黑龙江人民出版社 1999 年版，第 79 页。

③ 汪民安：《福柯的界限》，中国社会科学出版社 2002 年版，第 70 页。

会在中国语境之下接受福柯的理论，使其更利于中国文学和理论的发展，这也是笔者所意在的努力的方向。

参考文献

［1］Michel Foucault，"What is the Author"，in *Language*，*Counter-memory*，*Practice*，New York：Cornel University Press，1977.

［2］Seán Burke，*The death and Return of the Author*，Edinburgh：Edinburgh University Press，1998.

［3］［英］路易丝·麦克尼：《福柯》，贾湜译，黑龙江人民出版社 1999 年版。

［4］王岳川等编：《后现代主义文化与美学》，北京大学出版社 1992 年版。

［5］［法］迪迪埃·埃里蓬：《权力与反抗》，谢强译，北京大学出版社 1997 年版。

［6］陈晓明：《无边的挑战——中国先锋文学的后现代性》，时代文艺出版社 1993 年版。

［7］陈晓明：《剩余的想象》，华艺出版社 1995 年版。

［8］陈晓明：《无望的叛逆——从现代主义到后—后结构主义》，陕西人民教育出版社 2002 年版。

［9］曹文轩：《20 世纪中国现象研究》，北京大学出版社 2002 年版。

［10］南帆：《隐蔽的成规》，福建教育出版社 1999 年版。

［11］张国义、赵祖谟编：《生存游戏的水圈——理论批评选》，北京大学出版社 1994 年版。

［12］汪民安：《福柯的界限》，中国社会科学出版社 2002 年版。

［13］余华：《我为何写作，我能否相信自己：余华随笔选》，人民日报出版社 1998 年版。

［14］陆扬：《后现代性的文本阐释：福柯与德里达》，上海三联书店 2000 年版。

性别理论视角与文本研究

视觉建构与性别身份的颠覆与重塑

——论杜拉斯《情人》等作品中的"凝视"

刘桂霞

摘　要："凝视"是一个新的概念，指携带着权力运作或欲望纠结的观看方法。杜拉斯作为女性作家对男女身体别具一格的体悟，她对传统的男人"看"与女人"被看"的模式大胆的改写与重构，使其作品中"凝视"的内容得到了凸显，表现为男女主人公在互相凝视中主客体位置的置换。杜拉斯笔下的窥视承载着欲望的表达，成为欲望的载体，带有哲学的深意。

关键词：杜拉斯；凝视；看与被看；窥视

"'凝视'（Gaze），也有学者译成'注视'、'盯视'，指携带着权力运作或者欲望纠结的观看方法。它通常是视觉中心主义的产物，观者被权力赋予'看'的特权，通过'看'确立自己的主体位置，被观看者在沦为'被看'对象的同时，体会到观看者眼光带来的权力压力，通过内化观者的价值判断进行自我物化。"①"凝视"观念的形成最早可追溯到柏拉图的洞穴理论，其后经过萨特从视觉角度的哲学分析，再到弗洛伊德对"窥视癖"的研究，后由拉康正式提出"凝视"概念，福柯进一步加强了对"凝视"的权力分析。可以看出，西方思想家对"凝视"的思考贯穿了整个 20 世纪。它从哲学领域逐渐被运用到文化批评之中，并在文化研究领域取得丰硕成果。

"凝视"中，"看"者与"被看"者之间，往往是有权力的一方作为主体，没有权力的一方作为客体，构成复杂的主客体关系。文化研究理论

---

① 赵一凡等主编：《西方文论关键词》，外语教学与研究出版社 2006 年版，第 349 页。

注意到"凝视"中的种族、性别之间的不平等关系,"凝视"的传统呈现模式,体现在种族关系上,表现为西方人作为"看"的主体,东方人成为"被看"的客体;体现在性别关系上,表现为男性作为"看"的主体,女性作为"被看"的客体。由此看来,"看"与"被看"之间隐含着复杂的权力关系。

在杜拉斯作品中"看"是出现频率极高的词汇,"凝视"也就成为杜拉斯作品中一个值得研究的问题。杜拉斯作品中的"凝视",包含性别、种族之间的权力纠葛,同时也体现了她独特的生存理念,尤其是她作为女性作家对男女身体的别具一格的体悟,因此,"凝视"在作品中具有了全新的内涵,表现出与传统观念的背离。

杜拉斯的作品往往以女性为主人公。而以女主人公为核心的"凝视",可以归为两类:一是自我凝视,一是对他者的凝视。杜拉斯本人被认为是非常自恋的,她也承认自己是"彻底的自恋狂",这也影响到她笔下的女性形象。小说中的女性通过镜子、写作等方式认识、认同甚至迷恋自己。对他者的凝视则涉及主客体关系,包含着复杂的欲望与权力。这种凝视又包含两种情况:一种是明处的"观看",一种是暗处的"窥视"。杜拉斯作品中人物的观看是非传统性的,她对传统的男人"看"而女人"被看"的模式进行了大胆的改写与重构,主要表现为男女主人公在互相凝视中主客体位置的置换。其笔下的窥视承载着欲望的表达,从而成为欲望的载体。

一　"那喀索斯式"的自我凝视

古希腊神庙上"认识你自己"的箴言为人类提出一个古老而永恒的话题,人们便开始了在自我凝视中认识自我的历程。在柏拉图洞穴比喻中,人们依赖洞穴上反照的影子认识自己;那喀索斯则通过水中自己的影像爱上自己;而到了拉康的镜像理论中,"我"通过对镜中"我"的审视确认自我,镜像中的自我凝视获得自恋式认同,正如婴儿迷恋镜中的理想形象。杜拉斯笔下主人公正是在镜像以及镜像的变体的自我凝视中建构起一种欲望投射的想象主体,从而获得了一种自恋式的认同。

所谓"自恋"便是对自己的一种爱恋,弗洛伊德对自恋问题的分析进行了几次修正。1914 年他曾发表《论那喀索斯主义》("On Narcissism"），从那喀索斯迷醉于自己水中倒影的故事，归纳出被称作"那喀索斯情结"①的自恋情结，拉康以此理论为原型时讲："当女性在性器官开始发育之时，那些器官因为蛰伏（Latency）了相当一段时期，似乎强化了早期的自恋倾向……女人，特别是那些好看的，会发展出某程度的自足感，这也正好补偿了社会对她们的对象选择方面所加诸的种种限制。"②按照拉康的说法，女人更倾向于自恋。

杜拉斯作品中的人物观照自己最通常的方式是照镜子。《平静的生活》中女主人公弗朗索偶然在旅馆的镜子中瞥见了自己的影像，引发思考，让读者理解了她充满悖论式的认识。衣橱的门是半开的，镜子里能照出睡在床上的"我"：

> 我凝视着我自己，镜中的那张笑脸动人而腼腆，一双眼睛仿佛是两潭幽邃的湖水，嘴唇紧闭着。我认不出我自己了……我感觉镜子后面躲藏着一个陌生人。亲如姐妹又仇恨深重的人，于无声中抗议着我的存在……我不知道和我休戚相关的是哪一个，是镜子中的那个人，还是我平躺着的熟悉的身体……我是谁？迄今为止，我把谁当成了自己……而我呢？真正的我总是隐藏在别处，再多的努力也无法让我找到自己。③

一方面，镜子中陌生的形象说明了主体"我"的模糊、不确定，"我"对"自己"的否认，使"我"本身存在的合理性遭遇质疑。"我"超然于外地观看着镜中的"我"以及床上的"我"，不停追问着"我是谁？"似乎有无数的幻影挤进了房间，无声无息地出现，又无声无息地消失，而她还是找不到自己。这是因为"我"经历了太多不该经历的东西：

---

① 按：从1910年起弗洛伊德开始使用"自恋"（narcissism）这个词，起初用于说明同性恋之间的性爱关系，其性质相当于自身的恋爱，类似于母亲对于他们的感情，后来在《图腾与禁忌》和《论那喀索斯主义》中修改了原来的说法，总的趋势是在自我的力比多（ego libido）与客体力比多（object libido）两者之间摇摆不定。概括来说，弗洛伊德认为，女性总是受着社会的限制，她们被禁止以一种主动的方式来表达自己的欲望。于是自恋情结就作为一种缓解方式而产生了，因为它就是对通常所受压抑的一种逃避。

② 转引自文洁华《美学与性别冲突》，北京大学出版社2005年版，第167页。

③ ［法］玛格丽特·杜拉斯：《平静的生活》，俞佳乐译，春风文艺出版社2000年版，第78页。

"我是一个棋子，人们把一段不属于我的历史倒了进来。于是，我承受着它，严肃、冷漠，如同人们背负着不属于自己的东西时一样。"① 另一方面，通过镜像的召唤，"我"又认识了自己，"我知道我不经意之间瞥见了镜子中的自己。这纯属偶然。当那个属于我的形象扑面而来时……这一刻，我发现自己还存在着"②。只不过，"我在坠落，和千千万万个事物一起坠落：男人、女人、牲畜、小麦、岁月……"③ 在对自我身体的注视中，弗朗索卸掉盔甲，还原到本来的自我。弗朗索因凝视镜中自我的影像从而感觉到了主体的分离，《情人》中的女主人公则通过镜像中自我凝视获得自恋式的认同，这种自我凝视源于那顶男士呢帽：

> 这顶帽子怎么会来到我的手里，我已经记不清了……在那个时期，在殖民地，女人、少女都不戴这种男式呢帽。这种呢帽，本地女人也不戴。事情大概是这样的，为了取笑好玩，我拿它戴上试了一试，就这样，我还在商人那面镜子里照了一照，我发现，在男人戴的帽子下，形体上那种讨厌的纤弱柔细，童年时期带来的缺陷，就换了一个模样。那种来自本性的原形，命中注定的资质也退去不见了。④

通过帽子的衬托，镜子中出现的不再是平凡的"我"，而是一个找不到"原来的我"的充满魅力的"我"，我被这"非我"所吸引，甘愿沉浸其中，这是自恋的初步形成。

到了《中国北方的情人》，女孩对自己的形象有了更深刻的认识。"她照镜子。她看见自己。她看到自己戴着有黑色宽饰带的玫瑰木色男士呢帽，穿着磨平了后跟的有仿宝石玻璃装饰的黑色皮鞋，涂着过浓的口红，宛然渡船相遇时的打扮。"⑤ 与渡河时期相比，虽然打扮相同，却已经不再是渡河之时的她了。她不再是一个小女孩，而是一个女人。这种变

---

①　［法］玛格丽特·杜拉斯：《平静的生活》，俞佳乐译，春风文艺出版社 2000 年版，第 87 页。

②　同上书，第 79 页。

③　同上。

④　［法］玛格丽特·杜拉斯：《情人　乌发碧眼》，王道乾、南山译，上海译文出版社 2003 年版，第 13 页。

⑤　［法］玛格丽特·杜拉斯：《中国北方的情人》，施康强译，上海译文出版社 2006 年版，第 97 页。

化使得她再也认不出自己。"她望着自己——她走进自己的形象。她再走近一步。她有点认不出自己来了。她不明白发生过什么事情。几年以后她才明白：她已经有了终生不离开她的憔悴面容。"① 青春和衰老合一，美丽与憔悴同在。过去的、现在的"我"合而为一，在镜像中失去自我的同时也获得了自我认同。

自我凝视需要借助一定的媒介、他物或者建构新的领域，从而形成自我观照和审视的场域。因此，最便捷的观看方式自然是镜子，除此之外，观看媒介还可以是带有历史记忆性质的照片。照片记载的是回忆，它所拥有的历史纵深感使人物可以通过跨越时间的纬度来审视自我。

《情人》本是杜拉斯对照相簿介绍文字的扩充，因此，处处可见她对当时和现在自己形象的细致刻画。昔日照片充当了镜像的角色，女主人公想象着自己的容貌，尤其是那个并不曾拍摄下来的渡船上自己的形象。她不厌其烦地描写渡船时候自己的容貌、头发、脸上的雀斑以及穿戴打扮，如衣衫、帽子和鞋子，不厌其烦地讲述自己一身行头的来历。如果这是她对美丽青春的留恋和回望，那么，在开头部分对自己苍老的面容的着意刻画更是起到了令人震惊的效果，年老的容颜也成为不可舍弃的对象。叙述中杜拉斯的顾影自怜、自我陶醉显而易见：

> 我眼看着衰老在我颜面上步步紧逼，一点点侵蚀，我的面容各有关部位也发生了变化，两眼变得越来越大，目光变得凄切无神，嘴变得更加固定僵化，额上刻满了深深的裂痕。我倒没有被这一切吓倒，相反，我注意看那衰老如何在我的颜面上肆虐践踏，就好像我很有兴趣读一本书一样。②

在《闺中女友》中，米歇尔·芒索曾经因为不经意间提到杜拉斯的年龄而遭到杜拉斯的质问，而在这里，杜拉斯本人却把衰老作为自己的资本，作为一种审美对象对待。在情人出场之前或者之后，杜拉斯对自己生活经历、衣着打扮的叙述在书中占据了很大比例。杜拉斯以作者的身份

---

① ［法］玛格丽特·杜拉斯：《中国北方的情人》，施康强译，上海译文出版社 2006 年版，第 98 页。

② ［法］玛格丽特·杜拉斯：《情人　乌发碧眼》，王道乾、南山译，上海译文出版社 2003 年版，第 5—6 页。

"我"在审视当年的小女孩，审视苍老之后的自己。在她眼里，无论是什么时候的自己都拥有令人惊叹的魅力。杜拉斯已经完全为自己倾倒，她沉浸在当年的故事中，沉浸在回忆的无限沧桑中。

不但如此，杜拉斯还在对昔日照片的凝视中想象着一个形象：

> 我已经老了，有一天，在一处公共场所的大厅里，有一个男人向我走来。他主动介绍自己，他对我说："我认识你，永远记得你。那时候，你还很年轻，人人都说你美，现在，我是特为来告诉你，对我来说，我觉得现在你比年轻的时候更美，那时你是年轻女人，与你那时的面貌相比，我更爱你现在备受摧残的面容。"这个形象，我是时常想到的，这个形象，只有我一个人能看到，这个形象，我却从来不曾说起。它就在那里，在无声无息之中，永远使人为之惊叹。在所有的形象之中，只有它让我感到自悦自喜，只有在它那里，我才认识自己，感到心醉神迷。①

是什么让衰老具有如此魅力？在这个想象的时刻，有魅力的不是衰老，而是杜拉斯自己，这不仅仅是对青春的颂歌，也是对自我的迷恋。她迷恋任何时候的自己，这不是那喀索斯式的自恋吗？杜拉斯也承认自己是"彻底的自恋狂"，这种自恋情结由童年时期的印度支那情结升华而来，表现为一种对自己"众人皆无我独有"的欣赏、认同和满足。于是，主人公的自恋式认同转而成为作者杜拉斯的自恋式认同。

杜拉斯的作品多多少少具有一些自传的性质，因此，其作品主人公的凝视与作者的凝视有重叠之处，因此，她的作品也成为映照自我的媒介。劳拉在《杜拉斯传》中说，从她出版第一本书开始，玛格丽特·杜拉斯就对自己的天赋确信不疑。很快，她便把自己看成一个完完全全的天才。她建造了自己的偶像。在杜拉斯生命的最后二十年中，她不停地谈论着这个叫作杜拉斯的人。她不再清楚自己是谁，谁是这个写作的杜拉斯。就在临终前不久，她还在追问：谁是杜拉斯？这是杜拉斯写的吗？② 杜拉斯作

---

① ［法］玛格丽特·杜拉斯：《情人　乌发碧眼》，王道乾、南山译，上海译文出版社 2003 年版，第 5 页。

② 参见 ［法］劳拉·阿德莱尔《杜拉斯传》，袁筱一译，春风文艺出版社 2000 年版，第 4 页。

品的女主人公身上大都有她自己的影子，她们的自恋也是杜拉斯本身自恋倾向的折射。杜拉斯在其文本中找到自我，像那喀索斯一样奔向自己，在酗酒、做爱与写作中寻找自我的主体存在，终于耗尽自己的整个生命。

拉康"镜像"理论中，"镜像"同时也是虚像。"自我"不是自然的存在，而是幼儿主体与自身之镜像认同的"自恋的激情"的产物。在这个意义上，"自我"即是"我"的形象，"我"正是在这一完整的形象中获得统一的身份感。在他看来，"自我"的形成是朝着虚构的方向发展的，是因为自我得以形成的幼儿主体与自身之镜像的认同乃是一种误认，即主体误把自己在镜中的形象当作了真实的自己，从而忽略了形象的他异性；或者说是主体把自己视为实际上不是自己的东西。由于误认而产生的自我就是主体异化的幻象。在杜拉斯这里，讲述的生活场景就代替真实的生活成为一个"镜像"，而"镜像"之于人就像"水中倒影"与那喀索斯一样，是一个理想而虚幻的"自我"。这个"自我"存在于想象界中，她只是这一阶段形成的"自恋形象"——narcissistic image。因此，"我"是永远看不到我自己的，如若借助"镜子"看到了自己，也已是一个"虚像"了，而这种"认同"，亦是一种"自我误认"了。杜拉斯借助于自我历史的"镜子"看自己，这种"认同"使杜拉斯成为自己笔下的故事主人公。她要求自己在创作中占据中心的位置。《杜拉斯传》中说到，她虽然常常写到她的母亲，但她把首要地位从母亲那里偷偷拿了过来："她不是我作品中的主要人物，也不是出现的最多的人物。不是，出现最多的人物就是我。"[①] 弗洛伊德说作家都具有这种自恋情结，杜拉斯可以作为最好的证明。她在笔下人物塑造中掺入她有意无意的自恋意识，从而成为"那喀索斯"主义者。

二　"看"与"被看"关系的角色置换

在传统的男权话语中，女性一直扮演着"他者"和"被看者"的角色，在性关系中他们是处在"从属者"和"对象"的位置上。长期以来女性甘愿做男性凝视的客体，用身体来换取一份被欣赏的凝视。弗吉尼

---

① ［法］克里斯蒂安娜·布洛–拉巴雷尔：《杜拉斯传》，徐和瑾译，漓江出版社 1999 年版，第 222 页。

亚·伍尔夫在《一间自己的屋子》中说："几千年来，妇女都好像是用来做镜子的，那种不可思议的奇妙的力量将男人照成原来的两倍大……这镜子绝对重要，因为它推动生命力，刺激神经系统，把它去掉，男人也许会死，就像把鸦片烟鬼的大烟拿走一样。"① 伍尔夫指出，女性只是作为男性的镜子出现，他们对于男性来说至关重要，但是，她们还是男人的镜子。彼得·布鲁克斯也指出："传统观念中女性是男性注视的对象；她是以与她欲望相关的位置来界定的，而那种欲望则是通过男性的注视来表达的；她假定了男性注视在界定方面的特权，并且接纳了她与之相关的身份。"②

然而，人们发现在传统文本中，女性在被客体化的语境下，依然存在着数量不多的"女性凝视"。在历史的空隙中偶然掌握了凝视的权力，为女人迎来了反客为主的机会。女性不再是"被观看"的客体以及空洞的女性符号，而更多地成为有血有肉的生命主体。杜拉斯扩大了女性作为主体的机会，她"对注视的摆弄微妙置换了现实主义传统小说中的传统视觉领域"③，颠覆了传统的男性观看女性的单一视角。在她笔下，镜子和主体的位置颠倒，形成男性视角到女性主体的转换。

《情人》中的女主人公是凝视的主体，中国情人成为注视的对象，其情人身份是被"我"所塑造的。女主人公自觉、故意仿照男性欲望，假定她自己的身份，以便实现她自己身体的"命数"，这种能力颠覆了传统的模式。小说开始，女主人公即"我"，看着那个外表迷人的男人。"他在看我"，但作品叙述所强调的是，"我"看到他在"看"我，是以女主人公"我"的视域为背景的。"我"的眼睛首先看到了中国男人的种族特征和衣饰打扮："在那部利穆新汽车里，一个风度翩翩的男人正在看我。他不是白人。他的衣着是欧洲式的，穿一身西贡银行界人士穿的那种浅色柞绸西装。"④ 男人的衣饰所体现的优越地位，吸引了女主人公的注意，然而，作为黄种人的中国男人，在女主人公的眼里，则处于被看的劣势地

① ［英］弗吉尼亚·伍尔夫：《一间自己的屋子》，王还译，生活·读书·新知三联书店1992年版，第42—43页。

② ［美］彼得·布鲁克斯：《身体活：现代叙述中的欲望对象》，朱生坚译，新星出版社2005年版，第325页。

③ 同上。

④ ［法］玛格丽特·杜拉斯：《情人 乌发碧眼》，王道乾、南山译，上海译文出版社2003年版，第17页。

位，以至于他递烟的手在发抖。然而，女主人公也叙述了自己的被看，即被中国男人看，"他在看我，这在我已经是习以为常了"①，她也被白人男人看：

> 在殖民地，人们总是盯着白人女人看，甚至十二岁的白人小女孩也看。近三年来，白种男人在马路上也总是看我……的确别人总是盯着我看。我么，我知道那不是什么美不美的问题，是另一回事……比如说，是个性的问题。②

乍看起来，女主人公也像传统女性那样处于"被看"的地位。但实际上，这不是一种"从属性"的被看。其一，她在被情人观看时，拥有一种白人优越感；其二，她在被白人男人看时，她看到了自己的存在，她成为整个"被看"过程的主体。男人看"她"的眼光变成了主体"她"的"镜像"或"他者"，正是这种目光促使女主人公获得主体性认同。

杜拉斯的《情人》等作品中的女主人公，大都习惯于在被看中自我展现，她们陶醉于在男人的眼光中确认自己的优越感与主体性。当然，这种自我展现还包括肉体的展现，这类女主人公成了自己身体的编剧。女人的身体展示是有意识的，她们因自己的优越感与主体意识而炫弄自己的身体。传统女性被动的"被看"，在杜拉斯笔下演化为女性主动的"被看"。《抵挡太平洋的堤坝》中，小丑般的诺先生，想要看一眼浴中的女主人公。小说写道：

> 他很想看她，至少这是个男人的欲望，她呢，站在那儿被人看也不错，只需把门打开就行了。世上没有一个男人见过这扇门后的少女的裸体，这身子生来不是为了藏着，而是要给人看。③

杜拉斯笔下这种叛逆性的"被看"，莎琳·维利斯（Sharon Willis）

---

① ［法］玛格丽特·杜拉斯：《情人　乌发碧眼》，王道乾、南山译，上海译文出版社 2003 年版，第 17 页。

② 同上。

③ ［法］玛格丽特·杜拉斯：《抵挡太平洋的堤坝》，张容译，春风文艺出版社 2000 年版，第 47 页。

认为是积极的，她说："一个暴露癖的女性主体形象对于女性主义读者来说有着特殊的力量……（杜拉斯的）作品中集中处理了多数女性主义理论建构所关注的问题：欲望与性意识，社会性别与生物学以及身体与语言的关系。《情人》在一个女人的积极的自我展示中，在对她作为嘲笑对象的生活的表现中，重新记录了暴露癖的意象；说它积极，是相对于女人的被动形态——作为读者或嘲笑者那种控制的注视的对象/嘲笑对象——而言的。"① 美国学者彼得·布鲁克斯也说："她不再是注视的被动对象（就像很多电影理论假设的那样），而是积极的暴露癖者。"②

　　正如声音有回音一样，凝视也具有反射性，男性的"凝视"折射出欲望释放的渴求，《情人》中女主人公对情人的凝视，同样也存在着欲望释放的渴求，这体现了杜拉斯对传统女性观的突破。《中国北方的情人》中，女主人公是镜头中的被观看者。随着中国男人的出现，她就变成了观看者，中国男人一直成为她视线中的男人，即被看的人。小说这样写道："从黑色汽车上走下来一个男子……他跟上本书里的那一个有所不同，更强壮一点，不那么懦弱，更大胆。他更漂亮，更健康。他比上本书里的男子更'上镜'。"③ 在女主人公的视线中，这位男主人公更有魅力，更有吸引力。她盯着他看。她的目光只能用"凶狠"来形容，咄咄逼人，照母亲的说法则是肆无忌惮：

> 　　她看着衣服、汽车。他周围飘着欧洲古龙水的香味，还有淡淡的鸦片和绸缎——是柞丝绸——的气味、丝绸上和皮肤上的龙涎香的气味。她看着一切。司机、汽车，还有他，中国人。她的目光带着一种不得体的、始终令人来不及提防的、不知餍足的好奇心，但也流露童心。④

女主人公"凶狠"的目光更是强调了看者的主体地位。于是，男人

①　Sharon Willis, *MargueriteDuras*: *Writing on the Body*, Urbana：University of Illinois Press, 1987, p. 7.

②　[法] 玛格丽特·杜拉斯：《情人·乌发碧眼》，王道乾、南山译，上海译文出版社 2003 年版，第 325 页。

③　[法] 玛格丽特·杜拉斯：《中国北方的情人》，施康强译，上海译文出版社 2003 年版，第 30 页。

④　同上书，第 32 页。

便代替了传统中女性的位置，代替了女性以其肉体唤起男性欲望的角色。男人周围的气味触动了女人的感官欲望，中国男人的身体，包括男人的手、皮肤，成为女主人公眼中的欲望对象。

> 肌肤有一种五色缤纷的温馨。肉体。那身体是瘦瘦的，绵软无力，没有肌肉……他没有唇髭，缺乏阳刚之气，只有那东西是强有力的，人很柔弱，看来经受不起那种使人痛苦的折辱。她没有看他的脸，她没有看他。她不去看他。她触摸他。她抚弄那柔软的生殖器，抚摩那柔软的皮肤，摩挲那黄金一样的色彩，不曾认知的新奇。他呻吟着，他在哭泣。①
> 他望着外面。而她，她看着他搁在作为扶手上的那只手。他是心不在焉搁上去的……她抓住了那只手。她端详那只手。把它当作一件从未如此贴近打量过的东西：一只中国手，中国男人的手。它瘦削，在折向指甲的部位像是断裂了，换上一种可爱的残疾，使它如同死鸟的翅膀那样优雅……她轻轻把手翻了过来，她看着这只手的反面，里面，赤裸裸的。她触摸刚出过汗、丝绸一般的皮肤。②

情人"瘦削的双手""丝绸般的皮肤"满足了女主人公的观看欲望。不但如此，传统性关系中的男性一向占据观看的主体性地位在《情人》系列中遭到颠覆。难怪有人说，杜拉斯笔下的男人很少是完整的男人，他们变得懦弱，变得女性化。有时候，男人虽然也在看，但却失去了"看"的主动性，男人在性爱中的积极、霸道、专权在这部作品中消失殆尽。《中国北方的情人》中描绘了中国情人的心态：

> 他移开她的手臂，一边看她的身体，一边看她……怀着某种担心，就像她是一件易碎的物品，也带着持续的粗暴，他把她抱走，放在床上。一等她被平放在床上，听凭摆布，他还是望着她，此时他重又感到害怕……于是她采取主动了。她闭着眼睛为他脱衣服。解开一

---

① ［法］玛格丽特·杜拉斯：《情人　乌发碧眼》，王道乾，南山译，上海译文出版社2003年版，第28页。

② ［法］玛格丽特·杜拉斯：《中国北方的情人》，施康强译，上海译文出版社2003年版，第40页。

个又一个扣子，脱下袖子。①

劳拉说："在玛格丽特笔下，总是女孩子在领舞，是他们首先走进利穆新轿车的，是她们拿起他们的手，让他们等待；是她们释放出某些鼓励性的手势；专注的眼神，骤然温柔的语调，极具魅惑的身体姿态。总是女孩决定故事的开始，然后划分好几个阶段。"② 激情过后，还是女主人公在观看：

> 女孩。镜头里只有她一个人，她在看，看他赤裸的身体，与一张赤裸的脸同样陌生，与旅途中他搁在她身上的赤裸的手同样古怪，同样令人爱怜。她一遍又一遍看着他，而他听之任之，他让她看个够。她低声说："中国人挺漂亮的。"③

女孩眼中，情人的皮肤光滑细腻，身体充满了光感。在这里，男性的躯体被女性化了，他被固定在被观察的位置以满足女孩观看的欲望。传统观念中男人和女人在"看"与"被看"关系中的角色在此彻底被颠覆了。

三　承载欲望的"窥视"

"观看"与"窥视"的区别在于：前者在明亮处，是一个仪式的秘密；后者在阴暗处，是设法进入这种秘密之中的目光。弗洛伊德的窥视理论所看重的是主体对自身和外界的能动作用，在他眼里，"窥视冲动"有两种与之相关的主体性结构——"暴露癖"（被看的快感）和"窥视癖"（看的快感），前者是被动的，处于被看的位置；后者是主动的，处于看的位置。拉康说，"我们的一切都开始于一种凝视的自我反省的能力，因此被动中总是存在着主动"④。弗洛伊德的窥视理论通过对主体心理运作

---

① ［法］玛格丽特·杜拉斯：《中国北方的情人》，施康强译，上海译文出版社 2003 年版，第 85—86 页。

② ［法］劳拉·阿德莱尔：《杜拉斯传》，袁筱一译，春风文艺出版社 2000 年版，第 83 页。

③ ［法］玛格丽特·杜拉斯：《中国北方的情人》，施康强译，上海译文出版社 2003 年版，第 86 页。

④ ［法］拉康：《凝视的大对体》，载吴琼编《凝视的快感》，中国人民大学出版社 2005 年版，第 66 页。

的分析，揭示了主体与客体、自我与他人之间的能动关系。

在杜拉斯笔下，那些来自暗处的目光构成了新的欲望，就形成充满欲望的窥视。《夏夜十点半钟》中，在克莱尔即将成为皮埃尔的情妇之时，玛丽娅"想要看到他们之间做的事情，一边用和他们一样的看法来弄清这些事情，并进入她留给他们的这个团体"①，丈夫的偷情，成为玛丽娅欲望的表达。《劳儿之劫》中，十年前的舞会上，劳儿眼睁睁地看着未婚夫跟着黑衣女人走出去，"劳儿用目光追随他们穿过花园。到她看不见他们时，她摔倒在地，昏了过去"；十年后，家门口的一对情人的亲吻唤醒了劳儿的欲望，她以欲望主体的身份追踪窥视她的女友及其情人的行踪。她在黑麦田里观察树林旅馆里的塔佳娜和雅克·霍尔德，虽然只看到这对情人的上半身，也没有听到他们说到任何话，但是她的"眼睛盯牢那扇亮灯的窗户"，想要"饱餐、狂食着这不存在、看不见的演出，有其他人在那里的一个房间里的灯光"。② 劳儿在窥视中获得身份的换位，获得欲望满足的同时又沉浸于更强、更深的欲望中去；而雅克则在被窥视者的位置中，分裂了自我意识的主体，无所适从、不知所终。

那么欲望是什么呢？黑格尔提出欲望是一种欠缺和不在场。欲望是一种基本的欠缺，是存在的一个空洞，是对他者的欲望。这种欲望保持了一种绝对性、无条件性和一种对他者的指向性。欲望超越了意识的表达，它具有一种言说的结构，却未被主体如其所是的言说。窥视，成为潜意识的欲望的表达，即欲望的载体。拉康说，欲望的实现不在于其被满足，而在于欲望本身的再生产。窥视者在对他者的窥视中满足自身对他者的欲望，因此，有评论者说："凝视与其说是主体对自身的一种认知和确认，不如说是主体向他者的欲望之网的一种沉陷。凝视是一种统治力量和控制力量，是看与被看的辩证交织，是他者的视线对主体欲望的捕捉。"③ 《情人》中，有一段关于欲望的思维活动的文字：

> 我真想把海伦·拉戈奈尔也带在一起，每天夜晚和我在一起到那

---

① ［法］玛格丽特·杜拉斯：《夏夜十点半钟》，桂裕芳译，上海译文出版社2005年版，第169页。

② ［法］玛格丽特·杜拉斯：《劳儿之劫》，王东亮译，上海译文出版社2005年版，第60页。

③ 吴琼：《视觉性与视觉文化》，载吴琼主编《视觉文化的奇观》，中国人民大学出版社2005年版，第25页。

个地方去，到我每天夜晚双目闭起享受那让人叫出声来的狂欢极乐的那个地方去。我想把海伦·拉戈奈尔带给那个男人，让他对我之所为也施之于她身。就在我面前那样去做，让她按我的欲望行事，我怎样委身她也怎样委身。这样，极乐境界迂回通过海伦·拉戈奈尔的身体、穿过她的身体，从她那里再达到我身上，这才是决定性的。为此可以瞑目死去。①

海伦的身体，成为情人和女主人公之间欲望传递的媒介，当情人的欲望与其自己的欲望在海伦的身体上呈现出来的时候，他们就会交会在一起，并且变得可以看见了。布鲁克斯说，"仿佛必须有另外一个身体来代替，才能充分实现视觉的性亢奋，而这正是这部小说对欲望的界定"②。

另外，窥视与暴露的快感是融合在一起的，如《毁灭，她说》中的一段文字：

"我们做爱，"阿丽萨说，"每天夜里我们都做爱。"

"我知道，"斯泰因说，"你们让窗子开着，我看到你们。"

"他让窗子开着这是为了你。让你看到我们。"③

劳拉·穆尔维的电影理论还提出了观众与电影中主人公之间的凝视。经过男性导演拍摄舞台上搔首弄姿的女演员，吸引了观众的眼球；与此同时，观众也在封闭的电影空间里完成他们的"窥视梦"。《抵挡太平洋的堤坝》中为了躲避别人的观看躲到电影院中的苏珊，把自己置于黑暗中，才得以从"被看"的位置逃脱。她凝视着银幕上的情侣，在电影的镜头前深深思索，也在凝视中满足她窥视的欲望。《劳儿之劫》中的劳儿一次次躺在黑麦田中，想象着那不能完全看到的细节。窥视让劳儿意识到自己的存在，使她把欲望寄托在自己曾经拥有，但今天却是属于别人的激情

---

① ［法］玛格丽特·杜拉斯：《情人 乌发碧眼》，王道乾、南山译，上海译文出版社 2003 年版，第 62 页。

② ［美］彼得·布鲁克斯：《身体活：现代叙述中的欲望对象》，朱生坚译，新星出版社 2005 年版，第 328 页。

③ ［法］玛格丽特·杜拉斯：《毁灭，她说》，马振骋译，作家出版社 1999 年版，第 162—163 页。

中。而雅克带有表演性的被窥视，并不能让劳儿的窥视欲望就此消止，反而使其变本加厉。她的目光注视着空白处，里面重新构成欲望的各种图像。窥视成为了女主人公欲望的载体。

杜拉斯正视女性身体的感觉、欲望，重新建构男女性别身份。在这场视觉建构中，杜拉斯以女性立场，设置女性视角，关注女性的生命体验。历来文学文本中，男性是视觉空间的主动者，男人的"看"，决定了视觉空间中的女性身体表象，并对这个表象加以控制和占有。伊莉格瑞说："女人对视觉的占有并不像男人那样享有特权。"① 因此，处于被看位置上的女性躯体，常常是主体欲望与权威的对象，在男人的观看中，女性的身体是缺席的。当男人的看，呈现欲望色彩时，"起决定作用的男人的眼光把他的幻想投射到照此风格化的女人形体上。女人在她们那传统的裸露癖角色中同时被人看和被展示，她们的外貌被编码成强烈的视角和色情感染力，从而能够把她们说成是具有被看性的内涵"② 。但是，杜拉斯笔下的凝视，却是反其道而行之，呈现出新颖、叛逆、非传统的特色，这与杜拉斯个人的叛逆性格有着密切的关系。拉康在谈到凝视概念时说："在作品中作为主体，作为凝视，艺术家是有意把自己展现在我们面前的。"③ 杜拉斯的自恋使她自身的叛逆、桀骜不驯的性格投射到作品人物身上，表现为女主人公对他者大胆而反叛的凝视目光。总之，杜拉斯笔下两性之间的"看"与"被看"，是对传统性别关系的颠覆与重构，为凝视理论提供了新的视域。

参考文献

[1] Sharon Willis, *Marguerite Duras: Writing on the Body*, Urbana: University of Illinois Press, 1987.

[2] Martin Crowley, *Duras' Writing and Theethical: Making the Broken Whole*, Oxford: Clarendon Press, 2000.

[3] Bettinal Knapp, *Critical Essayson Marguerite Duras*, New York: G. K. Hall, London: Prentice Hall International, 1998.

[4] Judith Butler, *Gender Trouble: Feminism and the Subversion of Identity*, New

---

① 罗钢、顾铮主编：《视觉文化读本》，广西师范大学出版社 2004 年版，第 347 页。

② 穆尔维：《视觉快感与叙事电影》，载吴琼编《凝视的快感》，中国人民大学出版社 2005 年版，第 8 页。

③ ［法］拉康：《凝视的大对体》，载吴琼编《视觉文化的奇观》，中国人民大学出版社 2005 年版，第 43 页。

York：Routledge，Chapman & Hall，1990.

［5］Marie-PauleHa，*Figuring the East*：*Segalen*，*Malraux*，*Duras*，*and Barthes*，Albany：State University of NewYork Press，2000.

［6］Susan D. Cohen，*Women and Discoursein the Fiction of Marguerite Duras*：*Love*，*Legends*，*Language*，Amherst：University of Massachusetts Press，1993.

［7］［法］弗莱德里克·勒贝莱：《杜拉斯生前的岁月》，方杰译，海天出版社1999 年版。

［8］［法］克里斯蒂安娜·布洛 - 拉巴雷尔：《杜拉斯传》，徐和瑾译，漓江出版社1999 年版。

［9］［法］米歇尔·芒索：《闺中女友》，胡小跃译，漓江出版社1999 年版。

［10］［法］劳拉·阿德莱尔：《杜拉斯传》，袁筱一译，春风文艺出版社2000 年版。

［11］［法］阿兰·维尔贡德莱：《真相与传奇——杜拉斯唯一的传记影集》，胡小跃译，作家出版社2007 年版。

［12］［法］贝尔纳·阿拉泽、克里斯蒂安娜·布洛 - 拉巴雷尔主编：《解读杜拉斯》，黄荭主译，作家出版社2007 年版。

［13］户思社：《痛苦欢快的文字人生——玛格丽特·杜拉斯传》，中国文联出版社2002 年版。

［14］李亚凡：《杜拉斯——一位不可模仿的女性》，人民文学出版社2006 年版。

［15］陶东风主编：《文化研究精粹读本》，中国人民大学出版社2006 年版。

［16］罗钢主编：《文化研究读本》，中国社会科学出版社2000 年版。

［17］赵一凡主编：《西方文论关键词》，外语教学与研究出版社2006 年版。

［18］文洁华：《美学与性别冲突》，北京大学出版社2005 年版。

［19］吴琼编：《视觉文化的奇观》，中国人民大学出版社2005 年版。

［20］吴琼编：《凝视的快感》，中国人民大学出版社2005 年版。

［21］王宇：《性别表述与现代认同》，上海三联书店2006 年版。

［22］［美］苏珊·S. 兰瑟：《虚构的权威——女性作家与叙述声音》，黄必康译，北京大学出版社2002 年版。

［23］［美］彼得·布鲁克斯：《身体活：现代叙述中的欲望对象》，朱生坚译，新星出版社2005 年版。

［24］［英］丹尼·卡瓦拉罗：《文化理论关键词》，张卫东等译，江苏人民出版社2006 年版。

［25］［日］福原泰平：《拉康——镜像阶段》，王小峰、李濯凡译，河北教育出版社2002 年版。

论同性恋小说《美丽曲线》中尼克的审美化生存与困境

王艳杰

摘　要：英国当代作家阿兰·霍林赫斯特是一位颇具影响的同性恋题材的作家，善于从审美的视角书写同性恋者的生活，他的长篇小说以男性同性恋为题材。本文从身体美学、生存美学等角度探讨其第四部小说，也是获得布克奖的《美丽曲线》中同性恋主人公的审美化生存，重点论述主人公尼克的生存理念与生活方式的同性恋审美诉求，同时结合小说人物所处的 20 世纪英国社会背景，探讨同性恋审美化生存的困境。

关键词：《美丽曲线》；同性恋；审美化生存；困境

英国当代作家阿兰·霍林赫斯特（Alan Hollinghurst，1954—　）凭借其第四部长篇小说《美丽曲线》（*The Line of Beauty*）摘得 2004 年度曼·布克奖的桂冠，这也是布克奖自 1968 年创立后的 36 年来，第一次由同性恋题材的小说获此殊荣。《美丽曲线》在西方世界引起了轰动，受到批评界极大的关注，然而，对于这部作品，国内的研究并不多。

本文认为，《美丽曲线》的特质在于同性恋者的生存方式，小说中男同性恋者的生活，被提升到审美的层面与艺术的高度，但小说并不唯美，它同时具有广泛而真实的当代英国的社会背景，因而小说中揭示了尼克等同性恋者所处的 20 世纪 80 年代伦敦的生活境况。本文在同性恋美学的基础上，融合身体美学、艺术唯美、生命体验等探讨尼克的审美化生存特征，并从其"出柜"的焦虑与身体的局限以及疾病等层面探讨其所面临的困境。

一　审美化生存的界定与尼克的审美观

审美化生存，即以一种审美的视角和艺术的眼光观照生活，赋予生活独特的审美趣味，创造能够实现各种新奇生活经验的可能性，以此带给主体身心的审美愉悦感受。

（一）同性恋现象研究的另一个角度：审美化生存

同性恋现象有着悠久的历史，关于同性恋的研究，遍及司法、医学、心理学、社会学、哲学等领域。20 世纪身体美学和生存美学的兴盛，无疑为同性恋现象的研究提供了一个审美化生存的新视角。

身体美学的概念由美国学者理查德·舒斯特曼在其著作《实用主义文学——生活之美、艺术之思》中提出，即"对一个人的身体——作为感觉审美欣赏及创造性的自我塑造的场所——经验和作用的批判的、改善的研究"[1]。可见，身体美学关注的是身体在美学意义上的存在可能和实践方式。舒斯特曼还指出："身体美学不仅仅关注身体的外在形式与表现，它也关注身体的活生生的体验。"[2] 因此，同性恋者对身体欲望的各类体验也都可以纳入身体美学的研究范畴。

身体美学是审美化生存的一个理论维度，同样也为审美化生存的实践提供了理论上的支持与经验总结。"生存美学"作为一个学术概念，首次出现在福柯法兰西的演讲——《主体解释学》中。按照国内学者高宣扬的说法："生存美学并不仅仅是一种理论性的哲学原则，而且更是生存实践本身的技巧、生与死的艺术、高尚的生活风格和灵活机动的生活策略的经验总结。"[3] 生存美学把生活艺术化，以审美的姿态展现个体生存的境况。

审美化生存是融合了身体美学、生存美学的一些理论原则，把艺术美付诸生活实践的尝试。尼克所具有的特殊的生活理念和生存方式使他可以

---

① ［美］理查德·舒斯特曼：《实用主义美学——生活之美、艺术之思》，彭锋译，商务印书馆 2002 年版，第 354 页。

② ［美］理查德·舒斯特曼：《身体意识与身体美学》，周宪、高建平编，程相占译，商务印书馆 2011 年版，第 34 页。

③ 高宣扬：《福柯的生存美学》，中国人民大学出版社 2005 年版，第 3 页。

成为审美化生存实践的主体。

（二）尼克的审美观：身体曲线

身体的特点在一定程度上影射了一类人群的特点，从而身体成为我们身份认同的"根本的维度"。研究同性恋者的审美化生存，身体是首要和必要的研究对象。在霍林赫斯特的《美丽曲线》中，身体曲线呈现出一种美学特征，承载着审美。

对身体线条美的推崇，早在古希腊就已存在，展现身体完美线条的人体雕塑和人物肖像曾盛行一时。直到现在，西方的裸体艺术依然以凸显身体的柔美线条为主要风格。凹凸有序的体态造就了身体灵动的曲线美，小说《美丽曲线》的书名就是男性身体曲线的一个指涉。小说提到，"关于同性恋，尼克非常强调的是美学上的那种美感"①。尼克的三个伴侣——利奥、万尼和特瑞斯陶，无不具有理想的线条美。

尼克和利奥的首次约会，只见对方"穿着那件低腰牛仔裤和紧身的蓝衬衣，看上去很性感，正是他渴求的那种人"②。这里的"低腰"和"紧身"便暗示了利奥腰部和上半身曲线的暴露，而"性感"正好符合尼克对男性身体曲线美的要求。与利奥迷人的躯体线条相比，万尼拥有完美的面部线条。如果说对利奥，尼克是偶然的一见钟情；而对于昔日的牛津同窗万尼，尼克则对其美貌垂涎已久；作为侍者的特瑞斯陶，是尼克退而求其次的一个选择，就这样一个差强人意的人选，他也有着犹如"艺术品鉴赏家的手"和"有诱惑力的身体"。

尼克对于身体的迷恋，一方面是自己的审美观所致，另一方面则源于同性恋群体所具有的爱美和自恋的天性。如国内学者李银河在其《同性恋亚文化》中指出："在同性恋行为中，自我仍旧留在自身之中，怀着自恋主义的激情注视着他人，而他人不过是自己的一面镜子而已。"③可见，在某种程度上，同性恋者对伴侣身体的迷恋也是对自己身体的一种肯定，是自恋情结的延伸。一般而言，本身具有几分姿色的人才会滋生自恋的情绪。关于尼克的俊美，作者借小说人物奈特的口，说尼克一副"妞妞

---

① ［英］阿兰·霍林赫斯特：《美丽曲线》，石定乐译，长江文艺出版社 2006 年版，第 20 页。
② 同上书，第 22 页。
③ 李银河：《同性恋亚文化》，内蒙古大学出版社 2009 年版，第 54 页。

样",而且他趁着酒醉不禁吻了尼克一下。同时,尼克也的确怀有自恋的情绪。小说里写道:"他觉得自己很帅——头发卷卷的,皮肤干干净净的,个头不大却结实,实在是个美男儿。"①

尼克对完美体形的追求,正是同性恋群体自恋情结的外显,而这也体现了他们追求唯美的身体意象,只不过男性身体意象在尼克这里具体化为身体的曲线美而已。

二　审美化生存的实践演练

审美化生存的实践来源于生活,而完成于个体生命体验。小说里,尼克用自己的艺术技能去指引生活,运用各种可能的方式去满足不同的生命体验,以此带来生存的审美化意义。

(一) 在生活中提炼和创造美

审美化生存既是生活态度,又是生活技巧,体现了人物既以一种审美的眼光来看待生活,又注重培养自身审美化生存的能力,恰如高宣扬所提到的,审美成为"生存艺术"。

尼克毕业于牛津大学,对文学、音乐、绘画、建筑等都有深入的研究。他甚为崇拜亨利·詹姆斯,其美学观念直接借鉴了詹姆斯关于生活和艺术的见解,即艺术能够提升生活的层次,能够提升生活的品位。尼克在小说中自始至终实践着他的艺术化人生和审美化生存。

凭借广博的建筑学知识,尼克能发现凯斯勒勋爵的豪宅——霍克伍德庄园,在其华丽掩盖下的不足。在他眼里,它不只是一处奢华的住所,而是一件可供鉴赏的艺术品。自幼随父亲鉴赏古藏,使得尼克对凯斯勒的古典家具、名画能够恰到好处地予以评价。他人眼里的陈设品,在尼克这里,展现为华丽的艺术。在吉拉尔德举办的音乐会上,尼克对钢琴家妮娜演奏的舒伯特、贝多芬、巴赫等音乐家的曲目能够出色地鉴赏。在尼克的生活里,看似平常的事物也能带给他艺术的体验,似乎每一刻都笼罩着艺术的氛围。

审美化生存作为一种生存的艺术,不是对现实生活中既定规则的模

---

① 〔英〕阿兰·霍林赫斯特:《美丽曲线》,石定乐译,长江文艺出版社 2006 年版,第 12 页。

仿，而是对日常生活的创新，对传统的超越。尼克在追寻美的历程中，无不处在对社会传统规范的反叛、对平常生活的创造中，并得到了独特的审美体验。

尼克在从牛津毕业那年公开了其同性恋性取向，但是那些"王后"①却总是没有把他看在眼里。利奥是尼克的初恋，也是他的性启蒙引领者。尼克对利奥的欲望一方面是因为他中意于对方迷人的身材，另一方面则是实质性的同性性行为满足了他那颗反叛传统的不羁心灵。小说写道：

> 他梦想做这件事已有多年，一直希望能和男人共度良宵时做这件事。与其说喜欢做的时候那种销魂之感，或那种非常私密的亲近，不如说更为这种想法的离经叛道而着迷。②

对同性恋性取向身份的认同，其实已经是对传统的反叛，因为在异性恋秩序规范的社会中，同性恋行为往往被视为不正常、不道德的举动。而撇开道德，从尼克这里看到的同性恋行为是作为审美化生存实践的需要而出现。"正是这些被'正当'论述说成'异常'的地方，充满着生活的乐趣，也是审美创造的理想境遇，是最值得人们冒着生命危险去尝试和鉴赏的地方。"③ 与其说同性恋行为是一种"异常"，倒不如说是一种行为创新与对传统的异性恋秩序的改革。福柯也说过："我们和我们自己的关系，不是认同的关系，而应该是变异的关系、创造的关系、革新的关系。"④在此意义上，同性恋行为的出现，不单是因为情色的诱惑，可能也是对传统的革新。依照传统的审美标准，男子要表现出阳刚气才会受到女人的青睐，与之相反，同性恋的男子则以"阴柔"为美。小说里的万尼被称为"娘娘腔十足"，如果以传统异性恋的眼光来看，万尼恐怕要受到鄙视。而以尼克的审美原则来看，他实属一个美男，小说里的描述是美得"奇异夺目"。

多数唯美主义者往往不安于现实生活的平淡，追求新鲜刺激带来的审美体验，阿尔西比亚德就说过："我宁愿今天就死去，也不想过一种不会

① 英语里对男同性恋蔑视的称呼，亦为同志关系中妻子角色的称呼之一。
② ［英］阿兰·霍林赫斯特：《美丽曲线》，石定乐译，长江文艺出版社2006年版，第31页。
③ 高宣扬：《福柯的生存美学》，中国人民大学出版社2005年版，第15页。
④ ［美］布莱恩·雷诺：《福柯十讲》，韩泰伦编译，大众文艺出版社2004年版，第170页。

带来任何新东西的生活。"① 同样，追求快乐的本性，使尼克不顾现实制度对毒品的禁制，不惜以身试险。

尼克的生活理念虽然不符传统规范，带着阿尔西比亚德式的叛逆，但在对传统的反叛与超越中，他寻求到了自身生存状态的美的意义。他对性爱的追求以及对身体欲望的积极实践，是为了满足身心愉悦的需要而做出的尝试，这些都是为其审美化生存服务的。

（二）审美实践：生命的狂欢体验

作者在小说里采用了审美的视角，男性的身体不只是生物学意义上的由骨骼和肌肉组合而成的物质性实体，还是一件具有曲线美感和富有灵性的艺术品。性爱活动与其说是欲望的宣泄，不如说是审美的体验，是对生命本质的关怀，是对日常生活的超越。

1. 审美体验：同性爱欲的升华

同性恋者（也称为"酷儿"）的生活方式，本身已经构成对生活的艺术实践。如塔姆辛·斯巴格所言："酷儿生存有助于人生艺术化，颇具审美性，是生存美学的温床。"② 当尼克把同性关系中被爱的一方看作艺术品时，同性爱欲转化为一种审美体验。性爱本身能够带来身体的快感和心理的愉悦，对于初尝爱的禁果的尼克来讲，它美妙又难忘。小说如此描述：

> 利奥也绝对不知道对尼克来说，第一次吻到他时，第一次接触到他的胴体时，对他这个在那之前还一直只是在心中构建爱情和性爱的年轻人来说感到何等震撼。③

在尼克看来，和利奥的幽会，不但是与爱人之间的身体接触，更是多年来的精神追求如愿以偿后的满足感，此处的身体愉悦已经上升成为心理层面的审美愉悦。从审美的意义上来讲，是生理欲望的实践经过身体愉悦

---

① ［法］米歇尔·福柯：《主体解释学》，佘碧平译，上海人民出版社 2005 年版，第 36 页。

② ［英］塔姆辛·斯巴格：《福柯与酷儿理论》，赵玉兰译，北京大学出版社 2005 年版，第 24 页。

③ ［英］阿兰·霍林赫斯特：《美丽曲线》，石定乐译，长江文艺出版社 2006 年版，第 337 页。

的升华演变为精神层面的审美愉悦体验。尼克的实质性同性生活由利奥开启，和利奥分开后，他和万尼、特瑞斯陶等人继续探索性爱的奥秘和享受其带来的身体愉悦。对美的执着追求使同性恋者容易沉迷于欲望，所以他们又会被称为"色情狂"。因为与异性恋关系相比，不能生育的同性恋关系，暴露出了赤裸裸的情色欲望。然而，色情能够带给人们快乐，却是一个不争的事实。正如乔治·巴塔耶所认为的，"任何人，无论他是谁，都无法怀疑色情带给我们的极端的、适度的、心荡神驰的特征"①。因此，能带给双方独特身体愉悦的性爱游戏，是同性恋者所热衷的选择。小说也写到多人游戏和用毒品的兴奋作用，来增加性爱的极限体验。强烈的情欲和极端化的生活方式，使尼克等人的生活带有颓废的美学色彩。托马斯·曼在《论结婚》中用"情色美学"来形容同性恋生活的美学意义。

性爱带来身体的快感，身体的快感又能带来审美的体验，那么，同性恋者为性爱而结合也可以说是"为艺术而艺术"。正是由于性爱在本质上具有的审美特性，因而同性爱欲为同性恋者的审美化生存实践，起着重要的支撑作用。

2. 享乐主义与生命关怀的并置

《美丽曲线》中，故事被安排在消费社会的背景下，尼克的生活也充斥着强烈的物欲主义和享乐主义等消费社会的特征。然而，尼克的享乐主义的终极意义，又可归为对生命本身的关怀。

与异性恋者不同的是，在同性恋者这里，性与生殖是分离的。异性恋情侣要遵循"生殖秩序"，即"认为正规的性关系应当仅以生殖为目的，否则就是越轨行为"②。而同性恋者的性爱在祛除了生育这一目的之后，唯一的追求便是纯粹的身心愉悦。正是出于单一的娱乐性，同性恋者为了增加身体体验的丰富性，往往喜欢新鲜刺激甚或冒险的性爱游戏，如虐恋、多人游戏，甚至借助毒品满足极限的性爱体验。

尼克属于唯快乐至上的人，对利奥的身体回味无穷。在毒品的诱发下，他和万尼初次接吻；与万尼的性爱，因可卡因而令两人忘乎所以，尼克因此也认为可卡因"这真是个见鬼的好东西"③。同性恋者往往与毒品

---

① ［法］乔治·巴塔耶：《色情史》，刘晖译，商务印书馆 2010 年版，第 85 页。

② 李银河：《同性恋亚文化》，内蒙古大学出版社 2009 年版，第 435 页。

③ ［英］阿兰·霍林赫斯特：《美丽曲线》，石定乐译，长江文艺出版社 2006 年版，第 174 页。

关联，学者刘北成解释道："吸毒者之所以上瘾，不仅是由于毒瘾发作时痛苦万分，而且还由于吸毒时有一种飘然欲仙的极乐感觉，为此死而无憾。……而同性恋者在社会不予宽容的条件下往往追求更有刺激的快乐。因此，同性恋同吸毒往往联系在一起。"①

然而，尼克并不局限于享乐主义，他欣赏的是凹凸有致的完美身材，古老有韵味的建筑、名画、古玩等。所有这些都归因于视觉上的美，及其带给人的无限的审美体验和快乐感受。在当代社会，视觉成分被日益凸显出来。按照丹尼尔·贝尔的说法："其一，现代世界是一个城市世界。大城市生活和限定刺激与社交能力的方式，为人们看见和想看见（不是读到和听见）事物提供了大量优越的机会。其二，就是当代倾向的性质，它包括渴望行动（与观照相反），追求新奇、贪图轰动。而最能满足这些迫切欲望的莫过于艺术中的视觉成分的了。"②

尼克所奉行的享乐主义，包含更深层次的对生命的关怀。他对身体的崇拜和爱护，是对原始生命力的赞叹和肯定。他之所以膜拜男性的身体，是因为男性的身体在透露线条美的同时更突显了男性固有的力量美，是刚柔相济的完美结合，是旺盛生命力和美的化身。对同性欲望的认同与实践，正是其关注生命本质的体现，因为身体欲望和生命在本质意义上具有内在一致性。如福柯的观点："人的生命，在本质上，同意志和欲望一样。而性和欲望，最典型地表现了生命的特征：一旦存在，就要拼命消耗；因为只有在消耗中，生命才获得它的新生。"③

除去性爱体验，尼克对毒品的接触以及对文学、音乐、建筑、绘画的研究，也都可以看作是其为了满足多元的生命体验而创造的各种机遇。作为别人眼中的"审美专家"，他和其他的美学家的理念一致，即"他们之所以愿意生活，仅只是为了这样一些特殊的令人快乐的瞬间"。④ 正像生存美学所提倡的"关怀自身"一样，尼克用自己的方式实现了对生命的本质关怀以及对生命意义的全方位诠释。

---

① 刘北成编著：《福柯思想肖像》，北京师范大学出版社 1995 年版，第 29 页。

② ［美］丹尼尔·贝尔：《资本主义文化矛盾》，赵一凡等译，生活·读书·新知三联书店 1989年版，第 154 页。

③ 高宣扬：《福柯的生存美学》，中国人民大学出版社 2005 年版，第 51 页。

④ ［美］威廉·巴雷特：《非理性的人——存在主义哲学研究》，段德智译，上海译文出版社 2007 年版，第 174 页。

三　审美化生存的困境

尼克的审美化生存是对其人生的一次艺术创造，它能够使生活富于艺术气息和美的特质。然而其同性恋生活方式的实践也是对其生命的一次冒险与挑战，难免会面临来自伦理向度下的诸多压力和阻力，甚至会因病魔的侵袭而付出生命的代价。

（一）出柜的焦虑：社会和家庭的双重压力

"出柜"① 对于同性恋者而言，意味着可能会面临一系列随之而来的麻烦。而如果选择完全停留在柜子里，那么个体在外界就完全没有生活的空间，将等同于扼杀生命。所以大多数同性恋者为了安全，同时也顾及个体的生存自由，会选择一些固定的生活圈子，部分地公开其性取向，也就是选择性"出柜"。

尼克在毕业那年公布了自己的性取向，然而仅局限于自己的朋友圈，是选择性"出柜"。在社会中，同性恋群体依然受到各种敌视与压制。首先，一部分人对同性恋行为持仇视态度。主流话语对同性恋现象的偏见，鼓励了恐同行为。"根据主流传媒和大众偏见的看法，处于边缘地位的性世界是阴暗和危险的。他们被描绘为贫穷的、丑恶的，全都是些心理变态者罪犯。"② 同性恋者被认为"变态""异常"，是相较异性恋者而言，这样的定论在无形中默认了异性恋群体的中心性地位与同性恋群体的边缘地位。一些学者对这种优劣区分提出了质疑，如美国学者朱迪斯·巴特勒提出："同性恋和异性恋的关系：并非复制品对真品，而是复制品对复制品的关系。"③ 既然同为复制品，那么异性恋的中心地位似乎就值得怀疑。

然而，人们已经形成根深蒂固的异性恋合法的观念。同性恋者被称作"贱民"，主流群体认为男同性恋已经女性化，丧失了男性的威严，是对男权制度主张的"菲勒斯中心"的挑战。尼克总担心自己的同性恋身份

---

① 英文 "come out of the closet" 的直译，同性恋圈子中的专有名词，意思是向公众公开自己的同性恋取向。

② ［美］葛尔·罗宾等：《酷儿理论》，李银河译，时事出版社 2000 年版，第 49 页。

③ ［美］朱迪斯·巴特勒：《性别麻烦：女性主义与身份的颠覆》，宋素凤译，上海三联书店 2009 年版，第 44 页。

被看穿而处处小心。吉拉尔德代表官方回答记者提出的有关同性恋者的问题时，也说："大多数人对此都并不看好。"① 吉拉尔德还引用当时的首相撒切尔夫人的言论，申明政府对同性恋行为的不认可。吉拉尔德的女儿凯瑟琳在知道万尼的性身份后，将其称为"阴阳人"。尼克的同性恋身份遭到媒体曝光后，被吉拉尔德的朋友巴利骂为"小二尾子""鸡奸犯"。尽管他们只是选择了自己的生活方式，并未对他人形成妨碍或构成威胁，但终究为恐同分子所不容。美国性别理论家塞吉维克解释说，不论使男人彼此联系、彼此促进的各种纽带合在一起会多方便，这样的"合"会遇到一个起阻止作用的结构障碍。从我们社会的角度来看，不论如何，想象一种非恐同的父权形式，明显是不可能的。②

小说中尼克受到的阻力，更多来自家庭。以亲缘关系联结的家庭对他来讲，不仅有道义上的权衡，更有良心上的责任感。面对父母的猜疑，尼克一方面闪烁其词，另一方面内心承受着道德上的焦虑和对家人的愧疚。他觉得"在一家虚无的杂志社里当审美专家，就跟是二尾子、鸡奸犯一样暧昧阴暗，叫人打心底看不起"③。

在主流社会不支持同性恋行为的情况下，向任何人透露自己的秘密恋情，都存在危险。尼克无意间把自己和万尼的秘密告诉了患有狂躁症的凯瑟琳，导致《卫报》将他们的事情公布于众，使他不但臭名昭著，而且失去了在肯辛顿公园花园的居住权，也失去了进入上层社交圈的机会。诚然，"出柜"意味着生活方式的自由，然而如何把握好"出柜"的尺度，一直是令尼克等同性恋者焦虑的重要因素。

（二）身体的局限：艾滋病对身体的毁灭式打击

霍林赫斯特创作《美丽曲线》时，艾滋病已经成为一个社会问题，作者在小说里没有回避这个问题。小说里老皮特、帕特、利奥、万尼皆因患艾滋病而离世，艾滋病的出现使恐同分子更加坚信同性恋是不道德的，艾滋病就是上帝对同性恋者的"不法行为"所进行的惩罚。当同性性行

---

① ［英］阿兰·霍林赫斯特：《美丽曲线》，石定乐译，长江文艺出版社2006年版，第315页。

② 参见［美］伊芙·科索夫斯基·塞吉维克《男人之间》，郭劼译，上海三联书店2011年版，第4—5页。

③ ［英］阿兰·霍林赫斯特：《美丽曲线》，石定乐译，长江文艺出版社2006年版，第213页。

为被看作是艾滋病唯一的诱因时，人们对此病的恐惧便转化为对同性恋者的厌恶和憎恨。小说里写得知帕特的死讯后，凯瑟琳愤怒地说他得病是因其同性恋行为引起的，而托比也将同性恋者说成是"乱来"的人。然而，性与死似乎天生就是一对孪生体，极度的性欲体验是以生命为代价的。福柯曾经谈到性与死亡的关联："用整个生命来换取性本身，换取性的真相和性的统治权。性值得以死换取它。正是在这一严格的历史意义上，性在今日已被死亡本能所渗透。"①

　　性的极限体验是危险的，然而性自身的神秘性，依然吸引着众人为之献身。利奥和万尼都是对性有着强烈需求的人，利奥和尼克初次见面时就坦言："我是那种对性的要求很强烈的男同志。"② 万尼相比利奥，则有过之而无不及。借着良好的家庭背景，他有更多机会去接近美丽的男子，对可卡因的依赖和对色情视频的痴迷，使他几乎到了纵欲无度的地步。也许，他们在对性欲的无止境的追求过程中，已经预料到了结局会是身体的消亡、生命的结束。然而，疯狂体验战胜了理智，他们最终因极度体验快感而结束生命。尼克从利奥姐姐手中的照片里，看到的是一个"生命被抽空的利奥"，留下的只是"疲惫和恐怖"。而万尼，也被艾滋病痛折磨得极度虚弱和瘦小。从他们身上，尼克强烈感觉到了身体固有的局限，无论一个人拥有多么顽强的意志力，终究敌不过疾病对身体的侵蚀。

　　利奥和万尼都是尼克眼中完美性感的男性，万尼更是他"见到的最美的男子"，而他们却无法逃脱疾病对肉身的折磨。尼克最后去医院做了检测，也面临患艾滋病的风险。审美途中的种种诱惑，让尼克义无反顾地勇往直前，然而在通往美的路途中却总是险象环生。

结　语

　　在当今社会，即使人们对同性恋的态度有了许多转变，同性恋题材小说仍然很容易与色情、庸俗、道德败坏等低劣趣味联系在一起，难登大雅之堂。《美丽曲线》能够获得成功，其实与作者的创作技巧与叙事策略有

---

①　[法] 米歇尔·福柯：《性经验史》，佘碧平译，上海人民出版社 2005 年版，第 102 页。

②　[英] 阿兰·霍林赫斯特：《美丽曲线》，石定乐译，长江文艺出版社 2006 年版，第 26 页。

很大关系。小说从审美视角切入，使同性爱的主题少了几分色欲与庸俗，多了几分艺术与唯美。对于这部小说，霍林赫斯特个人也认为"自己已经冲破了同性恋小说的窠臼"①。

本文探讨同性恋者审美化的生存及困境是对作者创作主旨的挖掘，也是对该小说的一个客观解读。需要指出的是，本文对同性恋者的研究仅限于该小说，是个案研究，并不涉及同性恋群体的一般研究，不存在把审美化生存的特点推广到整个同性恋群体的意图。

参考文献

［1］ Andrew Eastham， "Inoperative Ironies：Jamesian Aestheticism and Post-modern Culture in Alan Hollinghurst's"，*The Line of Beauty*，*The Gays & Lesbian Review Worldwide*，Nov. -Dec.，2004.

［2］ Byrne Fone，*Homophobia A History*，*Metropolitan Books*，New York：Henry Holt and Company，2000.

［3］ Andrew Holleran， "The Essentials of Heaven"，*The Gays & Lesbian Review Worldwide*，Nov. -Dec.，2004.

［4］ Alan Hollinghurst，*The Line of Beauty*，London：Pan Grave Macmillan Ltd.，2005.

［5］ Mitchell Kaye，*Alan Hollinghurst and Homosexual Identity*，Baker & Taylor Books，2006.

［6］［法］弗洛朗斯·塔玛涅：《欧洲同性恋史》，周莽译，商务印书馆 2009 年版。

［7］［法］米歇尔·福柯：《性经验史》，佘碧平译，上海人民出版社 2005 年版。

［8］［法］米歇尔·福柯：《主体解释学》，佘碧平译，上海人民出版社 2005 年版。

［9］［法］乔治·巴塔耶：《色情史》，刘晖译，商务印书馆 2010 年版。

［10］［美］布莱恩·雷诺：《福柯十讲》，韩泰伦编译，大众文艺出版社 2004 年版。

［11］［美］丹尼尔·贝尔：《资本主义文化矛盾》，赵一凡等译，生活·读书·新知三联书店 1989 年版。

［12］［美］葛尔·罗宾等：《酷儿理论》，李银河译，时事出版社 2000 年版。

---

① 《追踪美丽线条——艾伦·霍林赫斯特访谈录》，郭国良译，《当代外国文学》2006 年第 2 期，第 142 页。

[13]［美］理查德·舒斯特曼：《实用主义美学——生活之美、艺术之思》，彭锋译，商务印书馆 2002 年版。

[14]［美］理查德·舒斯特曼：《身体意识与身体美学》，周宪、高建平主编，程相占译，商务印书馆 2011 年版。

[15]［美］威廉·巴雷特：《非理性的人——存在主义哲学研究》，段德智译，上海译文出版社 2007 年版。

[16]［美］伊芙·科索夫斯基·塞吉维克：《男人之间》，郭劼译，上海三联书店 2011 年版。

[17]［美］朱迪斯·巴特勒：《性别麻烦：女性主义与身份的颠覆》，宋素凤译，上海三联书店 2009 年版。

[18]［英］阿兰·霍林赫斯特：《美丽曲线》，石定乐译，长江文艺出版社 2006 年版。

[19]［英］塔姆辛·斯巴格：《福柯与酷儿理论》，赵玉兰译，北京大学出版社 2005 年版。

[20]［英］特里·伊格尔顿：《后现代主义的幻象》，华明译，商务印书馆 2005 年版。

[21] 陈伯海：《生命体验与审美超越》，生活·读书·新知三联书店 2012 年版。

[22] 高宣扬：《福柯的生存美学》，中国人民大学出版社 2005 年版。

[23]《追踪美丽线条——艾伦·霍林赫斯特访谈录》，郭国良译，《当代外国文学》2006 年第 2 期。

[24] 李银河：《同性恋亚文化》，内蒙古大学出版社 2009 年版。

性别视角下的《红楼梦》男性人物
形象解读

田彩红

摘　要：性别研究脱胎于西方女性主义研究，"社会性别"的提出，将人的性别不再局限于自然生理意义之内，而是更多地考察其社会文化生成机制及其所包含的权力运作关系。性别的社会视角成为解读文学文本的新视角。此前对《红楼梦》中人物形象的解读已经不少，从阶级论的角度来阐释的较多。本文通过对小说中男性形象的性别解读，来检视当时的性别机制对人的性别规训，期望透过对小说中男性人物形象的性别考察，审视封建时代中国社会文化中的性别机制及性别秩序图景。

关键词：社会性别；权力；《红楼梦》；男性人物形象

《红楼梦》是中国古典小说的巅峰之作，也是集大成者，无论是在思想内容上还是艺术体式上都体现了中国古典小说的辉煌。《红楼梦》在不同的语境和解读视角之下被开掘出众多层面的意义。20世纪80年代后期伴随着西方女性主义研究和女性主义文学批评的传入，性别视角被引入了对《红楼梦》研究中，开启了《红楼梦》研究的新视域，也使得"性别"成为对《红楼梦》中人物及其权力关系考察的新视点。"性别"视角的介入打破了以"阶级"分析人物形象出现的"以一个传统性别角色模式中的人物功能、以性别个体之间的对立关系，承载了'阶级'关系和等级"[1] 这种固定模式。

女性主义学者们不仅推翻了性别的自然合法性，更指出性别是一种承载着权力的社会机制，女性遭受的不平等待遇并非源于女性在生理上与男

---

[1] 孟悦：《人·历史·家园：文化批评三调》，人民文学出版社2006年版，第237页。

性的不同，而是男性建构的男权社会文化权力运作的后果。事实上在人类发展的历史中，性别话语对男性同样有着规训和制约，男性同样也受到性别关系中权力的压迫和毒害。"男性中心的性别制度是统治阶级的男性为维护巩固本身的利益而建构的一种阶级—性别的双重等级制。这种制度在对妇女形成相对压抑的态势时，似乎对所有的男性具有'普遍'的好处，实际上正是这种不平等的制度压抑了所有的妇女和大多数无权的男人。"①男性研究和人类学研究者周华山也从自身作为一个男性的经历出发写道："每个人都有性别，父权体制局限女性之余，也令男人承受了极不人性的压力与要求，令男性的形象与心态也相当扭曲，自幼被要求在事业、性事及一切事情上坚强勇猛，要非人性地压抑、掩饰一切人性的脆弱。……男人同样是父权制的受害者（虽然所获取的特权不胜枚举），而女人撒娇扮弱也是父权制的帮凶，令男人只能继续装强（虽然女人所承受的性别压力如泰山压顶）。所以，颠覆父权制不只是摇动性别二元对立，更让男与女不再受性别霸权钳制。"②因而社会性别研究不像女性主义研究那样只关注女性的权力地位，而是从男女两性的互相参照来考察社会文化发展中的历史的性别体系所具有的相关联系。恰如纳塔莉·戴维斯所提出的："我们应该重视研究男女两性各自的历史，只重视对第二性的研究是远远不够的。我们的目的在于解释历史上两性及性别群体的含义；我们有的目的还在于考察不同社会不同阶段中性别角色、性象征的发展变化，提示其代表的含义及他们如何作用以保持其社会规范如何促进其变化的。"③社会性别已经成为一个分析范畴，同"阶级""种族"等其他分析范畴一样构成现代理论话语中的一维。

　　这样对性别的考察不再停留在人的属性的层面，而是上升到了政治权力关系的层面。性别机制与其他的文化机制交错构成一个巨大的关系网络，产生了大量有关性别的话语，充斥着社会的各个领域及层面。但并不是所有的性别话语的地位都是平等的，而是其中一些话语占据了中心位置，另一些则可能因为处在话语场域的边缘而被排斥。那些统治阶层控制的话语则被当作合法的，占主导地位并被强制推行，从而对个体的性别起

---

　　①　杜芳琴：《华夏族性别制度的形成及其特点》，《浙江学刊》1998 年第 3 期，第 47 页。

　　②　周华山：《无父无夫的国度》，香港同志出版社 2001 年版，第 339 页。

　　③　转引自［美］琼·W. 斯科特《性别：历史分析中的一个有效范畴》，载［美］佩吉·麦克拉肯主编《女权主义理论读本》，广西师范大学出版社 2007 年版，第 180 页。

到塑型和规训的作用，使个体的性别符合性别规范。个体就是在成长及社会化过程中不断地受到社会性别文化机制的规约而被性别化了，从而建构起自身的社会性别身份。但个体的性别化不是一次完成或到达某一点就完成的，而是一个持续的动态过程。因为两性在经济生活、日常生活和家庭婚姻中的分化，会分别承担不同的社会角色，进而形成性别角色，随之而来社会成员个体就会被相应的性别规范所规约，所以性别化可以说是伴随了人的一生。作为性别研究对象的人，不再是单一的、抽象意义上的男性或女性，而是处在包括性别关系在内的复杂社会关系网络中的行动者。作为研究对象的人，不再是束缚于性别关系和社会结构网中的被动客体，而是随着社会变迁不断调整的性别关系主体。这个主体虽然从根本上受制于性别关系的潜规则，但同时也在动态的实践过程中不断冲破规则和契约，制造弹性和机会。社会成员在社会性别化的过程中受到性别话语规训的同时，并不总是屈从于权力话语，有些时候会做出与当时的性别规范相背离的一些选择，从而表现出对权力话语的一种抵抗和僭越。这表明个人性别化的过程中存在着一个权力对抗的场域。

在对历史文化中的性别关系和文化秩序进行考察时，作为历史文化传声筒的文学作品无疑是一个非常好的媒介和解读文本，因为古今中外的文学作品作为人类文化的表征系统都不可避免地被打上了性别的烙印。反过来性别也是解读文学作品中的文化的一个重要视角。由于个人的性别化是处在性别文化—权力关系场域中的，个体的社会性别受到主导性别话语的规训，个人的性别身份与其他的社会身份角色交织在一起，使得个体思想及行为的社会性别化并不呈现为同一性。不同历史时期主导社会的性别文化表征不同，个人的性别表演更趋于复杂。

文学文本中的性别关系，是社会观照的一个切入点。中国四大名著之一的《红楼梦》中塑造了众多的人物形象，同时呈现了一幅纷繁复杂的性别关系图景。目前学界从性别角度解读较多的两个人物形象是——贾宝玉和王熙凤，他们都较为典型地表现出对自身性别规范的抗拒：贾宝玉的种种行径都与当时的主导男性规约相左；王熙凤的言行举止却透露出一种"男性气质"，与当时的"妇道"背道而驰。其实，在《红楼梦》中其他众多的人物形象都呈现出了性别构建特征：如丧失女性特征成为男性权力代言人的贾母；屈从于传统性别规范之下无半丝逾越和反抗的顺从者——贾政、李纨；践行女德大家闺秀完美化身的薛宝钗；以死相抗女奴婚配的丫鬟们——鸳鸯、司棋；性别倒置丧失真我的优伶——琪官、藕官……他们在性别话语的暴力之下无论是沉默无声还是激烈反抗，都传递出对当时性别强权话语的控诉。由于篇幅所限，本文仅选取《红楼梦》中几类男性人物形象进行性别分析，显现他们如何在性别话语规训之下与权力抗争，另辟蹊径地阐释《红楼梦》人物的形象特点及其所呈现的社会文化机制。

据统计，《红楼梦》中有名有姓者就达 440 人之多，但塑造的人物形象却无雷同，要归类并非易事，男性形象亦是如此。下文对《红楼梦》中男性形象的归类解读仅择取一些具有性别共性特征的男性形象，并不涵盖书中所有的男性形象。他们主要涉及两大类：一类为所谓的"正统"男性，也就是身为男人，而没有本质上的异性身份转换，尽管他们中有的也表现出对男性身份的僭越，如贾宝玉；另一类则是"非正常"男性，存在着"性别异位"的境况。

一　"正统"男性形象的性别解读

所谓正统男性形象就是指符合封建社会性别划分的这一类男性形象，尽管他们在对性别的态度上各有差异。

（一）男性身份的僭越者——贾宝玉

僭越是对事物"正当"秩序的一种颠覆。"法国女性主义者朱莉娅·克里斯蒂娃写道，在狂欢化中对语言的、逻辑的和社会的符码的僭越反而存在并取得胜利……因为它接受另外一个法律。从这种意义上讲，僭越的表演反对或者挑战统治者的法律的合法性和代表性。"[①] 统治者对民众所推行的性别规范是一种强权式的。这种规训会遭到一些人的反抗，他们做出与主导话语性规范相左的行为选择或是对其进行一些冒犯颠覆的越轨，从而构成对性别规范的一种僭越。曹雪芹在《红楼梦》中将贾宝玉在"sex"层面设定为男性，但是贾宝玉在建构自身"gender"层面的男性身份时却不因循当时的社会传统文化对男性身份规训的种种范式，反而不断

---

① ［美］阿雷恩·鲍尔德温等：《文化研究导论》（修订版），陶东风等译，高等教育出版社 2004 年版，第 239—240 页。

地放任自己，以那些乖张顽劣、不合礼教、不正常的言行去抵抗那个社会的礼教，对当时的主导性别话语的规训进行挑战，构成对当时男性性别身份秩序的僭越。这样也就构成了贾宝玉在 gender 层面对 sex 层面的一种冒犯、反叛、僭越，形成一种不一致性，这也造就了贾宝玉这个人物形象的性格矛盾张力。

朱迪斯·巴尔特勒的表演性理论主张"并不存在原初的性身份，只有一个不断重复的原初的观念的模仿"；"身份是对性进行界定的话语的产物。我们是根据已经被书写为我们社会的文化传统的那个剧本底稿来演示男性气质与女性气质、同性恋与异性恋的"①。而宝玉的性身份的表演，却是不按照当时的男性气质底稿来演。他的性别身份的建构对当时的主导性规范话语秩序的撕裂，构成了一种僭越性的表演。

曹雪芹首先在贾宝玉容貌的刻画上就对传统的男性形象发出一种挑战。宝玉虽为男儿身，但却有意为之地将他的容貌偏女性化、阴柔化。小说中有几次对宝玉容貌的描写，例如宝黛初见之时，黛玉对宝玉的打量："面若中秋之月，色如春晓之花，鬓若刀裁，眉如墨画，面如桃瓣，目若秋波。虽怒时而若笑，即瞋视而有情。"② 宝玉换衣后"越显得面如敷粉，唇若施脂，转盼多情，语言常笑。天然一段风骚，全在眉梢，平生万种情思，悉堆在眼角"。单看这两段容貌描写断不像是在写一男子，倒是勾画出了一个别有一番风情的女子来。这种女性化的容貌及神态使得宝玉这个人物形象造成对传统男子粗犷、孔武有力的容貌体态的形象的一种颠覆。

朱迪斯·巴尔特勒认为："一个主体的形成需要对一种对规范性的'性'幻象的认同，这种认同是通过否定（repudiation）来进行的，正是这种否定生产了一个被驱逐的领域，没有这种否定，主体性将无法出现。"③ 因此可以推断男人在形成对自身男性身份认同及建构的过程中，不可避免地要否定和驱逐女性与女性气质对其影响，这样才能构建起符合

①　[英] 阿雷恩·鲍尔德温等：《文化研究导论》（修订版），陶东风等译，高等教育出版社 2004 年版，第 232 页。

②　本文引用《红楼梦》的内容皆出自曹雪芹著、高鹗续《红楼梦》，中国艺术研究院红楼梦研究所校注，人民文学出版社 1982 年版，后文不再注明。

③　[美] 朱迪斯·巴尔特勒：《身体事关重大》，徐艳蕊译，载陶东风主编《文化研究》（精粹读本），中国人民大学出版社 2006 年版，第 337 页。

规范的男性气质。但是宝玉因贾母等人的溺爱，自幼长在"内帏"，总是与姐姐妹妹混在一起，娇惯在一处。这样的成长环境使得他总是处在女性的熏染之中，阻断了他在男性主体形成过程中对女性的驱逐。女性对他来说不是被驱逐的对象，反而正是因为他感到自己与其他姐妹的不同和异样，使得他在心里渴望能和他的姐姐妹妹一样，这就传达出他主观上渴望被女性同化。在小说的后文中，作者借茗烟之口道出了宝玉的这种希望自己是女性的主观诉求，"我茗烟跟了二爷这几年，二爷的心事，没有我不知道的，……二爷心事不能出口，让我代祝：若芳魂有感，香魄多情，虽然阴阳间隔，既是知己之间，时常来望候二爷，未尝不可。你在阴间保佑二爷来生也变个女孩儿，和你们一处相伴，再不可又托生这须眉浊物了。"宝玉在主观上就对男子的规范性的性幻象不认同，而是趋同于本该否定的女性，这就使得他无法按照常规正常地进行男性身份的自我建构，从而造成了他在构建男性身份时的一种僭越性的表演。

宝玉的一些行为举止同样有悖于男性的身份。如他喜欢和姐妹们、丫头们一起玩耍。临上学前，他还不忘和林妹妹说，胭脂膏子等他回来再制。他会时不时地偷吃丫头嘴上的胭脂，爱红，给麝月篦头，不忘给袭人留她爱吃的酥酪，任晴雯撕扇子只为博她一笑。宝玉像黛玉一样惆怅多情、感时伤事，看到满地落花不忍其被玷污，和黛玉一起葬花。宝玉经常把生生死死挂在嘴边，表现出一种极度的敏感，常说一些"疯言疯语"。对于宝玉的这些行径，他身边的人试图把他引回到正道上。如在第十九回"情切切良宵花解语，意绵绵静日玉生香"中，袭人佯诈宝玉要赎身出院子，宝玉苦苦央求她别走，袭人便乘机箴规宝玉，要他答应自己三件事：（1）不可再说荒言诞语，总是把生生死死挂在嘴边；（2）要宝玉"真喜欢读书也罢，假喜欢也罢，只是在老爷跟前或在别人跟前，你别只管批驳诮谤，只作出个喜读书的样子来"；（3）"再不可毁僧谤道，调脂弄粉。还有更要紧的一件，再不许吃人嘴上擦的胭脂了，与那爱红的毛病儿。"但在第二十回，宝玉却又为麝月篦头，把袭人的规劝早已抛之脑后，他依然我行我素。这些荒诞不经之事会被认为是有失体统的，绝对不会是当时正常男子的所作所为，也绝不符合人们对正常男子行为举止的前理解。但也正是这些不正常的行为举止体现了宝玉在其男性性别化过程中的反抗。

宝玉对男性和女性的态度也颇不相同，这也反映了他对两性认同存在巨大的差异。宝玉对女子的态度不能简单地归结为对异性的喜爱，是由于天生博爱多情，风流不羁。宝玉对少女的喜爱并非是出于他身为一个"男人"对女性欲望的渴求，他也不像一般的王公贵族、富家子弟贪图美色，抱着对女性玩弄、狎亵的心态。他对少女的喜爱是因为在他眼中，少女是如水一样的纯净剔透，不被世事污浊，是至纯至美的化身和象征。正如宝玉口中常念"女儿是水作的骨肉，男人是泥作的骨肉，我见了女儿，我便清爽，见了男子便觉浊臭逼人"。他把"珍珠和死鱼眼"来比作少女和妇人更是生动形象地概括出少女的纯真和经历世故磨炼后妇人之间的差异。宝玉对少女的这种爱慕之情超出了男性身份话语所赋予他的男子对女子之情的前理解范围。

相较于对女子的喜爱，宝玉对男子的态度表现出来的是排斥与抗拒。小说中写到宝玉"懒于士大夫诸男人接谈，又最厌峨冠礼服贺吊往还等事"，还有他对贾政的惧怕与抗拒，对贾雨村的不予理睬。男子在他眼中则是"须眉浊物""沽名钓誉"的"国贼禄儿"，是"禄蠹""泥作的""浊臭逼人"的。但在小说中，宝玉并不是对所有的男子都是排斥的，比如他对秦钟、蒋玉菡（小旦琪官）、柳湘莲等人却是全然接纳，有着惺惺相惜之情。秦钟病逝，宝玉痛苦欲绝，之后还会时不时地去凭吊拜祭。宝玉就是因为和蒋玉菡互赠汗巾，才惹来后来的"在外游荡优伶"的罪名被贾政一顿毒打。宝玉为什么愿意和他们结交呢？这是因为这三个人虽然也为男儿身，但是却呈现出女性化的一面，有着女性气质。其一，从外貌上来说，三人都十分的俊俏秀丽。宝玉初见秦钟时对秦钟的外貌进行了描述："较宝玉略瘦巧些，清眉秀目，粉面朱唇，身材俊俏，举止风流，似在宝玉之上，只见怯怯羞羞，有女儿之态。"蒋玉菡是一名唱旦角的戏子，容貌自是偏女性化。柳湘莲的美貌虽没有直接描写，但单从薛蟠曾对柳湘莲的觊觎，就可想到柳湘莲自是也有着过人的美貌。其二，这三人并未呈现出被男性性别化后的男性气质。在他们身上更多地体现出的是女性阴柔之姿。也正是这样对于宝玉来说他们是有着男儿身的女儿，并不是真正的男子。由此便可以推出，宝玉所厌恶的并非是生理性别上的男性/女性，而是厌恶和拒斥被社会文化传统归化后的男性、被主导男性身份话语规训后的男性。宝玉独与这三个男子亲近也间接地表露了他对自身的男性性别化的抵抗。

宝玉出生在钟鸣鼎食之家，是王公贵族之胄，贾政及宝玉周围的人一直都在劝导他要实践的是成为统治者阶层的一分子，走经济仕途之路，平步青云,追求功名利禄,光宗耀祖。这应该是他男性身份的底稿,但是宝玉却反其道而行,对于那个时代男子人人向往的经济仕途之路最为不屑一顾,最为不齿。即使他喜爱的姐姐妹妹一旦对他进行劝诫,他也会生气起来,翻脸无情。小说中先后写到袭人、宝钗、史湘云等人对他的规劝。"宝钗等辈常见机导劝,反生气起来,只说:'好好的清净洁白的女儿,也学的沽名钓誉,入了国贼禄儿之流。这总是前人无故生事,立言竖辞,原为导后世的须眉浊物。不想我生不幸,亦且琼闺秀阁之中亦染此风,真真有负天地钟灵毓秀之德。'"小说中将这种强大的归化势力表现到极致的是宝玉在梦游警幻仙境时,甚至警幻仙子也受到荣宁二祖之托,对宝玉进行规劝。警幻仙子说宝玉:"天分中生成一段痴情,吾辈推之为'意淫'……汝今得此二字,在闺阁中,固为良友,然于世道中,未免迂阔诡谲,百口嘲谤,万目睚眦。今既遇令祖宁荣二公剖腹深嘱,吾不忍君独为我闺阁增光,见弃于世道,是特引前来,醉以灵酒,沁以仙茗,警以妙曲,再将吾妹一人……今夕良时,即可成姻。不过令汝领略此仙闺幻境之风光尚如此,何况尘境之情景哉?而今后万万解释,改悟前情,留意于孔孟之间,委身于经济之道。"宝玉表现出对仕途的抵制与中国传统儒家文化对男人性别角色所应遵循的人生理想——齐家治国平天下——背道而驰,最能够表现出他对传统男性身份的僭越和反抗,这更是对其所象征的权力的反抗。

贾政是权力的象征,也是一个惩戒反抗者的实在的执法者。他对宝玉的鞭笞就是宝玉对传统男性身份离经叛道的惩戒,他试图用肉体的惩罚来对宝玉实施更为残酷的规训,以致使宝玉屈从。但贾政并没有成功。

"比较人种学指出在世界上许多文化里,性别归属的基础并不是生殖器,而且一个人生中的性别归属可能会改变。"[①] 汉克斯在《历史中的性别》这本著作中提到了传统二元对立的男性和女性以外的另一种性别身份——"第三性",这一群体包括阉人、宦官、僧人、巫师及神职人员。僧人虽然在生理上还保留了男性特征,但是他们已经丧失了男性的社会性别身份及社会文化属性,因此也是第三性中的一类人。宝玉在贾府"失败抄没"后,"子孙流散","一败涂地",则选择"悬崖撒手","弃而为

---

① 〔美〕梅里·E. 威斯纳-汉克斯:《历史中的性别》,何开松译,东方出版社2003年版,第5页。

僧"，"遁入空门"。这正是一种自我选择的改变性别，也是他对性别归化的最后一击。他不愿屈从于当时主导的性别规范。

"性"不只是性，更是统治阶层政治权力通过文化社会对民众塑型的一条暗道，对性别身份的反抗隐藏着更为深刻的权力对抗。贾宝玉对性别身份的僭越事实上是对统治阶层性别话语权力的对抗。曹雪芹也正是借助于贾宝玉的反抗来隐喻自己对当时社会权力阶层的独裁的反抗与宣泄。

（二）支配性男性气质的代表——贾政

男性气质概念是政治的、历史动态的，具有实践建构性与情景建构性。对于个体的人来说，个体性别气质是对现实中各种不同类型的性别气质的综合反映，这种反映是一个动态的变化过程。男性气质是对男子在社会文化中所形成的属于男性的群体特征（共性）和行为方式的表述，与女性气质构成并衍生出一系列的二元对立关系。男性气质本身具有丰富性和多样性。康奈尔将男性气质划分为四类，其中支配性男性气质为男性气质的主导形式。"'支配性'的概念来源于安东尼奥·葛兰西对阶级关系的分析，它是指那种文化动力，凭借着这种动力，一个集团声称和拥有在社会生活中的领导地位。在任一给定的时间内，总有一种男性气质为文化所称颂。可以把支配性男性气质定义为性别实践的形构，这种形构就是目前被广为接受的男权制合法化的具体表现，男权制保证着男性的统治地位和女性的从属地位。"[①] 康奈尔所说的这种支配性男性气质并不是从统计学的标准来表现实践这种男性气质的人数最多，也不是指具有这种男性气质的人是最有权势的，而是指在一个具体的历史文化背景下一种男权制合法化的具体表现。并且男权文化与体制下的一切国家机器、主导意识形态的载体都为男权统治所控制、利用来自觉或不自觉地维护支配性男性气质，同时支配性男性气质也在不断地被塑造成有利于男权文化体制的生存和发展的形态，因而有关支配性男性气质的文化设定并不是固定的，是随着社会历史的发展而变化的，并且也不具有普遍性及同一性，不同的文化背景之下存在着不同的理解。另外需要注意到，康奈尔强调了这种男性性

---

① ［美］R. W. 康奈尔：《男性气质》，柳莉等译，社会科学文献出版社 2003 年版，第105—106 页。

别气质是为一定文化所称颂的，这暗含了在各种不同的性别气质之间存在着好坏优劣评判的标准，而支配性男性气质被认为是好的，是一种理想范式，被主流文化所推崇提倡，成为世人所认同的一种价值取向。

在《红楼梦》中实践当时文化传统中的支配性男性气质的人就是贾政。在他的身上没有丝毫的出格与越矩行为，他的言行举止和思想状态都完全符合那个时代对正统士大夫的要求，深深地打上了"三纲五常"的烙印。小说中分别从为人臣、为人子、为人夫、为人父四个方面来展现贾政作为一个正统士大夫男子所该具有的一切男性气质及行为规范。

书中对贾政的介绍首先是借冷子兴之口向贾雨村演说荣国府时道出：贾政"自幼酷喜读书，祖父最疼。原欲以科班出身的，不料代善临终时遗本一上，……遂额外赐了这政老爹一个主事之衔，令其入部学习，如今现已升了员外郎了。"黛玉的父亲林如海在向贾雨村介绍贾政时说道："二内兄名政，字存周，大有祖父遗风，非膏粱轻薄仕宦之流。"两人都介绍了贾政为人臣的一面。当时的男子"十年寒窗苦读"就是为了能一朝考取功名，步入仕途，从此平步青云，光宗耀祖，这是当时社会文化赋予男性普遍的价值观，也是最为推崇的人生选择。贾政自幼就酷爱读书，本就是朝着男子的正途走，后因袭祖恩，不用科举就可以进入官场，但殊途同归，同样步上经济仕途之路。而从林如海对他"非膏粱轻薄仕宦之流"的评价可以看出贾政虽无大才，但却还是个有德之人，而中国传统文化中对男子的评品重德更甚于重才。为人臣，体现的是他作为一个男子"忠"的一面。

"孝道"是中国传统道德文化及伦理中极为重要的一个部分，儒家规定的道德信条"五教"——父义、母慈、兄友、弟恭、子孝。"子孝"是儒家伦理规范中非常重要的一个行为准则，尤其突出地表现在母子关系中的"子孝"。虽然中国传统文化道德伦理中对女性的"三从"中有着"夫死从子"的规条，但主要是从保护家族利益的角度来约束女性。而又要求男子贯彻执行"子孝"来维护伦常秩序。并且孝道被历代的统治者推崇，大加推行，更对突出者进行表彰。贾政的"孝"就主要体现在他对贾母的"子孝"上。中国古语有云"孝顺"，孝即顺从，因此贾政对贾母尽孝的一个很重要的方面就表现为顺，不敢有丝毫的忤逆和违抗。即使他在管教宝玉执行家法时，是在履行一个严父的职责，本是正当之为，但因为贾母心疼宝玉，看到宝玉被毒打，反倒责骂贾政的不是，贾政也不敢为自己辩解，只是默默地忍受。

作为一个男人，最能体现其特质的是为人夫的一面，即体现在其与妻妾的关系上。贾政与妻子王夫人的关系，书中并没有过多的描写，但可以看出夫妻两人虽是相敬如宾，却没有过多的情欲缠绵和情感交流，即使和妾赵姨娘也是淡淡如水，看不到贾政身上任何的情欲波涛。与贾赦、贾珍、贾琏、薛蟠的风流纵欲相比，凸显的是贾政对性欲的克制。贾政不管是在感情上还是在性事上对女人都十分冷淡，十分符合中国儒家传统对男子在情与性上的要求，即"情不外露"，对性欲节制。夫妻之间即使有深厚的感情，也不允许男子外在地流露出对妻子的眷恋，否则就被认为沉迷女色与不思进取。而对性欲的节制则是因为古人认为男性性事过多会伤身败体，不利于男子的健康，妨碍建功立业。贾政是这种传统观念的化身。

在与宝玉的关系中体现了他为人父的一面。对于宝玉不愿读圣贤书，不肯考取科举、走仕途之路，贾政非常深恶痛绝但又有恨铁不成钢的无奈。在第三十三回"手足眈眈小动唇舌，不肖种种大承笞挞"，当贾政得知宝玉"在外流荡优伶、表赠私物，在家荒疏学业、淫逼母婢"时，气得"满面泪痕"狠狠毒打宝玉。在当时父为子纲的历史背景之下，"子不教，父之过"，父亲教训儿子是被看作天经地义的，这是他在行使他的父权管教儿子，是在实践他的严父的角色行为规范。儒家文化中要求男子克制对"情"的表露，同样也表现在父子之情当中。贾政虽然对宝玉不思进取痛心疾首，但却不意味着他对宝玉没有父子之情，他依然很喜欢宝玉，只是将这种情感压抑不外露。即使别人夸赞宝玉，他也会以"犬子无才"而推诿。这在第十七回"大观园试才题对额，荣国府归省庆元宵"中可以看出：贾政率一众清客到大观园依景题匾额，恰巧宝玉也到园中游玩，便命他随往。宝玉的才情奇绝，清客中无人能出其右，贾政心中颇为自豪，但即使这样，他仍然在清客面前训斥宝玉读书无功。贾政始终以一个严父的形象示人，即使对儿子有亲情，依然克制不露，这正是男性家长形象的要求，树立父亲在儿子面前不可冒犯的权威。

贾政在为人臣、为人子、为人夫、为人父四个方面都表现出了恪守儒家封建正统文化对男子在业志、行为处事、性情等方面所推崇的文化规范约束要求。贾政如同丝毫没有自己意志，表现出的凡事都依照当时支配性男性气质的规约行动。

（三）双重性欲观下的男性纵欲者——贾赦等

"性爱的风气在各个时代都有很大变化，而具体到某些特定的时期，也一直呈现出复杂多变的状态。"① 明清两代也许可以说是中国性史上最为混乱的时期，尤其是从明中晚期至清代约四百年间，禁欲与纵欲的并行，使这个时期的性爱观呈现为极其复杂的状态。一方面，随着程朱理学思想成为官学而浸透到社会生活的各个领域和层面，禁欲的理念达到了历史上未曾有过的、几乎可以说是灭绝人性的地步，社会上节烈风气盛行，被封为贞节烈妇的人数大大超过了前代。另一方面，明清两代又是极度纵欲的时代，各种色情小说和春宫画册在社会上泛滥流传，娼女娈童充斥于娱乐场所，服食春药、玩弄金莲都曾风靡一时，性崇拜、性乱、挟优续童以及种种非同寻常的性爱风俗也曾在社会上层人士及文人中间广为流行，人们极力寻找各式各样新奇的性刺激来获得一种变态的性满足。"这个时期社会上的性爱风气似乎是由种种奇特的不和谐音组成的，禁欲与纵欲并存的内在矛盾激发出种种光怪陆离的性爱现象。"② 禁欲与纵欲的并存看似矛盾，其实并不矛盾，因为禁欲是针对女性，而纵欲则是男性的特权。所以性别的等级观念"是了解明清性爱风气的一把重要的钥匙，两性不同的性地位正是矛盾的性爱风气形成的基础"③。明代的各种性爱风气其实可以很清晰地分为两大类，即女性的和男性的，其界限通常是严格而不可逾越的。正统、保守、禁欲在明中后期之后基本属于女性的性爱风气，节烈、贞操和缠足都是单方面就女性而言的道德的或审美的要求；而纵欲的、寻求刺激的性爱风气属于男性，基本与女性无缘。这种明清时期的性爱风气在《红楼梦》中就有所体现，男主人们极度地放纵自己的性欲，寻找各种机会，尝试各种性爱方式，无所禁忌，完全没有任何的道德约束感，放任自流的性奔放。

荣国府的大老爷贾赦蒙恩祖德，因袭爵位，不用十年寒窗苦读就可以当官，对此他是相当明了，自言道："想来咱们这样的人家，原不比

---

① 吴存存：《性别问题与明清性史研究》，载叶舒宪编《性别诗学》，社会科学文献出版社1999年版，第118页。

② 同上。

③ 同上。

寒窗萤火；只要读些书，比别人略明白些，可以做的官时，就跑不了一个官儿的。"因此对他来说人生不用奋斗就会拥有财富地位，人生只要尽情地挥霍和享乐就可以了。他的这种想法贾珍、贾蓉也同样赞同，贾蓉也是不学无术、无才无德，贾珍就用银子给他捐个五品的龙禁尉，贾蓉便有了功名。这些老爷少爷因为蒙受祖德恩泽，而不用为自己的前程奋斗，他们没有奋斗的目标，就只好转向了肆意的享乐和放纵，突出地表现在对性事上。如贾赦，即使年纪已高，还是一味地和小老婆喝酒享乐。本已有了数个小妾，但见鸳鸯人长得标致，便要强娶为妾，通过邢夫人、鸳鸯的哥嫂对其进行逼婚。贾赦对鸳鸯只是出于一种性的占有、一种性猎奇，并无情爱之意。虽然贾母庇护鸳鸯使得她没有成为贾赦的小妾，但是贾母并不反对贾赦纳妾，她只是出于个人所需而把鸳鸯留在身边，间接地使鸳鸯免遭毒手。贾母对贾赦的放荡之行并不阻拦，也无责难，甚至给他钱让他去外面买小妾。从而可以看出当时人们对男性在性上的放纵是不加阻止的，并且默认纵容。贾珍和秦可卿的乱伦即使有悖伦常，却也没有遭到周遭人的非议，除了撒酒疯的焦大偶尔酒后失言。贾珍和贾蓉似乎迷恋于这种乱伦的性刺激，后来和尤二姐也发展成这种乱伦的性爱关系。贾琏则是一有机会就会偷情，纵是王熙凤对他严加控制也无法避免他偷吃，贾琏沉湎于肉欲之中。《红楼梦》中另一个突出的性沉湎者是薛蟠，小说中写到他之处，几乎总是有关情事。小说第一次提到薛蟠，是他为了强抢香菱而打死了人。贾珍、贾蓉、贾琏、薛蟠不仅沉迷女色，同时也受到当时男风流行的影响而喜好男色。如薛蟠见到家学中有青年子弟、有俊美之人便动了龙阳之兴，打着读书的幌子寻欢作乐，满足性欲。贾琏因王熙凤不在，又无法出去寻欢，便找府中俊秀的男仆泄欲。

与贾府中男子的肆意寻欢纵欲形成巨大差异的是，书中的李纨，其丈夫贾珠英年早逝，幸而为李纨留下遗腹子，她才得以在贾家继续保全，但她必须遵循当时对女子"守节"的要求，即使年纪轻轻守寡也不得改嫁，而抚养幼子成为她生命的全部。李纨的性欲被全部扼杀，这正是当时社会文化价值取向对女性的一种残忍压制。由此也可以看出，《红楼梦》反映了明清时期社会文化中对男女两性存在着两套全然不同的性欲观，男子的放纵是被社会允许和接受的，甚至没有道德的评判和规约，而女子却必须遵循着禁欲的性观念而压制自己的欲望，尤其身为寡妇者，更是要埋葬青春来守节，无疑这体现了当时两性间极不平等的性地位和不合理的性秩序。

二　"非正常"男性形象的性别解读

（一）中国古代的同性偏好

同性恋在西方历史上曾受到过极其残酷的压制。在西罗马帝国时，同性恋者要被判处火刑。而在欧洲整个中世纪的漫长岁月中，同性恋一直都受到压制，教会法庭对同性恋者判处苦役或死刑。在英国曾有过活埋同性恋者的事件发生，法国直到18世纪中晚期仍会对同性恋者施行火刑。相比之下，中国古代的律法却一直没有对同性恋行为处以非常严酷的刑法。"同性恋"一词也是近代才进入中国的外来语，在古代中国没有这样一个可兼用男女两性的词语，男同性恋者通常被称为"余桃""龙阳""断袖"等，而女同性恋则被称为"对食"等。男同性恋在中国古代是早已有之，最早可上溯到黄帝，并且各朝各代都有皇帝喜好男风，史书中对此也多有记录，并不是一种禁忌。典范律法对其并没有明确的禁止。这点不同于欧洲中世纪时期对同性恋的残酷压制，甚至在某些时期社会上盛行"男风"，很多帝王贵族都有"男宠""娈童"。男性伶人因为职业的关系也多被迫沦为出卖男色的"相公"。这些在《红楼梦》中都可以看到，书中多次描写到男同性恋，如薛蟠为了龙阳之性假借读书的名义去家学结交契弟，宝玉与秦钟、蒋玉菡之间也有着同性情意，蒋玉菡就是一个唱小旦的男优，并且被北静王所包养，此外还有贾琏等人也会找男子泄欲等。女同性恋相对来说比较隐秘，并不像男同性恋那么公开化。明清时期女同性恋的事例不是没有，但从来没有在社会上形成一种风气，更多的一般不为世人所知。这点也可以在《红楼梦》中看出，书中唯一一次提到的女同性恋是在第五十八回"杏子阴假凤泣虚凰，茜纱窗真情揆痴理"中写到藕官烧纸钱祭奠菂官被宝玉误撞见才引出了后文对此事的交代，但可以注意到的是书中对藕官这事只有极少数人知道，并不是像书中写到男同性恋时那么无遮无掩，毫无顾忌。

研究文献表明同性恋身份是西方现代社会的产物，而且历史也不长，"近代以来在西方 sex 是被视为 gender 的基础，男人女人的异性恋活动是界定男女的基础。而在中国近代以前，男人女人不纯粹是由其性倾向来界

定的"①。在西方思想界由于社会性别理论的提出，质疑建构社会性别的
过程和机制，于是使得本质主义的逻辑链条：生理性别——社会性
别——性倾向之间的必然联系被打破，也即意味着对个体强制性的异性恋
制的自然性消解，这在西方文化传统下对个人的性别界定有着重大的解放
意义。因为在欧洲传统的文化体系内，男同性恋者，尤其是被动的一方被
认为既不是男性，也不是女性，被认为是不正常的，凸显了在个人的性别
界定中，个人的性欲对象的性别也成为一个重要的因素。尤其使得之前被
视为不正常的同性恋得到重新审视。而在非西方文化传统的社会里同性恋
行为虽然也一直存在，但却从未把同性恋作为一种身份纳入到文化研究之
中，中国也是这样的情况。对此周华山先生的见解是："在中国传统社会
里，同性恋从没有成为一种身份，而是强调其作为行为，倾向和偏好的一
面。"② 一些研究也指出"传统中国对男女的界定并非与性倾向相关，也
就是说，性不是界定社会性别的惟一基础"③。在中国历史上，男人是同
性恋也没有关系，只要做好儿子，孝顺，做好丈夫、父亲，完成传宗接代
的义务，就是男人。在儒家的人伦关系中符合道德规范的角色，就不会妨
碍到男人的身份和地位，发生性行为对象的性别是男是女无关紧要。由此
可以看出中国古代的大多数男同性恋者其实是双性恋者，并且在其履行一
个男子的义务之时，就会回归男子的身份。但是值得注意的一点是在同性
关系中的主动和被动角色隐含着截然不同的角色含义。如有学者提出：
"明清时期的男同性恋被划分为主动和被动的两个泾渭分明、不可混淆的
阶层。主动阶层是有钱有地位者的阶层，他们追求刺激和满足；被动阶层
是地位低贱、出卖肉体者的阶层，他们的同性恋活动更多的是出于屈从和
卖淫，不一定真正对同性恋有兴趣，其目的是功利的而非性爱的。男同性
恋双方极不平等，并且社会舆论宽容主动方而歧视被动方。"④ 这在《红
楼梦》中也可以找到印证，书中对薛蟠、北静王、贾琏等人在同性关系
中处于主动的一方并无任何责难与非议，但是对被动的一方如蒋玉菡

① 王政：《关于 gender 的翻译》，载《越界》，天津人民出版社 2004 年版，第 186 页。
② 魏伟：《倾听"出柜"故事：话语冲突和社会变迁》，载《中国性研究》（第 1 辑），万
有出版社 2007 年版，第 27 页。
③ 王政：《关于 gender 的翻译》，载《越界》，天津人民出版社 2004 年版，第 186 页。
④ 吴存存：《性别问题与明清性史研究》，载叶舒宪编《性别诗学》，社会科学文献出版社
1999 年版，第 125 页。

（琪官）仍会投以鄙弃，贾政毒打宝玉就是因为贾环说宝玉在外游荡优伶，可见代表正统思想的贾政对这种游戏男人之举还是鄙弃的。

（二）性别易位的优伶——琪官、藕官

中国古代"由于娼优相兼的演剧传统，早期的戏剧活动允许女性作为色欲消费的对象部分地参与戏剧，故而男旦与女旦一度并存。降至宋明，与儒学复兴的哲学思潮密切相关的是性别观更趋于保守，为保持戏剧演员性别的一致，全女班与全男班应时出现。一般而言，在社会风气比较开放的时代，男女合演较多，如元蒙时期社会礼制观念、环境舆论相对宽松，某种程度亦促成男女的合演及互扮。而禁锢严厉的时代，则男女分班盛行，明清两朝男女分演为常见的形式，而且女班大多是达官贵人或文人名彦私有的家班，较少有营业性的公开演出，男班组成的剧团，远较由女性组成者为多"①。正是由于明清当时的优伶行业的行规不许男女异性同台表演，因而使得男旦和女生大量出现，男旦一般为商演的伶人，女生多是家养戏班中的戏子。男旦和女生在舞台上所扮演的角色都和自己的生理性别构成了一种反差，生理性别和社会性别形成了一种错位关系，社会性别和生理性别的类属性不再具有一致性，形成了性别的易位。《红楼梦》中的藕官，就是贾府家养戏班中扮演小生角色的女生。像她这种被贵族官员所养的伶人大抵也就相当于家奴，没有什么人身自由和身份地位。藕官虽为女孩，但却要扮演小生——戏中的男性角色。这样，藕官在戏里戏外的性别构成一种错位，在男女之间不停地进行转换。从她祭奠茵官可以看出，她在心理上认同的性别是男性的，当自己是个男子，并且从男性的行事准则出发，男子并不用为妻子守忠。诚如她自己所说"这又有个大道理，比如男子丧了妻，或有必当续弦者，也必要续弦为是，便是不把死的丢过不提，便是情深义重了。若一味因死的不续，孤守一世，妨了大节，也不是理，死者反不安了。"之后补了蕊官来，她一样对其温柔体贴。由此可以发现在女同性恋中同样植入了异性恋的结构模式，即分为男性角色和女性角色，藕官承担着男性角色，并且将当时社会文化中对男子的思想行为规范内化为对自己的一种约束。

① 徐蔚：《男旦：性别反串——中国戏曲特殊文化现象考论》，厦门大学，博士学位论文，2007 年。

藕官本为一女子，但却被迫在戏中演小生，由于扮演男子而慢慢在心理上也形成了男子心理。相反的是，蒋玉菡（琪官）身为男子，却要在戏中扮演女子。这两个人一个是生理层面的男性，但在社会性别化中走向了"女性"，成了"不正常"的男性，而另一个是生理层面的女性，在性别化中走向了"男性"，但却永远算不上真正的"男性"。这两个人身上都显现出了在伶人职业性别归化下的一种性别易位。他们并不是天生的同性恋者，而是当时伶人特殊的职业性别归化下的殉葬品。

结　　语

"性别这一人的类身份和类属性的生活化、个人化和心理化特征，带来了性别与文学的复杂的和隐蔽的关系，渗透在文学文本中的潜在的性别内涵，并不是自明的，而是需要女读者和男读者运用以价值论为支点的性别视角的阅读和阐释，方能使被遮蔽的性别意义得到彰显和敞亮。这是因为性别与文学的关系通过有性别的作者功能来实现，而作者的性别经验意识由于两千年父权制意识形态的强制性塑造与浸染，已经内化为一种性别无意识，如水银泻地、羚羊挂角，无处不在而又难觅踪迹。"[1] 从《红楼梦》的叙述视角等方面可以看到曹雪芹在创作《红楼梦》时也不可避免地受到了沉淀于他的无意识之中的传统的父权制性别体系的规约，即使他具有反叛意识，但他仍然无法完全脱离他所生活的传统、环境与时代，创造一种完全脱离当时语言环境的新的语言和视角。但是曹雪芹却也将自己对传统文化中存在的种种不合理的性别规约和机制借由自己的笔诉诸文本之中。《红楼梦》中人物的种种悲剧及不幸，虽然不能一味地全部归结于性别的因素，但是通过以上的分析，可以透视出性别因素交织着其他社会因素，共同酿造了这些人物的悲剧。《红楼梦》向世人展示了当时的社会文化缩影。透过《红楼梦》可以检视到当时的社会文化中的性别机制以及存在的不合理性别秩序，而众多人物的悲剧正传达出当时性别机制中的不合理图景以及统治阶级主导的性别话语对民众的压迫。《红楼梦》中贾宝玉等人对性别规范的反抗，正是对不公的性别机制的挑战，这也正是曹

---

[1]　刘思谦：《"性别与文学"笔谈》，载《文学研究：理论方法与实践》，河南大学出版社2004年版，第250页。

雪芹在另一层面上对当时社会中的不合理机制和社会秩序的批判。

参考文献

[1] Barbara J. Risman, "Gender as A Social Structure: Theory Wrestling with Activis", *Gender and Society*, Vol. 18, No. 4, Aug. , 2004.

[2] Catharine A. MacKinnon, *Toward A Feminist Theory of the State*, Cambridge, Mass: Harvard University Press, 1989.

[3] Catharine A. MacKinnon, *Women's Lives. Men's Laws*, Cambridge: Mass, Harvard University Press, 2005.

[4] Catharine A. MacKinnon, *Are Women Human?: and Other International Dialogues*, Cambridge, Mass: Belknap Press of Harvard University Press, 2006.

[5] Chris Weedon, *Feminist Practice and Poststructuralist Theory*, 2nd ed. , New York: Basil Blackwell, 1997.

[6] Michael Ryan, *Literary Theory: A Practical Introduction*, Malden, Mass: Blackwell Publishers, 1999.

[7] Julian Wolfreys, *Critical Keywords in Literary and Cultural Theory*, Palgrave Macmillan, 2004.

[8] Judith Butler, *Gender Trouble: Feminism and the Subversion of Identity*, New York: Routledge, 1990.

[9] Judith Butler, *Bodies That Matter: On the Discursive Limits of "Sex"*, New York: Routledge, 1990.

[10] Janet Price, Margrit Shildric, *Feminist Theory and the Body: A Reader*, New York: Routledge, 1999.

[11] Teresa de Lauretis, *Technologies of Gender*, Bloomington: Indiana University Press, 1987.

[12] Sara Ahmed, *Queer Phenomenology*, Durham: Duke University Press, 2006.

[13] 鲍晓兰:《西方女性主义研究评介》,生活·读书·新知三联书店 1995 年版。

[14] [英] 彼得·布鲁克:《文化理论词汇》,王志弘、李根芳译,巨流图书有限公司 2004 年版。

[15] 杜芳琴:《妇女学和妇女史的本土探索——社会性别视角和跨学科视野》,天津人民出版社 2002 年版。

[16] 黄华:《权力,身体与自我——福柯与女性主义文学批评》,北京大学出版社 2005 年版。

[17] [英] 杰弗瑞·威克斯:《20 世纪的性理论和性观念》,宋文伟等译,江苏

人民出版社 2001 年版。

[18]　[英]简·弗里德曼：《女权主义》，雷艳红译，吉林人民出版社 2007 年版。

[19]　[美]凯特·米勒：《性政治》，宋文伟译，江苏人民出版社 2000 年版。

[20]　李小江等：《文化、教育与性别》，江苏人民出版社 2002 年版。

[21]　李银河：《性的问题·福柯与性》，文化艺术出版社 2003 年版。

[22]　李银河：《酷儿理论》，文化艺术出版社 2003 年版。

[23]　林骅、方刚：《贾宝玉——阶级与性别的双重叛逆者》，《红楼梦学刊》。

[24]　刘北城：《福柯思想肖像》，北京师范大学出版社 1995 年版。

[25]　刘少杰：《当代国外社会学理论》，中国人民大学出版社 2009 年版。

[26]　孟悦：《人·历史·家园：文化批评三调》，人民文学出版社 2006 年版。

[27]　[美]梅里·E. 威斯纳－汉克斯：《历史中的性别》，何开松译，东方出版社 2003 年版。

[28]　[法]米歇尔·福柯：《性经验史》（增订版），佘碧平译，上海人民出版社 2002 年版。

[29]　[法]米歇尔·福柯：《规训与惩罚》，刘北城、杨远婴译，生活·读书·新知三联书店 1999 年版。

[30]　[法]玛格丽特·米德：《三个原始部落的性别与气质》，宋践等译，浙江人民出版社 1988 年版。

[31]　艾晓明、柯倩婷主编：《女权主义理论读本》，广西师范大学出版社 2007 年版。

[32]　舒芜：《红楼说梦》，人民文学出版社 2004 年版。

[33]　[美]托里·莫伊：《性别/文本政治：女性主义文学理论》，陈洁诗译，骆驼出版社 1984 年版。

叙述理论视角与文本研究

康拉德"马洛系列"小说之
叙述与主题的关联

祁　娜

摘　要：约瑟夫·康拉德是小说叙述的革新者，他的小说叙述研究，成为与其殖民文学主题同样重要的研究领域。康拉德的叙述方法本身，就是其小说内容的重要部分，特别体现为叙述与作品主题的关联。《青春》（1898）、《吉姆爷》（1900）与《黑暗的心》（1902）三篇小说，采用同一个人物——马洛作为故事的叙述者，三部作品被称为"马洛系列"作品。本文运用叙述学理论，集中论述康拉德的印象主义小说观及其"马洛系列"小说的叙述与表达主题之关联的问题。

关键词：康拉德；马洛系列小说；叙述；主题

小说批评理论的发展是建立在叙事作品创作实践的基础之上的。法国的居斯塔夫·福楼拜、英国的亨利·詹姆斯作为现代小说理论的奠基先驱，他们打破了传统小说格局，把注意力转向了小说的形式技巧，尤其是人物有限视角的运用上。现代主义小说家在小说形式的革新上所进行的多方面的尝试与大胆的创新，也推动了叙事学理论的发展。而约瑟夫·康拉德的小说《吉姆爷》《黑暗的心》等作品，因其独特的叙述风格，被批评界称为叙事学上具有转折意义与重要价值的作品，它们被很多理论家引用作为支撑自己的理论的依据。叙述方式与作品主题的关联，在叙事学领域也越来越受到重视。方式本身并无优劣，然而故事怎么讲，谁去讲，传达的信息、意义却是不一样的。因此，研究康拉德的小说观及其叙述方式，无疑是切入其作品主题的有效途径，同时这一研究也对小说叙述具有认识价值。

一　康拉德的印象主义小说观

在小说创作上，康拉德避免自己被纳入任何一个创作流派，而提倡自由的创作方法。不像集理论家与小说家于一身的詹姆斯、伍尔夫、福斯特，他没有系统的小说理论来解释创作，只有一些书信和札记直接表明自己的创作观念。然而，作为与印象主义作家同时代的作家，不管是有意还是无意的，是自发的还是互相影响的，康拉德在创作上表现出了鲜明的文学印象主义的特点，具体表现为康拉德对故事的处理与引入"中心意识"。

（一）康拉德的故事观

尽管康拉德本人从来不同意被说成是一个印象主义者，或者承认印象主义对自己的影响①，但却客观表现出了印象主义的特点。在《"水仙号"上的黑家伙》的前言中，他的表述为："我要竭力完成的任务是用文字的力量让你们听到，让你们感受到——尤其是让你们看见！仅此而已。"这句话体现了对视觉呈现的强调。生活本身是朦朦胧胧、含混不清的，需要以感觉来传递生活印象。因而，在他这里，小说的重心不体现为完整的吸引人的情节，而是通过故事表现生活体验与感知。

传统小说往往通过塑造一个人物，或者虚构一个曲折的故事，或者通过紧张、激烈的冲突，引向一个结局，旨在以一个明朗化的故事，揭示一个同样明确清晰的主题。康拉德小说中的故事则不同，他的《黑暗的心》传达了一种模糊的故事观：

> 水手们的信口开河都是直来直去的。全部的意义就像一只敲开的核桃明摆在它的破壳里一样。但是马洛不是一个典型的水手，对他来说，一个故事的含义并不像胡桃肉一样藏在壳里边，而是在外层把故事裹了起来，而故事突出了含义，就像一股灼热的光散射出一抹烟雾来一样，这情景就好像那些迷蒙的月晕光环，有时候只是靠了月亮光

---

① John G. Peters, *Conrad and Impressionism*, Cambridge: Cambridge University Press, 2001, p. 30.

怪陆离的辉映，才使我们能看得清它。①

　　康拉德的故事是不明朗的，意义是模糊的。它不像核桃肉那样躺在壳里边，剥开便是，而是隐藏于外部，与壳相互融合。康拉德曾说："我的故事是一个流体的形状，我捕捉不到它，它在那里膨胀，我抓不到它，就像你不能抓到一把水一样。"② 读完《黑暗的心》，我们很难下一个诸如小说的主题是康拉德借库尔兹这个人物形象批判了什么，或者通过马洛这个人物揭示了什么的单一、明确的结论，正像著名学者阿诺德·卡特教授所说的，康拉德的作品好比葱头，读者尽可读下去，剥了一层又一层，满怀着希望要剥出康拉德在下一层隐藏了什么，但等把葱头剥到最后，读者看到的仍是葱头！③ 这与我们对康拉德小说的阅读经验是相符的。之所以产生这样的效果，是因为康拉德的小说不重视依从传统而把事情的开端、发展、高潮、结局写得跌宕起伏、引人入胜，而采用一个故事见证者对故事和人物的印象与思索的独特形式，来构造小说情节，他似乎抱着一种小说是让人发现事物的模糊性意念进行创作。他的小说重在呈现故事给人产生的印象，意义则留给读者自己去思索和分析了。

（二）在小说中引入"中心意识"

　　康拉德在多部小说中沿用同一个人物马洛讲述故事，这一叙述方式形成了"马洛系列"小说。这些小说一开始让人以为是第一人称全知叙事，接着很快就发现是一个特殊人物对往事的思考和印象，他所讲述的故事都是该特殊人物意识活动的产物。这就是小说营造的"中心意识"，即康拉德小说传达的印象是"通过某个人的感觉传达出来的"④，故事中的人物、事件、环境都纳入到这个人的意识中。这一"中心意识"的运用，使康拉德的小说在叙事上呈现出康拉德的印象主义特征。

　　引入叙述者马洛。康拉德摒弃了传统小说全知全能的叙述模式，在叙述中引入"马洛"这一叙述者，使作者与主人公拉开距离，以更加客观

---

　　① ［英］约瑟夫·康拉德：《黑暗的心》，智量等译，湖北人民出版社 2006 年版，第4页。

　　② Jakob Lothe, *Conrad's Narrative Method*, New York：Oxford University Press, 1989, p. 138.

　　③ 参见［英］约瑟夫·康拉德《吉姆爷》，熊蕾译，人民文学出版社 2004 年版，"前言"第6页。

　　④ Jakob Lothe, *Conrad's Narrative Method*, Oxford University Press, 1989, p. 140.

化的方式呈现故事。小说通过马洛的所见所闻来表现康拉德对生活、对人类的认识和评价。在小说中启用马洛这一角色讲述故事，故事便围绕马洛对往事的描述和评判展开，一切成为他的印象中的事情，这是康拉德印象主义小说观的一个重要体现。

采用限制视角。限制视角与传统小说的第一人称叙事和第三人称有限叙事非常类似，不同的是，传统小说叙事者总是强调自己知道和了解什么，与此相反，限制视角会关注自己不知道什么。通过自己的意识活动去思考，从而展现叙述者与人物的内心或者精神世界，而不是展现种种事件本身。

引入多重叙述者。康拉德小说引入多重叙述者，克服单一视点，全面展现生活真实。多重叙述者与第一人称有限叙述有类似的地方，不同的地方是，小说中出现多个第一人称叙述者，与传统小说中单一一个叙述者，带领读者经历事件全过程的形式有了区分。多重叙述者相当于多重限制叙事，每一个叙述者都有自己对故事的经历，从不同角度、以不同形式讲述，而且，时而他是讲述者，时而在别人的讲述中，他又成了被讲述者。讲述主体、客体的种种相互转换，对整个叙事的影响是很大的。《吉姆爷》这部作品在此方面表现得比较典型。

"中心意识"的营造，与专门引入叙述者马洛是相关的，这种"中心意识"的叙述优势是，使用"马洛角色"叙述，避免第一人称"自传体"叙述与第三人称有限叙述的主观性，叙述更显客观，给读者阅读作品与评价人物以更大的自由，意义建构留给了读者。

二　"马洛系列"小说双重叙述层次与小说的主题

巴鲍尔德指出："视角问题是小说家的创作技巧和方法，不仅仅是作为一种传达情节给读者的附属物后加上去的，相反，它往往创造了兴趣、冲突、悬念，乃至情节本身。"① 具体到康拉德的小说创作，笔者认为技巧创造了情节这样的说法显得格外贴切，而情节，又毫无疑问地展示了作品的主题。在现代小说中，技巧与小说主题是相互依存、密不可分的。叙事学的研究不总停留在"怎么样"上，而是探讨"后来怎么样"的问题，

---

① ［美］华莱士·马丁：《当代叙事学》，伍晓明译，北京大学出版社 2005 年版，第 130 页。

即在分析叙述方法的基础上，探讨叙述对小说主题的表达产生了怎样的效果。约瑟夫·康拉德的小说在叙事上最显著的特点就是，引入了叙述者马洛，通过马洛对作品中人物的交往与感知，揭示人类生存的孤独境地，个体在追求知识过程中产生的焦虑，个体通过建立与他人的关系达到自我完成等主题。社会和人性内涵两个方面主要是通过小说的双重叙述层次实现的。

（一）"马洛系列"小说双重叙述层及其功能

康拉德的小说在引入叙述者马洛之后，带来了双重叙述层次的叙事上的革新。热奈特在《叙事话语新叙事话语》中对叙述层次进行了论述，即叙事讲述的任何事件都处于一个故事层，下面紧接着产生该叙事的叙述行为所处的故事层。① 由此区分了第一叙事和第二叙事（热奈特称之为元故事），其中，"第一叙事的叙述主体是故事外主体，而第二叙事（元故事）则为故事主体"②。由此观之，康拉德马洛系列小说明显可分为两个叙述层次，第一叙述层的叙述主体为第一人称"我"，第二叙述层即元故事层的叙述者则是马洛。两个层次的叙述在作品中分工明确，各有各的功能。

1. 第一叙述层承担阐释功能

马洛系列小说既没有直接用第一人称有限叙事，也没有用第三人称有限叙事，而是选取了让第三个人以第一人称讲述自己经历的方式。在讲故事之外的叙述层，我们称之为第一叙述层，由"我"来讲。第一叙述主体"我"讲述的内容，相对于元故事事件，则被称为故事事件。"我"的身份没有详细介绍，肯定是海上工作的，熟知马洛，"我"讲述的是马洛讲故事的环境背景及讲故事的场景。"我"与马洛的叙述职能分工明确，介绍完讲故事的背景，"我"就把叙述的话筒交给了主叙述者马洛。"我"基本不介入故事的评论。通过第一叙述层，讲述人马洛的叙述行为得以展现，第一叙述层赋予第二叙事以解释说明的功能。"我"在引出马洛叙述的过程中，时而穿插对马洛的描述，或对讲故事场景的描述，时而提醒我

---

① 参见［法］热拉尔·热奈特《叙事话语　新叙事话语》，王文融译，中国社会科学出版社 1990 年版，第 158 页。

② 同上书，第 159 页。

们第一叙述层的存在，似乎唯恐读者沉浸在马洛的故事中，而忽略了第一叙述层。可见，第一叙述层加强了第二叙述层客观化的效果。

如果小说直接用第一人称"我"取代马洛的角色，直接给读者讲述吉姆和库尔兹故事，产生的效果就容易让我们忽略作品中的人物就是叙述者的事实。一般情况下，读者分析作品人物时，较少去分析故事讲述者（除非讲述者是在讲述关于自己的故事，比如《简·爱》）。"马洛系列"小说通过第一叙述层的设置，把故事讲述者"人物化"了，在品读作品时，读者也会进而分析马洛这个人物形象，这样便丰富了小说的内涵。

2. 马洛叙述层作为主体部分

马洛讲述的故事，才是"马洛系列"小说的主体，是小说的主要情节。马洛是个缜密的观察者和分析家，对自己经历过的事情有着敏锐的感知能力。在小说中马洛讲述着自己亲身经历的故事，有时作为主人公，讲述关于自己的故事，如《青春》；有时作为第一见证人，讲述关于主人公的故事，如《吉姆爷》和《黑暗的心》。

罗兰·巴尔特在《叙事结构分析导论》中提出人物的结构分析概念："结构分析，慎重地不按照心理本质来规定人物，把人物不定义为一个'存在者'，而看作一个'参与者'"[1]，这样便区分了叙述中的几种人物。例如《呼啸山庄》中的叙述是由房客和奶妈承担的，主要人物希斯克厉夫和凯茜都不承担叙述任务，是小说行动层的人物，是作品中的"存在者"。而"马洛系列"小说中，马洛以第一人称的口吻讲故事，在《黑暗的心》与《吉姆爷》中，马洛不仅是第一叙述层中属于行动层的一个人物，同时，在第二叙述层，作为故事主体的讲述者，马洛又是一个"功能型"的人物，承担了讲故事的职能，而故事的主人公则是库尔兹和吉姆，他们是故事中的行动者，是叙述者讲述的对象，属于真正的叙事层的人物。

《青春》是马洛讲述关于自己的故事，具有"仿自传"的性质，第二层叙述的叙述者与主人公是重合的，马洛是行动层的人物；然而，中年马洛讲述年轻时代的故事时，不像《简·爱》那样以第一人称形式按照时间顺序讲述关于"我"的故事，它不仅仅是回忆，更有中年马洛对那段

---

[1]　［法］罗兰·巴尔特：《符号学历险》，李幼蒸译，中国人民大学出版社 2008 年版，第 127 页。

往事的评判，他在讲述过程中不时插入自己的看法，这使得马洛青年时的自我与讲故事时的自我互相交替出现在文本中。经典叙事学家法国的热拉尔·热奈特在《叙事话语　新叙事话语》中明确区分了"谁看"和"谁说"[1] 的问题，也就是申丹所讲的"叙述声音"与"叙述眼光"的区分。"叙述声音"即"叙述者的声音"[2]，"叙述眼光"指"充当叙述视角的眼光，它既可以是叙述者的眼光也可以是人物的眼光——即叙述者用人物的眼光来叙述"[3]。在此基础上，申丹提出："第一人称回顾往事的叙述中，可以有两种不同的叙述眼光。一为叙述者'我'目前追忆往事的眼光，另一为被追忆的'我'过去正在经历事件时的眼光。这两种眼光可体现出'我'在不同时期对事件的不同认识程度，看法等。"[4] 所以，即使在《青春》这篇"仿自传"式的小说中，马洛也是有双重身份的，既是行动层的人物，又是"功能型"的人物。

"形式决定意义，决定作品的风格。二度叙事并不是叙事上的新形式，它是一种上溯到史诗叙述发端的形式。"[5] 民间故事《一千零一夜》、乔叟的《坎特伯雷故事集》、薄伽丘的《十日谈》等都是采取故事中套故事的形式。然而，与传统叙事作品相比，马洛在叙述中的结构身份不同，决定了前者是传统的故事，而"马洛系列"小说中，马洛作为一个"功能型"的人物，作为小说的"中心意识"，像一面镜子似的反射其他人的行动，这才是康拉德小说形式的创新之处。

（二）社会环境造就孤独的个体

康拉德马洛系列小说的叙述，形成人物的连接与互现。人必须置身于某种关系中，以摆脱这种孤独。商船社四海为家和风浪历险的生活不可避免地造就了这种孤独，水手们频繁地换船只、换工作，他们身边没有固定

---

① 热奈特在《叙事话语　新叙事话语》一书中根据叙述者与人物的关系，把"谁看"的问题分为零聚焦（叙述者 > 人物）、内聚焦（叙述者 = 人物）和外聚焦（叙述者 < 人物）三类。参见热拉尔·热奈特《叙事话语　新叙事话语》，王文融译，中国社会科学出版社 1990 年版，第129—130 页。

② 申丹：《叙述学与小说文体学研究》，北京大学出版社 2004 年版，第 200—202 页。

③ 同上。

④ 同上。

⑤ ［法］热拉尔·热奈特：《叙事话语　新叙事话语》，王文融译，中国社会科学出版社 1990 年版，第 161 页。

的可以交流的朋友。然而，在随时都可能会葬身大海的生存条件下，只要此时身在一条船上，他们都不得不暂时成为生死之交，因此，忠诚、团结就显得尤为重要。孤独中的个体通过爱、同情、牺牲，达到某种自我实现。马洛、库尔兹、吉姆，包括听马洛讲故事的听众都是靠着这一点凝聚在一起的。在这个意义上，三部作品是相互关联的，它们都体现了人物从个体意识到社会意识的转化，反映了个体对自我的探求、对知识的追求及在此过程中产生的孤独和焦虑。

吉姆和库尔兹都经历了一个丧失—寻找的过程。他们都是从原来的环境中逃离，成为被放逐者的，尽管被放逐的动机不一样。吉姆那"致命的一跳"，使他丧失了个人价值，他认为一个英雄应有的忠诚和责任的道德准则被自己打破，他感到没有脸面生活在自己的弱点为人所知的地方。因此，他不断漂泊以重新确立自我认同。库尔兹曾经生活贫困，与未婚妻的婚约遭到了反对，因为贫穷使他得不到社会的认同，因此，他脱离了原来那个社会群体，和吉姆一样来到一个与原来文明完全不一样的地方，建立了一个属于自己的王国。结果，吉姆在帕图森指挥部落之间的战斗，以德行和能力服众，获得人们的尊重与认可，被尊称为"爷"；库尔兹也建立了自己的王国，使野蛮人和一些文明人对他顶礼膜拜。他们都死了，不同的是，吉姆的死对他自己来说是个胜利，他通过婚姻、友情、牺牲实现了自己的价值。库尔兹则怀着看透人性、带着忏悔离开这个世界，只剩下一个空洞的声音"太可怕，太可怕了"，这象征了帝国的黑暗和人性的贪婪，也象征了征服黑暗的人也必定遭到黑暗的报复。

这两个主人公都是在个人价值受到挫折之后，为了重新确立自身的价值、重获自己的尊严而走出原先的社会群体。尊严与价值、道德和责任是文明社会，是他们原先所属的群体所创造出来的，吉姆和库尔兹的故事模型，在一定程度上表明社会、经济、政治对个人及其社会关系的影响。马洛深深地理解到这一点，所以他认为所谓的文明是靠不住的，原则是没有用的，人们必须经历人生的真实。马洛对吉姆和库尔兹没有批判，没有抨击，而是通过理解他们进而理解生活中蕴含的惊人的真实。

（三）小说人物是马洛的另一个自我

马洛与主要人物之间存在着某种共鸣，这种共鸣贯穿了三个文本，贯穿了人物的内心世界。"马洛系列"小说有一个主要特点，即理解，因为理解，马洛与吉姆和库尔兹建立了关系，通过他们之间相互对立、相互融合的关系，双方都摆脱了个人孤独。

这三部小说通过马洛作为第一见证人讲述自己的经历、感悟，通过一个个故事，通过人物的双重聚焦（马洛经历事件时的声音和讲述故事的声音），通过马洛对往事的评价，一个立体动人的马洛形象便显现出来。这是一种"超文本性"的小说实验，三部小说通过作品之间的联系，互相补充，互相说明，表现一个人物的成长经历和性格特点，体现为"超文本性"（transtextuality），叙述手段与主题丰富性的关联由此产生。塞德里克·沃茨把"马洛系列"小说看作"关于马洛的传记"，他指出，康拉德的这几部经典作品是小说超文本性的一个重要例子。"超文本叙述"（transtextual Narratives）指的是"存在于两个或者多个文本之间的共同的东西，由于读者对相关文本的无意识而显得比较隐蔽"。他指出，由于这是一种连贯性的叙述，因此，与"文本间性"相比显得更加具体。① 从这个角度，这三部马洛系列小说又体现出更为复杂的社会和人性意蕴。

就马洛的成长过程来看，《青春》是最早的。这是一篇小说化了的自传，是用来象征并解释人生的。马洛后来之所以能对吉姆报以深切的理解和同情，是因为他也经历过那样的时期：单纯而又敏感，对自己充满信心，对大海充满了热切的幻想。在后来的岁月中，虽然大海一次次给予他沉重的打击，他还是怀念最初的那段时光，那段虽然并不美好但是充满激情和理想的生活。马洛很善于总结，也很善于反省自己走过的路。他是在讲述他年轻时代的故事，但是目的却不是针对某一个人的青春，而象征了任何一个人的青春时期。

吉姆则总能唤起马洛对自我青春的回忆，两人之间的亲密关系是建立在同情和理解的基础上的，因为能够得到理解，吉姆愿意把最隐秘的知心话讲给马洛听。通过这种关系，孤独的两个个体通过对方的认可与理解实现了自我。马洛在作品中总是站在道德一方，吉姆那致命的一跳中明显包含有非道德的因素，却深深抓住两个人的命运。康拉德在笔记中称吉姆是"我们中的一员"②，同样的航海历险生活使他们有某些相像的地方，吉姆

① Jakob Lothe, *Conrad's Narrative Method*, Oxford University Press, 1989, pp. 40 – 41.

② V. T. Girdhari, *The Novels of Joseph Conrad*, *The Individual and the World of Human Relationships*, New Delhi：Prestige, 1999, p. 47.

让马洛想起自己的青春，或许在马洛漫长的航海生涯中也曾犯过或者差点犯过同样的错误，所以他深深地理解吉姆，主人公那致命的一跳，在某种意义上连接了两个人的共同点，从内心来讲，吉姆就是他的另一个自我。

如果说吉姆是马洛可能的青春，那么库尔兹则是他曾经可能的未来。尽管马洛的讲述对帝国神话不乏反讽之词，但一开始他也是在欲望的驱动下，在帝国神话的宣扬声中，开始策划这次旅行，并打算在黑暗之地成就一番事业的。在库尔兹的身上，他看到了可怕的黑暗的力量，转而敬畏这种力量，而向黑暗屈服。因此，库尔兹的身上，存在着马洛的一面，同时也存在着马洛的对立面。因为马洛和库尔兹一样都是带着欲望来到蛮荒之地的，展现给他们的是同样神秘的黑暗。接着的故事是围绕马洛态度的转变展开的，通过库尔兹，他认识了黑暗，认识了自我，进入自己内心深处。后来他从黑暗中走出，回到文明社会，但是由于认识了自己、认清了当时的社会，有了负担，反而无所适从了。

三　叙述揭示"道德与文明"主题

形式决定意义，康拉德以马洛这一有限视角讲述故事的方式，充分揭示出了作品的主题。小说中有马洛直接发表的对人、对事的感知和评论，也有大量的环境与人物描写。康拉德小说主题之丰富，历来不乏研究，如反殖民主义、对殖民主义的矛盾态度、对文明的思考等。之所以有多样化的揭示，正是因为他的小说在叙述方法上呈现出独特的一面。

（一）自然环境的描写体现对殖民活动的反思

康拉德小说中对自然环境的描写很多，这种描写提供给我们的不仅仅是一种可视的世界，更多情况下是向我们展示人的内在空间，它不仅为故事提供背景和参照，更为我们提供了人物的内在精神状态。

约翰·皮特在《康拉德与印象主义》中指出："视觉观察是文学印象主义技巧的一个方面，康拉德对客观事物的描写是融入意识的，而不仅仅是视觉观察下的事物。"① 主观意识在这些描写中得以呈现，描写是意识

---

① John G. Peters, *Conrad and Impressionism*, Cambridge: Cambridge University Press, 2001, p. 31.

的物化形态。小说通过描写对中心意识的反射来揭示主体的思想深处及价值判断,进而表现小说主题。康拉德小说中的描写是一面反射人物心理的镜子,所起的是"客观对应物"的作用。景物是通过马洛的眼看到的,马洛对景物的再现,反射出马洛的精神状态,两者之间互为镜子的作用。

在康拉德小说中,环境描写是马洛"中心意识"的客观呈现,是马洛的心理投射,反映了他对事物的直观感知,反射出马洛的内心世界。可以说,描写成了另一种形式的评论,起到了揭示"中心意识"的作用。

(二) 在叙述的基础上对人物作道德分析

康拉德在《青春》《吉姆爷》《黑暗的心》系列小说中表达了一个共同的主题:对道德的反思。《青春》象征了他对崇高理想、高尚精神的追求;丛林小说《黑暗的心》通过欧洲文明与土著文明的碰撞,批判了"文明人"虚伪自私、唯利是图的本性,描绘出物欲横流、弱肉强食和适者生存的名利场,揭露文明背后的道德沦丧;《吉姆爷》则挑战了人性的弱点,通过本能与良知的碰撞,对文明与道德做出反思。这个共同主题是通过"中心意识"与多元叙事声音相互交叉产生的反讽来实现的。

康拉德小说"中心意识"叙述,体现在作品中不同意识之间的相互阐释、相互碰撞上。具体表现为三部作品除了都有双重叙述之外,在马洛叙述的层次,都采用了多个人讲述故事的技巧。即马洛讲述的不仅有自己看到的东西,也包括他所听到别人讲述的关于主人公的事情。不同的叙述声音之间产生一种有意的反讽。在《青春》中通过成年与青年马洛两种声音的对比,抒发对青春的感慨和对昔日理想的嘲讽;《吉姆爷》中的反讽体现了文明社会中个人与社会道德之间关系在一些情况下的不可调和;《黑暗的心》中的反讽则是对帝国殖民和人性贪婪的批判与反思。

"帕特纳号"沉船事件是吉姆亲自给马洛讲的,马洛并没有完全直接转述吉姆的话,而是时而用吉姆的眼光描述吉姆面对沉船事件时的心理状态,时而用自己的眼光写当时的吉姆,即马洛想象中的吉姆。然而,由于讲述者的有限性,马洛只是作为见证人,他并没有亲历"帕特纳号"沉船事件,所以他不可能透视吉姆的真实心理状态。小说中马洛与吉姆互相猜度对方的心思,其实都是通过马洛的意识来描述的。我们在他对吉姆的或客观(直接引语)或主观的叙述中,看到一个充满斗争和自责的复杂的灵魂。马洛与吉姆互为镜子,互相说明,从马洛的意识转移到吉姆的意识，然后在回还往复的转换中揭示主题，表现对传统道德的怀疑，对人类真实的思考。在人类真实问题上，马洛的内心是充满矛盾的，表现在小说中就是相反观念形成的反讽。

《吉姆爷》中的反讽还体现在其他方面。马洛之所以对吉姆的遭遇如此同情，是因为他也年轻过，也犯过错，可能在马洛的一生中也有过吉姆那样不光彩的事情，或者即使没有，也曾经有过那样的冲动，所以他特别能理解吉姆。他认为吉姆接受审判不是因为他没有勇气逃跑，恰恰相反，每个人年少时都会犯错，有人选择逃避，而他却选择勇于面对自己的错误，在精神上是高尚的。

《黑暗的心》中的反讽也是体现在多个层面的。首先是帝国宣扬的陈词滥调与殖民本质形成反讽。报刊媒体上宣扬，他们奔赴荒野是作为文明的使者的形象，去"使那千百万愚民摆脱可怖的生活习惯"，而事实上马洛很清楚，他们是为了在那里建立贸易站，做象牙生意。第二层反讽是库尔兹的同事及上司对他的赞扬和戒备，他们表面上表彰并夸赞他是收购象牙最多的人，身体最棒，工作效率最高，最有能力。但是出于嫉妒，又盼望他早日垮掉，以免与他们抢夺位置。在马洛看来，黑暗是恐怖的，但是人心的欲望、贪婪、嫉妒比荒野的黑暗更加可怕。

第三层隐藏的反讽是在马洛对库尔兹认识过程中体现出来的。故事的主人公库尔兹并不是从一开始就出现的，小说的大量篇幅是从代理人、经理叔侄和俄国青年等多个人的视角来描写库尔兹，这些描写激起马洛的好奇心，使他渴望结识真正的库尔兹，并在心目中形成对库尔兹的种种定位。真正的库尔兹是怎样的呢？马洛却一反惯用的大段细致入微的描写，对库尔兹的言行描述非常少，并且马洛对库尔兹的发现明显与人们的夸赞不相符合。对库尔兹的描写和实际上人们对库尔兹的态度也形成了对比，产生一种反讽的效果，表现出人们的虚伪自私、口是心非。

最后一层反讽体现在库尔兹本人身上。库尔兹因为穷，未婚妻一家不认可他，于是他远离那个所谓文明的地方，却在黑暗之地找到了自我满足。在库尔兹交给上边的一份报告中，他进驻荒野是要宣扬人道，改良和转化土著的野蛮、愚昧，把文明带给他们。看起来库尔兹似乎是实现了自己的价值，他搜集到很多象牙，在黑暗之地建立了自己的王国，野蛮人对他顶礼膜拜，然而最终还是被黑暗征服了。在他病入膏肓时，原先视他如神话的人们怕威胁到他们的地位还来伏击他。在他即将走向生命终结的时候，终于意识到黑暗的力量："他低声地对某个偶像、某个幻影喊叫了一声——他喊了两次，那喊叫声并不比一声喘息更大些——吓人啊！吓人！"[1] 事实证明，他后悔了，不仅为自己原先的理想和后来的所作所为之间产生强烈的偏离而忏悔，也从本质上质疑了欧洲这个所谓的文明世界及其价值观。

如果仅仅写到这里，主题就很明显了，一个原先征服了黑暗之地的文明人最终遭到了黑暗的报复，使他葬身于这片黑暗之地。但是马洛的故事还没有讲完。他接着马上描述了经理对库尔兹死亡的反应。他先是向走出来的马洛投向询问似的一瞥，然后确信库尔兹已经完蛋之后，"他向后一靠，神态安详，以他特有的微笑封住了他那不予吐露的深深的卑鄙的城府"[2]。其实库尔兹来到黑暗之地是受到欲望的驱使，那个文明的社会因为他贫穷而抛弃他。黑暗中心是相对于文明而言的，真正的黑暗并不是文明人宣传的未开发的荒野和不开化的野蛮人，反而正是那些文明人的内心。他们在利益的驱使下，打着传播文明的旗号，侵占地球上任何一个在他们看来是空白的地方，疯狂掠夺，奴役本地所谓的野蛮人。他们还用心险恶地相互竞争、猜忌和嫉妒，与野蛮人相比，他们的内心更为阴暗。通过这样的叙述，一部反殖民主义主题明确的小说一下子就变成了兼职承担道德批判任务小说，其叙述从一定程度上丰富了康拉德小说的主题。

结　语

叙述者马洛的引入是康拉德小说观的一个重要体现，是康拉德在传统小说基础上寻求小说形式的无限可能性而进行的小说实验，从而开创了现代小说的新局面。康拉德创作的目的不是给读者看一个好看的故事，而是重在人物的行为在意识中的呈现。事实上，"马洛系列"小说只有一个主角，那就是"中心意识"，即叙述者马洛的意识，他所讲的故事都是过去的经历，过去的人和事在他内心的呈现。《青春》《黑暗的心》《吉姆爷》这三部作品都采用马洛讲故事的方式，共同组成了一系列关于马洛的传记。采用双层叙述的方法把叙述者马洛"人物化"：既是故事的讲述者，

---

① ［英］约瑟夫·康拉德：《黑暗的心》，智量等译，湖北人民出版社2006年版，第92页。
② 同上。

同时又是故事的参与者。通过他与所讲故事主人公之间互相交流和理解，逐步呈现"中心意识"。通过三部作品之间人物关系的影射和关联，揭示丰富的社会内涵和人性内涵。康拉德小说主题非常丰富，但是像他自己所说的，意义不是剥开核桃里面的那一团醒目的果肉，意义本身包裹在核桃壳上。小说主题与形式相互融入。叙述方法在显示主题细微之处的同时，也给主题表达带来消极的影响，反而使主题变得模糊、不清晰。这种现象主要是由小说中各种不同声音产生的反讽、象征和隐喻性的环境描写造成的。"马洛系列"小说由个人的遭遇揭示了社会普遍性的问题，批判了西方文明的虚伪性，同时也揭示了人性深处普遍性的问题，如怯懦、对社会进步和道德持乐观态度等。

参考文献

［1］John G. Peters, *Conrad and Impressionism*, Cambridge：Cambridge University Press, 2001.

［2］Jakob Lothe, *Conrad's Narrative Method*, Oxford University Press, 1989.

［3］V. T. Girdhari, *The Novels of Joseph Conrad*, *The Individual and the World of Human Relationships*, New Delhi：Prestige, 1999.

［4］申丹：《叙述学与小说文体学研究》，北京大学出版社 2004 年版。

［5］［英］约瑟夫·康拉德：《黑暗的心》，智量等译，湖北人民出版社 2006 年版。

［6］［英］约瑟夫·康拉德：《吉姆爷》，熊蕾译，人民文学出版社 2004 年版。

［7］［法］罗兰·巴尔特：《符号学历险》，李幼蒸译，中国人民大学出版社 2008 年版。

［8］［法］热拉尔·热奈特：《叙事话语　新叙事话语》，王文融译，中国社会科学出版社 1990 年版。

［9］［美］华莱士·马丁：《当代叙事学》，伍晓明译，北京大学出版社 2005 年版。

《简·爱》叙述的反叛与平衡

马　婷

　　摘　要：《简·爱》的主题、人物及主人公言辞都颇具叛逆性，简·爱的反抗成为女性主义文学研究中的重要论题，然而，小说在叙述层面，却表现出对激越的反抗的平衡倾向。作为女作家的夏洛蒂·勃朗特，身处19世纪的英国社会，期望作品获得公开发表并得到社会的接受，必然显示一定的妥协性。本文从《简·爱》叙述入手，阐释与女性主义反叛论不同的妥协平衡论，形成了对《简·爱》的新认识。

　　关键词：《简·爱》；叙述；反叛；平衡

　　夏洛蒂·勃朗特（Charlotte Bronte）的《简·爱》1847年出版后，在当时的英国社会掀起了波澜，许多人并不欢迎《简·爱》，害怕它对当时固有的社会和文化体系产生破坏作用。《简·爱》如女性主义者们所阐述的那样，其作品的主题以及人物形象和主人公言辞具有叛逆性，然而，换一个角度，从叙述上看，则体现出女作家的平衡。在19世纪女性社会地位低下的社会语境下，作家表现出对其所处时代的某些思想观念的皈依，叙述上表现出与其所处的历史语境妥协。

　　本文从四个方面探讨《简·爱》叙述的反叛与平衡，具体为第一人称叙述，书信体风格的小说，家庭女教师故事题材以及严肃小说与通俗小说因素等方面的平衡。

一　第一人称叙述的反叛与平衡

　　《简·爱》从开篇到结尾，都采用第一人称叙述，读者追随简的眼光与感受。它也是一部自传体小说，因而，女作家夏洛蒂·勃朗特本人的态度，也暗含在叙述之中。从小说的叙述中，我们可以看到反叛中的种种平衡。

　　小说兴起之初，很多小说家都采用第一人称叙述，如塞缪尔·理查生（Samuel Richardson）的《帕美拉》（*Pamela*）、《克拉丽莎》（*Clarissa*），卢梭的《新爱洛琦丝》（*Julie ou La Nouvelle Heloise*），等等。第一人称落在女性作家的女性叙述者身上，总会显示出不同。

　　第一人称自叙体小说，容易使读者将小说叙事主人公的"真实"故事当作作家的生平故事，这使得一些作家不大情愿自己的真实名字出现在小说封面上。18—19 世纪，女性小说家喜欢匿名发表，而且多数女作家不用第一人称叙事。"对于她们来说，讲故事还可以，但让叙述者通过叙事将自己作为权威站在前台，则是另外一回事。长期以来，社会上已经习惯作者的声音由男性发出。"① 《简·爱》属于 19 世纪的小说，作为一部自传性色彩很强的小说，叙述者把女主人公推到前台，在女性几乎没有参与社会话语权力的维多利亚时代，加上该小说中女主人公的言辞激烈，在当时属于比较大胆的创作。

　　但夏洛蒂·勃朗特也对既定的社会现实做出了一定的妥协。首先，她的小说发表是匿名的，把自己隐藏在笔名柯勒·贝尔之后，她的女主角简，则被抽象为符号（如首字母缩写"J. E."），力图避开将一个具体的名字与一个女性作家生活联系在一起，这样就无须直面读者的价值评判。

　　按照凯瑟淋·罗杰斯的说法，在文学市场中，"与男性作家激烈较量的女作家"，容易遭到攻击，"就好像她靠当妓女来维持着自己的生活似的"。② 这说明女作家处于劣势。夏洛蒂·勃朗特的《简·爱》发表后，她的闺密曾问她是否是《简·爱》的作者，她断然否定。《简·爱》在伦敦引起轰动，并获得肯定之后，她才把作品放到她父亲的面前，承认她是本书的作者。同时代的女作家奥斯丁的写作也是在地下状态进行的，与她朝夕相处的侄子甚至不知道她在写作，认为那简直是不可能的，因为她没有合适的时间和地点。这就涉及弗吉尼亚·伍尔夫提出的那个时代女性还缺少一间"自己的屋子"的问题。

---

　　① Roy Pascal, *The Dual Voice: Free Indirect Speech and Its Functioning in the Nineteenth-Century European Novel*, Manchester: Manchester University Press, 1977, p. 46.

　　② Katherine M. Rogers, *Feminine in Eighteenth Century England*, Urbana: University of Illinois Press, 1982, p. 21.

自叙体小说《简·爱》的叙述问题，其实既涉及主人公简的言辞与叙述，也涉及女作家本人的叙述与态度。

二　对书信体小说的超越与回归

在女性没有社会话语权的维多利亚时代，女性作家如果不匿名发表作品，就会有阻碍。她既要寻求公开发表作品的机会，又要遵守女性不能公开言说的社会秩序，因此，她就只能选择叙述形式上的平衡与妥协。

18 世纪中叶一些女性小说家采用书信体写小说，"这种叙事模式把女性的声音导向一种自我包容或息事宁人的形式，它最大限度地减弱了'言论自由'动摇男权社会的能量，削弱了女性（甚至是悠闲阶层白人女性）长久保持文学权威的潜力。……这种叙事中的声音以商讨的形式减少男权律法与启蒙政治之间的张力，缓和个人意愿和群体制约之间的紧张关系，形成了一种虚构的权威"①。当时这类小说多以婚姻为结尾，在婚姻中女主人公的姓氏淹没在男方姓氏中，只能以其夫的口吻发出声音。女性自我的主体性在那时还无法建立。这类小说中女性在被追求时还有独立性，为了贞洁、为了名誉与男性周旋，而婚姻到来，其微弱的主体性就消失殆尽了。但《简·爱》的结尾则是，"读者，是我嫁给了他"。简依然保持着自己独立的意识与身份，没有淹没在简·罗切斯特的名字之中。

女性要想在社会话语领地公开占据一席之地，就不得不以各种方式达成与社会权威之间的妥协。就书信体小说——这种女性可以公开发表自己声音的小说形式而言，女性却最大限度地避免与男性话语冲突。如代尔·斯本德所说，"男性和女性，公开和私下这样的二元对立之所以得以为继，就因为社会允许女性写……给自己看（例如日记），也为了相互之间传看，其形式有书信，显示才华的小文章，道德论说文，还有在家庭范围内为其他女性而作的趣闻轶事，甚至还有女性为女性而创作的小说……女性写给女性的话语必然限于私人范围，不会对男性统治秩序造成麻烦；只

① 〔美〕苏珊·S. 兰瑟：《虚构的权威——女性作家与叙述声音》，黄必康译，北京大学出版社 2002 年版，第 31 页。

有当女性写给男性读者看，矛盾才由此而生"①。这里的书信体小说形式就是写给女性自己看的一种可为社会接受的方式，它是社会对女性的让步，其私人性反过来也包含女作家对社会的妥协。与其说女性的声音遭到拒斥，不如说她们的声音的公开遭到了拒绝。

然而，《简·爱》处处充斥着那个公开言说自己的女主角的声音，它来自个性鲜明的、有着清醒的自我意识的女人。弗吉尼亚·伍尔夫曾说，《简·爱》可以概括为"我爱，我恨，我痛苦"，特别凸显一个大写的"我"，一个具有强烈主体与自我意识的"我"。简的自我主体性得到了充分肯定。

当然，《简·爱》并没有完全采用书信体小说的模式，只是在某种程度上与其非常相似。小说中多处用"读者啊"这个称呼，这里叙述者使主人公跳出了只与书中人物交流的窠臼，直接发生与读者的交流。"读者"这个称呼，"加强了把广大受述者视为亲密朋友的意识，与书信体小说中的称呼行为十分相似"②。它缓和了个人意愿和群体制约之间的紧张关系，这样，《简·爱》就在社会权威与个人意愿之间获得了平衡。某些事情读者知道，而书中人物不知情。随着小说的推进，"我"和假想读者的位置——唯一有效的位置——就更亲密了。纵观整部小说，重要的是这种私下里亲密的信任，这种坦白的方式，这种描写，仿佛是在一封私人信件中，一次私下里的闲谈。③《简·爱》摒弃书信体小说形式的同时，也体现了对它的回归，在两者间找到了一个良好的黄金分割点。在很多场合小说叙述者"我"，都用比较亲密的方式告诉读者她的内心想法。从某种程度上来说，这种坦白行为是向权威表示谦恭的行为，是无权的一方被相对有权的一方所要求的，权力被授予了读者，叙述者把自己置放在无权的地位，听从读者的裁定。读者无形中有提高地位的感受，获得阅读的愉悦。这正是《简·爱》超越书信体小说的方式，同时使用"读者"这个称呼，又体现出对书信体小说模式回归的一面。

---

① Dale Spender, *Man Made Language*, London: Rutledge, 1980, p. 192.

② ［美］苏珊·S. 兰瑟:《虚构的权威——女性作家与叙述声音》，黄必康译，北京大学出版社 2002 年版，第 212 页。

③ Raymond Williams, *The English Novel From Dickens to Lawrence*, London: Chatto & Windus, 1973, p. 69.

三　对家庭女教师故事类型的超越与皈依

《简·爱》用略显张扬的第一人称叙述把自己推到前台，却用一个符号遮蔽了自己的真实身份，用"读者"这个称呼拉近了叙述者与受述者之间的距离。属于家庭女教师的故事类型的《简·爱》，夏洛蒂·勃朗特使之与之前的这类小说有所不同。

在《简·爱》之前还有玛丽·布伦顿（Mary Brunton）的《禁戒》（Discipline），玛丽·玛莎·舍伍德（Mary Martha Sherwood）的《卡洛林·莫当》（Caroline Mordaunt）等家庭女教师类型的小说。这两部小说的叙述者都是女性，但叙述者都遵循传统的社会道德规范和基督教教义，以此来建构道德权威的地位。

前面两部小说的叙述者，都不是单身，具有成年人的道德感，以她们年龄所占据的道德优势，回过头来对年轻人行使教诲的权力，叙事也成了高尚道德的授权。而《简·爱》则不同，书中言语尖锐、激进，凸显强烈的个体意识，叙述者并没有回过头来责备自己的言语、行为，尽管她对事物的理解未必正确，但她为自己的价值观做主。叙述者的价值观念与人物之间是一致的，叙述者并不指责人物的行为。

简——这位失去父母的灰姑娘式主人公，成年后的身份是家庭教师，却拒绝扮演默默不语的从属角色，而默默不语是当时家庭女教师的既定的特点。如安妮·勃朗特（Anne Bronte）的小说《埃格尼丝·格蕾》（Agnes Grey）的女主人公说："我的本分只是洗耳恭听，无需动口"；"每当内心十分痛苦的时候，脸上总是保持着平静欢快的神色"；"我觉得还是小心一些，少说为佳"①。对当时的女性而言，获得一份工作已经很不容易，女家庭教师要面对激烈的竞争，也要直面雇主对家庭教师的苛求。为了生存，家庭女教师经常以沉默的面孔出现。

然而，夏洛蒂勃朗特笔下的简，逐渐懂得说话的重要性，简对自己说话交流的认识转变过程，是一个自我确立的过程，她要遵从自己内心的原则，最终通过交流，她征服了罗切斯特，确立了鲜明的自我形象。

---

① ［英］安妮·勃朗特：《埃格尼丝·格蕾》，裴因译，上海译文出版社1991年版，第144—145页。

（一）"我必须说话"——对家庭女教师角色的反叛

童年时期的简，在某些情况下，是毫不驯服的，但从那时起，她就积极寻求被人承认和与人交流的机会，她的言辞由愤怒逐渐转为平静的过程，也是其逐渐被外界接受的过程。从盖茨海德阶段的情绪化的发泄，到劳渥德阶段独白性的自我分析，再到桑菲尔德之后的进行式的对话状态，简的心声戏剧性地与小说的叙述进程一致。从小说伊始的带有反抗性的话语，逐渐转向平静的坦白的方式，简认识到一开始过于情绪化的叙述大部分是无效的，体会到应该把感情收敛一些，叙述才能被承认。她渐渐学会了交流，并在交流中确立自我。尽管在后来与罗切斯特的交流中，她主要成为倾听的一方。保持沉默，这符合传统的基督教思想，"上帝通常只对男人说话"。① 这符合维多利亚时期对女性的要求。

在盖茨海德，里德一家对她的"权威"界定是"疯猫""耗子"等。随着简说出童年时代的宣言"我必须说话"，她决心自己讲述她的故事，为自己辩护。所谓对与错，不是真理与谬误之争，而是压迫与反抗之争。在盖茨海德的社会关系中，主人公为自己辩护是徒劳的。在红屋子里，她从镜子里看到一个近似"女妖"的形象，那时她还没有形成自己的价值评判标准，里德一家的权威评判就相当于这面镜子，从中看到的只能是一个"古怪小家伙"和"一个真正的幽灵"。她从"红屋子"中醒来时，抓住机会告诉药剂师劳埃德先生，她被扔进红房子和生病的遭遇，而劳埃德先生认为她有"一位仁慈的舅妈，还有表兄表姐"。而"这孩子该换换环境，换换空气"。进学校的原因是"神经不很好"②，简说得千真万确，然而她是"邪恶的"，因为权威的里德夫人这样界定她的品质。

红屋子事件加深了她对自己处境的认识，没有人承认她，没有人相信她的话，她虽然住在豪宅里，在精神上却无家可归。美国著名人类主义心理学家 A. H. 马斯洛早在 20 世纪 50 年代指出，人有五个层次的需要，除生理需要和安全需要之外，人还有归属和爱的需要（社会交往需要）以及自我实现的需要，而安全需要则是基本的。简没有安全感，当然更不能

---

① 罗婷：《女性主义文学与欧美文学研究》，东方出版社 2002 年版，第 58 页。
② ［英］夏洛蒂·勃朗特：《简·爱》，祝庆英译，上海译文出版社 2001 年版，第 16 页。

满足归属感与爱的需求。

　　简在盖茨海德的敌视与没有安全感的环境中、在冲突的环境中，其言辞是情绪化的，她的声音被愤怒的激情所控制，专注于发泄情绪而不是交流。

　　在劳渥德，简向海伦·彭斯讲述自己的故事，显得"激动""尖刻毒辣"，她的滔滔不绝的叙述，并没有得到她所期望的信任，海伦对简仇视里德一家的言辞表现冷淡。在谭波尔小姐和海伦·彭斯的引导下，简也意识到如果自己能够"抑制和简化了一下"的话，"听起来更真实可靠"[①]。与小说中盖茨海德部分的激情叙述相比，在劳渥德和早期桑菲尔德部分，简的叙述则体现了对激情的抑制。

　　简与罗切斯特最初关系始于愉快的交流。对于罗切斯特来说，简是一个智力与之相当的谈话对手，他以前的生活中缺乏这样的女性。简的直率和真诚是他从前生活中的女人所不具备的。而简的道歉又使罗切斯特体会到这个女子的教养与善解人意。这使他把简看作精神上可以平等交流的人。后来他向简讲述自己在巴黎的私生活，以证明他对简的重视。简的坦率真诚与才学胆识，是她赢得尊重的"水晶鞋"。离开桑菲尔德之前，简与自己内心的"声音"进行争论，基于世界上没人在乎自己，她屈服于内心的建议，离开了桑菲尔德。

　　罗切斯特希望与她共同生活而不要婚姻，圣约翰企图与她结婚却没有爱。简把自己的真实想法表达出来，辩才与气度蕴藏于对话交流之中。

　　圣约翰的要求似乎存在于情理之中。女人的生存状态在男人的话语体系里似乎无足轻重。而经过了多年学习和思考的简，有了可以支配自己命运的知识和权力，她拒绝了这桩无爱的婚姻。圣约翰与先前的人物相比，是一个非常理性的形象，有着卓越的说服他人的智慧。而简经过了人生几个关键的转变之后，已经学会进行有效的交流，自己的交流也得到了对方的承认。

　　在盖茨海德和劳渥德，她没有交流的机会，无法为自己正名。而后来的简，与伯莎相比，可以看出，她具有交流的优势。作为夹杂在"角色"

---

　　① ［英］夏洛蒂·勃朗特：《简·爱》，祝庆英译，上海译文出版社 2001 年版，第 54 页。

中的疯女人①，伯莎很大程度上，也是因为她无法获得与人交流的机会，无法为自己辩护，才陷入疯狂。而简通过交流，确立了自我，并使自己获得承认。

（二）"我兴致勃勃地听他谈"——沉默的简回归女家庭教师的本分

《简·爱》中的女性叙述者在讲故事，以及故事本身所塑造的女主人公形象，都有悖于当时的社会公认的女性气质标准，这样的人物有被读者抵制的危险，继而失去可能的读者。然而，《简·爱》的叙述，却赢得了读者，显然，这里体现了叙述的平衡，它具体体现为对既定的女性身份的皈依。

童年时代的简是激愤的，却也能够反思，而知道在某些场合应该保持沉默。即使成年时期，简在学会了与人交流之后，依然有沉默的倾向。而沉默在小说的叙说方面，则颇具意味，正如保罗在写给他的信徒迪莫西（Timoth）的信中所说："妇女必须学会沉默，必须完全服从，我不允许她行如导师，不允许她在任何方面对男人施展权力；她必须缄默无声。……由此可见，基督教一神论只表达了一个性别，只是男性利比多机制的投射，妇女在父权制中是缺席的和缄默的。"② 因此，简的沉默，有时就显现为她与社会妥协的一个策略，其对话，主要也是在社会允许的范围内的对话，是在不对抗社会既定规范的前提下的交流。

小说伊始，孩子们围绕里德夫人，然而，简无缘参与里德一家的活动，因为她的话不讨人喜欢。

简初次见到布洛克尔赫斯特先生，后者称里德夫人为简的恩人，简此时"心里在说，'他们都把里德太太叫做我的恩人；要真是恩人的话，那恩人就是个讨厌的东西'"。而里德夫人向布洛克尔赫斯特先生介绍简，说她"爱骗人"时，简也只能"一边思忖，一边竭力忍住一阵啜泣，赶紧把眼泪擦掉"。③

---

① 参见朱虹《禁闭在"角色"里的疯女人》，《外国文学评论》1988年第1期。文章为伯莎正名，认为罗切斯特为了证明自己与简·爱结婚是正确的，有意掩盖了他为了金钱而与伯莎结合的真正用意，同时也"抹黑"了伯莎的形象。而英国现代女作家吉恩·黎斯创作的《藻海茫茫》重新叙述了伯莎值得同情的悲剧一生。

② 张京媛主编：《当代女性主义文学批评》，北京大学出版社1992年版，第3页。

③ ［英］夏洛蒂·勃朗特：《简·爱》，祝庆英译，上海译文出版社2001年版，第23—24页。

离开盖茨海德之前，简的行为和言辞都是激烈与愤怒的，经常为女性主义者引用，作为其"叛逆"的证据，以此把她看作不安分的女性。可是她把胸中不平的怒火喷向里德夫人之后，虽然得到胜利的快感，然而又似乎有些后悔，小说这样写道："我默默地反省了一个钟头"，"我倒愿意去求里德太太原谅"①。这里她意在强调，她想做一个讨人喜欢的女孩，只是旁人不给她机会。她所做的一切都不是她的本意，"没头没脑的话"是"激动得无法控制的话"②。就简的本意是想做一个大家都喜欢的小女孩，她曾经"多么小心地服从她"，"多么竭力讨好她"。（指舅妈）③童年时代的简，更多的是一个被环境塑造出来的反叛形象，这是她内心渴望被承认而不可得的写照。

简不仅童年时代有沉默、内向的一面，成年后学会了与人交流的她，在与罗切斯特的关系中依然是倾听与沉默的一方。"我固然谈得比较少，可是我兴致勃勃地听他（罗切斯特）谈。他的天性就是爱谈话；他喜欢向一个没有见过世面的心灵透露一点世界上的情景和风气（我不是指它的腐败情景和邪恶风气，而是指由于表现的范围广，由于具有新奇的特点才变得有趣的那一些）。"正如米歇尔所说，"男人需要女人保持沉默，目的是使她们成为男性的听众"④。

"克里斯蒂娃指出，基督教文化里上帝、话语与书写构成了新的'三位一体'（the Trinity），而妇女只是被书写的符号或象征。……在父权制象征秩序里，妇女不仅被摒弃于知识与权力之外，而且被拒斥于言词（word）'这一唯一真实的法则之外。'"⑤言说正是话语权威的象征。如果说简的一些言辞，在"这唯一真实的法则"允许的范围内的话，那么伯莎（Bertha）则是一个完全被排除在法则之外的女人。

在小说的世界中，我们没有更多的关于伯莎的信息，她只是作为怪异的人，存在于知情人的世界中，也出现在罗切斯特无法掩盖的过去和与简的无意识的现在。⑥相比之下，简的有所节制言语，不同于疯女人伯莎的

---

① ［英］夏洛蒂·勃朗特：《简·爱》，祝庆英译，上海译文出版社2001年版，第27页。

② 同上书，第26页。

③ 同上书，第24页。

④ Judith Mitchell, *The Stone and the Scorpion——the Female Subject of Desire in the Novel of Charlotte Bronte, George Eliot and Thomas Hardyed*, Westport, Conn. : Greenwood Press, 1994, p. 19.

⑤ 罗婷：《女性主义文学与欧美文学研究》，东方出版社2002年版，第63页。

⑥ Macpherson Pat, *Reflecting on Jane Eyre*, London and New York：Routledge, 1989, p. 10.

狂放不羁，伯莎是不能采用传统的象征女人的声音说话的女人。相比之下，简的坦率声音，则表现出对社会秩序的默认，才不显得出格，反而显得正常。

如果说，简有沉默的倾向，勃朗特的另一部成功的小说《维莱特》中的女主人公露茜，甚至拒绝多言。"说得够多了"①，小说中露茜的这最后一句话，表示了绝对沉默的态度。两位女主人公的性格都与夏洛蒂·勃朗特的性格接近。萨克雷的女儿用一个客人的话形容萨克雷在伦敦为勃朗特开的一个派对的情形，"一个令人沮丧，沉默的夜晚。人人都期待的愉快的交流根本没有开始过。勃朗特小姐蜷缩在书房的沙发里，不时的与我们善良的家庭教师低语……最后，我的爸爸也难以改变这种局面，他悄悄地离开房间，离开了家，到他的俱乐部去了"②。勃朗特似乎更倾向于用书写来表明自我身份，而沉默则与当时的社会历史语境对妇女的要求相一致。所以，在这个意义上说，在某些场合下的沉默，也是使人物在表达自己的情形下获得读者原谅和肯定的又一个策略。

四　严肃小说与通俗小说的平衡

《简·爱》中的人物或阶级间的冲突能够吸引读者，在于它们根源于社会历史语境。我们不妨穿越时空，返回维多利亚时代，考察作者的生活。作为一个入世不深而思想丰富的女性，夏洛蒂·勃朗特对于事物有自己的看法，有表达的欲望，然而维多利亚时代，存在对妇女的局限，也存在时代与家庭对个人的无法选择经济状况的局限，这些迫使夏洛蒂自觉或不自觉地在写作倾向上，追求保持与历史环境的协调与平衡，使作品能获得社会的接受，因此，《简·爱》中虽然有叛逆的人物，但在作者的叙述中却是追求平衡的，它体现为在严肃小说与通俗小说之间获得平衡。

叛逆的简·爱，有着典型的言论："女人一般被认为是极其安静的，可是女人也和男人有一样的感觉；她们像她们的兄弟一样，需要运用她们的才能，需要有一个努力的场地；她们受到过于严峻的束缚、过于绝对的

---

①　[英] 夏洛蒂·勃朗特：《维莱特》，吴钧陶等译，上海译文出版社1994年版，第745页。

②　Thomas J. Wise & John A. ed., *The Brontes: Their Lives, Friendships& Correspondence*, Vol. 2, Symington: Shakespeare Head Press, Oxford, 1932, pp. 49 – 50.

停滞，会感到痛苦正如男人感到的一样；而她们的享有较多特权的同类却说她们应该局限于做做布丁、织织袜子、弹弹钢琴、绣绣口袋，那他们也未免太心地狭窄了。"[1] 还有她的被视为著名的妇女独立的宣言的这段话："你以为，因为我穷、低微、不美、矮小，我就没有灵魂没有心么？你想错了！——我的灵魂跟你的一样，我的心也跟你的完全一样！要是上帝赐予我一点美和一点财富，我就要让你感到难以离开我，就像我现在难以离开你一样。我现在跟你说话，并不是通过习俗、惯例，甚至不是通过凡人的肉体，——而是我的精神在同你的精神谈话；就像两个都经过了坟墓，我们站在上帝脚跟前是平等的，——因为我们是平等的！"[2] 凡此种种言论，都被女性主义者以及评论家们多次评析，以此作为作品叛逆性的重要根据。正因为女主人公的这些言论以及作品叙述方式上的超越与反叛，《简·爱》才在女性主义研究中地位显赫。毫无疑问，《简·爱》作为经典作品的地位已然被牢牢地树立起来了，任何有关这个历史时期的英国文学史，都无法绕过它。这部小说在女性文学研究中具有特殊地位，也不断地被文学批评家阐释出新意。

该作品在当时的社会条件下，受到广大读者的关注和喜爱，是一个既定事实。《简·爱》在 1847 年 10 月 16 日出版头版，共印刷 2500 册，三个月之内便销售一空，1847 年 12 月就出了第二版……[3]而读者未必都是专业的文学研究者，无疑作品中融合了满足读者兴趣的通俗小说的因素，使它获得了卖点，当然同时也获得了批评家的赞同。

对于勃朗特姐妹来说，公开发表作品也是缓解家庭贫困生活之道。勃朗特三姐妹都试着拿出她们自己的小说，即包含了对经济需求的考量。

首先，写作对于勃朗特姐妹来说，首先体现为缓解生存的经济压力。父亲在英国约克郡的桑顿任教职，他的酬劳只能应付一家人贫寒的生活，勃朗特家庭并不富裕。夏洛蒂·勃朗特有着强烈的改变个人生活状况的动机，"她不止一次谈到没有财产的未婚女子的状况：她在经济上处于从属地位，没有事情可干，社会地位低下，毫无目的地活着。穷困、厌倦、孤

---

①　［英］夏洛蒂·勃朗特：《简·爱》，祝庆英译，上海译文出版社 2001 年版，第 86 页。

②　同上书，第 205 页。

③　参见张耘《荒原上短暂的石楠花——勃朗特姐妹传》，中国文联出版社 2002 年版，第 217 页。

独，都是她常常谈到的坏事"①。这是她自己生活的真实状况。现实生活不容许她坐以待毙，她必须寻找自己的生活出路。勃朗特本人受到一定的教育后，于 1835 年到罗海德（她受教育的学校）当教师。她希望借此改善家中的状况，此外，由于弟弟勃兰威尔即将开始一个艺术家的前程，需要补充家中的经济来源。然而，她的健康状况和精神状况都不堪这项重负，她不得不于 1838 年回到家中。但家中的经济状况又难以让她安于贫困。她外出当过两次家庭教师，但时间都不过几个月，是因为她难以忍受家庭教师循规蹈矩的工作，这对于充满想象力的勃朗特来说，无疑是一种折磨。在《简·爱》中，美丽的英格拉姆小姐对作为家庭教师的简滔滔不绝地所说的放肆的话，可见家庭教师地位之一斑。

对于维多利亚时期的女人来说，最好的出路莫过于体面地嫁人，那是获得体面生活的途径。而中产阶级未婚女子总是成为婚姻市场昂贵的滞销品。考虑金钱和门第，她们不会嫁给下层男子，而同阶层未婚男子面临着经济压力，除长子外，都得自谋生路，经过漫长个人奋斗来获得稳定经济来源后，才能娶妻生子，而往往也就过了而立之年。况且他们还常在有姿色的女仆或女工中寻找妻子。② 这导致当时的女性出现两种状况：其一是一些中产阶级妇女的婚姻被耽搁，出现数量惊人的老处女，到 19 世纪 80 年代这一状况仍触目惊心。"老处女"成了这一时期文学中不可或缺的形象。"大量妇女从未结过婚"，汤普生说："例如，在 1881 年，英格兰 45 岁至 54 岁的妇女，有 12% 从未结婚，在苏格兰，是 19%。"③ 该数字没说明在中产阶级妇女中这种现象更突出，但因为下层妇女有更多机会接触男性，如在工厂里，在婚姻态度上也更灵活。其二，更多中产阶级妇女虽然结了婚，但一般为晚婚。"1825 年后，不识字的人比识字的人结婚更早，尤其是不识字的妇女。"不管怎样，19 世纪 50 年代前，中产阶级家庭一般子女成堆（如奥斯丁家 7 个孩子，勃朗特家 6 个）。在这些家庭里谈得最多的是如何猎获富有的单身青年。女评论家阿姆斯壮则以不带浪漫成分的政治眼光，发现"奥斯丁所有小说的第一行都提到了钱"，并且，

---

① 杨静远编选：《勃朗特姐妹研究》，中国社会科学出版社 1983 年版，第 543 页。

② F. M. L. Thompson, *The Rise of Respectable Society: A Social History of Victorian Britain, 1830 – 1900*, Cambridge, Massachusetts: Harvard University Press, 1988, p. 95.

③ Ibid., p. 52.

"她以一个深谙两性关系的作家自居，致力于揭示性契约的真相"。① 阿姆斯壮有意在"性契约"与"社会契约"之间建立一种同构，揭示其交换关系。结婚变富成了每个待字闺中的中产女子最热烈的幻想与最伟大的事业。可这并不容易实现，例如，奥斯丁就终身未嫁，夏洛蒂也迟至 38 岁才结婚。

如果不能体面嫁人，又没有可靠的经济保障，在自谋出路（家庭教师）又难实现的情况下，写作可以说是一条通向自立之路的康庄大道。在妇女的婚姻要么被耽搁，要么被延后，面临漫长无趣的闺房岁月时，阅读和写作就成了唯一高雅的追求。

勃朗特姐妹文学才华出众。她们的父亲是文学修养深厚、才智卓越的人，尽管也热爱自己的家庭，但性格孤僻，落落寡合。孩子们智力发展得很早，经常是弄到什么读什么，包括各种报刊。从 1825 年直到后来的五年多时间里，勃朗特家的孩子们进行了一场持久的运用想象力的游戏。他们创造了想象中的安格里亚王国，精心设计了王国的战争、政治、贵族社会以及他们的世仇和爱情。这些作为文学作品不值一提，但它显然成了勃朗特家才女们练笔的园地，为她们三姐妹成为职业作家铺平了道路。

当然，写作的经济收益是丰厚的。"18 世纪末发生了一种变化"，伍尔夫回顾英国妇女写作史时说，"若让我重写历史，我将把它描述得比十字军东征或玫瑰战争更详尽，更有意义。这个变化是，中产阶级妇女开始写作了"。② 但她把她们的写作动机阐释为谋生，并说："用你的智力一年可挣 500 英镑。"③ 她的看法基于当时文学妇女的状况，长子继承权剥夺了女孩的经济来源，而倘若婚姻不幸被延迟或耽搁，无法通过它获得生活保障，而做女仆、女工又被中产阶级妇女认为是"不体面"的下层妇女职业，那么写作，便是唯一既可足不出户又能获得收入的体面职业。

夏洛蒂·勃朗特把她一气呵成的小说寄给出版商史密斯先生时，"史密斯先生就已经决定出版这本书了。不过他的出版条件是比较苛刻的。他们给柯勒·贝尔（夏洛蒂·勃朗特）的稿酬是一百英镑，而附加条件是她今后写的小说，必须首先提供给史密斯·埃尔德出版社，如果被接受，

---

① Nancy Armstrong, *Desire andDomestic Fiction*: *A Political History of the Novel*, London: Oxford University Press, 1987, p. 42.

② Virginia Woolf, *A Room of One's Own*, London: The Hogarth Press, 1931, p. 97.

③ Ibid. , p. 99.

每一本书的稿酬也是一百英镑，如果再版或把版权卖给外国公司，实际收入可达五百英镑。那本书国内出版的稿酬已达八百英镑"①。在 1796 年，一本平装小说的零售价大约是 3 先令，到《简·爱》发表的 1847 年，才稳定在 10 先令上下，不管怎样，这都相当于一个工人一星期的收入。照此计算，他们一年的收入不过 26 英镑左右。写作的经济利益显而易见。

从以上的分析不难推测出，勃朗特姐妹的写作，在很大程度上体现了对获得经济利益的考虑。从这一点出发，迎合众多读者的阅读趣味，也就是情理之中的事情。1847 年仲夏，艾米莉的《呼啸山庄》和安妮的《格雷尼斯·格雷》，由 T. C. 纽比出版公司出版，但夏洛蒂的《教师》则"被出版商退稿六次，……被认为过于平淡无奇而无法单独发行，但它所表明的文学前景打动了史密斯公司，埃尔德鼓励她说，若以匿名作家的身份再提交一部小说，或许可以得到关注"②。"过于平淡无奇"的评语，无疑对《教师》是恰当的，我们现在无从估量第一本小说没能出版对夏洛蒂所产生影响，但我们可以从她的第二本也是最成功的小说《简·爱》中，看出其与第一本小说的不同。通过对比两部小说，可以看出《简·爱》大受欢迎的原因。

《简·爱》中充满了流行元素：哥特式小说的痕迹、浪漫的爱情故事、精神追求型的自传小说以及大团圆的结局等。

毫无疑问，作品中充斥着哥特式小说的因素，凶兆、阴谋、暗杀、重婚、乱伦、疯子、放火等，使得故事情节充满紧张氛围，可以看出，《简·爱》具有"刺激"型小说的一切成分：令人毛骨悚然的笑声、阁楼里的疯女人、不可告人的隐私、图谋杀人的暴力、未果的重婚阴谋……整个作品弥漫着恐怖、神秘、暴力和性意识，这些都是很多通俗小说的卖点。

哥特式小说的背景多为年代久远、部分坍毁的古堡，既体现居住者高贵身份，又表明他们所代表的一切都已接近末路。一些超自然的现象具有象征意义，还能增强故事的想象虚幻色彩。在《简·爱》中，我们随时都会发现哥特式小说的痕迹。尤其是桑菲尔德庄园中的情节，更不禁让人

---

① 张耘：《荒原上短暂的石楠花——勃朗特姐妹传》，中国文联出版社 2002 年版，第 214 页。

② ［英］安德鲁·桑德斯：《牛津简明英国文学史》，谷启楠等译，人民文学出版社 1999 年版，第 617 页。

联想到哥特式小说。当简第一次随菲尔费克斯太太参观庄园时，就听到了"奇怪的笑声"，"笑声以它低沉的、音节清晰的调子重复着，最后以古怪的嘟囔结束"①。怪异的笑声预示着桑府后面隐藏着极不寻常的故事。在简向罗切斯特大胆地表白自己的真实感情时，暴风雨突如其来，电光猛烈地闪个不停，"果园尽头的那棵大七叶树在夜里让雷打了，劈去一半"②。这给即将实现的爱情梦想蒙上了一层阴影。特别是在简结婚的前夜所发生的一系列不祥之事，都充满哥特式的神秘和恐怖。简似乎在半梦半醒之间发现了"一个女人，又高又大；又多又黑的头发长长地顺着她的背披下来。我不知道她穿什么衣服；又白又直；可是究竟是长袍，是被单，还是裹尸布，我却说不上"，她看到了那张"没有血色的脸——野蛮的脸"，"想起了丑恶的德国的鬼——吸血鬼"③。早晨起来，简虽然宁愿相信那是一个噩梦，也宁愿相信罗切斯特的解释而不信自己的推理和怀疑，然而，婚纱——幸福的隐喻最终被盗。

恐怖气氛的营造，使得小说充满神秘气息，也引起了读者要弄清真相的欲望。毫无疑问，夏洛蒂摈弃了哥特式小说的直白裸露的凶杀，而是巧妙地在文本中延用哥特式精神——焦虑与压抑，运用了一些具有象征意义的意象：阴森的红房子，暴雨，闪电，夜半尖叫，冷月，以及莫名其妙的失火，还有各种噩梦等，勃朗特的哥特体与典型的哥特式小说不同。这种不同，还体现在作者在小说中注入强烈的情感，小说情感浓烈，甚至肆意放纵，这在哥特式小说中是不存在的。这是夏洛蒂把反哥特式的东西，带进小说来调节阴森恐怖的气氛。如当罗切斯特太太放火烧罗切斯特的恐怖事件发生后，她用几十页的篇幅来描写英格拉姆家和埃希敦两家人对桑菲尔德府的访问，大量喜剧手法的运用，冲淡了哥特式的紧张。当罗切斯特太太野性发作，袭击梅森时，宾客们的惊恐也被掺杂进了喜剧色彩。大惊小怪、乱作一团的太太小姐们奔向罗切斯特，抓住他的胳膊，他命令"别把我拖倒，也别掐死我"。同时，"两位穿着宽大白色晨衣的富媪，正像两条满帆的船似的冲向他"④。小说中的一张一弛的节奏，带来了对阅读紧张的舒缓。

---

① 　[英] 夏洛蒂·勃朗特：《简·爱》，祝庆英译，上海译文出版社 2001 年版，第 84 页。
② 　同上书，第 209 页。
③ 　同上书，第 232 页。
④ 　同上书，第 167 页。

　　女主人公在小说结尾时已是财富、爱情双丰收。叔父的财产对于简来说，是必不可少的。有了这笔钱，她才不再是罗切斯特心中的一个贫穷的家庭女教师，才能与罗切斯特平起平坐，成为仆人们心目中真正的罗切斯特太太，一个威严的女主人。

　　不论是出于谋生的需要，还是因为个人的文学才华，写作都是夏洛蒂·勃朗特人生的需要。而受到出版市场条件的限制，她的小说又自觉不自觉地迎合了市场的需要，目的在于赢得广泛的读者群。

　　朴维认为，《简·爱》是充满矛盾的文本，是复杂的"思想体系"的一部分，既对现行的社会体制提出挑战，又呈现妥协的一面。他对《简·爱》矛盾性的论述，在很大程度上对《简·爱》究竟是反传统的，还是维护传统的这一问题具有启发意义。这部作品体现出两面性：它既向传统观念挑战，又戒绝激进的女性主义。作者通过她的作品为女主人公在女性传统需求与现行的社会体制的矛盾中，寻求到一种平衡。①

　　总的来说，夏洛蒂的作品意味着她在文学史上地位的确立，不是来自她的超越传统的叙述方式，或女主人公激进的言辞，而是由于她能够在既定的社会权威与个人的写作方式之间获得平衡。比如，匿名发表作品，这种妥协是作品能够发表的前提，而作品中公开发表女性言论及其所表现的立场，也是建立在对既定的社会权威的认同的基础上的。

参考文献

　　[1] Judith Mitchell, *The Stone and the Scorpion—the Female Subject of Desire in the Novels of Charlotte*, London: Greenwood Press, 1984.

　　[2] Sandra M. Gilbert & Susan Gubar, "A Dialogue of Self and Soul: Jane Eyre", *The Mad Woman in the Attic—the Woman Writer and the Nineteenth-Century Literary Imagination*, New Haven: Yale University Press, 1979.

　　[3] 杨静远编选：《勃朗特姐妹研究》，中国社会科学出版社 1983 年版。

　　[4] 张耘：《荒原上的短暂的石楠花——勃朗特姐妹传》，中国文联出版社 2002年版。

　　[5]［英］夏洛蒂·勃朗特：《夏洛蒂·勃朗特书信》，杨静远译，生活·读书·新知三联书店 1984 年版。

---

　　① Poovey Mary, *Uneven Developments: the Ideological Work of Gender in Mid-Victorian England*, Chicago: University of Chicago Press, 1988, pp. 126 – 163.

［6］申丹：《叙述学与小说文体学》，北京大学出版社 2001 年版。

［7］［美］苏珊·S. 兰瑟：《虚构的权威——女性作家与叙述声音》，黄必康译，北京大学出版社 2002 年版。

［8］罗婷：《女性主义文学与欧美文学研究》，东方出版社 2002 年版。

小说文本与艺术形式

节奏即人

——论自由间接引语与乔伊斯的小说构造

吕国庆

摘　要：乔伊斯从福楼拜那里继承了自由间接引语的叙事技法，以使隐退的作家能更逼真地构造与核心人物的视听官能相遇的现实及人物内心的思想活动，且能像魔术师一样控制文本的统一风格。同时，乔伊斯把福楼拜文本中自由间接引语所影射的两重视角创造性地发展为多重视角，使人物不单是作为材料而成为被形式观照的对象，如《死者》中的加百列·康罗伊、《一个青年艺术家的画像》及《尤利西斯》中的斯蒂芬·迪达勒斯，他们间或演变为自己故事的叙述者，甚至用自由间接引语来叙述，从而超越了爱玛·包法利被叙述为受制于环境的被动局面。

关键词：福楼拜；乔伊斯；自由间接引语；视点

自从"意识流"这个心理学术语僭越到文学批评中来以后，如今，几十年过去了，以它界定乔伊斯小说的特性已经成为习见。连大英百科全书也认定意识流是结构小说的技巧。其实，读者通常不大善于区分内容主体和形式主体。我们所谓的意识流实际指称的是小说中人物的意识流。它是小说的内容，是作者借重额外的形式构造出来的，并使它显得与人物意识发生的真实状况相契合。意识流受制于基本的句法和语法规则，自身便具有形式功能，强调的是人物意识的逻辑进程，全然不顾"蕴含叙事本质的讲述者和故事的关系，以及讲述者和听众的关系"①；而且意识流无始无终，没结没完，它的无限扩展、绵延不拘的特征与有着完整叙述的小

---

① Robert Scholes, et al. , *The Nature of Narrative*, Oxford：Oxford University Press, 2006, p. 240.

说的基本属性不相干。

如果意识流这个称谓真的可以和某类文本对应，那么这类文本只能是独立的文体，而并非属于叙事文学。从再现外部世界的可靠性向表现主观意识的可靠性转变是乔伊斯叙事文体的根本特征。这也是伍尔夫的著名论文《现代小说》的主题所在。既然主观意识成为现代小说表现的重心，那么它们如何被表现，就要借重与之相契合的艺术形式。所以，所谓的意识流在乔伊斯那里只是被构造的艺术对象，就像被重写的语言一样，已然由形式转变为被另一种形式整合的内容。乔伊斯构造小说文本的根本形式是承衍于现代叙事传统内部的"自由间接引语"和"视点"。

1916 年 1 月，针对已经由《自我主义者》（Egoist）全文连载的《一个青年艺术家的画像》（下文简称《画像》），爱德华·加内特（Edward Garnett）评说："它（笔者按：指《画像》）太不着边际，无形式，无限制，而且，其中充斥了丑陋的言与事。"[①] 处在当时的语境，加内特此言绝非刻意刁难；即使不以体面、绅士的眼光苛责，《画像》中的一些措辞和人物的行为也不见容于那个时代的文学规范。诚如杰莉·约翰逊（Jeri Johnson）所言，在 1916 年，尿床、性，以及是忠于宗教领袖还是忠于国族的家庭纷争，这些话题都不是小说合适的内容，更不消说生动地描述地狱磨难、恫吓男孩们去敬爱基督、让他们惊惧地去告解，还有男孩们的下流笑话、厕所墙上的黄段子、同性群体性爱抚、从脖颈上捉虱子、逛窑子等，这些内容也都是不合时宜的。[②]

如今看来，不但加内特当初所言的"丑陋"不再是评家诟詈的对象，连那"太不着边际，无形式，无限制"的结构也早已有了新的批评范式为其申明要义了。其实，早在 1922 年，这个新范式就暗含在庞德对在这一年出版的《尤利西斯》的评价中，即小说中的每个人物不仅以自己的方式言说，而且以自己的方式思考，用"抹去引用的痕迹"维持了"风格的统一"。[③] 庞德所下的判断虽然没有形成明晰的知识学概念，但从他

①　Edward Garnett, "Reader's Report", in Robert H. Deming (ed.), *James Joyce: the Critical Heritage*, Vol. 1, London: Routledge, 1997, p. 81.

②　Jeri Johnson, "Introduction", *A Portrait of the Artist as a Young Man*, Oxford: Oxford University Press, 2008, xi.

③　Ezra Pound, "James Joyce et Pécuchet", in Robert H. Deming (ed.), *James Joyce: the Critical Heritage*, Vol. 1, London: Routledge, 1997, p. 264.

的措辞所表述的特征看，他在这里所讲的就是指"自由间接引语"（Free Indirect Speech）。"人物以自己的方式言说"这一艺术特质也正是福楼拜的一个美学目标。1866 年 12 月，福楼拜在给乔治·桑的信中说："我相信伟大的艺术是科学的和去个性化的。要紧的是借重智力的苦功把你自己化解到人物中去——并非把他们招引到你自己那里。"[①] 对此，乔伊斯在 1903 年便有了自觉的体认。他在该年发表了关于易卜生剧作《凯蒂琳》（*Catilina*）的法译本的评论。文中讲到，"沉潜、完美的艺术的一项原则"是责令剧作家要"从人物的角度表达他的寓言故事"[②]。强调把人物的主观视角引入艺术表现，这虽然可以体现剧作家的表达自由，却因为戏剧文类对白特性的限制，还不能"抹去引用的痕迹"。

一　自由间接引语的命名与特征

"自由间接引语"的命名最初是由德国学者提出的。1921 年，为了指称法语中批评叙事风格的"Style Indirect Libre"一词，德国学者洛克（Etienne Lorck）创造了一个新的德文术语"Erlebte Rede"。[③] "Erlebte Rede"在文学上的意义是指"作者将自己想象为人物，是一种经验语言"[④]。早在 1912 年，瑞士语言学家查理·巴利（Charles Bally）就针对"Style Indirect Libre"一词作了大量的探讨。[⑤] 巴利认为，"在这种文体形式中，叙述者尽管整体上保留了叙述者的语气，不采用戏剧性的讲话方式，但是，在表达一个人物的话语和思想时，却将自己置于人物的经历之中，在时间和位置上接受了人物的视角"[⑥]。施皮策（L. Spitzer）进而将它定义为模仿与被模仿，即叙述者对人物的模仿。[⑦]

在英美批评界，指称"Style Indirect Libre"一词最初较为流行的术语

① Gustave Flaubert, *The Letters of Gustave Flaubert 1857 – 1880*, sel. , ed. and trans. Francis Steegmuller, Cambridge, Masssachusetts: Belknap Press of Harvard University Press, 1982, p. 95.

② James Joyce, "Catilina", in Kevin Barry (ed.), *James Joyce: Occasional, Critical, and Political Writing*, Oxford: Oxford University Press, 2003, pp. 72 – 73.

③ Katie Wales, *A Dictionary of Stylistics*, *Harlow*, *Essex*, New York: Longman, 2001, p. 134.

④ 胡亚敏：《论自由间接引语》，《外国文学研究》1989 年第 1 期，第 81 页。

⑤ Katie Wales, *A Dictionary of Stylistics*, p. 134.

⑥ 胡亚敏：《论自由间接引语》，《外国文学研究》1989 年第 1 期，第 81 页。

⑦ 同上。

是自由间接引语（Free Indirect Speech/Discourse/Style）。随后，随着研究的深入，自由间接引语在表述上又不断细化。科恩（Dorrit Cohn）在 1966 年把它称作自由间接思想（Free Indirect Thought）或被叙述的独白（Narrated Monologue）。① 经文体学家班菲尔德（Ann Banfield）汇总，这一术语在英语语境大致有"被表现的言辞和思想"（represented speech and thought）、"被经验的言辞"（experienced speech）、"被叙述的独白"（narrated monologue），还有直接从法语挪借来的"自由间接风格"（Style Indirect Libre）等不同称谓。但班菲尔德认为，除了"被表现的言辞和思想"这一称谓，其他命名的指称功能都欠充分。② 班菲尔德对此作了细致的分析："被表现的言辞和思想"和叙事一样，没有说话人（speaker）和受话人（addressee），但与叙事相区别的是，它把现在时态的指示词与过去时态的动词并用在一起，而当运用"被表现的言辞和思想"时，作者放弃了他对于自我的权威，使自我成为再一次被表现的对象，由此，作者成功地为自我注入惬当而又不确切的生命，从而，对于读者，作者以理智化或非个性化的面目出现。③

自由间接引语的所谓"自由"就是标志"说话的引导动词（他宣称……）被抹去了"；所谓"间接"是"因为被表现的言说被指涉地排成序列，时态依照周围的叙事话语而转变"。④

究其实质，自由间接引语就是由于大量运用"人物自己的语言"，并借重"人物当下的视角"，即通过现场目击的（deictic）或目击指点式的词汇和短语，它们之中最常见的，如这儿、现在、这个、今天等，这样所呈现的"人物秩序化的思想"给"读者传达了他们与这些思想直接相遇的印象"；在整个叙述过程中，"不出现引用的痕迹，没有引述句的闯入（如他想过，或她认识到了），而且叙述时态是一成不变的（例如，如果故事中标准的叙述时态用的是过去时，就一以贯之），也不会出现从第三

① Katie Wales, *A Dictionary of Stylistics*, Harlow, Essex, New York：Longman, 2001, p. 135.

② Ann Banfield, *Unspeakablesentences：Narration and Representation in the Language of Fiction*, Boston：Routledge, 1982, pp. 277 – 814.

③ Ian Crump, "Joyce's Aesthetic Theory and Drafts of A Portrait", in Vincent J. Cheng, et al. (eds.), *Joyce in Context*, Cambridge：Cambridge University Press, 1992, p. 229.

④ Monika Fludernik, *An Introduction to Narratology*, London & New York：Routledge, 2009, p. 67.

人称代词向第一人称代词的转换，自由间接引语就是对这一目标的契合"。① 也就是格里高利·卡莱（Gregory Currie）所概括的：时态与人称代词契合叙事者的言说语境，别的信息依存于人物的言说或思想所处的语境。②

二　福楼拜与自由间接引语的叙事技法

迈克尔·图兰（Michael Toolan）断言，在20世纪大约一百年的小说创作中，自由间接引语这种现在已经名声显赫的叙事风格得到了广泛的运用，乔伊斯是这方面的行家里手。③ 其实，早在18世纪末，自由间接引语作为叙事策略就已经开始出现在简·奥斯汀的《诺桑觉寺》中。到简·奥斯汀创作《曼斯菲尔德庄园》《爱玛》及《劝导》的时候，自由间接引语的应用更为成熟，被巧妙、广泛地整合到文本中去。④ 但简·奥斯汀对自由间接引语的运用是为了更加真实地表现人物的心理，绝非着眼文本风格的考量，运用自由间接引语的真正大师是福楼拜。

"和聚焦能从一双眼睛向另一双眼睛转换一样，叙述声音也可轻易地转换"；最为普遍的做法是，这一转换借助"直接引用，如无声的心思或公开表达的语词，使声音从叙事者滑向人物"；这种转换也可以"间接的通过第三人称过滤人物的声音完成"，这样可以省掉引用的痕迹，也省掉了指示词，如"他说、她想"，使得转换在句法上自由而没有限定，这一在"不同声音的腹语术里的流畅变更完全没有点逗和归属的标识，这就是自由间接引语，或自由间接风格，即作者让人物的声音瞬间接管叙述的声音，福楼拜是这一做法的大师"⑤。自由间接引语这种叙事技法，事实

① Michael Toolan, "Language", in David Herman (ed.), *The Cambridge Companion to Narrative*, Cambridge: Cambridge University Press, 2007, p. 241.

② Gregory Currie, *Narratives & Narrators: A Philosophy of Stories*, Oxford: Oxford University Press, 2010, pp. 140 – 141.

③ Michael Toolan, "Language", in David Herman (ed.), *The Cambridge Companion to Narrative*, Cambridge: Cambridge University Press, 2007, p. 241.

④ Narelle Shaw, "Free Indirect Speech and Jane Austen's 1816 Revision of Northanger Abbey", *Studies in English Literature, 1500 – 1900*, Vol. 30, No. 4, Nineteenth Century, Autumn, 1990, p. 592.

⑤ H. Porter Abbott, *The Cambridge Introduction to Narrative*, Cambridge: Cambridge University Press, 2007, p. 70.

上并不自由，更确切地讲是模棱两可的：在人物的旁边，作者或叙事者鬼魅样地如影随形。由此，"迫使读者精细地关注行文，核查各种单纯、偏见、自我欺骗，或者坏的信念等痕迹"，但语境可以为"在无拘无束的形式中表现的人物话语提供清晰的线索，并观察伴随人物的行为动词，如觉知，思考，写，说等，确认行文中的人物话语"①：

> "可是，我真的爱他呀！"她对自己诉说。
> 有什么关系：反正她不快乐，也从来没有快乐过。为什么生活就这么不如意呢？为什么她依赖的每一件事都要顷刻间揉碎成灰尘呢？……可是假如有一个强壮、漂亮的男子，天生英武，而又细腻多情，天使的形象，诗人的心，抱着七弦琴，演奏哀婉的祝婚歌，响彻九霄，何以她就不会凑巧遇到？哦！永远扑空！……②

上面引文出自《包法利夫人》。行文从直接引语滑向间接引语。尽管用的是第三人称（"她不快乐"），但声音毫无疑问是爱玛的，我们能听到爱玛的抱怨（"为什么生活就这么不如意呢？"），我们也能听出她轻微的绝望（"哦！永远扑空！"），以及她用大众罗曼司的夸张语言和感伤所作的思量（"一个强壮、漂亮的男子，天生英武，而又细腻多情，天使的形象"），爱玛的思考、感觉、用词在一瞬间攫取了对第三人称叙事的控制。③ 采取这样的叙事策略，体现了身为小说家的福楼拜最根本的决断是摒弃一个全知叙事者。由此，没有话语可以获得他的小说辩证逻辑以外的权威。④ 福楼拜通过运用自由间接引语的形式，使得"《包法利夫人》中的人物植根在个人经验的特殊性中，并把每一个人物悬置在敞开的小说话

---

① Laurence M. Porter，"The Art of Characterisation in Flaubert's Fiction"，in Timothy Unwin（ed.），*The Cambridge Companion to Flaubert*，Cambridge：Cambridge Press，2004，p. 125.

② ［法］福楼拜：《包法利夫人》，李健吾译，人民文学出版社 2008 年版，第 244 页。引文据英文版略做改动。见 Gustave Flaubert，*Madame Bovary*，trans. Francis Steegmuller，New York：Modern Library，1957，p. 322。

③ H. Porter Abbott，*The Cambridge Introduction to Narrative*，Cambridge：Cambridge University Press，2007，p. 71.

④ Ronald Bush，"Joyce's Modernisms"，in Jean-Michel Rabaté（ed.），*Palgrave Advances in James Joyce Studies*，New York：Palgrave MacMillan，2004，p. 18.

语逻辑中"①。

在《包法利夫人》中，我们读到的信息通常是以爱玛·包法利的视点作为中心意识给出的内容，而这些内容在她身上发生的方式却是福楼拜赋予的："爱玛缺乏必要的感知力和理解力把她的思想和感情，像我们在文中见到的那样用清晰而韵律优美的散文表达出来"，如埃里克·奥尔巴赫（Erich Auerbach）所言，"在这些语词中，表达的只是爱玛的生活，与福楼拜的生活毫无关联；福楼拜只是把他成熟的表达技能加在爱玛提供的材料上，确立材料自身完全的主观性。如果爱玛自己能做到这些，她就不再是她现在这个样子了，她将会摆脱自己，由此获得拯救"②。这就是说："福楼拜给我们提供了双重视角"，同时，"作为不偏颇、非个性化和客观的艺术家，福楼拜允许我们从爱玛的视点观看事件，并把爱玛主观的所见用极为丰富的语言塑造出来"，"这一对照适于强化和评价爱玛的愚蠢和痛苦"。③ 自由间接引语的"逆向力"（negative thrust）剥去了人物话语中暗含的"道德权威"，把所有的言论置于暗含的双重引用中，使得我们意识到的都是"被疏远，被反讽和被塑造的事例"。④

因为自由间接引语允许叙事中的讲述从人物的直接陈述滑向让文本权威化的更为全知的知解力，这样就很难识别到底是谁在讲述故事。⑤ 就《包法利夫人》而言，因形式主体与内容主体的生活两不相涉，形成艺术家与文本的内在间距，而形式又能示其本相地托显内容，并使主人公爱玛·包法利的意识过程得到全面具体的揭示，这是福楼拜无可替代的艺术成就所在。但文本中的包法利夫人却陷入自己的困境中，最终走向毁灭。自由间接引语在叙事中运用时，能否像作家的写作一样，也能在人物身上产生解放的力量？也就是说，人物只借用自己的力量在文本中能否把自己

① Ronald Bush, "Joyce's Modernisms", in Jean-Michel Rabaté (ed.), *Palgrave Advances in James Joyce Studies*, New York: Palgrave MacMillan, 2004, p. 18.

② Erich Auerbach, *Mimesis: the Representation of Reality in Western Literature*, trans. Willard R. Trask, Princeton and Oxford: Princeton University Press, 2003, p. 484. Cited by Richard K. Cross, *Flaubert and Joyce: the Rite of Fiction*, Princeton, N. J.: Princeton University Press, 1971, pp. 77 – 78.

③ Richard K. Gross, *Flaubert and Joyce: the Rite of Fiction*, Princeton, N. J.: Princeton University Press, 1971, p. 78.

④ Ronald Bush, "Joyce's Modernisms", in Jean-Michel Rabaté (ed.), *Palgrave Advances in James Joyce Studies*, p. 18.

⑤ 参见［美］马洛·A. 米勒《英国现代主义文学名著》，中国人民大学出版社 2007 年版，第 83 页。

从困境解放出来，从而使人物被塑造成不灭的自由形象？

三　乔伊斯自由间接引语的叙事技法

罗纳德·布什（Ronald Bush）在检视福楼拜影响乔伊斯写作的踪迹时发现：较之别的任何技法，福楼拜的自由间接引语叙事策略更能促成乔伊斯在《都柏林人》和《画像》中所运用的叙事手段的实现；在很大程度上，乔伊斯在《尤利西斯》中的做法也是如此。[①] 确如布什所言，自由间接引语叙事策略在乔伊斯的文本中得到广泛的运用，而且，乔伊斯在福楼拜的基础上把它进行了创造性的发展。

《都柏林人》中的《死者》，在开篇写道："管理员的女儿莉莉，忙得简直脚不点地飞奔了（literally run off her feet）。"[②] 在这一句里，休·肯纳（Hugh Kenner）进行过有穿透力的分析：莉莉无论如何都不能脚不点地飞奔，就她呆板的形体而言，她脚不点地飞奔只是个比喻，但形体是莉莉自己的，所以"简直"（literally）这一习语所反映的绝非叙事者所言，而应是莉莉自己的话语，是她自己在说："我简直都要脚不点地飞奔了。"[③] 接下来是："她刚把一位绅士带到一楼工作间后面的储藏室，帮着他脱下外套，大厅的门铃立刻又气喘喘地响起来，她不得不奔跑着穿过空荡荡的走廊请进另一位客人。她不需要同时伺候女士们，这对于她是再好不过了。"[④] 在这几句中，更确切无疑的是，把参加聚会的各色人等通通称为"女士们和绅士们"，这同样是莉莉的词语。[⑤] 如此看来，《死者》的开篇用的是莉莉的视角，尽管表面上看起来是客观的第三人称叙事，但却被莉莉所用的习语点染了她个人的色彩。[⑥] 由于人物自身的特性在行文中凸显，而引用的痕迹被抹去了，这就是自由间接引语。下文亦然：

---

① Ronald Bush, "Joyce's Modernisms", in Jean-Michel Rabaté (ed.), *Palgrave Advances in James Joyce Studies*, New York: Palgrave Macmillan, 2004, p. 18.

② James Joyce, *Dubliners: Text, Criticism, and Notes*, eds. Robert Scholes, et al., New York: Penguin Books, 1976, p. 175.

③ Hugh Kenner, *Joyce's Voice*, London: Faber & Faber, 1978, p. 15.

④ James Joyce, *Dubliners: Text, Ccriticism, and Notes*, eds. Robert Scholes, et al., New York: Penguin Books, 1976, p. 175.

⑤ Hugh Kenner, *Joyce's Voice*, London: Faber & Faber, 1978, p. 15.

⑥ Ibid., p. 16.

Uncle Charles smoked such black twist that at last his nephew suggested to him to enjoy his morning smoke in a little outhouse at the end of the garden.

—Very good, Simon. All serene, Simon, said the old man tranquilly. Anywhere you like. The outhouse will do me nicely: it will be more salubrious.

—Damn me, said Mr Dedalus frankly, if I know how you can smoke such villainous awful tobacco. It's like gunpowder, by God.

—It's very nice, Simon, replied the old man. Very cool and mollifying.

Every morning, therefore, uncle Charles repaired to his outhouse but not before he had greased and brushed scrupulously his back hair and brushed and put on his tall hat. While he smoked the brim of his tall hat and the bowl of his pipe were just visible beyond the jambs of the outhouse door. His arbour, as he called the reeking outhouse which he shared with the cat and the garden tools……

查尔斯舅舅抽的是那种有劲儿的板烟，最后，他的外甥建议他早晨要是抽烟，就到花园尽头的小屋里自己享受。

——好的，西蒙。没有问题，老人安详地说。你让我去何处都行。对我来说，那间小屋甚好：那儿会更宜人。

——熏死我了，迪达勒斯先生直来直去地说，我哪知道你能抽这么冲的烟，简直像枪药，上帝做证。

——这烟相当不错，西蒙，老人回答说。颇能息心而宁神。

因此，每天早晨，查尔斯舅舅仔仔细细地给脑后的头发打好蜡再梳拢好，把他的高顶帽子掸了掸戴上，然后就赶赴那间小屋。当他吸烟时，从小屋的边墙上方只能看见他的帽檐和烟斗钵。这间烟臭烘烘的小屋，他称之为凉亭的，是他和猫，还有花园的农具共享的地方……①

① James Joyce, *A Portrait of the Artist as a Young Man: Text, Ccriticism, and Notes*, ed. Chester G. Anderson, New York: Viking, 1977, p. 60.

　　上面引文中用的赶赴（repaired）一词［按："赶赴"一词也被乔伊斯用于后来的《尤利西斯》"太阳神之牛"一章中，指称青年外科医生迪克森去病房的行为。① 乔伊斯在该语境模仿了 18 世纪爱尔兰美文家、戏剧家、诗人奥利弗·金德史密斯（Oliver Goldsmith）的文体］，这曾经遭到刘易斯（Wyndham Lewis）的非议，他据此断定乔伊斯的文学风格粗陋。② 刘易斯认为，选用"赶赴"一词，说明乔伊斯对自己的文本失去了控制；他于是指责乔伊斯是卑俗的文案家，谨小慎微地避免陷入陈词滥调的泥淖。③

　　现在看来，刘易斯当初的诟病已显见他的思虑不周。乔伊斯的此举绝非出自什么"惟陈言之务去"的意图，他在措辞上"避熟就生"是为了让词语更能精确地契合人物的个性。这就是休·肯纳所谓的"查尔斯舅舅原则"（The Uncle Charles Principle）。④ 就像"简直"（literally）一词属于质朴无文的莉莉一样，"赶赴"一词也被打上了查尔斯舅舅个性的印记：他吐属高雅，一如他举止端庄。我们在上文的直接引语中还听到查尔斯舅舅运用的"宜人"（salubrious）和"息心而宁神"（cool and mollifying）这些个文雅用词。它们是查尔斯化的，和西蒙·迪达勒斯的火暴粗鲁的用词形成对比。"赶赴"，再加上"梳拢""掸""吸烟"等深具查尔斯舅舅特色的一系列雅正的用语，分明也印刻着不可见的引用痕迹，表明上面引文中的第四段行文用的叙事策略就是自由间接引语。

　　虽然同为自由间接引语，但结合上面引文中的第一段和第四段考察，视点便显得更为复杂了。查尔斯舅舅这个称谓，语境给出了清晰的线索。它属于西蒙·迪达勒斯，即斯蒂芬·迪达勒斯的父亲。这样，上面引文中的第一段关于查尔斯舅舅的信息应该是从西蒙·迪达勒斯的视点给出的。在第四段中，"因此，每天早晨，查尔斯舅舅仔仔细细地给脑后的头发打好蜡再梳拢好，把他的高顶帽子掸了掸戴上，然后就赶赴那间小屋"，这

---

　　① 　James Joyce，*Ulysses*，New York：Vintage Books，1990，p. 407.

　　② 　Katherine Mullin，"James Joyce and the Language of Modernism"，in Morag Shiach（ed.），*The Cambridge Companion to The Modernist Novel*，Cambridge：The Cambridge Companion to The Modernist Novel，2007，p. 103.

　　③ 　See Hugh Kenner，*Joyce's Voice*，London：Faber & Faber，1978，p. 17.

　　④ 　黄雨石的译本中，把"查尔斯舅舅"误译为"查尔斯大叔"，见［美］詹姆斯·乔伊斯《一个青年艺术家的画像》，黄雨石译，外国文学出版社 1998 年版，第 64 页。

一句也由查尔斯舅舅作为主语引领，视点所处的位置与第一段相同。接下去："当他吸烟时，从小屋的边墙上方只能看见他的帽檐和烟斗钵。这间烟臭烘烘的小屋，他称之为凉亭的，是他和猫，还有花园的农具共享的地方……"这时主语"查尔斯舅舅"已经被"他"所替代，叙述语调也显得生趣盎然，斯蒂芬的主观视点被凸显出来。由此可以判断，记述这则信息的位置是斯蒂芬的视点。这样，叙述就从父亲的视点滑向儿子的视点。

自由间接引语所记述的对象是查尔斯，却不单表现他的言说和行动特性，还要先后被西蒙·迪达勒斯和斯蒂芬的视点间架开。但在西蒙·迪达勒斯身边，如影随形的鬼魅样的叙事者到底是谁呢？他先从西蒙·迪达勒斯的位置表现查尔斯的行动，而后又从斯蒂芬的位置观察查尔斯，而斯蒂芬始终是现场的目击证人。就这样引出观察者斯蒂芬，那么第一段内容中西蒙·迪达勒斯的视点也就同时收入斯蒂芬的知觉。与《画像》开篇表现的斯蒂芬化的他父亲讲给他的故事相比照，此时的斯蒂芬是在自由间接地引用他父亲的视点来表现与其视听官能直接相遇的查尔斯舅舅的行为和思想。即便我们不能说说此刻的斯蒂芬就是叙事者，那他也壮大为与叙事者同质的地位了。他占有着在这一语境知觉查尔斯的视点。斯蒂芬之于这一场景就如同委拉士开兹《宫娥》景深中的画家之于以宫娥为中心的前景。他与查尔斯舅舅隔着三重视角的距离，查尔斯舅舅的特征化言行同时模糊地指向西蒙和斯蒂芬。而作家乔伊斯通过在文本中构造一个人物——叙事者，使他全身而退，在文本和他之间形成羚羊挂角般的内在间距。这样的格局已然超出福楼拜的两重视角叙事；人物也不再像爱玛那样一味地被叙述，而是可以像作家一样具有叙述自己经验的能力了。但在《画像》中，当斯蒂芬·迪达勒斯只是叙述场景中的核心人物时，乔伊斯运用自由间接引语的叙述技法旨在揭示斯蒂芬的视点，并表现由他的视点来锁合的事件，如第一章第三节圣诞晚宴的场景。

自由间接引语叙事策略，不只被乔伊斯用来叙述与作为叙事者的人物相遇的生活世界；而且，乔伊斯还把它推衍到叙事者对自身内心意识的塑造上。《死者》的结尾就是后者的体现：

> 玻璃上轻轻的敲打声使他向窗户转过身来。又开始下雪了。他心境寥落地望着窗外的雪花，它们衬着灯光，银银暗暗，倾斜而下。是到他起身去西部旅行的时候了。是的，报纸上讲的是对的：爱尔兰都

在下雪。雪落在每一片阴沉沉中部平原的土地上，落在光秃秃的荒山上，轻轻地落进艾伦沼泽中，再往西，又轻轻地落进香农河澎湃着黑蒙蒙的浪涛中。雪飘落着，也落在山上孤零零的每一片教堂墓地的土地上，麦克尔·富里就埋葬在那里。雪厚厚地积落在倾斜的十字架和墓碑上，落在一扇扇小墓门的尖顶上，落在荒芜的荆棘丛中。像大限的降临一样，雪轻轻地在宇宙间坠落，落在所有生者和死者的身上，此刻，他的灵魂缓缓地昏睡了。①

　　这一段内容模糊了内心与外在世界、文字与形象间的区隔，主观的和客观的叙事糅为一体。这样被抹去引用痕迹的叙事就是"电影自身的形式特征，招致它作为叙事媒介的幽灵的技能，借此，电影可以自由的穿墙入室，将自己置于屋内，却无处可见，融汇过去与当下，使物质世界顺从它的意愿"②。自由间接引语的功能也和电影一样，小说的主人公加百列讲述的语词所指称的形象（在电影中是指影像）超越了他所意识到和以他的视点给出的信息维度，激起他的超越冲动，引领他走向更为广阔的场域。不过，这一接受效果虽然暗示出多重视角的叙事空间，但它并不是存在于文本中的现实，还需读者的想象积极地参与进来，才能实现。

　　通过自由间接引语把人物塑造成叙事者，裸现他的内心思想，并以他的意识为中心自由间接地过滤与其相遇的他者的话语，从而，形成以多重视角展开叙事的格局。这一策略在《尤利西斯》中表现得更为圆熟多变，俨然一个普洛透斯（Proteus）：

　　　　His pace slackened. Here. Am I going to Aunt Sara's or not? My consubstantial father's voice. Did you see anything of your artist brother Stephen lately? No? Sure he's not down in Strasburg terrace with his aunt Sally? Couldn't he fly a bit higher than that, eh? And and and and tell us Stephen, how is uncle Si? O weeping God, the things I married into. De boys

---

　　①　James Joyce, *Dubliners: Text, Criticism, and Notes*, eds. Robert Scholes, et al., New York: Penguin Books, 1976, pp. 223 - 224.

　　②　Luke Gibbons, "Ghostly Light: Spectres of Modernity in James Joyce's and John Huston's The Dead", in Richard Brown (ed.), *A Companion to James Joyce*, Oxford: Blackwell Pub., 2008, p. 365.

up in de hayloft. The drunken little costdrawer and his brother, the cornet player. Highly respectable gondoliers. And skeweyed Walter sirring his father, no less. Sir. Yes, sir. No, sir. Jesus wept: and no wonder, by Christ.

【1】他的步子慢下来。【2】就是这儿。萨拉舅妈家，我是去还是不去？我那同体的父亲的话音。【3】最近，你们瞧见你们的艺术家大哥斯蒂芬的影儿了吗？没有？他难不成去斯特拉斯堡高台街他萨利舅妈那儿了？他就不能飞得比那儿再高一点儿，啊？【4】那啥那啥那啥那啥你跟咱们说说，斯蒂芬，西姑父咋样？【5】哎呀，主都哭了，我这是结的什么亲呢。娃儿子们都闹到干草棚里去了。酒鬼小会计和他的兄弟，一个吹小号的。【6】倍受尊敬的刚多拉划子。那个斜眼沃尔特竟还称他老子先生。【7】先生。是的，先生。不，先生。【8】耶稣哭了：一点都不奇怪，基督啊！① （按：序号为笔者所加）

前面一小段引文中的内容，视点转换了八次。先是看不见的作者从文本外的不定视点，用自由间接引语表现斯蒂芬的动作。随后，叙事如摄影机的镜头一般切进斯蒂芬的意识。接下来，斯蒂芬以他的意识为中心，借助叠加想象和回忆展开话语调度。引文中【1】【2】两句的主词都是斯蒂芬，【3】【5】【6】【8】四句的主词是西蒙·代达勒斯，【4】句的主词是斯蒂芬的舅舅里奇·古尔丁，【7】句的主词是沃尔特·古尔丁。除了斯蒂芬的话语由斯蒂芬自己独白以外，其他人物的话语均是以斯蒂芬为视点给出的，却点染了人物自己的色彩。也就是说，斯蒂芬自由间接地引用了其他人物的话语。【1】句诉诸读者视觉的斯蒂芬的步态暗示出区别斯蒂芬的另一个不可见的叙事者。他之于斯蒂芬，斯蒂芬之于他父亲、舅舅、表哥，这些视点的变换构成一个文本中现实的多重视角叙事的空间。人物被塑造成叙述自我经验的主体，能动地以他的意识为中心来调度话语，使得过去和未来的可能性汇入人物当下的意识流程。此刻的斯蒂芬可以和看不见的作者分庭抗礼了。这正是对因为只能被叙述从而使包法利夫人走上绝境的反拨与超越。小说中的人物也只有取得与作者同质的地位，才可以

---

① James Joyce, *Ulysses*, New York: Vintage Books, 1990, p.38.

通过自我叙述从困境中解放出来。这也正是普鲁斯特所构想的，即真实的人也需要借助想象和记忆等美学要素才能理解；在此基础上，普鲁斯特进而提出，既然我们都是世界的构造者，创造我们所经历的生活，那么作为见证人的叙事者与作为创造主体的叙事者就是同质的。① 到《芬尼根觉醒》，这种自由间接风格已经被推衍到对自然事物的表现："让水像水一样言说，让鸟用鸟的词语啁啾，把一切声音从它们受奴役、被轻贱的角色中解放出来，把它们附着于寻求澄清不可澄清者的表现的觉知状态。"②

四　自由间接引语与文本风格的统一

像《死者》《画像》及《尤利西斯》中的主人公加百列和斯蒂芬一样，乔伊斯也不是包法利夫人，他没有被动地从福楼拜那里因袭自由间接引语的叙事策略，而是把自由间接引语转化为他的叙事对象，"用清晰而韵律优美的散文"呈现它所通达的多重视角的经验，甚至把它发展为人物的特征化言说方式。同时，对这一"消解权威"（Authority-less）叙事策略的运用，使得《画像》这部小说不再允诺读者接受作者单一、确定的信息，而是让读者领会，或者解释从斯蒂芬不牢靠的权威中释放出来的多元，经常是相互矛盾，甚至是无意识的信息。③

在《画像》中，斯蒂芬能够叙述，甚至用自由间接引语叙述自己和别人的经验，这使得他获取了艺术家资质需具备的三个条件：第一，对语言自身的各种问题要有敏锐的认知；第二，要和周遭已然存在的语言实践进行接触或对话；第三，对已然存在的语言用新的形式进行重写。④ 最后，斯蒂芬以艺术家的身份确立了与作者对等的姿态，并形成了自己的美学理论。斯蒂芬的美学理论可以分为三部分：（1）讨论对象或艺术作品；

① Robert Scholes, *The Nature of Narrative*, Oxford: Oxford University Press, 2006, p. 261.

② Joyce, speaking to the Polish writer Jan Parandowski, quoted by Petr Skrabanek, "Night Joyce of a Thousand Tiers", *Hypermedia Joyce Studies*, Vol. 4, No. 1, 2003, http://www.geocities.com/hypermedia_ joyce/skrabanek2. html; also quoted by Maud Ellmann, "James Joyce", in Adrian Poole (ed.), *Cambridge Companion to English Novelists*, Cambridge: Cambridge University Press, 2009, p. 328.

③ Ian Crump, "Joyce's Aesthetic Theory and Drafts of a Portrait", in Vincent J. Cheng, et al. (eds.), *Joyce in Context*, Cambridge: Cambridge University Press, 1992, p. 235.

④ Ruth Robbins, *Subjectivity*, New York: Palgrave Macmillan, 2005, p. 106.

（2）讨论感知主体对于作品的反应；（3）讨论艺术家与作品的关系。①使斯蒂芬美学的理论引向文学形式：抒情的，史诗的和戏剧的。斯蒂芬对文学形式的讨论着眼于艺术家与表现事件间的距离：在抒情形式里，被传达的情感是直接对艺术家自身情感的表现；在史诗形式里，艺术家叙述的事件并不积极地包含艺术家；在戏剧形式里，作品主体开始表现自身，剔除了叙述声音的干预，艺术家的个性完全从存在中提炼出来。② 依据文学传统讨论审美意象，因觉知到审美意象而获得的审美愉悦是明晰、安谧的静态平衡；而放到世俗这个动态的语境，显而易见，审美形象必须建立在艺术家自身的意识或感觉和他人的意识或感觉之间。③ 只有人物发展成自己故事的叙述者，那他与艺术家和读者的距离才是相等的，也就是《画像》中斯蒂芬对史诗形式的界定：史诗的形式，艺术家借助这种形式表现与他自己和他人都间接相关的形象。④ 究其实质，这就是情感的重心在艺术家自身和他人之间没有偏颇，是等距离的。于是，艺术家的个性融入叙事中，像充满活力的大海一样与人物和活动一道跌宕起伏："艺术家如同造物主（God）一样，于作品而言，或隐于其内，或遁于其后，或超于其外，或凌于其上，不可见，脱化于存在，漠然以对，修剪着他的指甲。"⑤

　　斯蒂芬叙述的这一通环环相扣的理论，不但涉及艺术家与文本的内在间距，而且涉及艺术家的非个性化写作。这些观念与福楼拜的作者隐退和非个性化写作的艺术观⑥汇通相合。如此，这也为斯蒂芬能袭用由福楼拜创立的典范的自由间接引语叙事策略提供了前提。当斯蒂芬运用自由间接引语叙述他自己的故事时，艺术家的声音被剔除，艺术家和读者的位置取得一致，直接获取与文本不相隔膜的现场感。由此推断，乔伊斯通过在文本中让人物运用自由间接引语来塑造叙事者，不仅形成"你站在桥上看

---

　　①　Cordell D. K. Yee, "The Aesthetics of Stephen's Aesthetic", in Philip Brady, et al. (eds.), *Critical Essays on James Joyce's A Portrait of the Artist as A Young Man*, New York: G. K. Hall & Co., 1998, p. 70.

　　②　Ibid. , p. 72.

　　③　James Joyce, *A Portrait of the Artist as A Young Man: Text, Criticism, and Notes*, ed. Chester G. Anderson, New York: Viking, 1977, p. 213.

　　④　Ibid. , p. 214.

　　⑤　Ibid. , p. 215.

　　⑥　Gustave Flaubert, *Letters of Gustave Flaubert 1830 – 1857*, sel. , ed. , and trans. Francis Steegmuller, Cambridge, Masssachusetts: Belknap Press of Harvard University Press, 1980, pp. 229 – 230.

风景，看风景人在楼上看你"式样的多重透视图景，而且加上文中对话场景的设置，促成了乔伊斯的文本"从作者在场的专横和虚假中解放出来"[①]，获取了全新的戏剧形式。文本从作者的专制中解放出来，同时也是对作者的解放。由此可见，乔伊斯从福楼拜那里继承了自由间接引语的叙事技法，不但更能逼真地构造与核心人物视听官能相遇的现实，并且把福楼拜文本中自由间接引语所影射的两重视角创造性地发展为多重视角。乔伊斯通过自由间接引语所构造的人物不单是作为材料而被形式观照的对象，有的人物，如《死者》中的加百列，以及《画像》和《尤利西斯》中的斯蒂芬，间或演变为表现自己经验的知觉主体，处于和作者同质的地位，从而超越包法利夫人被叙述为受制于环境的被动局面，在自我叙述中获得解放。

自由间接引语叙事技法的运用，使看似纷乱、芜杂叙事的文本内容没有失去作者的控制。抛开以斯蒂芬·迪达勒斯为单一视点叙事的《画像》不谈，就多视点叙事且形制宏大的《尤利西斯》而言，也可见出因为幕后摄影机镜头一样的推手的存在使得文本结构成一体。《尤利西斯》主要围绕三个视点展开叙事，所有的文中事件大多与它们发生关联，但与这三个视点相遇的经验多各自独立，不能彼此共享。那它们如何关联在一起，共同结构成一个文本？其中，人物现实的视听经验与人物内在的想象经验如何结构成一体？这恰恰体现了自由间接引语的功能。这些表面相互分离的经验均由于自由间接引语而模糊地指向作者。它们虽然打上人物各自特性的烙印，却洗不脱作者的"无处可见"的"无所不在"。自由间接引语使作者可以自由出入人物的外在视听经验和内心意识，也可跨越时空的区隔。由此，人物内在的意识活动与外在的知觉经验，不同人物、不同时空的经验被戏剧性地兜锁成一个整体。这情景如伯格曼的《野草莓》（*Wild Strawberries*）中夏季别墅的场景和基耶斯洛夫斯基的《维罗妮卡的二元生活》（*The Double Life of Veronique*）的结构模式。前者由人物的当下意识通过回忆重构过去的经验，过去的经验又与当下意识的主体虽然如同阴阳两隔，却并置为一体，导演只要揭示人物的当下经验，剩下的便可由人物自

---

① Katherine Mullin, "James Joyce and the Language of Modernism", in Morag Shiach (ed.), *The Cambridge Companion to the Modernist Novel*, Cambridge: The Cambridge Companion to The Modernist Novel, 2007, p. 103.

已去构造了，使当下的现实和想象的现实编织进共时结构，《尤利西斯》"喀尔克"一章便是如此；后者将不同时空中的人物——华沙的维罗妮卡和巴黎的维罗妮卡因为心脏病和歌剧天赋被隐秘地关联在一起，导演如同魔术师，用天眼般的摄影机将她们一而二、二而一的联结揭示出来，这一共通性在《尤利西斯》里表现为斯蒂芬与布鲁姆的关系。

内容虽千变万化，但万变不离其宗，就像尤利西斯抓牢普洛透斯一样。在乔伊斯那里，作者最终抓牢文本的是确立文本节奏。对此，乔伊斯在其少作《艺术家的一帧画像》（*A Portrait of the Artist*）中就已给出清晰的结论：通过艺术得解放的就是艺术家确立了"个人化的节奏"（individuating rhythm）①。这一点，《画像》中的艺术家形象斯蒂芬也有精当的论述：节奏（rhythm）是审美关系构成的形式基础：审美整体中的局部与局部之间，审美整体与它的局部或与它的各个部分之间，属于审美整体的任一局部与审美整体之间的首要的形式审美关系就是节奏。② 如此看来，作家无论如何隐退，节奏是最后的底线。庞德说，"用抹去引用的痕迹维持了风格的统一"；而抹去引用痕迹后，又是如何维持风格的统一呢？在乔伊斯那里是通过节奏的确立实现了风格的统一：乔伊斯通过运用自由间接引语为人物的生活世界赋予了形式，又通过对文中叙事者的模糊引用与和叙事者感官相遇的世界发生形式关联，这些都是乔伊斯与其文本内容间的审美关系；而从斯蒂芬的视角看，承载这些关系的就是节奏。如果这个判断成立，有一个因袭的说法也许应该这样变一下了：节奏即人。

参考文献

［1］Arthur Power, *Conversations with James Joyce*, ed. Clive Hart, Chicago: Chicago University Press, 1974.

［2］David Herman（ed.），*The Cambridge Companion to Narrative*, Cambridge: Cambridge University Press, 2007.

［3］David Seed, *James Joyce's A Portrait of the Artist as A Young Man*, New York:

---

① James Joyce, *The Workshop of the Daedalus: James Joyce and the Raw Materials for "A Portrait of the Artist as a Young Man"*, collected and edited Robert Scholes and Richard M. Kain, Evanston: Northwestern University Press, 1965, p. 60.

② James Joyce, *A Portrait of the Artist as a Young Man: Text, Criticism, and Notes*, ed. Chester G. Anderson, p. 206.

Harvester, 1992.

[4] Don Gifford, *Joyce Annotated: Notes for Dubliners and A Portrait of The Artist as A Young Man*, Berkeley: University of California Press, 1988.

[5] Don Gifford, *Ulysses Annotated: Notes for James Joyce's Ulysses*, 2nd ed., Berkeley: University of California Press, 1989.

[6] Ellen Carol Jones, et al. (eds.), *Twenty-First Joyce*, Gainesville, FL: University Press of Florida, 2004.

[7] Gustave Flaubert, *Letters of Gustave Flaubert 1857 - 1880*, sel., ed. and trans. Francis Steegmuller, Cambridge, Masssachusetts: The Belknap Press of Harvard University Press, 1982.

[8] Gustave Flaubert, *Madame Bovary*, trans. Francis Steegmuller, New York: Modern Library, 1957.

[9] Herbert S. Gorman, *James Joyce: His First Forty Years*, London: Geoffrey Bles, 1924.

[10] Hugh Kenner, *Joyce's Voices*, London: Faber & Faber, 1978.

[11] Ian Gunn, et al., *James Joyce's Dublin: A Topographical Guide to the Dublin of Ulysses: with 121 Illustrations*, New York: Thames & Hudson, 2004.

[12] James Joyce, *A Portrait of the Artist as A Young Man: Text, Criticism, and Notes*, ed. Chester G. Anderson, New York: Viking, 1977.

[13] James Joyce, *Dubliners: Text, Criticism, and Notes*, eds. Robert Scholes & A. Walton Litz, New York: Penguin Books, 1976.

[14] James Joyce, *Giacomo Joyce*, New York: The Viking Press, 1968.

[15] James Joyce, *Letters of James Joyce*, ed. Richard Ellmann, New York: The Viking Press, 1966.

[16] James Joyce, *Letters of James Joyce*, ed. Stuart Gilbert, London: Faber and Faber, 1957.

[17] James Joyce, *Poems and Exiles*, ed. J. C. C. Mays, London: Penguin Books, 1992.

[18] James Joyce, *Selected Letters of James Joyce*, ed. Richard Ellmann, London: Faber and Faber, 1975.

[19] James Joyce, *Stephen Hero: A Part of the First Draft of A Portrait of the Artist as A Young Man*, ed. Theodore Spencer, New York: New Directions Books, 1944.

[20] James Joyce, *The Critical Writings of James Joyce*, eds. Ellsworth Mason & Richard Ellmann, New York: The Viking Press, 1959.

[21] James Joyce, *The Dead: Complete, Authoritative Text with Biographical and His-*

torical Contexts, Critical History, and Essays from Five Contemporary Critical Perspectives, ed. Daniel R. Schwarz, Boston: Bedford Books of St. Martin's Press, 1994.

［22］James Joyce, *Ulysses*, New York: Vintage Books, 1990.

［23］Jean-Michel Rabaté（ed.）, *Palgrave Advances in James Joyce Studies*, New York: Palgrave Macmillan, 2004.

［24］John Coyle（ed.）, *James Joyce Ulysses A Portrait of the Artist as A Young Man*, New York: Columbia University Press, 1998.

［25］Morton P. Levitt, *James Joyce and Modernism beyond Dublin*, Lewiston: The Edwin Mellen Press, 2000.

［26］Morton P. Levitt, *Joyce and Joyceans*, Syracuse, N. Y. : Syracuse University Press, 2002.

［27］Paul Cobley, *Narrative*, London & New York: Routledge, 2001.

［28］Peter Hartshorn, *James Joyce and Trieste*, Westport, Connecticut: Greenwood Press, 1997.

［29］Richard K. Cross, *Flaubert and Joyce: the Rite of Fiction*, Princeton, N. J. : Princeton University Press, 1971.

［30］Robert H. Deming（ed.）, *James Joyce: the Critical Heritage*, Vol. 1, London: Routledge, 1997.

［31］Richard Ellmann, *James Joyce*, Oxford: Oxford University Press, 1983.

［32］Stanislaus Joyce, *My Brother's Keeper*, New York: The Viking Press, 1958.

［33］Stanislaus Joyce, *The Complete Dublin Diary of Stanislaus Joyce*, ed. George H. Healey, Ithaca & London: Cornell University Press, 1971.

［34］Vivian Heller, *Joyce, Decadence, and Emancipation*, Urbana & Chicago: University of Illinois Press, 1995.

［35］Willard Potts（ed.）, *Portraits of the Artist in Exile: Recollections of James Joyce by Europeans*, Seattle: University of Washington Press, 1979.

［36］戴从容:《乔伊斯小说形式试验》, 中国戏剧出版社 2005 年版。

［37］［法］蒂费纳·萨莫瓦约:《互文性研究》, 邵伟译, 天津人民出版社 2003 年版。

［38］［法］福楼拜:《包法利夫人》, 李健吾译, 人民文学出版社 2008 年版。

［39］［英］贡布里希:《艺术的故事》, 范景中译, 生活·读书·新知三联书店 1999 年版。

［40］［美］理查德·艾尔曼:《乔伊斯传》, 金隄等译, 十月文艺出版社 2006 年版。

［41］［美］理查德·罗蒂:《偶然、反讽与团结》, 徐文瑞译, 商务印书馆 2003

年版。

　　[42]［法］马塞尔·马尔丹：《电影语言》，何振淦译，中国电影出版社 1980
年版。

　　[43] 申丹：《叙述学与小说文体学研究》，北京大学出版社 2004 年版。

　　[44] 殷企平、高奋、童燕萍：《英国小说批评史》，上海外语教育出版社 2001 年
版。

　　[45]［美］詹姆斯·乔伊斯：《尤利西斯》，金隄译，人民文学出版社 2005
年版。

　　[46]［美］詹姆斯·乔伊斯：《尤利西斯》，萧乾、文洁若译，文化艺术出版社
2002 年版。

　　[47] 庄坤良编：《乔伊斯的都柏林——乔学研究在台湾》，台北书林出版社 2008
年版。

　　[48] 庄信正：《面对尤利西斯》，九歌出版社 2005 年版。

论互文性在戴维·洛奇
《小世界》中的应用

耿程程

摘　要：作为 20 世纪英国著名的文学批评家、小说家的戴维·洛奇（David Lodge，1935—　　）所创作的"反现代派小说"，在继承现实主义小说传统的基础上融入了各种现代派、后现代派的文学技巧。互文性写作则是其传统和新式技巧的交叉点。本文拟简略梳理洛奇的互文性主张及写作，并具体分析其在《小世界》中的体现：分别从对名字和不同小说题材的戏仿，观念上的和具体意象的暗指，对各种传统文本和文学家、评论家的言论的直接引用，以及与源文本在结构上的对应等几个方面进行阐释。

关键词：《小世界》互文性；戏仿；暗指

洛奇的《小世界》自出版之日起，就受到了读者的欢迎和批评家的广泛赞誉。原因之一就是洛奇戏谑地以原本高高在上的学者的生活为题材，用罗曼司为主的各种文体，串起了包括六十余个大小人物在内的故事，让人在感到轻松幽默之余，回味无穷。

互文性手法的使用，为《小世界》增添了许多光彩。Morace 说，《小世界》"是一个互文的世界，在这里，你看到的不是语言而是语言的汇聚，不是言语（speech）而是言说的多种方式，它们都是洛奇狂欢化磨盘下的五谷杂粮，在这个磨盘下，没有任何一种谷物能够逃过被脱去根茎的命运，没有任何人能逃脱被脱冕的命运"①。因为《小世界》中使用互文

---

① Robert A. Morace，*The Dialogical Novel of Malcolm Bradbury and David Lodge*，Southern Illinois University Press，1989，p. 197，转引自罗贻荣《走向对话——文学·自我·传播》，中国社会科学出版社 2006 年版。

性时，洛奇拥有了夏洛蒂一样的"长手臂"，"把互文的长手臂伸展到了脱白错位的地步"①。以下，结合洛奇归纳出的互文性六手法，具体分析《小世界》中互文性的使用。

一　戏仿

洛奇戏仿观的形成也受到了他自己喜欢的作家的影响，尤其是受到艾略特和乔伊斯的影响。他从不吝惜赞扬二人在互文性手法上的成功运用。再者，就是受到了巴赫金的影响。巴赫金在《陀思妥耶夫斯基的诗学问题》中的观点犹如一盏明灯，使洛奇顿悟了"为什么可以写关于学者的狂欢化型（carnivalesque）小说，同时自己又仍然是一位学者"②。正是对于巴赫金理论的执着，洛奇对戏仿的看法可以按照巴赫金的说法总结为"借用一种文体（parody），并将此文体运用到表现目的（expressive purposes），而这些目的在某种意义上来说，是原目的的逆转（reverse），或至少与原目的相矛盾"③。

（一）对名字与形象的戏仿

洛奇曾指出"小说中的人物名字从来就不是毫无意义的，总带有某种象征意味，即便是再普通的名字，也有其普通意味"④。"如果中途再对名字提出质疑，就会像解构主义者所说的犹如把整个工程抛进无底深渊。"⑤他还谈到名字对人物构思的重要意义，"名字定不下来，我对人物的想象也就展不开"⑥。

洛奇常常借书中人物之口说出名字的重要意义。如洛奇借柏斯之口说出："我喜欢知道名字。""没有名字听不明白故事。"⑦洛奇在柏斯和安吉丽卡初见面时就设置了一段关于名字的解释的对话，既暗示了名字的指

---

① ［英］戴维·洛奇：《小说的艺术》，王峻岩等译，作家出版社 1998 年版，第 165 页。

② Mikhail Bakhtin, "Problems of Dostoevsky's Poetics", see David Lodge, *After Bakhtin*: *Essays on Fiction and Criticism*, London, 1990, pp. 7, 24.

③ David Lodge, *After Bakhtin*: *Essays on Fiction and Criticism*, Routledge, 1990, p. 361.

④ ［英］戴维·洛奇：《小说的艺术》，王峻岩等译，作家出版社 1998 年版，第 40 页。

⑤ 同上。

⑥ 同上。

⑦ ［英］戴维·洛奇：《小世界》，罗贻荣译，重庆出版社 1996 年版，第 25 页。

涉作用，也表明了《小世界》中人物的名字是意义丰富、需要体会和解读的。

在《小世界》中，洛奇充分运用了戏仿的手法给人物命名。文中一共有 61 个人物形象，60 个人物都有名字。虽然不见得每个人的名字都带有戏仿的含义，但主要人物的名字都是作了戏仿处理的，与名字紧密相关的形象也随之产生了反讽的效果。以下就是对《小世界》中人名及人物形象的具体分析：

1. 柏斯·莫克加里格尔（Pearce McGarrigle）

柏斯在文中自己解释了他姓"McGarrigle"的意思：超级猛士之子。

Pearce 来自亚瑟王传奇中的著名骑士——Sir Percivale。"十二世纪法国作家特洛伊（Christian de Troyes）所著的罗曼司《柏西华或圣杯骑士》中天真纯朴，能抵御诱惑的骑士"①，他年轻有为，英俊潇洒，武艺卓越。他在陪同 Galahad 找寻圣杯的途中碰到了 Blanchefleur 女士，后来跟她结婚生子，成为当地的国王。

反观《小世界》中的柏斯，其生活和形象则很不尽如人意。"一张又白又圆、长着雀斑的脸，扁鼻子，淡蓝色的眼睛，一头蓬乱的红色卷发，这个形象他自己都认为不能说是漂亮。"② 他天真、纯洁，喜欢作诗，有着极度浪漫的情怀，追求理想化的爱情，信奉婚前贞洁，但却没有什么太高的学养，以至于要靠顶替了别人的名字才在某个偏远的学校谋到教职。他抱着增长见识的天真目的参加鲁米治的高英教研讨会，却被卷入了研讨会的旋涡。他被以史沃娄和扎普为首的会油子们一步步地告知各种研讨会的"游戏规则"。他对"天使"安吉丽卡一见钟情，才见面几天就向她求婚，遭到拒绝后一直锲而不舍。柏斯一直追寻这个"girl"，就像 Sir Percivale 追寻"grail"（圣杯）一样。他追寻着安吉丽卡走遍了大半个世界，却最后被她的双胞胎妹妹以极其特别的方式引导，从而明确了其实自己爱的并不是安吉丽卡，只不过是把浪漫爱情的激情寄托到她的身上了而已。现代语协年会曲终人散之后，他才幡然醒悟自己爱上的是只有两面之缘的切瑞尔·萨默碧（Chryl Summerbee），但当他赶到希斯罗机场时，萨默碧却已经辞掉了航空公司的工作开始旅游。他又开始了新的追寻之旅。可是

---

① ［英］戴维·洛奇：《小世界》，罗贻荣译，重庆出版社 1996 年版，第 10 页。

② 同上书，第 15 页。

谁又能判断他这回是不是又一次追寻 girl/grail 之旅呢。

2. 亚瑟·金费舍尔（Arther Kingfisher）

这个人物的名字是两个神话人物名字的合并。亚瑟是人们耳熟能详的传奇的君王，他带领着骑士们纵横世界寻找圣杯。《小世界》中的亚瑟·金费舍尔虽然是个国际文学理论界的元老，但却没有什么威严。他一出场就是赤身裸体地躺在酒店的顶层豪华套间的床上，享受着仅穿一条丝质小内裤的秘书/伴侣/助手/按摩师的按摩，这位美丽的少妇曾经是他的学生。这位元老虽然没有了任何创造性的思想，但依然凭借往日的威望活跃在学术圈中。他最大的特点就是性生活十分丰富。他认为性能力以某种神秘难解的方式与他思想的创造性产生了至关重要的联系。

金费舍尔（Kingfisher）是《柏西华或圣杯的故事》中的古代君王渔王（费舍尔·金）。渔王年老体弱，丧失了生殖能力，国土荒芜贫瘠。柏西华在他的城堡中通过圣杯问答治愈了他的病，并使他的国土恢复了丰饶。文中亚瑟在生命、思想性和创造性上的枯竭正是对渔王的戏仿。他也正是由于柏斯的提问，而重获新生，出任联合国教科文组织文学批评委员会主席。从而使他所领导的因为争夺这一职位而变得乌烟瘴气的学术界重新恢复了生机和活力。

3. 西格弗里德·冯·托皮兹（Siegfried von Turpitz）

这个形象戏仿了德国民间史诗《尼伯龙根之歌》中古代尼德兰王国的王子 Siegfried。王子一表人才，威武盖世，气质敏捷，气力万钧。他曾经杀死过一条恶龙，还用龙血沐浴，血到之处刀枪不入，如同坚甲。只是王子在沐浴时恰巧遇到一片菩提树叶飘落肩上，因此这一龙血未到之处就成了他致命之处，王子日后便死于此。这位尼伯兰王子征服并占有了巨大的尼伯龙根宝藏，还拥有一顶富有魔力的隐身帽。

而《小世界》中的西格弗里德则让人倒尽了胃口。他原来是德国的一个士兵，后改行做文学批评，长着一副苍白冷漠的面孔，一头稀疏的金发紧贴头顶，无时无刻不戴着一只黑色的手套，整个人的形象冷酷至极，用扎普的话说像是电影里的纳粹。西格弗里德为了保持自己的神秘和权威性，将黑手套戴到底，即使是洗澡和睡觉也不例外，甚至告诉现任妻子自己的前妻就是因为看了他的手的真实样子而心脏病突发死亡的。他在追求名利和权势上不遗余力。为了争取联合国教科文组织文凭委员会主席的职位，他屡次邀请元老亚瑟参加自己组织的研讨会，并借机献媚；为了增加名下的研究成果，他把前人的理论改头换面炒冷饭；为了在大型的研讨会上做报告，他剽窃文坛新人柏斯的书稿提纲，却在研讨会上被柏斯当众揭发。西格弗里德为了名望所作的每一次努力都几乎以失败告终。在最后的顶楼狂欢会上，他被柏斯拽下了黑手套，露出了那只完全正常健康的手。至此他所有的威严和神秘都被揭穿了。"冯·托皮兹顿时脸色苍白，嘴里发出嘶嘶的声音，身体似乎在萎缩，他将那只手插进夹克口袋里，匆匆溜出了房间，此后再也没在国际会议上露过面。"①

4. 西比尔·梅顿（Sybil Maiden）

Sybil，《牛津英汉大字典》中释义：（古希腊、罗马的）女预言家，女巫。女算命者西比尔是所有年老的女相士或者说女预言家的普通称号（generic name）。库比斯的西比尔是希腊神话中最有名气的女预言家。在史诗《伊利亚特》中，太阳神阿波罗满足了她的永生的请求。不过她忘了请求青春永驻，于是成为奇丑无比的老女人。随着年龄不断增长，她身体逐渐枯萎，悬浮在赫拉克勒斯神庙（那不勒斯附近）的一个瓶子里。文中的西比尔正像是一个预言者，总是在柏斯寻找安吉丽卡的路上为他指点迷津，为联合国教科文组织主席职位的得主作预测，却预言不了自己的命运和亲人的方向。

Maiden 尤指（美丽的）少女，年轻姑娘，（未婚的）年轻女子；〈古〉〈诗〉处女，老处女。梅顿确实是一个没有结婚的单身老年女学者。她无论在什么场合都表现得无比庄重、体面，有着过时的威严和做派。但这位女士满口性和生殖器的隐喻，声称"最后，一切都归结于性上"②。让人咋舌！她早在27年前的某个研讨会上与亚瑟私通，有了一对双胞胎女儿，即安吉丽卡和丽丽，因害怕遭人嘲笑而把孩子遗弃。从此她开始在世界各地旅游，企图以此来逃避愧疚和自责。她却没有想到，27年之后，竟然还是在研讨会上与一家人团聚。

5. 安吉丽卡和丽丽（Angelica, Lily）

安吉丽卡名字的原意是"天使"，是《疯狂的奥兰朵》中美丽而轻浮的女主人公，奥兰朵疯狂追逐的对象。《小世界》中的安吉丽卡与原型对比有过之而无不及。她一出场就让人觉得惊艳："高挑的个儿，神情优

---

① ［英］戴维·洛奇：《小世界》，罗贻荣译，重庆出版社1996年版，第379页。

② 同上书，第14页。

雅，有着丰满的女性体态，黧黑而奶油般的肤色；乌黑发亮的卷发垂下双肩，俭朴的毛线外衣也是黑色，开领很低，凹到前胸。"① 这副美艳绝伦的模样引得纯情的柏斯赞叹不已，也引得史沃娄和登普赛教授像苍蝇一样围着她转。安吉丽卡深谙取悦这些教授之道。她为了寻求一份工作和好色的史沃娄、登普赛之流周旋，也为了好玩把柏斯戏弄得团团转。安吉丽卡的研究对象是罗曼司，她最喜欢端着极其正经的态度用下流的词汇来比喻罗曼司等文类。

丽丽（lily）的原意是"百合花"，象征纯洁和美丽。《小世界》中丽丽的行为却正好与其名字的寓意相反。她与双胞胎姐姐安吉丽卡的外表几乎一模一样，但疯狂得多。她很小的时候就体验了性关系，从此变野了，大规模地找男孩，接着又吸毒，在高中的时候卷入一个坏团伙，16 岁离家出走。从此以后靠在夜总会做色情表演和演色情电影为生，并乐在其中。

这对双胞胎姐妹都有着特别圣洁的名字却做着完全相反的事。"安吉丽卡是个典型的性撩拨者"②，丽丽也"承认自己本质上是个荡妇"③。她们的腿上的胎记像是一对代表着反讽的引号把她们括在了一起。

6. 弗尔维亚·莫加纳（Fulvia Morgana）

Morgan le Fay 是嫉妒和淫欲的代表，这个意大利马克思主义女学者的原型是亚瑟王传奇中充满诱惑性的女巫 Morgan le Fay，亚瑟王的姐姐。她因为妒恨亚瑟王在家族中的荣耀，联合情人想要杀死他；为了自己的淫欲而软禁亚历山大骑士。《小世界》里的弗尔维亚·莫加纳一出场就让人觉得矛盾异常。她全神贯注，正襟危坐地在飞机上看《列宁与文学及其他论文》。她"侧面看起来端庄秀丽、高贵典雅。颇像古代漂亮的浮雕：长着高高扬起的贵族气的眉毛，高傲的罗马式的鼻子；坚毅的嘴和下巴"④。"修长、白皙、纤细的手上戴了三只镶有红色、蓝色、绿色宝石的古式戒指，看起来几乎不堪其重；手腕上戴着一只厚实的金手镯。"⑤ 她的珠光宝气和所作的研究正是矛盾对立的两面。她的生活不仅奢侈而且糜烂，每次研讨会几乎都要与人发生关系，而且方式的荒淫到了学术浪子扎普都忍

① ［英］戴维·洛奇：《小世界》，罗贻荣译，重庆出版社 1996 年版，第 9 页。
② 同上。
③ 同上书，第 368 页。
④ 同上书，第 100 页。
⑤ 同上。

受不了的程度。她的蒙娜丽莎似的微笑只是在策划性游戏时才会出现。

以上通过《小世界》中人名的分析，已经能够清晰地看出来洛奇在名字和形象上的良苦用心，也能体会到小说中的戏谑反讽意味。正如 Ammann 所说，"小说中的名字倾向于交流，而不只是给出信息。透过名字的交流往往带给读者更多的乐趣"①。

（二）对其他小说体裁的戏仿

1. 对亚瑟王传奇的戏仿

洛奇曾经在访谈中说过，他在写《小世界》之前对于亚瑟传奇的了解还要回溯到大学本科期间对中世纪文学的学习，但只是一种对文学传统的继承了解。他对《小世界》的最初定位是一部全球范围的学院派喜剧。剧中人物广泛地旅行，并同时有各种各样的奇遇。但是担心结构太松散而成为一部没有中心的、包括爱情内容的流浪汉故事。当他意外地和夫人一起看了一部名为《亚瑟王神剑》的电影后，亚瑟王传奇的故事结构激发了他所有的灵感。所以《小世界》才得以成型。

在洛奇的笔下，这些参加研讨会的精英学者就像寻找象征着权力和地位的圣杯的骑士，为了追求名誉游遍世界。"现代骑士中有很多是女人。圆桌上有了明显的性别改变。"② 洛奇借柏斯之口在《小世界》给寻找圣杯赋予了现代意义。"想来每一个人都在寻找自己的圣杯，对于艾略特是宗教信仰，但对于别人可能是名望或一个好女人的爱。"③ 同时又借助西比尔·梅顿之口说出了亚瑟王与圣杯骑士的另一种含义。"和亚瑟王相联系的对圣杯的寻找仅仅在表面上是一个基督教传奇，其真正的意义需要从异教的生育仪式中寻求。"

《小世界》最后，在联合国教科文组织主席评选的过程中，众口难调，遭遇了冷场。柏斯的一个提问解决了危机。这象征了亚瑟王在寻找圣杯的过程中遭遇了被诅咒的渔王，柏西华骑士的提问使他的咒语被解除，国家恢复了丰饶。柏斯的一个提问在这里使很多人的生活重新焕发了生机，就连纽约当时的天气也不同寻常地转暖了。

---

① Amman Daniel, *David Lodge and the Art-and-Reality Novel*, Heidelberg: Winter, 1991, p. 3.
② ［英］戴维·洛奇：《小世界》，王家湘译，上海译文出版社 2007 年版，第 92 页。
③ 同上。

2. 对通俗爱情读物的戏仿

《小世界》中史沃娄和扎普再次相遇，深夜促膝而谈。史沃娄诉说了他与英国文化委员会驻热那亚的代表 J. K. 辛普森的夫人乔伊意外的一夜情经历。他还把"一夜情"提升到了"经历死亡之后，恢复了对生活的欲望的高度"①。但史沃娄第二年就听说他们一家三口在空难中全死了，死在印度。史沃娄决定在心中为乔伊保留一个小小的圣坛（这话的怪诞性使扎普被雪茄烟呛住），他还从这件事中总结出了一个让人哭笑不得的所谓准则，"对要求你身体的人永远不要说不，对把她们的身体自愿奉献给你的人永远不要拒绝"②。

这种流俗的桃色故事在位高权重、擅长文学批评的教授的讲述中，被拔到了相当高的程度，却让人鄙夷。尤其是总结出来的所谓准则，乱七八糟，毫无道理可言。事实上，这是一种特殊的戏仿形式，即向上的戏仿。把低下的事物片面拔高，反而让人忍俊不禁，反讽意味颇为明显。后来，史沃娄得知乔伊和儿子并没有在飞机上，航空公司没有核对就直接公布了名单。重逢后他们的感情也更加炽烈。史沃娄被烧得转了向，几乎要离婚娶乔伊。二人疯狂的"爱情"却因史沃娄被误认为患了军团病而不复存在。浪漫的情人是不可能同患难的，史沃娄最终还是回归了家庭。

从情节上来说，菲利普和乔伊的感情经历是标准的通俗爱情故事模式：意外生情—由误会提升感情—重逢感情加温—经历困难不欢而散—回归家庭。由于故事主角特殊的身份，故事由滥情变成了浪漫传奇。但这种向上的戏仿反而透露出更大的讽刺意味。

3. 对侦探小说的戏仿

在《小世界》中，对侦探小说的戏仿是很直接的。首先是制造悬疑。名教授扎普在意大利贝拉吉奥的森林中毫无征兆地遭到了绑架，主要原因居然是因为《新闻周刊》上曾报道其前妻德丝莉获得了两百万美元的稿酬和转让版权费。绑架者既想要钱又想反美示威。扎普所住的奢华的洛克菲勒别墅被他们视为美国文化帝国主义的一种傲慢的炫耀。扎普无疑成了美国文化帝国主义和暴富的前妻的替罪羊。但是绑架者并不知道扎普和妻子已经离婚，而且二人关系恶劣。他们所预想的两种目的都没有达到。

---

① ［英］戴维·洛奇：《小世界》，王家湘译，上海译文出版社 2007 年版，第 105 页。
② 同上书，第 106 页。

其次是解困过程。绑匪和德丝莉商量赎金的过程就像荷兰人的拍卖，德丝莉认为这是个好玩的过程而丝毫不把扎普的生命安全当回事。她答应付赎金只是因为莫里斯死了会对她的书销售不利，还要知道那是否免税。她的兴趣在于想知道莫里斯的最低价是多少。她给的价钱连绑匪都觉得是种侮辱。

结局中也透着荒诞。结束绑架案的人居然是马克思主义学者弗尔维亚。正是她丈夫无意中告诉左翼极端运动组织的头目莫里斯的妻子是流行作家德丝莉才引起了这场混乱。弗尔维亚让黑道的朋友放了扎普，并亲自出马接走了他。具有讽刺意味的是，当弗尔维亚在深山中自己驾一辆豪华轿车恰巧遇见苏醒后的扎普时居然没有引起任何人的怀疑。

二　暗指

暗指，即是小说中出现的事物所代表的没有显形的事物或内容，《小世界》暗指出现的频率很高，既指有形的事物，也指无形的思想内容，现分析如下：

一是"小世界"名字的来历。

"小世界"来自《浮士德》，魔鬼带着浮士德离开书斋时告诉他"咱们先看小世界，再看大世界"。洛奇用小世界暗指了大世界。用学术界这个小圈子来暗示大千世界。

二是具体意象的暗指。

在《小世界》中，亚瑟由于吸了大烟，睡觉时有了幻觉。"紫色的沙漠，沙丘像油海一样翻滚；一片森林，树上长的不是树叶，而是金手指，旅行者们走过时便抚摸它们；一个巨大的金字塔，上面有一个小小的玻璃升降机，从一面升上来，从另一面降下来，一座位于湖底的小教堂，圣坛上本该放十字架的地方放着一只黑手，自手腕处砍断了，手指张开。"①作为学界元老，他的梦境中充满了隐喻色彩。

（一）紫色的沙漠

紫色是过去皇家专用的颜色，暗示着权势。沙漠则暗合了亚瑟传奇中

① ［英］戴维·洛奇：《小世界》，罗贻荣译，重庆出版社1996年版，第125页。

渔王的王国因为诅咒而出现的贫瘠。在其实已经没有多少生机的文学批评界，为了争夺紫色王权的斗争还在继续。暗示着将要到来的争取联合国教科文组织文学批评协会主席一职的明争暗斗、暗潮汹涌。

（二）金手指

金手指暗示的是一种点石成金的权力。这里暗讽学者世界中，普通人被瞬间捧为名人的荒唐事。菲利普·史沃娄本是一个碌碌无为的普通大学讲师，只写过一本研究赫兹立特这个比较过时的题目的专著。但是，他却红运当头，不光莫名其妙地被评上了高级讲师，还当上了系主任。他的那本《赫兹立特与业余读者》在出版后无人问津，直到五年后被拉迪亚德·帕金森高度称赞才开始热销。菲利普更凭借这本书和雅克·泰克斯泰尔的有意曲解而成为联合国教科文组织文学批评协会主席的候选人。但这原来只是帕金森攻击莫里斯·扎普并向教科文组织的职位伸手的工具。

（三）被砍断的黑手

黑手象征着权力与地位。砍断黑手实际上是对各种权力失去其作用的隐喻。在《小世界》里学术界的重量级人物，都是赫赫有名的权威或是专家。但其实，他们的权威是建立在很薄弱的基础或者是过时的知识或能力之上的。他们贡献不出什么有价值的新东西，就像一只已经断了血脉的手，干枯变黑。但是他们还占据着"文学圣坛上本该放十字架"的部分。①

同时，这只砍断的黑手也对应了西格弗里德·冯·托皮兹的戴着黑手套的手。洛奇曾说这只黑手的原型是圣杯圣殿中代表邪恶力量的黑手。从没有人见过西格弗里德脱下他的黑手套，甚至他的妻子伯莎也没有见过。尽管这只手从一出场就造足了神秘气氛，引起人们各种猜测；尽管托皮兹藏得费尽心机，但最终还是露出了本来面目——"一只完全正常而健康的手"②。西格弗里德借助黑手造出的神秘的威严消失了，他整个人也随之消失了。从此以后，没有人在研讨会上见过他。

---

① ［英］戴维·洛奇：《小世界》，王家湘译，上海译文出版社2007年版，第125页。
② ［英］戴维·洛奇：《小世界》，罗贻荣译，重庆出版社1996年版，第379页。

三 直接引用

直接引用对新文本最大的贡献，是使已有的文本片段插入新文本后能够产生新的价值。在《小世界》中，洛奇直接引用的文本、某位文学家或批评家的话多得惊人，让人觉得眩目之余，也增加了小说的隐含意蕴。一方面，由于引用完全符合文中的各种人物的身份和讨论的话题，让人觉得切合实际；另一方面，《小世界》中的引用是对已有知识的承接，所引用材料被转移到一个新的环境之中后，载入原来文本的特色，使原文本和《小世界》形成对话，使本来所要表达的意思延伸扩展。

《小世界》中引用较多的文本有乔叟的《特洛伊罗斯和克瑞西达》，艾略特的《荒原》，济慈的长篇叙事诗《圣阿格尼斯节前夕》和《希腊古瓮颂》，埃德蒙·斯宾赛的长诗《仙后》，等等。众多的文学家和批评家及其言论也在文中露脸：威廉姆·黑兹利特[①]、叶芝、德莱顿[②]、雅各布森、辛格（Synge）、艾略特、爱伦·坡、格林兄弟、罗兰·巴特、德里达、福柯、阿里奥斯托[③]、乔叟、乔伊斯、莎士比亚、金斯利·艾米斯、特里·骚顿（Terry Sthern）、伊瑟尔（Jessie Weston）、乔治·斯坦（George Steiner）、杰茜·韦斯顿（Jessie Weston）以及其他的大批人物。

需要指出的是，洛奇这种大规模的引用是在"狂欢化"的前提之下进行的。众多的文本、文学家、批评家及他们的言论构成了一个狂欢的盛会，它们表达各自的声音，形成了共同发声的交汇混响。这种混响强烈地吸引着读者进行解读。而对于读者来说，能够看出混响中的几种，是极为有成就感的事情。

四 平行的结构

平行的结构是指仿作和原文之间的结构保持一致，这样才可能和原文遥相呼应。《小世界》中明显的结构呼应有两处。通过这两处不仅使读者

---

①　William Hazlitt，英国作家、评论家。
②　John Dryden，英国17世纪后期最伟大的诗人、剧作家、批评家。
③　阿里奥斯托，意大利诗人，其作品《疯狂的奥兰朵》被公认为文艺复兴时代著名的传奇性长诗。

看到了原来文本的影子，也在新旧对比之间看到了讽刺、戏仿等多种效果。

其一，与亚瑟王和圣杯传奇的平行叙述。《小世界》中的各位学者对研讨会朝圣般的执着，跟骑士们如出一辙。他们驾着现代化的飞马——飞机，匆匆赶到旅馆、乡间别墅或者古老的学府去交流和狂欢，他们的路线不期地交叉、会合，然后又匆匆地分开。在研讨会上他们追捧学科元老和大腕，对一切荣耀和地位的象征物进行争夺，当然还有性伙伴，安吉丽卡那样的美女和扎普之类的浪子都是被追求的中心。

其二，洛奇在《小世界》中加入了一个使渔王及其荒芜的国土恢复生机的典故。在圣杯传奇中，渔王年老体弱，丧失了生殖能力，他的国家也随之荒芜贫瘠。骑士柏西华来到了渔王的城堡，通过圣杯提问治好了他的病，从而使他的国土重新变得丰饶。在《小世界》中，亚瑟·金费舍尔统率下的整个学界已经死气沉沉了。天真的柏斯如神灵附体般在"批评的功能"论坛上问出了使各位主席候选人尴尬万分的问题："如果每一个人都同意你的观点，结果会怎样？"这个问题却使元老亚瑟·金费舍尔从长期萎靡不振的状态中解脱出来，获得了新的生命；以扎普、史沃娄为代表的众多学者找到了适合自己的位置和生活伴侣；西格弗里德·冯·托皮兹之类的人物被褪下借黑手套伪装出的威严。天气也突然变暖，进入了halcyon 时节，这是严冬中间天气平静的时期。

结　　语

总而言之，互文性手法就是洛奇的得力工具。他用纵横交错的文本编织了一张网，吸引读者进行"解码"。从读者一方来讲，洛奇的书就像是挖掘不尽的宝藏，且常读常新。阅读过程中挑战和喜悦并存，读者常常会因为不期的发现而获得意外的惊喜。一方面，通过互文性的使用，作者和读者双方都能唤起对文学传统的回忆，在文学传统与新发展的碰撞中获得更多的信息。另一方面，洛奇通过互文性的使用，构筑了一个网状的文学信息发布站。《小世界》可谓其中的大型发布站之一。其中不仅涵盖了以亚瑟王和圣杯传奇为代表的罗曼司文学传统信息，当今的各种文学流派的言论，也包括了侦探小说、旅游小说、通俗爱情故事等多种文学题材。读者在阅读过程中目不暇接，似乎被引入一个迷阵，但会感到回味悠长。值得注意的是，使用大量互文性手法所进行的创作是一种冒险，如若操作不当，会过犹不及。但洛奇的冒险毕竟成功了。

参考文献

［1］Amman Daniel, *David Lodge and the Art-and-Reality Novel*, Heidelberg：Winter, 1991.

［2］Bernard Bergonzi, *David Lodge*, Nothcote House, 1995.

［3］Bernard Bergonzi, *Contemporary Novelis*, 1972.

［4］David Lodge, *Small World*, Penguin Books, 1985.

［5］David Lodge, *After Bakhtin：Essays on Fiction and Criticism*, Routledge, 1990.

［6］David Lodge, *Language of Fiction：Essays in Criticism and Verbal Analysis of the English Novel*, London, New York：Routledge, 2002.

［7］David Lodge, *The Modes of Modern Writing：Metaphor, Metonymy, and the Typology of Modern Literature*, London：E. Arnold, 1977.

［8］David Lodge, *The Novelist at the Crossroads：and Other Essays on Fiction and Criticism*, Cornell University Press, 1971.

［9］David Lodge, *Working with Structuralism：Essays and Reviews on Nineteenth-and Twentieth-century Literature*, London：ARK Paperbacks, 1986.

［10］Robert A. Morace, *The Dialogical Novel of Malcolm Bradbury and David Lodge*, Southern Illinios University Press, 1989.

［11］Raymond Thompson, "Thompson's Interview with Authors of Modern Arthurian Literature", *Camelot Project：Taliesin's Successors*, Birmingham, 1989.

［12］［英］爱·摩·福斯特：《小说面面观》，苏炳文译，花城出版社 1984 年版。

［13］［英］巴赫金：《陀思妥耶夫斯基诗学问题研究》，白春仁等译，生活·读书·新知三联书店 1988 年版。

［14］［英］戴维·洛奇：《小世界》，罗贻荣译，重庆出版社 1996 年版。

［15］［英］戴维·洛奇：《换位》，罗贻荣译，作家出版社 1998 年版。

［16］［英］戴维·洛奇：《小说的艺术》，王峻岩等译，作家出版社 1998 年版。

［17］［英］戴维·洛奇：《小世界》，王家湘译，上海译文出版社 2007 年版。

［18］胡全生：《英美后现代主义小说叙述结构研究》，复旦大学出版社 2002 年版。

［19］陆建德主编：《现代主义之后：写实与实验》，中国社会科学出版社 1997 年版。

［20］罗贻荣：《走向对话——文学·自我·传播》，中国社会科学出版社 2006 年版。

［21］马凌：《后现代主义中的学院派小说家》，天津人民出版社 2004 年版。

［22］宋艳芳：《戴维·洛奇的理论化小说：洛奇三部曲研究 》，苏州大学出版社 2002 年版。

［23］李自修：《戏拟与复调的寓意——评戴维·洛奇校园小说三部曲》，硕士学位论文，山东师范大学，2003 年。

论伍德豪斯的伯蒂－吉夫斯系列
小说中的反讽式幽默

王　媛

摘　要：著名英国幽默作家佩勒姆·格伦维尔·伍德豪斯的创作风格，有悖于 20 世纪的现代主义文学潮流，引起了广泛而激烈的争论。本文将伍德豪斯伯蒂－吉夫斯系列小说作为整体进行细读分析，论述其反讽式幽默的特征。他在整体叙事策略、结构和语言三方面具有凸显形式、消解内容的坎普性。伍德豪斯反讽式幽默的坎普性所呈现的精制形式与消解意义之间的张力，反映了作家自身的意图。

关键词：伍德豪斯；伯蒂－吉夫斯；反讽式幽默；坎普性

佩勒姆·格伦维尔·伍德豪斯（Pelham Grenville Wodehouse，即 P. G. Wodehouse，1881－1975）是 20 世纪最著名的英国幽默作家。他一生创作颇丰，包括九十多部成书作品，百老汇音乐剧脚本和歌词，以及大量的短篇故事与论说性文章。作家本人在因创作获得巨大声誉与财富的同时，也引起了广泛而激烈的争论。美国评论家亚历山大·科伯恩（Alexander Cockburn）称他创作的"伯蒂－吉夫斯系列"为"二十世纪的主要成就"；英籍法国作家伊莱尔·贝莱（Hilaire Blloc）称他为"当世最好的英语作家"与"我所从事职业的领军人"，伊夫林·沃和奥登（W. H. Auden）也表示了对他的推崇。但因伍德豪斯的写作风格与现代主义的发展趋势似乎显得格格不入，也有评论者暗示说，伍德豪斯的作品不过属于大众文学，现在及将来都会被"排除在二十世纪经典文学的形式之外"。①

---

① Laura Mooneyham，"Comedy Amang the Modernists：P. G. Wodehouse and the Anachronism of Comic Form"，*Twentieth Century Literature* 40，Spring，1994，p. 115.

伍德豪斯确实受到了大众的广泛欢迎，其作品被翻译成了十五种语言，大量被改编为广播、电视、舞台剧等流行媒介形式；在世界上很多国家，如英国、美国、俄罗斯、荷兰、比利时、瑞典等，都成立了作家的同好者协会。他至今仍是英国人民最喜爱的作者之一，为了纪念他，英国甚至于 2000 年以其名设立了"博林杰群众伍德豪斯奖"（Bollinger Everyman Wodehouse Prize），用以奖励英国最出色的幽默文学作品。伍德豪斯创作的最著名的人物之一，足智多谋的男仆吉夫斯（Jeeves），已经成为表现智慧的一般性名词，而著名的搜索引擎网站（Ask.com）最初（1996—2006）就名为"问吉夫斯"（Ask Jeeves）。

本杰明·艾弗·埃文斯（Benjamin Ifor Evans）早在 1940 年撰写《英国文学简史》（*A short history of English literature*）时就指出，盛名有时反而会"掩盖一个作家的真正价值"[1]。他以伍德豪斯为例，说明其广受欢迎反而容易招致过于简单粗暴的评价。正如诺思罗普·弗莱（Northrop Frye）所说，"在艺术的价值与其受到的公众反应之间，并没有真正的对应关系"[2]。并非所有受欢迎的畅销读物都有文学研究价值，但也不能因为其广受欢迎就被贴上"大众文学"的标签，从而将之排除在细读式学术研究的范围之外。

目前国外对伍德豪斯的研究已经相当成规模，仅对于作家生平与创作的研究性传记就出了七部[3]，专门的评论文章最早可追溯到 1927 年，其后几乎每年都有新的评论文章出现于各种报纸杂志之上。表面上看，评论者大都分为对立的两派，对伍德豪斯的态度或褒或贬，十分鲜明，实际上却隐含着相同的前提：在认为"严肃""重要"的作品具有绝对合法性的情况下，论述伍德豪斯的作品是否可算得上"严肃""重要"。

---

① ［英］艾弗·埃文斯：《英国文学简史》，蔡文显译，人民文学出版社 1984 年版，第 298 页。

② Northrop Frye, *Anatomy of Criticism*：*Four Essays*, Princeton, Oxford：Princeton University Press, 1990, p. 4.

③ 作者分别为理查德·厄斯本（Richard Usborne, 1961）、弗伦奇（R. B. D. French, 1966）、理查德·沃里斯（Richard J. Voorhees, 1967）、戴维·贾森（David A. Jasen, 1973）、弗朗西斯·唐纳森（Frances Donaldson, 1982）、罗伯特·麦克拉姆（Robert McCrum, 2004）和约瑟夫·康诺利（Joseph Connolly, 2004）。

中国的伍德豪斯研究呈现一种特殊的真空状态①，也与此有极为重要的联系。② 诚如劳拉·穆尼海姆（Laura Mooneyham）与布雷恩·德·霍尔库姆（Brian D. Holcomb）所指出的，伍德豪斯类作家之所以在当今学术研究中隶属边缘，最主要的原因是其创作形式似乎与现代主义文学的标准不相容。然而，伍德豪斯专注于表现机巧谐趣（comic wit），看似与现代主义所推崇的"严肃性"（seriousness）与暴力扭曲语言以求得"创新性"不相容。但实际上，伍德豪斯式的机智却与现代主义分享着某些相似的策略，达成相似的目标。③

　　正因为伍德豪斯伯蒂－吉夫斯系列小说的意义在于作品的叙事本身，本文特将其叙事作为整体进行分析，不仅致力于为伍德豪斯研究拓宽思路，发掘作家创作的被忽略的价值，同时，也以伍德豪斯的创作为个案，对幽默理论进行更深一步的探究。

一　反讽式幽默——狭义幽默的一支

　　英国批评家欧内斯特·纽曼（Ernest Newman）称伍德豪斯为"喜剧作家的最后一位杰出代表"，在褒奖伍德豪斯的同时，暗示了喜剧创作者而今不再被当作（严肃）艺术家的一个重要分支。④ 在这种整体形势下，评论家在试图严肃对待伍德豪斯的幽默创作时，一般专注于强调两个方面。一是强调这类喜剧性创作并未过时，它能够更好地负载道德寓意，如罗伯特·麦克拉姆（Robert McCrum）在伍德豪斯的最新传记中，呼吁人们认识到作家的作品主题所给出的道德目标——它们通过日常人性的温文尔雅，表达了"对人与人之间联系的探求"。二是强调其幽默中的讽刺内

---

　　① 作为如此高产的作家，伍德豪斯的作品至今连一个完整的中译本都没有，仅有孙仲旭先生译述其早期的几个短篇。同时，任何一本出自中国学者之手的外国文学史都对其只字未提，专门论文也寥寥无几。

　　② 伍德豪斯被中国学术界忽略的原因很多，部分可参见笔者硕士学位论文《论伍德豪斯反讽式幽默及其在中国的接受》，此处限于篇幅，不再赘述。

　　③ Laura Mooneyham, "Comedy Among the Modernists: P. G. Wodehouse and the Anachronism of Comic Form", *Twentieth Century Literature* 40, Spring, 1994, Brian D. Holcomb, "Between Word and Meaning: Wit, Modernism, and Perverse Narrative", Ph. D. diss., Michigan State University, 2010.

　　④ Roger Kimball, *Lives of the Mind: The Use and Abuse of Intelligence from Hegel to Wodehouse*, Chicago: Ivan R. Dee, 2002, p. 349.

涵，如安德鲁·桑德斯在他的《牛津简明英国文学史》中提到："对两次世界大战间的英格兰上流社会的行为反常、性情古怪、冥顽不化和热衷时尚的讥讽，没有比佩尔海姆·格兰维尔·沃德豪斯[①]表现得更淋漓尽致的了。"[②]

　　然而，伍德豪斯创作的真正与众不同之处，并不在于上述两点。穆尼海姆指出，伍德豪斯的创作哲学与所处时代不合拍。[③] 这种与时代脱节的现象过去被认为是落后于时代的，但在新角度的审视下，无疑也可说伍德豪斯的创作提供了另一种创作的可能性。它在公认的英式幽默特色[④]之外，生动地表现了"意在此而言在彼"的反讽特性[⑤]。它悖论式地既在表面上采取传统的喜剧模式，又在内部留下明显迹象对其进行颠覆；它包含着很多传统文学所推崇的伦理价值内涵，却在表面看来故意不负载任何意义。

　　正如克尔凯郭尔在分析尤以苏格拉底为代表的"反讽者"时所注意到的，虽然反讽假定了现象与本质的不同，但本质对反讽完全不重要。反讽的目的并非挖掘事物的真相，而是抽掉事物的内核。反讽只关注自身，

---

　　① 即伍德豪斯，Wodehouse 为英国的古老姓氏之一，发音为 wood-house，参见罗杰·金博尔（Roger Kimball）、罗伯特·麦克拉姆（Robert McCrum）、斯蒂芬·弗赖伊（Stephen Fry）等人的论述。译为"沃德豪斯"是误译的表现。

　　② ［英］安德鲁·桑德斯：《牛津简明英国文学史》，谷启楠、韩加明、高万隆译，人民文学出版社 2000 年版，第 579 页。

　　③ Laura Mooneyham, "Comedy among the Modernists: P. G. Wodehouse and the Anachronism of Comic Form", *Twentieth Century Literature* 40, Spring, 1994, p. 134.

　　④ 英式的幽默为狭义幽默，区别于谐智（wit）与滑稽（buffoonery），这三者是可以完全被纳入喜剧（comedy）形式范畴内的概念。谐智本质上是贵族的，它是绅士间的智力游戏，属于受过良好教育的阶级，对之心领神会之人会表现出一种智力认同。滑稽则更多是受大众欢迎的娱乐，相对廉价易得，明确旨在引起笑声，笑话是其最常见的形式。幽默（humour）介于两者之间，对用貌似朴素平实的态度来表述人类的古怪行为或尴尬难堪极为偏爱，对其进行阅读可以产生愉悦感，但并不与"笑"具有必然的关联。"谐智多关注想法，滑稽常形容行为，幽默则更关注人本身"。谐智让人产生认同感，滑稽产生优越感，幽默则消解了其中的层级。它始于对生活的观察，其核心在于"自嘲"——自我是人类的一分子。参见 Frank Muir, "Introduction", *The Oxford Book of Humorous Prose: William Caxton to P. G. Wodehouse: A Conducted Tour*, Oxford: Oxford University Press, 1990, p. xxix。

　　⑤ "反讽"一词最宽泛，且最常被引用的定义出自 1 世纪的古罗马演说家昆体良（Quintilian，约 35—96），指"言在此而意在彼"。参见 Claire Colebrook, *Irony*, London, New York: Routledge, 2004, p. 1。

而反讽者在反讽的过程中仅为了感受主体的自由。①

在"只关注自身"的方面，反讽与狭义的幽默显然具有修辞与精神上的契合点。弗兰克·缪尔也谈到，幽默"就像生活与艺术，除表现自身之外别无用处"②。同时，如施莱格尔兄弟所指出的，反讽本身具有游戏性，它以"游戏人生的眼光看待一切事物"的态度，使喜剧能够不同于悲剧那样将观众情绪导向同一方向，而是以一种无目的的随意性打破各种智力的限制，"显示出艺术家凌驾于材料之上"。③

然而，尽管如韦恩·布斯所指出的，当代人作为"游戏人"的属性使人们愈加倾向于将反讽作为获得娱乐的方式④，苏格拉底式反讽与幽默，都相伴着游戏态度所带来的自由，强调对修辞层面的反复自我指涉，具有消解神圣的功能。但结合反讽发展的历史，德国浪漫派以后，反讽愈普遍地被用于表示人类相对于上帝而言的一种"普遍窘境"（predicament）⑤——人具有将自己表现为完全不同的东西的内在倾向，又因其有限性，所说与所作的东西总是内在具有反讽特质。反讽因其追寻纷扰现象背后可能不存在的"意义"，体现了精英的悲剧意识。据此，索尔格曾将"反讽"与"幽默"并置，均用来表明一种内含"各种矛盾自相摧毁"的情绪，悲剧中的这种情绪是"反讽"，喜剧中则是"幽默"。⑥据此，"一切无优劣之分"一句，在幽默的层面上，"一切"还可能有"优"的成分；但在反讽的层面上，"一切"则只能见"劣"，因为现象永远不等于本质。所以，克尔凯郭尔在《论反讽概念》的结语中略提到，幽默中蕴含着一种"远为深沉的疑虑"与"深刻的肯定性"，类似于"我相信，因为这是荒诞的"的古语所传达的内涵。⑦

---

①　参见［丹麦］克尔凯郭尔《论反讽概念》，汤晨溪译，中国社会科学出版社 2005 年版，第 221 页。

②　Frank Muir, "Introduction", *The Oxford Book of Humorous Prose*: *William Caxton to P. G. Wodehouse*: *A Conducted Tour*, Oxford: Oxford University Press, 1990, p. xxix.

③　［美］雷纳·韦勒克：《近代文学批评史》（中文修订版）第 2 卷，杨自伍译，上海译文出版社 2009 年版，第 66—67 页。

④　参见［美］韦恩·布斯《反讽的帝国》，载《修辞的帝国：韦恩·布斯精粹》，穆雷等译，译林出版社 2009 年版，第 93 页。

⑤　Claire Colebrook, *Irony*, London, New York: Routledge, 2004, p. 46.

⑥　《索尔格遗著》第二卷，第 512 页。转引自［丹麦］克尔凯郭尔《论反讽概念》，汤晨溪译，中国社会科学出版社 2005 年版，第 278 页。

⑦　［丹麦］克尔凯郭尔：《论反讽概念》，汤晨溪译，中国社会科学出版社 2005 年版，第 286 页。

　　本文正是据此，区别于幽默式反讽（以一种轻快的、似乎有意义的方式指向无意义本身，因而具有内在的悲剧性），而在狭义幽默概念中划出"反讽式幽默"一支进行重点论述。后者最终并不指向虚无，而是以一种似乎无意义的方式，归根结底想要呈现对人的肯定。伍德豪斯作品中的幽默，就属于这种反讽式幽默。

　　"反讽式幽默"在修辞与态度上表现为关注自身，不指向外在意义，或者说，其自身就是其意义所在。它的核心在于游戏性地对待一切，只是不一定与"搞笑"具有直接且必然的联系。因此，反讽式幽默的创作侧重点集中在形式的审美性与游戏性方面，不必然地强调文学与现实、意义的关系。它是一种旨在提供多元视角，从而拓宽自由限度的方式。由于能够反讽性地进行语言游戏，它能够获得反讽的安全性——作为一种解放的力量，说出不可说的事物；同时，反讽式幽默的世界观，体现了一种审美化、游戏性地对待一切事物的态度，因而具有强大的消解一元价值体系的能力，促进多元价值的发展。其文学作品所呈现的世界必然也是一个言论得以自由表述，众人狂欢成为可能的世界。作为游戏者的人物遍布其中，具有巴赫金意义上的"骗子、小丑和傻瓜"的特权，即"在这个世界上做外人，不同这个世界上任何一种相应的人生处境发生联系"。[①] 反讽式幽默世界中的每个人都同时成为"反讽式幽默"的主体与客体，因而每个人都可以拥有自己的视角，拥有嘲人或者自嘲的权利，从而达到自由的最大限度。对于观看者来说，"反讽式幽默"如果产生笑，这种"笑"并非来自波德莱尔所说的优越感，而是以反讽的"双重性"为特征。

　　据此，本文将以伯蒂－吉夫斯系列小说具体文本为例，分析其是如何表现出反讽式幽默的特征的，以及这种反讽式幽默怎样消解意义，并最终使幽默变成一种表演，成为一种保持个性化、主体化的审美实践，从而使反讽式幽默成为一种人性的关爱，落脚点在肯定性的方面。

二　形式对意义的消解——叙事·结构·语言

　　从最早的《拯救年轻的格西》（*Extricating Young Gussie*）（1917）到

---

　　① ［苏联］巴赫金：《小说的时间形式和时空体形式》，载巴赫金《小说理论》，河北教育出版社1998年版，第355页。

作家去世前一年的《姨妈不是绅士》（*Aunts Are Not Gentlemen*）（1974），伯蒂－吉夫斯系列小说以经典的人物组合与幽默的叙事成为伍德豪斯最受欢迎的作品，成功地将《匹克威克外传》中的塞缪尔·匹克威克与萨姆·韦勒带入爵士乐时代，赋予其新的特点。而该系列小说之吸引人的更重要的一点，就在于其精心设计的叙事与结构。伍德豪斯的反讽式幽默从整体性的叙事策略，到结构设置，再到语言，对内容意义的重要性进行了层层消解，使得作品的形式几乎获得了可以脱离内容意义独立存在的价值。

（一）整体性的反讽式幽默叙事策略

伍德豪斯在进行诸多探索之后，确定了伯蒂作为叙述者的巨大潜力。正如理查德·沃里斯（Richard Voorhees）所指出的，伯蒂－吉夫斯系列小说的形式达到了伍德豪斯创作的巅峰，其"如此成功的原因之一，就是伯蒂作为叙述者"[①]。该系列小说是伍德豪斯创作中唯一采用第一人称限制视角叙事的作品，伯蒂作为叙述者与最主要人物同时在小说中出现，采取了一种貌似可靠的不可靠叙事策略，叙事者与主人公之间形成了一种巧妙的动态平衡，进而成功构建起一种整体性的反讽基调。

在《伍斯特家的行为准则》（*The Code of the Woosters*）中，伯蒂一开始就对他的读者说道：

> 半小时后我就晃到了她家门前的台阶上，被管家老塞宾斯请了进去。未曾想到，一跨入这个门槛，在鸭子晃两下尾巴那么短的时间内，我就被卷入了一场极其复杂的纠纷之中。伍斯特的心灵受到了从未有过的严峻考验，一场包括了格西·芬克－诺特，玛德琳·巴西特，巴西特老伙计，斯蒂菲·宾，绰号"臭鼬斯廷克"的副牧师平克，十八世纪的奶牛形奶油壶和那个棕色皮面的小笔记本的大麻烦。

在这种方式下，读者立即意识到，接下来将要发生的事情其实是关于某个过去时间段的回忆，存在时间的距离。叙述者邀请读者进入他的回忆，旨在拉近叙述者与读者的距离，唤起一种区别于"当下"的情绪。

---

① Richard J. Voorhees, *P. G. Wodehouse*, New York: Twayne Publishers, Inc., 1966, p. 125.

叙述者有时间"整理"要讲述的故事，通常就意味着叙述者与人物之间存在距离，叙述者有足够的能力对故事发生时那个自我的言行做出判断，对故事进行更有效（套用在驾驭叙事拙劣或不重视结构的作家身上，至少是更接近"隐含作者"）的评述。但读者从伯蒂接下来讲述的故事中却完全感受不到这一点，一切都像当时当地发生一样。

这种叙述者与人物之间的反常对等，首先基于伯蒂这一人物自身的特质。套用他的男仆吉夫斯的话，伯蒂是一个"智力上几乎可以忽略"（mentally negligible）① 的人。伯蒂无论作为人物还是叙述者，都使用一种孩子气的、充满各种模糊用语的讲话方式。如《伍斯特家的行为准则》中伯蒂与吉夫斯谈起了他的朋友格西·芬克－诺特（Gussie Fink-Nottle）：

> "我很感激他的好意，先生。我相信芬克－诺特先生精神很好。"
>
> "异常的好，尤其考虑到他大限将至，很快就要认沃特金·巴西特爵士当岳父了。幸亏他比我快，吉夫斯，幸亏他比我快。"
>
> 我怀着强烈的感情说道，我告诉你们为什么。几个月前庆祝赛艇之夜的时候，我因为试图将一个警察和他的头盔分开栽到了法律的手心里。我在木板床上断断续续地睡了会儿，第二天一早就被拖去博舌街，罚掉了我最好的五英镑。对我施以这般骇人听闻判决的，补充一下，还伴随着法官席上那些极过分评论的裁判官，正是巴西特老伙计，格西准新娘的老爸。

在上述叙事中，无论是对话还是叙述者的解释，其中对事物的理解认知都带有伯蒂鲜明的特色。他倾向于强调通常而言不太重要的枝节，而忽略讲述更重要的事实，如仅仅把"蹲监狱"说成了"在木板床上断断续续地睡了会儿"。叙述者伯蒂似乎明确准备履行自己的作家解释义务，"我怀着强烈的感情说道，我告诉你们为什么"。他在自己故事的发展中加入了额外的信息，表面上是为了让读者相信他当时"强烈的感情"合情合理（"我告诉你们为什么"），但实际上，他所做出的解释与他在与吉夫斯的对话中所表现的一样主观化，充满了孩子式偏见的夸张。人物伯蒂

---

① P. G. Wodehouse, "Bertie Changes His Mind", *Carry on*, *Jeeves*, London: Arrow Books, 2008, p. 262.

说格西要认巴西特爵士做岳父是"大限将至"，叙述者伯蒂用说极自然的事情般一本正经的语气，说自己仅仅"试图将一个警察和他的头盔分开"，他被罚的五英镑是"最好的"，巴西特爵士的判决"骇人听闻"。作为叙述者的伯蒂在事后试图使当初在故事中的自己的表现显得更明智合理一些，但他做出的解释却强化了荒谬可笑的效果。

简言之，作为叙述者，伯蒂试图澄清一些事实，重新讲述解释一些东西，却似乎使事情显得更加荒谬，从而使事件最终的解决显得更像"奇迹"。文本强调表现了叙述者伯蒂与人物伯蒂在时间上的分离，却又暗示了在逝去的时间中伯蒂的智力完全没有任何进步。这就给故事打下了一重反讽性的基调——伯蒂永远不可能填补上故事发展中的空白断裂处，他不断地误导读者，制造某种叙述空白将读者的注意力引开，却显得无比真诚。叙述者让读者发现伯蒂并不聪明——他自己不清楚自己在做傻事。在读过该系列的一部或几部小说之后，读者更明确知道伯蒂自主采取的任何行动都不会成功，他在故事中连一个可信的谎话都讲不好。顺着他的叙事带领读者觉得很安全，小说采取的不可靠叙事策略因而显得可靠了。伯蒂成功地获得了读者的信任，而这种信任建立得如此迅速，恰恰成为他是一个如此有技巧的操控性叙述者的证据。

违反了通常非反讽性叙述中的不自相冲突（non-contradiction）原则，伯蒂确实是在以一种他完全不知道的讲述故事的方式在讲述故事。我们认识到了两个伯蒂的分离：一个对他生活中发生的事件完全无法掌控；另一个则完全掌握着作为这些事件的叙述者的技巧。为达成这种分离的效果，小说需要同时满足双方面的条件：一方面，小说严格按照伯蒂的视角呈现，他始终在场，一切均是伯蒂的所见所听所想，没有任何超出伯蒂感官与理解范围的解释说明。作为叙述者的伯蒂与作为故事人物的伯蒂具备相同的品质与信仰，他们的讲话方式与使用词汇也是严格等同的。另一方面，作为叙述者的伯蒂与作为故事人物的伯蒂实际存在着时间距离，读者阅读到的是事件的一个讲述的版本而不是正在发生的事件本身。尽管伯蒂本人总在提醒他的读者这其中的差距，貌似的同一性却能使人忽略这种特点。这种巧妙的结构机制并非毫无用处。认识到这个机制的存在，是进一步认识整个伯蒂－吉夫斯系列小说的反讽性幽默的关键所在。

（二）"反"叙事发展的反讽式幽默结构

伍德豪斯十分重视作品的叙事结构，为确保其为完整的统一体，每次创作之前，他都会写详细的提纲与指示图。伯蒂－吉夫斯系列的小说大都有相似的情节结构：伯蒂遇到了麻烦，或是他自己造成的，或来自他的亲戚朋友。他要么一开始就求助于吉夫斯，问题得到迅速解决；要么试图自己解决问题，把麻烦进一步复杂化，最终需要吉夫斯奇迹般地给出解决方法。伯蒂常常会出洋相，成为众矢之的，但麻烦最终得以解决。

根据弗莱的论述，喜剧从古希腊"新喜剧"起，其基本结构模式就是从不幸福到幸福，通过最终清除专横的父辈人物等社会压制力量所施加的障碍因素，结尾处形成一个以宽容和适应感为标志的新的重建的社会，常以一场宴会或节庆仪式（如婚礼）来表现。从"遇到麻烦"到"麻烦解决"，表面上看，伯蒂－吉夫斯系列小说相当符合自"新喜剧"一直流传至今的喜剧套式。所以，安东尼·昆顿指出，"伍德豪斯作品的形式严格遵循着传统"①。

然而，"喜剧的结局总伴随某种新事物的诞生，目睹新生之人加入这一热闹的新社会"②，这本身意味着传统喜剧呈线性发展结构，或更复杂一些的螺旋上升结构。伯蒂－吉夫斯系列小说区别于此，呈现一种封闭的循环结构：每一个故事都始于伯蒂与吉夫斯在公寓中，结尾处又回到了这里。因此，该系列小说表面上酷似传统喜剧结构，实际上却对其进行了暗中的反讽性消解。

如前所述，作者通过反讽式的叙事策略，暗示了经过时间流逝，作为主人公的伯蒂智力上完全没有进步，他与其他人物间的关系也没有任何改变。伍德豪斯赋予了伯蒂－吉夫斯系列小说一种本质上的循环与重复，每个故事的结局都是可以预见的，没有任何悬念。没有待解的疑团、隐藏的危机和需要最终对决的敌人。伯蒂的生活本来毫无目的，也没有任何迹象表明他会朝着某个方向有任何发展。他"目前"的生活就是最好的状态，只要发生细微改变，就会一连串复杂恶化下去，唯一的解决方法是回归原

---

① Anthony Quinton, "Wodehouse and the Tradition of Comedy", *From Wodehouse to Wittgenstein*: *Essays*, New York: St. Martin's Press, 1998, p. 328.

② Northrop Frye, *Anatomy of Criticism*: *Four Essays*, Princeton, Oxford: Princeton University Press, 1990, p. 170.

状。意味深长的是，指出这一"真理"的，恰恰是该系列小说中唯一一篇以吉夫斯为第一人称视角叙事的故事——《伯蒂回心转意》（*Bertie Changes His Mind*）。小说最初，伯蒂对吉夫斯激动地说道：

> 你每天都精确地在一样的老时间端来你那个不变的老托盘放在同一张老桌子上。我受够了，我告诉你。这种非常的千篇一律简直是可怕的非常非常讨厌。①

而在经历一系列麻烦事之后，伯蒂最后觉得：

> 看着表，正在想你会不会准时端来我美妙的老饮料，然后你就端着托盘来了，一分钟也不差，"咚"地把托盘放到桌子上，又"嘭"地消失了，明晚……我想说，这给人一种安心平和的感觉。②

这正是该系列小说中的反讽式幽默结构所在——它隐藏在酷似传统喜剧的叙事形式背后。传统叙事的动力，往往源于叙述者使当前状态（自己或他人的）改变的动机；而伯蒂无论作为故事人物还是叙述者，其自身的愿望却是停滞，拒绝任何方面的进步与完满。伪装成惯例的传统模式，违反正常期待的停滞愿望得以被读者无意识地自然接受。与此同时，任何"进步"或"完满"背后所指向的意义，也被这种实际的"停滞"所消解了。

首先，虽然伯蒂不满其亲友将其视为傻瓜，但却乐于承认自己在这方面的欠缺，不准备改进。在 1919 年的《交给吉夫斯》（*Leave it to Jeeves*）中伯蒂说道："我自己的脑子有点儿不太够用；脖子上这颗老豆子似乎更多是作为装饰而不是使用。"③ 而到了 1971 年，在《衷心感谢，吉夫斯》（*Much Obliged, Jeeves*）中，伯蒂仍说道："在老日子里，一个月思考一次

---

① P. G. Wodehouse, "Bertie Changes His Mind", *Carry On, Jeeves*, London: Arrow Books, 2008, p. 256.

② Ibid., p. 273.

③ P. G. Wodehouse, "Leave it to Jeeves", *My Man, Jeeves*, London: Arrow Books, 2008, p. 13.

就够了，我可没想过会超过这个数字。"① 其次，伯蒂与雄蜂俱乐部的成员们虽然实际年龄已成年，心理年龄却仍维持在公学男孩的阶段。理查德·厄斯本（Richard Usborne）说他们至多不过十五岁②，理查德·卡尔森（Richard Carlson）甚至认为他们就像十一岁③。伯蒂使用的词汇量、典故引用等很少超出他在公学能学得的范围。他坚持用学生时代的绰号称呼朋友，即使受到如斯蒂菲·宾的反对。最后，在两性关系方面，伯蒂完全不愿与人缔结婚姻，在不违背其行为准则的前提下，他总是想方设法地摆脱订婚状态，保持单身生活。

其次，伯蒂的叙事作为使其停滞愿望合法化的机制，支持了这种反讽式幽默结构的存在。叙事的发展不是为了完成叙事，而是使叙事本身无限延长。以《太好了，吉夫斯》（*Right Ho, Jeeves*）为例。

> "吉夫斯，"我说道，"能恕我直言么？"
>
> "当然，先生。"
>
> "我的话可能会伤到你。"
>
> "没关系，先生。"
>
> "好吧，那么……"
>
> 不……停。先等一下，我又弄错了。
>
> 我不知道你是否有过类似的经历，但我在讲故事的时候，总遇到个绕不过的坎儿，决定从哪儿开始讲真是该死的困难。这事儿你可不能弄错，一步搞糟就全完了。我的意思是，如果你傻乎乎地把头起得太长，打算像人们说的那样渲染气氛，或者听信之类的胡话，你绝对抓不住读者，顾客们一定会躲你远远的。
>
> 另一方面，如果像只突然蹿出的猫一样直奔主题，你的听众就会如坠雾里。他们只会挑起眉毛，不明白你要说什么。
>
> 在开始报告涉及格西·芬克-诺特，玛德琳·巴西特，我的安杰拉表妹，戴利亚姨妈，托马斯姨父，年轻的塔皮·格洛索普和厨师阿纳托尔的复杂事件时，我以和吉夫斯的那段对话开头，无疑犯了上述

---

① P. G. Wodehouse, *Much Obliged, Jeeves*, London: Arrow Books, 2008, p. 59.

② Richard Usborne, *A Wodehouse Companion*, London: Elm Tree, 1966, p. 31.

③ Richard Carlson, *The Benign Humorists*, New York: Archon Books, 1975, p. 60.

两种错误中的后者。

这段叙事中的反讽式幽默意味极其鲜明。作为叙述者，伯蒂打断了他已经开始讲述的故事（他与吉夫斯的对话），因为他觉得这样开头"弄错了"。他提出写作中常会遇到的难题——怎样开头才能更好地抓住读者？他认为自己的"开头"会让读者不知所云。事实上，小说开篇那四行简短的对话相当吸引人，某句可能伤人（因而也可能很有趣）的话即将说出，两个主人公处于冲突的关键点。但伯蒂一下子终止了"正常"的叙述轨迹，转而讨论如何讲故事，即叙事本身；接着，他开始追溯引发这场对话的历史。这虽然也有趣味，却显然没有最初的对话扣人心弦。伯蒂以让小说更吸引读者的名义，却将叙事瞬间从有趣的地方转向了不那么有趣的地方。

伯蒂的这种做法很自然地拖延了通常的叙事完成的过程，他非但没有完成叙事，反而开始追溯比当前叙事的时间点更早的历史。伯蒂最开始问吉夫斯自己能不能"直言"，但在吉夫斯给出肯定回答后，他却选择不告诉读者他的"直言"是什么。通过提供更多的人物与信息，他将叙事重心扩展到了比那场对话广泛得多的领域，他与吉夫斯那场对话则被无形中搁置了。名义上要告诉读者更多事情，实际上读者连这场对话的余下部分都无法得知了。叙述者直接与读者讨论起何为错误的叙事方式，恰建立在一个反讽性的场景设置之上——伯蒂正在避免说出他想对吉夫斯说的话。

换言之，作为叙述者的伯蒂，正是以这种方式，表明叙事形式比内容更重要。他清楚知道叙事是一个操控性结构，甚至可用之来掩盖叙事存在的理由。他故意非常直接地论述"如何说他想说的内容"，事实上却没说他应该说的内容。熟知了这一点，读者对对话内容的兴趣也就搁置了，伯蒂"没有说出什么"远不及他"怎样做到没有说"重要。在第二章快结束时，伯蒂终于告诉读者他与吉夫斯余下对话的内容，其平淡至极，以至于读者会怀疑他何以如此费力解释这段普通对话的背景。这种心理落差造成的张力正是文本设置的陷阱：这段对话的背景才是真正的故事。而这种结构的设置正是用于表现，对话内容完全可以搁置，甚至整个伯蒂－吉夫斯系列的故事就是一些无关紧要的鸡毛蒜皮。小说的意义在于叙事本身，而伯蒂的叙事策略就是从不说出真正的意思，用各种方法拖延、避免叙事的终结，让叙事形式本身制造意义。

文本中直接出现伯蒂重新考虑自己叙述的开始，暗示了这个故事并非对事件的直接呈现，而是对事件的重写与加工。富有反讽意味的是，它呈现出一种更口语化、仿佛随心所欲讲述的形态。这种反讽式幽默在无关紧要的内容的前提下，尽可能地延长叙事时间，通过各种形式机制来阻碍读者的阅读进程。事实上，整个系列故事也确实做到了让读者完全不关心故事会以怎样的结局结束，而将注意力集中到故事是怎样讲述的。

（三）反讽式幽默的语言游戏

使读者注意力完全集中于故事的讲述方式上，在故意拖延的叙事策略之外，杰出语言的支撑是不可或缺的。同时，在某种程度上，也正是伯蒂－吉夫斯系列小说似乎完全不重要的"内容"，使得其本质上就是语言的小说（primarily linguistic）①。正如罗伯特·霍尔（Robert Anderson Hall）所说，人们阅读伍德豪斯的兴趣很大程度上就在于看其如何绝妙地使用语言。② 小说通过突出语言本身来吸引读者，非但没有加速故事的进程，反而既延长了"文本时间"，也延长了读者的阅读时间。

伍德豪斯发掘了传统语言的最大潜力，其区别于现代主义作品复杂难懂的暴力扭曲式语言，却同样，甚至更有效地实现了俄国形式主义以来所推崇的"陌生化"效果。约翰·贝利（John Bayley）说伍德豪斯对语言的驾驭比乔伊斯更能显示出莎士比亚式的浮华自信（Shakespearian buoyancy）③。安东尼·昆顿则说真相就是，伍德豪斯是伊莱尔·贝莱"同时代的对语言使用最杰出（brilliant）圆熟（dexterous）的作家"④。亚历山大·科伯恩甚至认为，伍德豪斯的写作事实上改变了英语："他行文的流畅，习语使用的自如，使这种技巧成为自然，改变了英式措辞习惯，进而改变了英国文化。"⑤

---

① Robert F. Kiernan, *Frivolity Unbound: Six Masters of the Camp Novel*, New York: Continuum, 1990, p. 99.

② Robert Anderson Hall, *The Comic Style of P. G. Wodehouse*, Hamden, Connecticut: The Shoe String Press, 1974, p. 47.

③ John Bayley, *The Characters of Love: A Study in the Literature of Personality*, New York: Basic, 1960, p. 285.

④ Anthony Quinton, "Wodehouse and the Tradition of Comedy", *From Wodehouse to Wittgenstein: Essays*, New York: St. Martin's Press, 1998, p. 320.

⑤ Alexander Cockburn, *Corruptions of Empire*, London: Verso, 1988, p. 76.

　　首先，伍德豪斯最大限度地发挥了"文字游戏"，从具体词汇层面直到整体叙事本身。很多行文本身没有所指，其存在目的就是突出语言本身的存在，在陌生化重述中，把"所指"埋藏在大量并置且相互指涉的"能指"之中。以《重大布道障碍》（*The Great Sermon Handicap*）开篇为例，伯蒂因为无聊而抱怨，吉夫斯很自然地回答他，"Just as you say, sir. There is a letter on the tray, sir."（正如您所说，先生。托盘里有封信，先生。）吉夫斯的回答极简单，但却仿佛不经意带上了韵律：两个"sir"（先生）的并置，此外以"say"和"tray"押尾韵。伯蒂显然注意到了这点，故而兴奋地接道："By Jove, Jeeves, that was practically poetry."（好家伙，吉夫斯，你的话简直就是诗了。）[1] 伯蒂指出了吉夫斯话语中的修辞机制，却似乎更不经意地，以"Jove"与"Jeeves"，"practically"与"poetry"押了头韵——他自己的话本身就在和诗（poetry）。

　　伊夫林·沃指出，作家若能在一页之中有两到三个绝妙比喻，就可以被称为大师，伍德豪斯在这方面是无人能及的。伍德豪斯的各种明喻暗喻，总能在本质上相隔鸿沟的本体和喻体之间，发明出妙趣横生的相似关系。这些比喻也反讽性地起了双重效果，一方面强化了本体形象，另一方面则通过极度的夸张，暗示所有比喻类修辞都不过是假设，各种明喻、暗喻不断累加，能指距离所指本身越来越远。当能指链总是指向另一个能指链，永远在相互自我生发，而无实质性的所指时，则如苏格拉底在"美"与"美的瓦罐""美的小姐"……之间相互指涉替换，本身就体现了一种反讽式的思维方式。

　　通过这种方法，在伯蒂－吉夫斯系列小说中，语言超出了指涉物，语言本身制造的享受超过了内容，语言也就脱离所指获得了自己的存在意义。语言从必要中得以释放，演变成一种狂欢式的高度自由的状态，被每一位伍德豪斯的读者所感受。读者越是沉迷于语言结构本身，就越不关注内容发展。伯蒂通过这样的叙事使"停滞"合法化，顺利为读者所接受，以至于读者的愿望渐渐与伯蒂统一，希望看他如何回到本来的停滞状态，并且永无变化。

　　其次，伍德豪斯在行文中呈现了语言自身变化发展的过程，即向读

---

　　[1]　P. G. Wodehouse, "The Great Sermon Handicap", *The World of Jeeves*, London: Arrow Books, 1967, p. 232. 为了论述需要，括号中的中文仅为意思直译而未采用文学意译。

者明确指出这一由能指到能指的生发过程。根据霍尔的统计，伯蒂在
1915 年至 1930 年的叙述语言词汇简单，充斥了当时一切在年轻人中流
行的内容——侦探小说，流行电影，音乐，日常的陈词滥调，上层社会
年轻人的俚语甚至是粗话（考虑到伍德豪斯的作品本身就是畅销读物，
更有某种微妙的反讽效果）。而到了 1934 年的《谢谢你，吉夫斯》中，
伯蒂的词汇量则增加了明显较复杂的词汇，如刻薄（acerbity）、暧昧
（dubious）、标致（pulchritude）或断奏（staccato）等。智力上似乎完全
没有进步的伯蒂，却独在语言方面加以留心。他记得吉夫斯说过的字
句，也越来越能辨识出别人话中的引用。同时他鹦鹉学舌般地（往往词
不达意）搬用这些典故与诗，又突出了幽默效果。伯蒂愈加习惯吉夫斯
充满书面语的长难句，以及各种委婉表达，甚至能够给别人"翻译"
吉夫斯的话了。

　　这种变化显然是作者有意为之。他在小说文本中甚至特意指出了这一
点。如《谢谢你，吉夫斯》的第 4 章中保利娜·斯托克（PaulineStoker）
问伯蒂：

　　　　"你从哪儿学的这些表达？"
　　　　"嗯，我想大概是从吉夫斯那儿，大概。我现在的男仆。他的词
　　汇量可丰富了。"

　　最后，伯蒂－吉夫斯系列小说还侧重突出了语言与实际生活的差距，
尤其是通过人物语言与实际生活的反讽式并置来获取幽默的效果。吉夫斯
常将宏大叙事的词语用在极其琐碎的生活细节上，给每天的生活，特别是
极其荒唐可笑的场景贴上熟悉的英语诗歌的标签。[①] 如他与伯蒂谈到起雾
的天气，就会立刻引用济慈的诗句："现在正值秋季——'雾霭弥漫，果
实圆熟的时节'。"[②] 伯蒂则似乎总不吝于用最夸张，却又最不符合实际的
形容来表述他自己，如"一台冷酷无情的机器——一触即发，一心一意，
一根筋"[③]。

---

　　①　Christopher Ames, "Shakespeare's Grave: The British Fiction of Hollywood", *Twentieth Centu-ry Literature* 47, Autumn, 2001, p. 419.

　　②　P. G. Wodehouse, *The Code of The Woosters*, London: Arrow Books, 2008, p. 7.

　　③　P. G. Wodehouse, *Thank You, Jeeves*, London: Arrow Books, 2008, p. 10.

　　通过貌似可靠的不可靠叙事策略，构筑起系列小说整体的反讽式幽默的基调，再以自由的语言游戏支撑起其循环停滞结构。伯蒂－吉夫斯系列小说正是通过这样巧妙的设置，既在表面上沿用了传统喜剧形式，又暗中对其进行了反讽性的颠覆，阻碍叙事的向前发展。这正是伍德豪斯反讽式幽默的主要形式特征。

三　反讽式幽默的坎普性

　　如前所述，伯蒂－吉夫斯系列小说通过反讽式幽默的叙事与结构，极力突出语言的游戏特质，层层消解了通常被认为是小说必不可少的内容意义的重要性。文本极其精致的形式与"微不足道"的内容对比所产生的巨大张力，为批评家提供了难题。在不能只讨论作品形式之时，推崇伍德豪斯的批评家势必要思考如何应对来自对其作品内容"浅薄"（shallowness）的责难。不从各种"主义"出发，回归文本最基本的形态，会发现作者确实是沉迷般地致力于这种"华而不实"的小说创作，同时并不掩饰他们所构筑世界的不自然，甚至强化这种不自然之感。

　　苏珊·桑塔格（Susan Sontag）指出了当今文化较之以往与"坎普"之间意味深长的联系，使得讨论 20 世纪文化话语的一种形式重新成为可能。她指出，坎普"与'严肃'建立起了一种新的、更为复杂的关系"，既可能包含严肃，关键之处又在于"废黜严肃"①。伍德豪斯的反讽式幽默则正具备这种坎普性，"废黜严肃"是作家是有意识的选择。作为最远离现实的作家之一，伍德豪斯的创作贯穿了 20 世纪的前四分之三，却完全没有策帕林飞艇或大规模杀伤性武器的存在。他甚至明确声称自己的写作不同于现实主义，不描述真实生活；在写那种充满焦虑与内省式的作品与"没有音乐的音乐喜剧"之间，他有意选择后者。他认为这种"完全忽略实际生活"的小说创作方式比那些"深入发掘现实生活"的创作更能表现出对生活的关怀。②

　　值得注意的是，保持作品中纯粹的无忧无虑特质，比保持纯粹的严肃

---

　　①　［美］苏珊·桑塔格：《关于"坎普"的札记》，载苏珊·桑塔格《反对阐释》，程巍译，上海译文出版社 2011 年版，第 316 页。

　　②　Barry Day and Tony Ring, *P. G. Wodehouse "In His Own Words"*, London: Hutchinson, 2001, p. 150.

性还要少见和困难。即使是儿童文学中也会出现某种"黑暗场景",用于表现作为"英雄"的主人公的斗争——从绝望到希望。伯蒂 - 吉夫斯的世界却似乎永远阳光闪耀,完全不涉及宏大主题与内省内容,其中还异常纯洁,没有性、猥亵、通奸或任何有悖伦理的爱情。乔治·奥威尔(George Orwell)都不得不提到,在作品中剔除关于"性"的直接或暗示性笑话对于幽默作家是极大的牺牲。① 刻意选择如此狭窄的题材内容,其实是作家对自己所设的严苛限制,稍加不慎,将容易使作家陷入自我复制,面临失去读者的危险。同时,长久坚持反讽式幽默的创作也是很困难的,因其并非被广为认可且自然而然的观照生活的方式。富有反讽意味的是,作家曾在给朋友的信中明确提及自己后期(1957 年之后)对选择此种创作充满不确定感的坚持,他希望,即使绝大部分人都觉得他是个"陈腐"的作家,至少有一个人能注意到他是在确定地给自己找麻烦。② 在 1973 年的一次采访中,仿佛在回答潜在论敌一般,伍德豪斯甚至说道:"我不想像萧伯纳一样。他在九十多岁的时候不得不写一些极糟的东西,尽管他说自己知道这些东西不好。"③

伍德豪斯将自己绝高的聪明才智用于创作"空洞的闹剧",并不像表面上看起来那样简单。作家当然会否认自己的作品中包含有象征意义和深层想法,而这就如王尔德说《认真的重要性》(*The Importance of being Earnest*)仅仅是"精巧的琐碎"(exquisitely trivial)和"幻想精致空洞的泡沫"(a delicatebubble of fancy)一样,本身就是有反讽色彩的论述。弗·施莱格尔就提到,反讽的作者,必然会做嘲笑自己创作的"不完美的媒介"的工作,就像喜剧中的丑角(erion,在弗莱的论文中即指反讽者)"讪笑自己的喜剧角色"④。评论者们若是完全听信这种说法,才会成为巨大的讽刺。

罗伯特·基尔南(Robert F. Kiernan)将伍德豪斯认定为六位坎普小说大师之一,但其论述核心在于指出这种坎普特性是一种以"无限的轻

---

① George Orwell,"In Defense of P. G. Wodehouse", *Essays: Selected and introduced by John Carey*, New York, London: Everyman's Library, 2002, p. 841.

② Barry Day and Tony Ring, *P. G. Wodehouse "In His Own Words"*, London: Hutchinson, 2001, p. 136.

③ "P. G. Wodehouse: The Art of Fiction LX", *Paris Review* 64, Winter, 1975, p. 151.

④ [美]雷纳·韦勒克:《近代文学批评史》(中文修订版)第 2 卷,杨自伍译,上海译文出版社 2009 年版,第 14 页。

浮精神来热爱轻浮本身"，具有"非道德、非历史的和非理性的"（amor-al，ahistorical，and a-rational）表现。① 本文不同意这一结论。笔者认为，伍德豪斯的反讽式幽默旨在提供一种更开放的看待事物的方式，在常规视角中另辟蹊径，其中蕴含着作者对人类的肯定性关怀。而反讽式幽默创作的坎普性也恰恰体现于此。

首先，伍德豪斯的反讽式幽默表现了坎普的"民主精神"——"不在独一无二之物与大量生产之物之间进行区分"②。正如作家自己提出的，幽默作家的使命，就是以"发散而不是特定的眼光看待世界"。当"人们在认为莎士比亚的幽默是值得尊敬的同时，却认为写有趣的书是有失身份之事"时，实际是在强制作家"以一元标准直接看世界"③。坎普"反感惯常的审美评判的那种好坏标准。坎普并不变易事物。它不去争辩那些看起来好的事物其实是坏的，或者看起来是坏的事物其实是好的。它要做的是为艺术（以及生活）提供一套不同的——补充性的——标准"④。伍德豪斯的创作在现代主义文学盛行的时代有些"执拗地"不合时宜，小说中的人物也明显与作家所处的现实世界脱节，完全属于一个逝去了的爱德华时代。作者善意地嘲弄着他的主人公们，却并不强求一种评价标准。伍德豪斯的反讽式幽默的创作在这个意义上，实际是为一种个人性与审美性的实践保留了存在的空间，使读者也得以从现实给定意义中游离出来，感受到生活或许存在着多元的价值取向。

利亚姆·肯尼迪（LiamKennedy）指出，桑塔格的坎普趣味旨在作为一个"美学透镜"（aesthetic lens），提供一种极为有效的审视文化的途径。⑤ 这种审视过程排除了带有文化等级秩序规定的先入为主的偏见，提供了新的文化研究的切入点，一些流行文学艺术也因此获得了其隶属于大

---

① Robert F. Kiernan，*Frivolity Unbound：Six Masters of the Camp Novel*，New York：Continuum，1990，p. 149.

② ［美］苏珊·桑塔格：《关于"坎普"的札记》，载苏珊·桑塔格《反对阐释》，程巍译，上海译文出版社 2011 年版，第 317 页。

③ Barry Day and Tony Ring，*P. G. Wodehouse "In His Own Words"*，London：Hutchinson，2001，pp. 150，157.

④ ［美］苏珊·桑塔格：《关于"坎普"的札记》，载苏珊·桑塔格《反对阐释》，程巍译，上海译文出版社 2011 年版，第 314 页。

⑤ Liam Kennedy，*Susan Sontag：Mind as Passion*，Manchester，New York：Manchester University Press，1995，p. 33.

众文化研究之外的合法性。以"坎普"为代表的新感受力看到了层级文化间不仅存在"外部对抗"，也存在"内部消解"的力量。以此透镜来重新审视伍德豪斯的反讽式幽默的创作，无疑可以更好地看清其强大的消解力量——消解那种根深蒂固的，以一元价值标准评判文化等级的思想。

其次，伍德豪斯的反讽式幽默蕴含着作者对人类的肯定性关怀，它所流露出的坎普趣味正如桑塔格所说，"主要是欣赏、品味的一种方式——而不是评判。坎普宽宏大量。它想愉悦人"；因而它是"一种爱，对人性的爱。一种温柔的情感"。① 以通常的讽刺定义来看，伯蒂－吉夫斯世界中上流社会那些"无所事事"的游戏者，就像雄蜂一样（这就是"雄蜂俱乐部"名称的由来），无疑是被讽刺嘲笑的对象。但这就如同以纯讽刺视角观照《堂吉诃德》，其得出的结论必然是作者在抨击骑士小说与不切实际的骑士准则。伯蒂的愚蠢是让人发笑的原因，但他对自身荣誉感与不合时宜的骑士精神那种可笑却又异常顽强的坚持，正是吉夫斯一直留在他这个傻瓜身边的原因。实际上，这正是克尔凯郭尔所提到的那种较为罕见的反讽模式，即"说开玩笑的话、开玩笑说话，但把它当真"。这种修辞方式的反讽色彩意味着某种"高贵"，同样源于"愿被理解但不愿被直截了当地理解"。它流行于上层社会，说话者"对于天真一笑置之，把美德看做头脑狭隘，尽管这些人在某种程度上认为天真、美德这类东西还是有价值的"②。也正因如此，反讽式幽默如前所述，采取了一种似乎消解意义的方式，最终却并不指向虚无，而是指向对人类的爱。在这个意义上，伍德豪斯的反讽式幽默也因而成为当代的一种新的"人文主义"。

那么，伍德豪斯是有意"做坎普"（to camp）吗？作家没有明说，笔者更倾向于他是在反讽式幽默的创作中无意间与坎普相契合，从而成为一种甚至更为地道的"坎普"。伍德豪斯的创作激情显然是巨大的，他无时无刻不在写作，以至他自己都戏称自己是"一台写作机器"（a mere writing machine）。作家这样做的目的显然不能归结为纯粹为了赚钱，尤其是

① ［美］苏珊·桑塔格：《关于"坎普"的札记》，载苏珊·桑塔格《反对阐释》，程巍译，上海译文出版社 2011 年版，第 320 页。

② ［丹麦］克尔凯郭尔：《论反讽概念》，汤晨溪译，中国社会科学出版社 2005 年版，第 213 页。

在他已经相当富有又所需极少的情况下。① 创作实为作家不可或缺的生活方式，集中了其几乎全部的生活激情与乐趣。极长的工作时间，很少的娱乐，这种持续一生的苦行僧式的勤奋创作给伍德豪斯带来了无上的快乐，他甚至都有些沉迷于自己所创造的世界，不愿从中出来。他"混合了夸张、狂热及天真"的创作激情，如果不是出自一种"不可遏止、根本无法控制的感受力"，显然难以想象。在这一层面上，他所使用的语言与形式的极尽"铺张"，必然是出自对这种风格极尽的热爱，以至于写作本身对于他来说就是生存。坎普感受力的特点之一即是"体验戏剧化"，在这个意义上，伍德豪斯自己同他的角色一样，也在体验着"戏剧化"。他喜爱自己作为"写作机器"的扮演，同时对他自己所创造出来的"固定的性格"的世界相当着迷。

　　詹姆斯·伍德（James Wood）认为关于伍德豪斯的众多传记至今也未能回答一个关乎文学评论的问题，即何以一个在创作上有着极早熟天分又极努力的作家，要有意避免文学的严肃性？② 从其反讽式幽默创作的坎普性方面，或许可以找到一定的答案。

结　　语

　　"反讽式幽默"的核心在于游戏性地对待一切，却与"笑"并不具有必然的联系。它是一种旨在促进多元视角发展，从而拓宽自由限度的方式。它具备反讽的双重性，在指向别人的同时指向自身。

　　伍德豪斯的反讽式幽默的特征在于，其内容很少负载意义，侧重点几乎完全集中在形式的审美性与游戏性方面。首先，作品本身是作者具有高度主体意识的操控，因而能够构筑起整体性的反讽基调。其次，即使采用传统的喜剧套式，背后一定存在颠覆性的结构。最后，其语言具有高度独立性，时刻存在一种双重指向：它最大限度地进行语言游戏，将语言变成能指的狂欢，将读者注意力吸引至语言本身，却不使其产生排斥感。

---

　　① Barry Day and Tony Ring, *P. G. Wodehouse "In His Own Words"*, London: Hutchinson, 2001, p. 139.

　　② James Wood, "The Moral Baby", *New Republic* 232, March 14, 2005, p. 22.

在内容方面，反讽式幽默作为一种人生观，体现了一种审美化游戏性的态度。它具有强大的消解、解构的能力，最明确无误地消解了悲剧性，体现了坎普性的世界观，将生活等同于戏剧表演。它是一种保持个性化、主体化的审美实践。桑塔格提出，"坎普是现代的纨绔作风"①，伯蒂-吉夫斯系列小说正是大众文化时代新派纨绔子弟们的集中展现，它很可能预示了一种新的生活与审美趣味的发展。而伯蒂们则是王尔德笔下的亨利爵士以及冒充"欧内斯特"（Earnest，"认真"的音译）的两个绅士在新时代文化背景下的延续与发展。伍德豪斯的反讽式幽默用审美游戏的态度，消解了现实道德强加在人们身上的重负，使其读者也得以从现实中游离出来，感受生活多元的可能性。反讽式幽默体现的是对人性的关爱，最终的落脚点在肯定性的方面。

伍德豪斯是表现反讽式幽默的代表性作家。反讽式幽默以形式消解意义的特性，加之其坎普内质挑战了传统的美学价值，这种特点决定了作家被接受的复杂性，对其研究也涉及现代派文学与大众流行文学之间的碰撞。本文对这些问题暂无力涵盖，有待今后的进一步研究。

参考文献

［1］ John Aldridge, "The Lessons of the Young Master", *Selected Stories of P. G. Wodehouse*, New York: Random House, 1958.

［2］ Christopher Ames, "Shakespeare's Grave: The British Fiction of Hollywood", *Twentieth Century Literature* 47, Autumn, 2001.

［3］ W. H. Auden, *The Dyer's Hand and Other Essays*, New York: Random House, 1962.

［4］ Chris Baldick, *Oxford English Literary History*, Vol. 10: *The Modern Movement, 1910 - 1940*, Oxford, GBR: Oxford University Press, 2005.

［5］ John Bayley, *The Characters of Love: A Study in the Literature of Personality*, New York: Basic, 1960.

［6］ Joseph Bottum, "God & Bertie Wooster", *First Things: A Monthly Journal of Religion & Public Life*, October 5, 2005.

［7］ Jan Bremmer, and Herman Roodenburg (eds.), *A Cultural History of Humour*:

---

① ［美］苏珊·桑塔格：《关于"坎普"的札记》，载苏珊·桑塔格《反对阐释》，程巍译，上海译文出版社 2011 年版，第 317 页。

From Antiquity to the Present Day, Cambridge: Polity Press, 1997.

[8] Wallace Chafe, *The Importance of Not Being Earnest: The Feeling Behind Laughter and Humor*, Philadelphia: John Benjamins Publishing Company, 2009.

[9] Alexander Cockburn, *Corruptions of Empire*, London: Verso, 1988.

[10] Claire Colebrook, *Irony*, London; New York: Routledge, 2004.

[11] Joseph Connolly, *P. G. Wodehouse*, London: Haus Publishing, 2004.

[12] Barry Day, and Tony Ring, *P. G. Wodehouse 'In His Own Words'*, London: Hutchinson, 2001.

[13] Frances Donaldson, *P. G. Wodehouse: A Biography*, New York: Random House, 1982.

[14] R. B. D. French, *P. G. Wodehouse*, London: Oliver and Boyd, 1966.

[15] Northrop Frye, *Anatomy of Criticism: Four Essays*, Princeton, Oxford: Princeton University Press, 1990.

[16] Martin M. D. Grotjahn, *Beyond Laughter: Humor and the Subconscious*, New York: McGraw-Hill Book Company, 1966.

[17] Robert Anderson Hall, *The Comic Style of P. G. Wodehouse*, Hamden, Connecticut: The Shoe String Press, 1974.

[18] Matthew Hodgart, *Satire*, New York: World University Library, 1969.

[19] Brian D. Holcomb, "Between Word and Meaning: Wit, Modernism, and Perverse Narrative", Ph. D. diss., Michigan State University, 2010.

[20] Liam Kennedy, *Susan Sontag: Mind as Passion*, Manchester, New York: Manchester University Press, 1995.

[21] Robert F. Kiernan, *Frivolity Unbound: Six Masters of the Camp Novel*, New York: Continuum, 1990.

[22] Roger Kimball, *Lives of the Mind: The Use and Abuse of Intelligence from Hegel to Wodehouse*, Chicago: Ivan R. Dee, 2002.

[23] Magnus Ljung, "The Wodehouse Effect", *English Studies* 56, June 1975.

[24] Colin MacInnes, "Rev. of The Girl in Blue", *The New York Times Book Review* 28, Feb., 1971.

[25] Laura Mooneyham, "Comedy among the Modernists: P. G. Wodehouse and the Anachronism of Comic Form", *Twentieth Century Literature* 40, Spring, 1994.

[26] Frank Muir (ed.), *The Oxford Book of Humorous Prose: William Caxton to P. G. Wodehouse: A Conducted Tour*, Oxford: Oxford University Press, 1990.

[27] J. Kirby Olson, "Klossowskiand Comedy", Ph. D. diss., University of Washington, 1994.

［28］ *Selected and Introduced by John Garey*，Orwell，George，London：Everyman's Liberary，2002.

［29］ Anthony Quinton，*From Wodehouse to Wittgenstein：Essays*，New York：St. Martin's Press，1998.

［30］ Allan Ramsay，"The Green Baize Door：Social Identity in Wodehouse Part One"，*Contemporary Review* 285，December 2004.

［31］ Shlomith Rimmon-Kenan，*Narrative Fiction：Contemporary Poetics*，London，New York：Routledge，2002.

［32］ William Temple，and Jonathan Swift，*The Works of Sir William Temple，Bart：In Two Volumes*，Oxford：Oxford University Press，1731.

［33］ Cornelie Des Tombe，"Wodehouse and Waugh intersecting Satirists"，Ph. D. diss.，University of Waterloo，1982.

［34］ Richard Usborne，*A Wodehouse Companion*，London：Elm Tree，1966.

［35］ William Vesterman，"Plum Time in Nevereverland：The Divine Comedy of P. G. Wodehouse"，*Raritan* 25，Summer，2005.

［36］ Richard Voorhees，J.，*P. G. Wodehouse*，New York：Twayne Publishers，Inc.，1966.

［37］ Evelyn Waugh，and Donat Gallagher（eds.），*The Essays，Articles and Reviews of Evelyn Waugh*，London：The Chaucer Press，1983.

［38］ P. G. Wodehouse，*Aunts Aren't Gentlemen*，London：Arrow Books，2008.

——. *Carry On，Jeeves*，London：Arrow Books，2008.

——. *Much Obliged*，Jeeves，London：Arrow Books，2008.

——. *My Man，Jeeves*，London：Arrow Books，2008.

——. *Thank You，Jeeves*，London：Arrow Books，2008.

——. *The Code of The Woosters*，London：Arrow Books，2008.

——. *The World of Jeeves*，London：Arrow Books，1967.

［39］［丹麦］克尔凯郭尔：《论反讽概念》，汤晨溪译，中国社会科学出版社2005 年版。

［40］［德］本雅明：《发达资本主义时代的抒情诗人》，张旭东、魏文生译，生活·读书·新知三联书店 1989 年版。

［41］［法］波德莱尔：《1846 年的沙龙：波德莱尔美学论文选》，郭宏安译，广西师范大学出版社 2002 年版。

［42］［美］雷纳·韦勒克：《近代文学批评史》（中文修订版）第 2 卷，杨自伍译，上海译文出版社 2009 年版。

［43］［美］诺曼·N. 霍兰德：《笑——幽默心理学》，潘国庆译，上海文艺出版

社 1991 年版。

　　［44］［美］苏珊·桑塔格：《反对阐释》，程巍译，上海译文出版社 2011 年版。

　　［45］［美］韦恩·布斯：《小说修辞学》，付礼军译，广西人民出版社 1987 年版。

　　［46］［苏联］巴赫金：《拉伯雷研究》，夏忠宪等译，河北教育出版社 1998 年版。

　　［47］［英］安德鲁·桑德斯：《牛津简明英国文学史》，谷启楠、韩加明、高万隆译，人民文学出版社 2000 年版。

论《押沙龙，押沙龙！》中
审美的混合生成

潘希子

摘　要：福克纳巧妙地把美国南方文学传统和现代主义艺术技法相融合。他一方面继承了南方文学传统中家庭文学、庄园文学、哥特式小说等传统，并加以创新，同时又对传统的讲故事的方式进行变异，在小说中大胆运用意识流、时序倒错、多角度立体式的叙述策略等，形成了传统与现代混合的美学效果。本文以福克纳的代表作《押沙龙，押沙龙！》为研究对象，探讨福克纳在小说中对南方文学传统的继承及在现代主义浪潮影响下的叙述技法创新所形成的审美效果。

关键词：福克纳；《押沙龙，押沙龙！》；南方文学；现代主义

作为一位美国南方小说家，福克纳是南方浪漫主义传统、理想主义、哥特式风格的代表，他深深依恋着南方已经逝去的历史。同时，福克纳也是现代主义的重要人物，他对意识流形式的运用，使人将他归入乔伊斯、普鲁斯特和伍尔夫的意识流阵营。在福克纳创作中，传统与现代不能截然区分开来，历史的血液仍然在当代人的体内流淌，传统成为现代因素的载体，现代技法也包含着传统的踪迹，传统与现代因素的巧妙融合产生了独特的混合生成的审美效果。

一　南方文学传统题材的继承与反叛

（一）南方家庭小说和庄园生活

深受南方文学传统影响的福克纳在创作时常常以家族为单位，描写家族内部发生的故事，当我们谈论福克纳的作品时，我们首先想到的便是

《喧哗与骚动》《我弥留之际》《沙多里斯》等描写家族故事的小说。但在传统的南方家庭小说基础之上,福克纳又有着明显的反叛。这种反叛体现在对家庭成员,尤其是对父母形象的塑造上,他颠覆了传统家庭小说中"完美"的父母形象;这种反叛还体现在他对庄园生活的描绘上,他笔下也没有传统南方文学中美好庄园生活的情景。

理查德·金说,在传统的南方家庭中,核心人物是父亲和祖父,他们在"南方家庭罗曼司"中处于主导、指挥的地位,是子孙们心目中的英雄。母亲则有双重形象,一方面对丈夫是顺从、温顺、温和的;另一方面,在家庭管理中对待孩子和奴隶,她要展示出能力、主动性和能量。[①]但在福克纳的小说里,父亲和母亲,或者说男性和女性的形象却与此大不相同。

《押沙龙,押沙龙!》中描写最多的一对父母形象就是萨德本和埃伦。萨德本只是需要一个传宗接代的工具,他对米利生出的女儿表示不屑;在与罗沙的交往中他甚至提出先生儿子且能活下来,然后再结婚的要求。不过萨德本尚且还有带着女儿坐马车,带着儿子看与黑人搏斗等体现父亲与子女关系的情节,虽然把小亨利吓得大哭。而埃伦则是一个花蝴蝶般的女性形象,不会关心儿女,说起邦时,仿佛是把他当作没生命的东西。她虽然也带着女儿上街购物,但她更关心的还是她自己,女儿则像她的一件衣服、一个玩偶任她摆弄。萨德本与埃伦这对夫妻也没有什么感情,用罗沙的话说,埃伦对于萨德本只是一件表示自己有着良好身份背景的证明。这样的家庭只有冷漠的家庭关系,而没有传统"南方家庭罗曼司"的任何痕迹。这种差异归因于福克纳对南方传统辩证的继承,他深深依恋着南方,但又与传统的南方保持距离。这种距离使他在看待南方的问题时,不像其他南方作家把家庭浪漫化、理想化,他甚至把南方存在的一些问题放大与扭曲,这是为了让人们更清醒地认识到问题的存在。对父母形象的颠覆性塑造,改变了传统家庭小说的叙事模式,对南方文艺复兴中的小说家们产生了很大影响。此后,南方小说家们笔下的父母都呈现出这一不"美"的特质。

在福克纳的小说中,除了对"南方家庭罗曼司"这种南方家庭小说

---

① Richard King, *A Southern Renaissance: the Awakening of the American South*, Oxford: Oxford Univ. Press, 1980, pp. 34 – 35.

传统模式的反叛，还有对南方文学中美好庄园生活形象的颠覆。与《押沙龙，押沙龙！》在同一年出版的米切尔的《飘》也是描述南北战争和战后重建的小说，同样是描写南方家族的没落，两者却带给我们截然不同的感觉。

从《飘》中我们可以感受到南北战争前的南方农场仍然是一座富有情调的浪漫庄园。而这样的景象在福克纳的小说中并不存在，相反，福克纳小说里的庄园常常是破败不堪的，或者从来就没有修建完工，或者像《押沙龙，押沙龙！》中的庄园一样，在一场大火中化为灰烬。《押沙龙，押沙龙！》中萨德本的庄园隐藏在雪松和橡树丛中，有一百平方英里，还有最肥沃的土地，是杰弗生镇上最大的庄园，它本该是相当雄伟壮观的；也有整整齐齐的花园，散步的小道，野火鸡在房子周围漫游，有时候还会有鹿跑来，这是相当富有田园风情的景象。如果采用浪漫的笔调去渲染，那萨德本庄园丝毫不比塔拉农场或十二橡树村逊色，但福克纳在描写时却非要采用平淡得不能再平淡的语言：房子修好后，没有上漆，没有家具，在三年之后才围上整齐的花园，散步的小道，又三年之后才置办了家具，安装门窗。福克纳抛弃了传统庄园文学的写作风格，也不像米切尔那样贴近自然；萨德本为了这座庄园花了三年又三年，但在读者读来还是觉得这庄园没有什么美感。

（二）神秘的哥特式风格

虽然哥特式小说或哥特式手法存在于整个英美文学中，但它在美国南方文学中显得尤为突出，并且有自己的特点。福克纳笔下的哥特式风格，与传统的哥特式小说中的风格也有着区别。爱伦·坡或霍桑的哥特式小说，会让读者产生强烈的恐惧感，这种恐惧是由对人物、环境的恐怖描写而产生的。但福克纳在运用哥特式风格的时候，并不着重描写恐怖场景，他并没有让读者产生害怕、惊吓的恐惧心理，在福克纳的笔下，甚至连死亡这种最为恐怖的情节，也描写得并不那么恐怖。他甚至不去描写死亡，在他的小说中死亡常常只是简单地带过，或者是通过侧面描写的方式暗示出来。埃米丽杀死了荷默，还和他的尸体同睡了三十年，这些情节都没有由作者直接描写出来，读者是从乡亲们在埃米丽死后，在她的床上发现了另一具尸体这一点推断出来的。《干旱的九月》中对黑人的谋杀和私刑的细节也留出了空白，没有对详情进行描述。在传统的哥特式小说中，这些点正好可以用来大做文章，渲染出恐怖的图景，福克纳却反其道而行之。

福克纳淡化了恐怖，却对神秘感这一点尤为重视，形成了自己独特的哥特式风格。身份不明的人，莫名其妙的谋杀，这些空白使故事更添神秘性，这些神秘事物似乎可以引发出连续不断的叙述。"南方现代哥特体小说的这一极为出色的流派如果没有福克纳便肯定不会实现；他所创造的景观和历史、道德上的忧虑不安的形象哺育了像罗伯特·佩恩·沃伦、尤多拉·韦尔蒂、卡森·麦卡勒斯和弗兰内里·奥康纳这样的一些主要继承者们的作品。……他对南方的传统和法国的现代小说都是一种非常有影响的力量。"①

福克纳在《押沙龙，押沙龙！》中也设置了凶杀情节，但对此并不进行刻意的描写，并不极力渲染痛苦、受难和死亡的恐怖过程。沃许杀死萨德本时只是采用了侧面暗示。"'退回去。你可别碰我，沃许。'——'俺就是要碰碰你，上校'"② 并没有像大多数哥特式小说家那样对凶杀情节进行细致的刻画与描写，福克纳仅用一句话便大大减少了读者在阅读过程中对死亡场景的恐惧感。福克纳的创作在很大程度上受到了爱伦·坡的影响，比如坡笔下的厄舍兄妹与康普生一家之间就存在着某种联系，厄舍兄妹的微妙关系有点像昆丁和凯蒂的关系，也有点像亨利和朱迪丝的关系。爱伦·坡喜欢在作品中，描写反常行径与病态心理，作品中充斥着大段恐怖或病态人物形象和恐怖场景，但这些描写在《押沙龙，押沙龙！》中很少见。也许我们可以说，福克纳在小说创作过程中有意地使用哥特式手法，并不是纯粹为了创作哥特式小说，而是为了增加神秘感和制造悬念迭起的情节。

小说中含有典型的哥特式场景、人物、事件与情节，因此，有许多学者认为《押沙龙，押沙龙！》是一部典型的哥特式小说。但是这一说法并不确切，除了罗沙小姐那部分，康普生先生和施里夫的叙述则很少带有这种哥特式成分，应该说福克纳在这部小说中并没有为了追求哥特式风格而创作，他采用哥特式手法是为塑造罗沙这一"鬼魂"的形象，是为作品的艺术效果服务的。除了昆丁以外，罗沙是最主要的讲述者，小说从她的

---

① ［美］马尔科姆·布拉德伯利：《美国现代小说论》，王晋华译，北岳文艺出版社1992年版，第118页。

② ［美］威廉·福克纳：《押沙龙，押沙龙！》，李文俊译，上海译文出版社2010年版，第257页。

讲述开头，又以她和昆丁夜访萨德本庄园结束，她贯穿并占据了始终。虽然罗沙的讲述显得有些夸张化、妖魔化，显得并不那么可信，但却是作品全部思想感情戏剧化的表现。从这里我们可以看出福克纳在形式与内容上做到了高度的统一。

二　讲故事的叙事风格

文学语言区别于日常语言：日常语言成为习惯，会自动完成，它快速、省略；而文学语言是设置困难的语言，因为"艺术就是被延缓的快感。"① 传统小说中有对读者直接讲话的习惯，而本雅明《讲故事的人》告诉我们讲故事这种叙述方式近在眼前时已不具有现实的功效。福克纳生活前后的时代所写的重要的小说中，少有写故事的，普鲁斯特的作品中没有，乔伊斯的《尤利西斯》中也没有，虽然都是在语言方面的革新之作，《押沙龙，押沙龙！》和福克纳的大部分作品却仍然在写故事。在福克纳的许多作品里我们仍然可以看到那种讲故事式的娓娓道来的叙述方式，他的作品带有明显的口述性，不同于大部分现代主义小说，福克纳并没有把叙述者隐藏起来，他小说中的叙述主体是明确的。

在《押沙龙，押沙龙！》中作者就安排了四个叙述者：罗沙小姐、康普生先生、昆丁和施里夫，他们轮流讲述故事，转述经历。同时书中经常会出现"听说……""正如科德菲尔德小姐告诉昆丁的""萨德本告诉昆丁的爷爷""康普生将军告诉他的儿子"等带有鲜明的讲述特征的词语，这是最古老、最传统的家庭叙述模式。转述故事的特点正是既缓慢，又漫长，就像《一千零一夜》中给国王讲故事，只讲开头和中间，结尾要等到第二天才讲，目的是靠这种缓慢推延死刑的执行。实际上在《押沙龙，押沙龙！》中，讲故事的叙事方式起到的是隐藏答案、制造悬念的艺术效果。在《押沙龙，押沙龙！》中，福克纳并没有遵循传统的一个权威人物讲故事的模式，而是安排了四个人物从四个角度共同讲述萨德本家的故事，是经过变异的讲故事的风格。每一个人的讲述都是极其主观的，信息也是片面的，加上了大量的揣测与臆断，营造出不到最后不知结果的氛围；四个人的讲述是交替进行的，加入了大量的心理描写，把对话和心

---

① ［苏联］什克洛夫斯基：《散文理论》，刘宗次译，百花洲文艺出版社 1994 年版，第 80 页。

理描写融合到了一起。这些都是传统小说讲故事时没有的。

采用几个人交替讲故事的手法是为追求情节冲突服务的。例如，罗沙在讲述的过程中会被昆丁的心理活动打断，接下来将要讲述的故事就被中断了，于是接下来将会发生什么构成一个悬念，成为吸引读者的关键。这里就像萨特所说的是"一个照明强度的问题。有一个秘诀：不说穿，保守秘密，或者不忠实的保守秘密——稍微透露一点"①。越是应该立刻真相大白的事和越是读者想了解的事，越是要慢慢地展现出来，但是在揭晓秘密之前，先透露出一点。在《押沙龙，押沙龙！》的一开始福克纳就把故事将要发生的事情预先透露出来，这样就把最终要解决的问题开门见山地摆在主人公和读者的面前，使读者把目光都投射到这个焦点上来，看着这几位叙述者怎样讲故事，故事的结果到底如何。虽然这种不忠实的保守秘密会在某种程度上干扰读者发现最终结果的阅读期待，但是却能营造出另一种"卖关子"的效果，引导读者的阅读期待。这种对延续的兴趣和对结尾的期待，对小说来说是最典型的东西，为了尽可能地保留真相，作者要在小说中设置许多阻滞因素来延缓情节的发展，如叙述者的转换、重复，或插入大量的心理描写，等等。

每当我们急于知道下文时，我们却只能看到一些用长时间精细描述的动作。小说提出了一个问题，为什么罗沙小姐要找昆丁谈话。昆丁对此也感到诧异，罗沙小姐自己解释了，昆丁却并不信服；康普生先生也猜想了这个问题，但是最终也没有得出结论；就像邦的身份究竟是怎么样的，也同样没有结论。罗沙小姐想要告诉昆丁的这个故事起了个头却还是没有真正开始。虽然福克纳在讲故事，但他有意识地把故事讲得复杂一点，与传统小说中那样清晰直接的讲述手法有所不同。

我们知道小说最初诞生于旅途中，或是篝火旁。《坎特伯雷故事》就是一群人在朝圣途中各自讲述故事，为平淡的旅途增添乐趣；《十日谈》是一群人在逃难时，躲避在郊区里，以轮流讲故事的方式打发难熬的时光；《一千零一夜》中所讲的故事一定要能吸引住国王的注意力，这才能保住性命。因此小说讲不寻常的事，往往还会涉及隐私，想知道别人是怎么生活的。《押沙龙，押沙龙！》正是这样一个试图揭开萨德本家族秘密的故事，这一核心情节无疑能调动起读者的好奇心，他满足了读者窥探其

---

① ［法］萨特：《萨特文论选》，施康强选译，人民文学出版社1991年版，第1页。

隐私的兴趣，因为讲故事的人要把听众留在身旁。作家要维持住读者的兴趣和耐心，让读者不从篝火旁走开，就必须使用各种技巧。作家要根据不同的情况变换叙事视角，并且变换语式。《押沙龙，押沙龙!》中的四位叙述者，由于各自的所处角度不同而对萨德本的故事给出了不同的描绘，同时他们所采用的语式也各不相同。罗沙的语言激动，言辞夸张；而康普生先生的语言则显得客观、理性。《押沙龙，押沙龙!》中充满了各种各样的谜，几位叙述者不断地试图解谜，去"发现"，其中最核心的谜就是查尔斯·邦的身世，它是解释萨德本为什么否决朱迪思和邦的婚事、亨利为什么把邦枪杀的根本原因。

重复是福克纳延缓故事发生节奏的另一种惯用手法，每一位读者在这部作品中都能感受到那些没完没了的复述段落。

> 在那个漫长安静炎热令人困倦死气沉沉的九月下午（the long still hot weary dead September afternoon）从两点刚过一直到太阳快下山他们一直坐在科德菲尔德小姐仍然称之为办公室的那个房间里因为当初她父亲就是那样叫的——那是个昏暗炎热不通风的房间（a dim hot airless room）四十三个夏季以来几扇百叶窗都是关紧插上的因为她是小姑娘时有人说光照和流通的空气会把热气带进来幽暗却总是比较凉快，而这房间里（随着房屋这一边太阳越晒越厉害）显现出一道道从百叶窗缝里漏进来的黄色光束其中充满了微尘在昆丁看来这是年久干枯的油漆本身的碎屑是从起了鳞片的百叶窗上刮进来的就好像是风把它们吹进来似的。①

这是作品开篇的第一句话，中间只有一个逗号，这种多个形容词并置和看似没完没了的冗长句式，是福克纳长篇小说的语言特色之一。海明威对自己的文字总是大刀阔斧，删减到只剩很少一些，因果连词和比喻也尽可能少用，以达到简洁有效，而福克纳则是通过添词加句这样滚雪球的方式来造句。福克纳的这种做法违反了我们日常的句法规则和简明晓畅的阅读习惯，读者往往无法一下子就找出句子的主干，而是通过反复的阅读才能明白作者所描写的是一间屋子。

---

① William Faulkner, *Absalom, Absalom*!, New York: Penguin Books, 1951, p. 5.

福克纳讲故事的语言是特有的，他在创作中有意地排除那种简单的叙述风格，采用这种特有的冗长句式和使用大量方言实际上是实现他艺术效果的一个重要途径。因为福克纳想把所有的信息都灌注在一句话里，这种句式让我们很容易联想到这整部小说也恰似这样的句式。罗沙、康普生先生、昆丁和施里夫也像一连串形容词，采用多个叙述者描述同一个故事就是整部小说最大的重复。整部小说讲的就是罗沙的、康普生先生的、昆丁的、施里夫的关于萨德本的故事。沃伦·贝克在《威廉·福克纳的文体》中认为福克纳创作小说时，诸如词语重复、句式冗长、运用口语等看似缺点的地方，实际上正体现出了福克纳文体的特点。[①]

三　时空交叉的四重奏

现代主义的许多作品中，看似破碎的结构并不等于没有结构，甚至通常都很讲究结构，《押沙龙，押沙龙！》正是这样的一个典型例子。《押沙龙，押沙龙！》中的结构布局看似颠倒错乱，意义和结构都是开放式的，实际上是福克纳有意为之。时间和空间是小说中两个重要的要素，凭借着福克纳对时间和空间特有的认识，在小说《押沙龙，押沙龙！》中形成了一曲时空交叉的四重奏。结构是长篇小说的生命。吸引读者的不仅仅是抓住读者好奇心的讲故事的叙述方式，不仅仅是需要读者发挥智力去寻找的神秘的故事线索，《押沙龙，押沙龙！》中时空交叉的、立体的、层叠式的结构，同样能激发读者的审美情趣。

时间与空间作为小说的两个基本要素是密不可分的，也很难截然分开。福克纳在处理时空问题时主要采取两种途径：第一种是以时间的流逝为主要标志，从小说的整体上来看，通过时序的颠倒交错，把过去和现在、神话和现实等不同的时间层面交织在一起，使一连串在一个相当长的时间跨度内发生的事情在一个相对固定的空间内呈现出来；另一种则是以空间的不断转换为主导，时间的流逝变得相对缓慢了，成为空间的载体。小说在时间和空间上的相互转化，形成了时空交叉的立体结构。在《押沙龙，押沙龙！》中，时间是起着根本作用的，它不仅展现了作者作为意识流小说的代表人物的高超的现代主义技巧，还是作者作为一名"南方

[①]　参见李文俊选编《福克纳评论集》，中国社会科学出版社1980年版，第97页。

人"的保守的"向后看"的历史意识的体现。

福克纳在小说中一而再，再而三地刻意地在事件发生的时间上做文章。什么时刻，什么日子，乃至于什么季节都是《押沙龙，押沙龙！》中会反复出现、强调的细节。《押沙龙，押沙龙！》中的情节并不是按照传统叙述中的时间来渐进发展的，因为线性的讲故事的方法，必然会把时间分为过去、现在和将来，而福克纳笔下的大多数人物都一直活在过去中。《押沙龙，押沙龙！》的整部小说可以称为"回忆"的小说。一方面，回忆作为一种精神遗产，可以代代相传；另一方面，回忆是人类意识中的一个重要部分，回忆的特点正是捉摸不定的、跳跃的，这种意识的无条理性是我们正常和异常心理状态所共有的特点。闻到信笺上有着紫藤花的香气，可以把我们的思绪带回到上次在紫藤花架下谈话的场景；看见桌上摆放的蛋糕，可以引发我们童年吃蛋糕的记忆。正是由于萨德本家族故事的内容全部都由回忆组成，这样就为叙述时间带来了自由，叙述者们可以在回忆中任凭自觉的意识流动来重新组织时间和秩序，也就产生了《押沙龙，押沙龙！》中多层次时间相互交错、倒错的效果。在小说中，几位叙述者的回忆并不是一堆无意识的描写堆砌，而是一种具有叙述连贯性和严密情节结构的非常有个性的陈述。可以说福克纳的小说在看似无计划中有一个非常精密的计划。

福克纳在他的小说里赋予了时间向四周延伸的任意性，完全打消了时间、空间上的距离，把不同时间、不同地点的人和事放置在一起，于是，过去和现在被融合在一起。第一章中罗沙的叙述线条不断被打断，中间插入昆丁的内心独白和昆丁与康普生先生的谈话；第二章则完全变成了康普生先生的讲述，直到第五章才又回到罗沙小姐的叙述上。这种方式可以用来保持读者对结尾的期待，维持读者的阅读兴趣，因为罗沙的故事讲了一半，还没讲完，夜访百里地的情景甚至直到最后一章才由昆丁揭晓，把悬念保持到最后。这种手法，要求读者通过重新建构来拼凑出事件发生的先后顺序，激发了读者在阅读过程中的主动性。

小说的本性就要求改变简单的时序，打破连续性，以保持读者对结尾的期待，而这一点在现代小说中越来越受到重视。通过打乱时间来展现人物的内心矛盾与混乱的情感，这造成了《押沙龙，押沙龙！》在情节发展上被阻滞、被减缓。不过福克纳与乔伊斯、伍尔夫等现代主义作家在创作技法上存在着一些区别：福克纳的故事之间大都存在着历史的联系，现代主义的作家常常只是讲述一天发生的故事或者是"瞬间"的感受，伍尔夫就喜欢把许多琐细的事件放置在一个固定的并且是相对短暂的时间框架之内，这种做法更加凸显外在的时间刻度和内在的时间意识之间的差别。而福克纳笔下的时间则跨度比较长，而且会有始有终地讲述某个人物从出生到死亡，《押沙龙，押沙龙！》所描述的时间从1807年萨德本出生一直到1909年亨利葬身火海，时间跨度长达102年。

小说的第二、第三、第四章，即康普生先生讲述的章节，时间相对变得缓慢。福克纳在这里毫不吝啬地安排了三章的篇幅，而小说中的现实时间却仅仅是晚饭后的几个小时，此时的时间变成相对凝固的参照物。叙述一开始空间便从庭院的前廊上迅速切换到昆丁哈佛大学的寝室，此时的时间已经随着空间的转移而被带到了五个月后，随即又转移到1833年教堂的广场上，又转到了霍尔斯顿旅社的廊子上，时间也来到了萨德本第一次来到杰弗生镇的时候，之后空间位置又转移到了萨德本百里地。在这一段中，空间位置快速切换，随着空间的转移也带动了时间的转移，如同电影里的蒙太奇手法。康普生先生在叙述亨利、朱迪丝和邦的三角关系时，福克纳同样也采用了这种以空间转换的形式来处理时间变化的方法。如果说罗沙讲述时给读者带来的混乱是来自时间的倒错，那么在康普生先生讲述中不断扩大空间的变化范围，也使得他的叙述变得扑朔迷离。

空间感在小说中的表现主要是通过对外部环境的描写体现出来的。整部小说分为九章，每一章都以环境描写开头，这样的做法在现代主义小说领域里已经很少见，但是在早一些的小说家，诸如劳伦斯等人的作品中，这样的手法却是被广泛运用的。如在小说《查特莱夫人的情人》中，读者仅仅通过阅读环境描写的片段，就能了解整个故事的走向。环境描写在这里不仅暗示了小说中人物的性格，还暗示着故事情节的发展变化。我们仔细对照一下《押沙龙，押沙龙！》中每一位叙述者的叙述环境及叙述风格，就能发现其中暗合了经典交响乐的结构。

罗沙小姐的叙述环境是一个昏暗炎热又不透风的房间，而且是炎热的九月的下午两点，这是夏季一天中最难熬的时间。在萨德本的故事中，罗沙小姐是唯一一个真正经历过，而且也最富有冲动和激情的演讲者，她用阴郁、沙哑的嗓音说个不停，她的出场使这首四重奏以快速激昂的节奏开场。

康普生先生开始讲述时已经是晚饭后了，这时天气已经凉了下来，康普生先生和昆丁坐在前廊上，四周充满了紫藤花香气和雪茄的味道，不远处的草坪上还有萤火虫飞舞。作者在这时就使用了较为浪漫的环境描写来开篇，这种柔和的气息使得康普生先生的叙述也显得慢条斯理、心平气和，与之前罗沙的叙述形成鲜明的反差。到这里音乐的节奏渐渐舒缓了下来，由刚刚鸣奏曲式的快板转变为慢板。到第五章的时候，叙述者又回到了罗沙小姐的身上，快板、慢板、快板，在此处形成了一个变奏。

从第六章开始，小说中的"现实"转移到了哈佛大学的寝室里。施里夫的大衣袖子上有雪，告诉我们此时已经是冬天，十一下钟鸣后又过了些时候。谈话开始时，施里夫不断追问，同昆丁展开了激烈讨论，时间越来越晚，温度也越来越低，环境的严寒与施里夫和昆丁的谈话相呼应，争论逐渐变成了冷静的思考与交谈。与罗沙小姐和康普生先生的叙述相比，昆丁和施里夫谈话的节奏显得更适中，因为施里夫来自北方，作为局外人，他更加能以脱离南方传统的眼光去看待南方的事物，他和昆丁的谈话使得萨德本家族的故事向更深层次进行挖掘。随着交谈的深入，故事正变得越来越清晰，将结局推向另一个高潮，字面上语言表达是冷静的，故事的节奏却越来越快。"'我不恨它，'昆丁说，马上立刻脱口而出；'我不恨它，'他说。我不恨它，在寒冷的空气里，在铁也似的新英格兰黑暗里大口喘气：我不。我不！我不恨它！我不恨它！"七个"我不"或"我不恨它"是昆丁内心挣扎的最强烈的表达，似交响乐在尾声时高音层层递进，把情绪不断推向高潮。

福克纳在《押沙龙，押沙龙！》中保留了在小说中讲故事的传统方式，可见他在思想上和叙事追求上是偏向于传统的；同时，他在小说里设置情节冲突，增强故事性，这与现代主义小说中淡化情节的倾向也是相悖的。而他在《押沙龙，押沙龙！》中大胆运用时序倒错的叙事手法、意识流的创作手法、多角度立体式的叙述策略等创新技巧，又表现出了一位现代作家勇于探索、不断创新小说技巧的革新精神。可见，小说中南方文学的传统题材中有着现代的发展，创造性技法的运用同样是服务于传统题材和传统的叙事追求的，他把我们熟知的传统南方故事用现代的艺术手法展现出来，从而混合生成了独特的审美效果。这种结合不仅体现在他作品中对南方文学传统的吸收和运用上，同时也体现在他与当代其他意识流作家的交流与吸引上，还体现在他在传统与现代作家之间架起了一座桥梁上。

福克纳把传统与现代相结合，他的创作对后世作家产生了深刻的影响，福克纳又成为一个新的传统。

参考文献

[1] David Paul Ragan, *William Faulkner's Absalom*, *Absalom*！：*A Critical Study*, Ann Arbor：UMI Research Press, 1987.

[2] Irving Howe, *William Faulkner*：*A Critical Study*, Chicago：Ivan R. Pee Publisher, 1991.

[3] Richard Chase, *The American Novel and its Tradition*, London：The Johns Hopkins University Press, 1957.

[4] Richard King, *A Southern Renaissance*：*the Awakening of the American South*, Oxford：Oxford Univ. Press, 1980.

[5] Rimmon Kenan, *Narrative Fiction*, Cornwall：TJ International Ltd. , 2002.

[6] William Faulkner, *Absalom*, *Absalom*！, New York：Penguin Books Ltd. , 1951.

[7] William Van O'Connor, *Modern American Novelists*, New York：Washington Square Press, 1973.

[8] [德] 汉娜·阿伦特编：《启迪：本雅明文选》，张旭东等译，生活·读书·新知三联书店 2008 年版。

[9] [美] 马尔科姆·布拉德伯利：《美国现代小说论》，王晋华译，北岳文艺出版社 1992 年版。

[10] 李文俊编选：《福克纳评论集》，中国社会科学出版社 1980 年版。

[11] 马大康、叶世祥、孙鹏程：《文学时间研究》，中国社会科学出版社 2008 年版。

[12] [苏联] 巴赫金：《小说理论》，白春仁等译，河北教育出版社 1998 年版。

[13] 瞿世镜编：《意识流小说理论》，四川文艺出版社 1989 年版。

[14] [法] 萨特：《萨特文论选》，施康强选译，人民文学出版社 1991 年版。

[15] [苏联] 什克洛夫斯基：《散文理论》，刘宗次译，百花洲文艺出版社 1994 年版。

[16] 苏宏斌：《现代小说的伟大传统》，浙江文艺出版社 2004 年版。

[17] [美] 威廉·福克纳：《押沙龙,押沙龙!》，李文俊译，上海译文出版社 2004 年版。

[18] [美] 希利斯·米勒：《小说与重复》，王宏图译，天津人民出版社 2008 年版。

[19] 肖明翰：《威廉·福克纳研究》，外语教学与研究出版社 1999 年版。

［20］肖明翰：《〈押沙龙，押沙龙!〉的多元与小说的"写作"》，《外国文学评论》1997 年第 1 期，第 53—61 页。

［21］［古希腊］亚里士多德、［古罗马］贺拉斯：《诗学·诗艺》，罗念生、杨周翰译，人民文学出版社 2008 年版。

［22］［美］詹姆斯·费伦主编：《当代叙述理论指南》，申丹等译，北京大学出版社 2007 年版。

现代主义诗歌研究

论狄兰·托马斯诗歌的现代主义特色及其本土化因素

李彬彬

摘　要：狄兰·托马斯是 20 世纪英国最有影响力的现代主义诗人之一，其诗歌兼有玄学派神秘主义、哥特式风格、威尔士游吟诗传统，同时以强烈的语言本体性而与现代主义、超现实主义接轨。他以混合、杂糅、实验性的边界写作方式，创造了一种独特的地方超现实主义，形成对中心与进步的反叙事。他通过词语游戏力图恢复词与物的原初联系，给予能指以高度的物质性与自治性，使得言意脱节的现代语言重新恢复召唤事物的魔力。他通过对威尔士本土因素的神话化、变形，创造出一种超越威尔士性与民族主义的威尔士现代主义，为现代主义的多样性增添了浓墨重彩的一笔。

关键词：狄兰·托马斯；超现实主义；本土化因素

狄兰·托马斯（Dylan Thomas）是 20 世纪最有影响力、最杰出的现代主义抒情诗人之一，也是威尔士唯一真正意义上的现代主义诗人。托马斯生于 1914 年，在 20 世纪 30 年代成为诗人，当时正值经济衰退、法西斯主义抬头、大战将临之际，作为对社会形势的激进反应，以奥登为代表的诗人建立了一种非实验性、推理的、左翼政治的诗歌标准，他们关注政治、社会现实，追求客观简明的新闻体风格，托马斯则逆其道而行之。一方面，其第一本诗集《诗 18 首》（*18 Poems*）（1934）甫一出版，就以高度主观性、浓厚抒情色彩、颇为晦涩的诗风引起诗坛瞩目，其赞誉与支持者中不乏伊迪斯·西特韦尔、赫伯特·里德、威廉·燕卜逊、C. D. 刘易斯、斯蒂芬·斯班德这样的名人。另一方面，对托马斯作品的质疑也从来没有停止过，由于其早期诗歌多以自我、生殖、儿童时代生活为主题，较少一般意义的社会指涉，被指责为"故意晦涩、一心营造私人意象""刻意忽视社会、政治责任"，他本人也被冠之以"一位虚伪的诗人，其夸夸其谈观之听之令人印象深刻，但根本无法传达连贯经验"。①

对托马斯诗歌的客观评价，最终要回到他与现代主义的关系中来。现代主义作为一种由许多具有类似创作手法的派别汇成的文艺思潮，其中既有 T. S. 艾略特这样盎格鲁的、受过津桥高等教育的、右翼的古典主义者，也包括托马斯这样地方主义的、无学术背景的、左翼的"自由主义者"，这充分说明并不存在一个统一的现代主义。对托马斯诗歌的攻击来源于上述民族、教育、阶级背景差异，更多是针对其诗学及美学原则，20世纪 30 年代诗歌从内在、主观主义向外部现实和决定论转变，标志着盛期现代主义（High Modernism）正在被新的文学样式所取代，托马斯"超越时间与空间的自省"② 与回潮的现实主义认识论，其标志性哥特式风格的"过度"与战后福利国家运动派的奥古斯丁主义（Augustanism）发生冲突，也就不以为奇。

本文试从狄兰·托马斯诗歌的超现实主义特色、现代主义语言创新、本土化因素书写三个方面，论述其独创性在于承袭现代主义诗学原则并对其加以改造，兼收并蓄玄学派神秘主义、哥特式风格、威尔士游吟诗、象征主义音乐性等传统，以一种混合、杂糅、实验性的边界写作方式，致力弥合灵与肉、词与物、人与自然的鸿沟，创造出一种独特的哥特超现实主义与威尔士现代主义，为现代主义文学的多样性与丰富性增添了浓墨重彩的一笔。

一 哥特超现实主义：对进步的反叙事

现代主义主要标志之一就是对非理性主义的推崇，从这个角度上，超现实主义被认为是现代主义的一种极端表现，被指为其中的先锋派。超现实主义奉弗洛伊德学说为圭臬，狄兰·托马斯从不否认自己受弗洛伊德的影响，在接受《新诗》（New Verse）采访时，他声称诗歌的使命是"剥光

---

① Hermann Peschmann, *Dylan Thomas, 1912 – 1953: A Critical Appreciation*, English, Sept., 1954, 10, pp. 84 – 87.

② Jacob Korg, *Dylan Thomas*, New York: Twayne Publishers, 1992, p. 1.

黑暗带来净化"①，"我运用诗歌手段去解释作用于所有人的同样的原因与力量"②。在对精神分析学说的激进运用方面，托马斯与超现实主义者殊途同归，通过发掘和探索人的心理现实即"更高的现实"，以"解决人生的主要问题"，但托马斯认为他的诗不是出于自动写作，因而也就不是超现实主义。

托马斯的否认是对超现实主义普遍错觉的一个反映，事实上超现实主义作为一种现代艺术思潮，涵盖一系列复杂的文学、艺术实践活动，自动写作只是超现实主义诗歌实验的尝试之一，布勒东就曾在 1932 年说过："我们从来没有声称任何一篇超现实主义的作品是自动写作的完美范例……一般来说存在着诗歌的安排方面最低限度的导向。"③ 沃尔福德·戴维斯认为，严格意义上的超现实主义并非由意象的种类而由意象之间的关系来定义，其效果来自对不加选择的、不合理的意象加以并置引起的震撼。超现实主义者不允许对意象进行选择、控制和扩展，托马斯却热衷于精心打造一切使之服从于诗歌形式的审美需要。④ 这个看法有一定道理，但不能因此否定托马斯诗歌特别是早期诗歌的超现实主义性质。

与其完全否认，不如承认托马斯在法国影响之上创造了一种本土化的超现实主义。克里斯·威金顿指出，超现实主义与玄学派诗人狂热混杂的意象有密切关系，托马斯作为邓恩的热心读者，完全有可能探索上述的相似点。以打造一种部分超现实主义的玄学派诗歌风格（semi-surealised metaphysical mode），一种哥特模式，一种被边缘化的、迟来的威尔士现代主义。⑤ 17 世纪批评家塞缪尔·约翰逊曾指出，玄学派的性质是一种和谐的不和谐：把截然不同的意象结合在一起，从外表绝不相同的事物中发现隐藏着的相似点。这与超现实主义的奇特意象并置类似，特别是邓恩更

---

① 转引自北岛《时间的玫瑰》，中国文史出版社 2005 年版，第 308 页。

② Constantine Fitzgibbon, *The Life of Dylan Thomas*, Boston: Atlantic, 1965, p. 143.

③ 转引自［法］马塞尔·雷蒙《从波德莱尔到超现实主义》，邓丽丹译，河南大学出版社 2010 年版，第 234 页。

④ Wlford Davies, "The Poetry of Dylan Thoma: Welsh Contexts, Narrative and the Language of Modernism", *Dylan Thomas*, eds. John Goodby and Chris Wigginton, New York: Palgrave, 2001, p. 117.

⑤ Chris Wigginton, "'Birth and Copulation and Death': Gothic Modernism and Surrealism in the Poetry of Dylan Thomas", *Dylan Thomas*, eds. John Goodby and Chris Wigginton, New York: Palgrave, 2001, p. 88.

长于此道，如有名的以"圆规""跳蚤"比喻情爱的例子。托马斯不仅承袭了玄学派的这种意象设置方法，更将其对怪诞、恐怖的宗教狂热一以贯之，这与个人癖好不无关系，托马斯曾声称自己"喜欢蠕虫和腐败"，"宁可做一个解剖学家或停尸室的管理员"①，但更多是出于一种诗学原则，"我的晦涩是一种相当不时髦的东西，它建立在事先想好的象征体系之上，这个象征体系来源于人类解剖学的宇宙意义（the cosmic significance of human anatomy）"②。

　　除此之外，托马斯对玄学派、哥特传统的继承也有其特定的社会背景。如托尼·康兰指出，"现代主义在威尔士对怪诞（grotesque）最感到宾至如归。正是在那儿现代主义典型地自我呈现，在桑德斯·利维斯（Saunders Lewis）的作品中与在卡拉达克·伊文思（Caradoc Evans）、托马斯的作品中一样。怪异性的噩梦构成中产阶级拒斥威尔士行为方式与道德标准（buchedd）的基础，他们被其伪善和狭隘所窒息"③。哥特式怪诞在威尔士现代主义中大行其道，与当时威尔士社会现状息息相关，大萧条使已经居高不下的失业率达到32%，直到20世纪30年代末都围绕这一数字上下波动，随之而来是生活条件的不足与贫瘠，恶劣的生存环境与不断加大的社会阶级鸿沟。④ 托马斯本人的家庭环境虽保证他有相对舒适的生活，但16岁辍学后当记者走街串巷的经历，使他对普遍的社会苦难印象深刻。早期诗集如《诗18首》和《诗25首》（25 Poems），充斥怪诞、恐怖的哥特化意象，幽灵、尸体、蠕虫、蛆虫、坟墓、伤口、动物死尸、癌症、曼德拉草、绞刑架等意象交相辉映，散发着腐烂与必死的气息，从某种程度上说这是对南威尔士死气沉沉、哀鸿遍野的社会环境的潜意识折射。

　　与超现实主义对梦境这一潜意识素材的利用相呼应，托马斯早期诗作有很多哥特风格的梦境叙述，像一个个挥之不去的幻影，似是白日噩梦在黑夜的延续。如《我与睡眠结伴》（I fellowed sleep），第一节就表明这并不是一个愉快的梦，因为诗人流下了"时间的泪水"（"the tear of time"），诗人这个现代伊卡洛斯以"登机的脚跟"（"planing heeled"）

①　Dylan Thomas, *The Collected Letters*, ed. Paul Ferris, London: J. M. Dent, 2000, p. 160.

②　Ibid., p. 122.

③　Tony Conran, *Fontiers in Anglo-Welsh Poetry*, Cardiff: University of Wales Press, 1997, p. 113.

④　参见［英］肯尼斯·O. 摩根《20世纪英国：帝国与遗产》，宋云峰译，外语教学与研究出版社2008年版，第157页。

"沿自己飞翔"（"flew along my man"），这个动力学意象使人意识到连梦境这个"远离众星的国度"，也躲不开工业文明的萦绕。诗人与遇到的一个"幽灵的他者"（"a ghostly other"）谈话，提到"我父亲们的球体"（"My fathers' globe"），这个球体不太可能是天堂，因为"我们践踏的这块土地上也有天使般的恶棍"，这似是对造成一切贫瘠、荒芜、饥饿的元凶——资本主义工业文明、大不列颠帝国的剥削掠夺行径的指斥。在诗歌最后一节中，意象变得更加血腥和恐怖：

> 时间的阶梯向着太阳生长，
> 每一级都鸣响爱或此前之爱的遗失。
> 每一寸都受到人血的嘲弄。
> 一个年迈的疯子还在他的幽灵中攀登，
> 我父亲们的鬼魂在雨中攀登。

如艾略特在《四个四重奏》中写到的"向上的路和向下的路是同一条"，去往天堂之路也通往地狱，"我父亲们的鬼魂"（"My fathers' ghost"）、诗人和"幽灵的他者"，更像是对圣父、圣子、圣灵的"三位一体"的戏仿，他们同在一个梦的国度里、在洒满"人血"的阶梯上攀登的身影重合，这的确是一种莫大的"嘲弄"（"monkeyed"），暗指资本主义工业文明"吸血鬼"的本质。相比之下，另一首梦境诗《我梦见我的创生》（I dreamed my genesis），可视作一次通过自由联想进行的自我分析，以揭示时代给个人心理造成的巨大创伤。第一节写到在一场噩梦中诗人梦到了自己最初的出生："在睡眠的大汗中我梦见我的创生/击穿旋转的壳，像发动机一样强壮/钻穿钻头上的肌肉，驶过/幻象与柱梁般的神经。"这是一种有别于正常方式的诞生，以工业化意象喻出生之艰难，第二次创生的情形更可怕：

> 我梦见我的创生并且再一次死去
> 榴霰弹在行军的心里爆炸，
> 缝合的伤口的洞和血块凝结的风，
> 使死亡在吞吃空气的嘴巴上保持沉默。

诗人以超级现实主义的笔触描绘了战争给人特别是青年人造成的创伤，这些"从血污中降生又回到血污中的孩子"①，冲破子宫与产道那钢铁般的阻碍得以诞生，最终却死于真正的钢铁的力量，如布勒东言及"整个共和国被打发去铸铁炼钢，好叫你最精心制造的东西回过头来朝着你的脑袋发射"②，这就是工业文明与战争机器的愚蠢、恐怖与无稽。

在早期诗歌《我看见夏天的男孩》（I see the boys of summer）中，开篇就提到"我看夏天的男孩正在毁灭"：这些"光的男孩"，用以"喂养神经"的是"太阳中怀疑与黑暗的冷峻之线"（"in the sun the frigid threads/Of doubt and dark they feed their nerves"）和由"臂板信号机"（"semaphore"）的电子脉冲所勾画出的"信号月"（"the signal moon"），他们毁灭的根源正在于冷酷无情的机械力量对自然、对作为创造力和想象力源泉的活的生命的压抑。他们的命运，无非是成为"无足轻重的男人"（"men of nothing"）——南威尔士山谷与下等酒吧中常见的贫穷的矿工：

> 我们是黑色的否定者，让我们
> 从夏天的女人召唤死亡，
> 从濒死痉挛的情人召唤强健的生命，
> 从被大海冲刷的仙人尸体
> 召唤出戴维灯上那眼睛明亮的蠕虫。

为了将"戴维灯"（"Davy's lamp"）——一种采矿工专用的照明灯点亮，就要从那些被海妖的歌声所吸引、葬身海底的死者身上"召唤"燃油/石油（oil）。这如同矿工在黑暗的地下挖掘同样由尸体变成的煤，如此危险和艰苦的劳动为的是给人类带来光明。"黑色的否定者"（"the dark deniers"），否定的不是劳动而是工业化的异化劳动。

如同托马斯在《黄昏时候面向圣坛》（Altarwise by owl-light）一诗中写到的——"死亡是一切的隐喻"（"Death is all metaphor"），一切哥特风格的意象无不指向这个终极的恐怖。弗洛伊德认为，与保持生命的爱欲本

---

① Dylan Thomas, *The Collected Letters*, ed. Paul Ferris, London：J. M. Dent, 2000, p. 71.
② ［法］安德烈·布勒东：《第一次超现实主义宣言》，载张秉真等主编《未来主义超现实主义》，中国人民大学出版社 1994 年版，第 352 页。

能相对立的死亡本能，是人类欲望的一种基本结构，"所有生命体的最普遍努力，即回复到无机世界的沉寂中的努力"①。如果没有永生和复活，那么躲避衰老和死亡的最佳方式便是从未降生，托马斯的哥特超现实主义最极端表现是"胚胎诗"，他试图通过想象重建个体在母体中的生活，描绘婴儿出生前的心理状态。如《当我敲击之前》（Before I knocked），一开始描述了受精卵在子宫内的状态，母亲的子宫被比喻为大海，血液被比喻为潮汐，通过脐带吸收的营养被比喻为"葡萄汁"——这个基督教圣餐意象暗示了"我"的"婴儿基督"的身份。"我"宁愿从没有出生，永远留在"我的海"——母体子宫中，而不愿降临人世成为一个具有必死肉体的基督：

> 我生于血肉和幽灵，既不是
> 幽灵也不是人，而是必死的幽灵。
> 我被死亡之羽毛击倒。
> 我注定终要死亡，最后一口
> 长长的呼吸给我的父亲
> 送去他儿子临终基督的口信。

死亡不是在人生的末尾而是在其开端已经埋伏好了，人这种"必死的幽灵"（"mortal ghost"），只需一根"死亡的羽毛"（"death's feather"）就能将其击倒。在弗洛伊德的心理分析中，人出生的行为是第一次焦虑体验，也是一种创伤经验，胚胎诗的隐含愿望就是消除出生这一行为，或者创建第二个子宫，以重返母体那黑暗温暖的庇护所。这个愿望是美好的，但事实是即使在出生前，受苦也不能逃避：

> 还未出生，我就饱尝苦难：
> 噩梦折磨着我，百合般的骨头
> 扭曲成一组活生生的密码。
> 而被肢解的血肉穿过一排排

---

① ［奥］弗洛伊德：《超越快乐原则》，纽约，1950 年，第 86 页，转引自马尔库塞《爱欲与文明》，黄勇等译，上海译文出版社 1987 年版，第 14 页。

> 耸立在肝区的绞刑十字架，
> 穿过脑浆里滋生的荆棘。

"绞刑十字架"（"gallow crosses"），与《时光，一座奔跑的坟墓》（When，like a moving grave）、《二十四年》（Twenty-four years）等诗中反复出现的剪刀（scissors）、裁缝（tailor）、镰刀（scythe）等意象，可视为对阉割焦虑的形象化表达。托马斯对抗焦虑的方式是通过回到婴儿的无性状态来逃避，如《如果我的头伤害了你一根毛发的脚》（If my head hurt a hair's foot）中，母亲对孩子致辞时用的称呼是"我的女儿或儿子"（"my daughter or son"）；《当我敲击子宫之前》中，胚胎形态的"我"自称既是"莫尼莎女儿的兄长"（"brother to Mnetha's daughter"），又是"繁衍生命的蠕虫的姊妹"（"sister to the fathering worm"）。

虽则大量关涉死亡，但托马斯的诗从未陷入绝望，而是以一种神秘主义思想加以调节，这便是自浪漫主义以来对某种类似柯勒律治"生命统一体"的最高同一性的追求，体现为玄学派诗人视宇宙作为一个统一体，一切物质都相互对应的体认，抑或超现实主义者们对万物具有相互关联性的信念。这种观念体现在一系列有机进程（organic process）诗中，如《心灵的气候进程》（A process in the weather of the heart），通过自然进程与身体新陈代谢过程的认同、生命与死亡的转化，产生出一种神秘的自然的宏伟壮丽，而它们又与人的心灵进程息息相关：

> 世界气候的进程
> 化幽灵为幽灵，每个投胎的孩子
> 坐在他们双重的阴影里。
> 使月亮冲入太阳的进程，
> 放下皮肤那简陋的帘幕；
> 心灵放弃它的死者。

肉体毫无疑问是必死的，每一节诗都对此做出了提示，但是它同时又是不朽的，一种对立面互相转化的自然辩证法，"将幽灵变为幽灵"（"Turns ghost to ghost"），"每个投胎的孩子"（"each mothered child"）都坐在生与死的"双重阴影里"（"their double shade"），宇宙变动不居，人的心灵也时刻变幻，每一刻都"放弃它的死者"（"gives up its dead"）而走向新生，如约翰·古德拜指出的，"这种立场将肉体与心灵同等对待，不把生与死看作完全分立的状态，而是将其视为一个不间断的连续性的组成部分"①。

在创作手法上，托马斯吸收了绘画语言、电影语言、黑色幽默等超现实主义常用的写作技巧，从而使哥特化的超现实更具时代感与批判意识。在《我们的阉人梦》（Our eunuch dreams）中，诗人把电影这种发生在白天的梦称为是"无核的"（"seedless"），这意味着它没有生殖力和创造力，就如同那些"黑夜的新娘"（"the dark brides"）和"黑夜的寡妇"，（"the widows of the night"），她们对男孩们的引诱将是毫无结果的。

> 她们的披肩和床单下双脚弯曲，
> 打扮黑暗的新娘，黑夜的寡妇们
> 折叠她们的手臂。
>
> 少女们的阴影，来自于她们的尸布，
> 当阳光消失，她们与蠕虫分开，
> 在床上折断的男人的骨头，
> 被午夜的滑轮逐出了坟墓。

少女们的影像来自"shroud"——它既可做尸布也可做幕布解，从未放映时"折叠手臂"（"Fold in their arms"）的机器，到光线暗淡下来，这些黑暗的少女影像被"午夜的滑轮"（"midnight pulleys"）驱逐出存身的"坟墓"，即拷贝，一场午夜电影之梦就此拉开序幕。

> 在我们这个时代，枪手和他的姘头，
> 两个一维幽灵，在胶片上相恋，
> 对我们的肉眼来说如此陌生，
> 当它们膨胀时，诉说其午夜的琐事；

①　John Goodbye, *Whitman's Influence on Dylan Thomas and the Use of "sidle" as Noun*, Notes and Queries, Mar., 2005, 52, pp. 105 – 107.

　　　　摄影机关闭时，他们匆匆进入
　　　　白昼之下自己的洞穴里。

　　　　他们在弧光灯和我们的头骨间跳舞，
　　　　把镜头强加于我们，远离夜晚放映；
　　　　我们观看阴影接吻或杀人的假象，
　　　　散发着赛璐璐的气味欺骗爱情。

　　"枪手和他的姘头"（"the gunman and his moll"），令人想起当时流行的美国西部电影，暗指电影和留声机这两种现代发明，它们使电影具有栩栩如生的声光效果，但实质不过是在"胶片"（"a reel"）上相恋"两个一维的幽灵"（"two one-dimensioned ghosts"），像吸血鬼一样到了黎明时分就隐藏起来。电影就是一场"阉人梦"，电影情节不过是"阴影接吻或杀人的表演"（"the show of shadows kiss or kill"），"散发着赛璐璐气味的"（"Flavoured of celluloid"）的假象，它们是熟套的、经过技术上预先消化过的影像，人们不需要任何努力就可以理解它，这种以电影为代表的资本主义文化工业对人的想象力和创造力的阉割，其结果就是造就马尔库塞所谓的"单向度的人"（one-dimensioned man）。托马斯本人是一位电影爱好者，但他对电影文化仍持一种批判态度，将其作为充满活力的生活的一个威胁：由电影工业制造出来的人为梦境，在其隐秘模式中是欺骗性和误导性的。

　　十四行长诗《黄昏时分面向圣坛》最常被作为托马斯超现实主义的证据，这首他自称"叙述相当晦涩"的长诗，通过对基督教圣经故事、威尔士民间传说、电影情节加以拼凑戏仿，构成一幅哥特风格的超现实主义拼贴画。第一节即将受难的耶稣被称为"绅士"（"the gentleman"）、一只吃掉曼德拉草的"仙人中的小狗"（"a dog among the fairies"），使本来悲壮的场面变得古怪而滑稽，这个短语也成为某些评论家对诗人本人在现代主义文学中地位的玩笑评价；第五节中，站在极地山上的别针腿（"pin-legged on pole-hills"）天使、西部牛仔般佩枪的天使（"two-gunned Gabriel"）、在袖子里藏牌的职业诈赌者耶稣（"from Jesu's sleeve trumped up the king of spot"），这些特写镜头般的意象，令人想到二三十年代美国西部电影的场景，也是对伦敦这般大都市的嘲弄性描绘；至于一把抓住

"我"头发的"约拿的鲸鱼"（"Jonah's Moby"），可以从1934年1月诗人给朋友特雷弗·休斯的一封信中得到解释，托马斯回忆不久以前自己曾劝好友从忧郁中振奋起来，认识到自己"并非被自我的鲸鱼吞噬的约拿"，他自我剖析道："如果说这种情形不会把我吞噬，那是因为我的自我中心，我的孤岛式的利己主义，它使我可以延迟几天碰到那条鲸鱼。"① 结合前面的意象，这条"自我的鲸鱼"可视为是对大都市中心主义（metro-politanism）的形象化，诗人把自己等同于《白鲸》中的亚哈船长而申明斗志，巧妙实现了对大都市中心主义的抨击与解构。对宗教故事的哥特式超现实主义戏仿，也体现在《救世主》（The Saviour）中，以"比镭更珍贵"（"Rarer than radium"）喻上帝像X射线穿透一切，无人能逃避其细查；以"金色的音符逐渐变乏味"（"the golden note turn in a groove"）喻反复宣讲的布道如同一张坏了的唱片，"多毛的手臂"（"downy arm"）透着幽默，而"谋杀者的呼吸"（"that murdering breath"）则直指国家宗教的战争贩子本质。托马斯表达的是对以教会为代表的有组织宗教的反对，他所倡导的是一种和平主义的爱的宗教，这与超现实主义者的诉求也是一致的。

如克里斯·威金顿指出的，作为一种从地缘政治角度而发的越界之焦虑，哥特超现实主义以过度——无论是意象还是激情的过度——而反抗当时盛行的极简与理性，以一种黑暗的反叙事为启蒙和进步蒙上阴影，而托马斯本人正是凭借这种方式获得事业上的成功，成为现代主义精神革命中的一员主将："如果奥登是在上层率领大部队的勇敢中尉，托马斯则是中坚力量的军士，负责更平民的工兵队伍，引爆统治者下面的地雷；本我与自我合作，打击专制的（和日益法西斯的）资产阶级的超我。"②

二　现代主义语言：从词语中创造诗歌

现代主义的本质是对陈旧的语言形式的创新，对腐朽的思维方式的改变，任何对托马斯与现代主义关系的探讨，必然涉及他对语言的运用。托

---

① Dylan Thomas, *The Collected Letters*, ed. Paul Ferris, London: J. M. Dent, 2000, p. 108.

② Chris Wigginton, "'Birth and Copulation and Death': Gothic Modernism and Surrealism in the Poetry of Dylan Thomas", *Dylan Thomas*, eds. John Goodby and Chris Wigginton, New York: Palgrave, 2001, p. 87.

马斯很清楚身为现代主义"诗人——艺术家"必以语言创新为己任,在1933 年 10 月 15 日给女友帕米拉的一封信中他表示,"艺术家没有必要做任何事。他是施加于他自身的一条法则,通过这条法则,他或伟大或渺小,或飞升或跌落。他只有一个局限,那也是一切事物中最宽广的:形式的局限。诗歌找到它自己的形式;形式永远不能牵强附会地被强加上去;结构应该源于词语和对词语的表达。我不想仅仅表达别人已经感觉过的;我想剥光某物使其展现他们从未看到过的东西"①。

托马斯的语言意识从儿童时代就开始萌芽,在《诗歌宣言》("Poetic Manifesto")一文中他写道:"我要说我从一开始就写诗,因为我爱上了词语。我知道的第一首诗是儿歌,在我能阅读它们之前,我已经开始喜爱词语,只是词语。"② 托马斯坦白幼小的自己被词语的声音而非意义吸引,"那些词语,'Ride a cock-horse to Banbury Cross'……萦绕在我心头,那时我还是不知道什么是雄马,也不知道班伯里十字架在哪儿……"③ 这段童年回忆无意中道出了诗歌的本质,诗歌语言与普通语言的区别就在于坚持探索词语的音乐潜能,重复相同或类似的声音和韵律模式,从而使听者和读者达到一种愉悦的效果。托马斯成为诗人后,延续了这种视词语物质性为第一性的态度:"第一件事就是要感觉、了解它们的声音和物质;我将用那些词语做什么,我将利用它们做何用途,通过它们我要说什么,则会随之而来。"④

自称"Cwmdonkin 大道上的兰波"的托马斯,经常被人指责为进行音乐性的写作,其诗歌没有社会指涉意义。大卫·霍尔布鲁克将托马斯从童年起对词语声音的着迷,解释为一个男人不负责的迷恋,对成年人生活和责任的逃避,就本质而言诗人是一个咿呀学语的婴儿:"在其口头的轰动效应中,在其完全的无意义中,对他和他的读者来说(诗歌)意味着令人满意地回到婴儿期。"⑤ 这一歪曲事实的评价却也从反面指出了托马斯诗歌的一大特点,即具有高度的可诵读性,即使不理解其意义,也不妨

---

①　Dylan Thomas, *The Collected Letters*, ed. Paul Ferris, London: J. M. Dent, 2000, p. 43.

②　Quote from Ralph Maud, *Where Have the Old Words Got Me? Explications of Dylan Thomas's Collected Poems*, Cardiff: University of Walshs Press, 2003, p. 154.

③　Quote from Jacob Korg, *Dylan Thomas*, New York: Twayne Publishers, 1992, p. 15.

④　Ibid.

⑤　David Holbrook, *Lareggub Revisted*, London, 1972, p. 128.

碍听者获得一种愉悦和享受，如同回到婴儿和童年时期的自发的快乐。在索绪尔语言学意义上，能指与所指即的联结是任意性的，意义并不取决于二者相互之间的对应关系，而是由相应结构中的差异关系所决定。一般而言，能指和所指的联结是约定俗成的，这保证了社会交流的可能，但也使社会规则以词语形式内化与自然化，压抑了人的前道德经验（pre-moral experience），使人对遮蔽在意义之后的作为物的词语本身视而不见，相应也使人养成了对社会传统与规则服从甚至是盲从的习惯。《从恋人的初次狂热》（*Form lover's first fever*），表现了语言的这种习得过程：

> 从肉体的第一次变格中
> 我学到了人类的声音，学会把想法
> 扭曲为大脑中冷酷的词语，
> 遮蔽并重新编织死者留下的
> 片言只语，他们躺在没有月光的土地，
> 不需要语言的温暖。
> ……
> 我学会表达意愿的动词，拥有自己的秘密；
> 夜晚的密码轻叩我的舌头，
> 凝为一体的是许多发声的思想。

托马斯所试图颠覆的正是这种能指—所指联结的石化（fossilization），他强调词语的自治性与物质性，力图削弱能指与社会认可的所指之间的联系，把语言的任意性提高到表面传达的信息内容之上，在固定的意义传达之前，激发一种前道德的、无政府主义的欢乐。如斯图尔特·克瑞汗指出的，托马斯的诗学信条是从词语中创造诗歌（make poems out of words），而不是面向词语工作（working towards words），他致力于揭示一种隐蔽的、不感情用事的（unsentimental）现实，而非运用诗歌手段塑造和装点本质上单调和平庸的思想。[①] 克瑞汗所谓"诗人并非描述可见的客体，而是把词语本身作为客体"，是现代主义乃至后代现代主义的文学趋向，标

---

① Stewart Crehan, "The Lips of Time", *Dylan Thomas*, eds. John Goodby and Chris Wigginton, New York：Palgrave, 2001, p. 46.

志现代哲学从本体论、认识论到语言论的整体转向，托马斯从少年时期就敏锐地意识到这一点，并在诗作中一以贯之。

事实上，自象征主义以来，音乐性就成为诗歌追求的一个理想，保罗·瓦莱里提出诗人施于日常语之上的是使之"音乐化"，这意味着诗歌否定语言最重要的功能并非来自其指涉或指称性，而是来自词语自身所具有的物质潜能本身。托马斯对音乐性的强调，体现为十分重视诗歌的形式、韵律，有时到了强迫性的地步："我运用一切和任何事物使我的诗产生效果……双关语、混合词（portmanteau words）、悖论、影射、语法混乱、词形更改（catachresis）、俚语、谐元韵（assonantal rhymes）、元音韵（vowel rhymes）、跳韵（sprung rhymes）。"①他采用严格的形式、清晰的韵律体系和复杂的诗节，如《不要驯顺地走入那个良夜》（Do not go gentle into that good night）采用法国 16 世纪诗人帕索雷（Jean Passerat）首创的十九行二韵体（Villanelle）写成，全诗共六节，前五节每节三行，最后一节四行，第一节首行"不要驯顺地走入那个良夜"和末句"愤怒、愤怒地抗拒阳光泯灭"（"rage，rage against the dying of the light"）在以下各节中交替重复，在诗的末尾形成一个对句，且每节的第二句尾韵相同（Day/they/ bay/ way/ gay/pray），重复的句子不仅形成了一种循环之美，也是对诗歌主旨的强调。比较极端例子是《序诗》（Prologue），他采用了一种匪夷所思的方法："让这四页纸长的诗的最后一句与第一句押韵，倒数第二行诗与第二行押韵，以此类推直到韵脚在全诗中间的一个对句中相合。"②托马用整整两个月时间来写这首作为《诗合集》序言的诗，诗集的出版都因此推迟，其对音韵之执着可见一斑。

值得一提的是，托马斯一反英语诗歌以重音定节奏的韵律特点，而采用音节诗（syllabic verse）写作，在这种诗中每个音节都要考虑到。如《我的手艺或阴抑的艺术》（In my craft on sullen art）一诗，每一行都有七个音节：

> In my craft or sullen art
> Exercised in the still night

---

①　Dylan Thomas，"Poetic Manifesto"，*Early Prose Writings*，ed. Walford Davies，London：J. M. Dent，1971，p. 158.

②　Jacob Korg，*Dylan Thomas*，New York：Twayne Publishers，1992，p. 99.

When only the moon rages

And the lovers lie abed

With all their griefs in their arms

I labour by singing light

Not for ambition or bread

Or the strut and trade of charms

On the ivory stages

But for the common wages

Of their most secret heart

这的确是一种需要煞费苦心的"手艺"（"craft"），事实上，音节诗形式本来在英语诗中并无传统可循，本身也是现代主义诗歌实验的一个产品。以英语自身的特点，更多是一种创作手段，对机警的读者来说有可能领会，而听众可能根本不会注意到。但听过托马斯朗诵诗歌的人，会否定这种看法，其具有咒语般魔力、缓慢低沉的声调，使得每一个音节都清晰地突显出来。

托马斯诗歌词语自治的另一个体现是突出词的"事物性"（"thinginess"），在其诗中词语往往不是指称事物而是成为事物本身。如弗莱论及，在语言的最初阶段，所有词都是具体的，没有真正的抽象概念，因为通过一种主体和客体都共有的能，词汇都牢牢地和那些与形体变化过程或具体客体有关联的物质形象拴系在一起，"表达的核心是'神'……或诸如此类的使自然的一个方面与人的一种形式统一起来的存在"①。后世的描述或再现语言缺少这种"能"，词语没有力量成为别的东西，只能是词语。要改变这种情况，只能是回归到原初的隐喻语言：

　　……从荷马时代至我们自己现在的时代，我们或许已经走完了一个巨大的语言循环。在荷马时代，词语使人联想到事物，而在我们现在的时代则是事物呼唤词语。而且我们就要开始另一轮循环了，因为我们现在似乎又一次面对一个主体与客体都共有的能，它只能通过某

---

　　①　［加］诺思洛普·弗莱：《伟大的代码》，郝振益等译，北京大学出版社1998年版，第23页。

种形式的隐喻来加以文字表达。①

　　托马斯并不掩饰对有弥合词与物能力的原初语言的向往,"因为自身的扭曲我永远不会成为一个非常出色的诗人:除非行走于最初的波涛之上,把我的手伸进深处然后把它们再度取出"②。这种隐喻语言不强调主客体之间的明显分割,而是强调主体与客体由一个共同的力或能联系在一起,以此来恢复词语的生机和活力,"词语到来之时,我如此彻底地挑选它们中活的联系(live associations),以至于在词语中剩下的只有死亡"③。在《特别是当十月的风》(Especially when the October wind)中,他展示了自己是如何捕捉这种"活的联系",以使词语重新获得召唤物的能力,诗的第二、第三、第四节分别以下面的句式结束:

> Some let me make you of the vowelled beeches,
> Some of the oaken voices, from the roots
> Of many a thorny shire tell you notes,
> Some let me make you of the water's speeches.
> 让我用发元音的山毛榉为你制造,
> 让我用栎树的声音,自众多荆棘之郡的
> 根部告诉你音符,
> 让我用水的演说为你制造。
> ……
> Some let me make you of the meadow's signs;
> 让我用草地的标志为你制造;
> ……
> (Some let me make you of autumnal spells,
> The spider-tongued, and the loud hill of Wales)
> (让我用秋天的咒语、有着蜘蛛舌头的
> 威尔士的喧闹的山为你制造)

---

　　①　[加]诺思洛普·弗莱:《伟大的代码》,郝振益等译,北京大学出版社1998年版,第32页。

　　②　Dylan Thomas, *The Collected Letters*, ed. Paul Ferris, London: J. M. Dent, 2000, p. 44.

　　③　Ibid., p. 156.

如拉尔夫·莫德指出的，这是一个奇怪的句式，只有加上一个词才能说得通，"Some *poetry* let me make you of the vowelled beeches"，诗人在此试图申明的是，他的词语是由事物而不是由意义制造的。① 通过"发元音的山毛榉""水的演说""栎树的声音"这些具体的声音意象，托马斯一遍遍地重复词语与事物的联系，以此设定他的宇宙的主要性质：事物制造了词语，反过来词也具有召唤物的魔力。在写作实践中，托马斯常通过词语游戏、新造词、词形变换等形式，重新构建能指与所指的联系，力图创造一种如同维科所说的存在于世界童年的诗性语言，"赋予词语以生命，使之成为一种有生命的实体存在"②。如在《一个悲伤以前》（A grief ago）一诗中，"海水拍打、被镰刀砍削的荆棘"（"water-lammed, from the scythe-sided thorn"）、"黏合的根茎"（"A stem cementing"）、"环塔楼盘旋而上"（"wrestled up the tower"）、"装了桅杆的维纳斯"（"masted venus"）、"划桨人的碗"（"the paddler's bowl"）、"铁器上挺直的蝶蛹"（"A chrysalis unwrinkling on the iron"）和"铅制的叶芽/射穿树叶"（"the leaden bud/Shot through the leaf"）等都是性交的影射，受精卵是"青蛙身上的水珠"（"ball of water on the frog"），"天命的绳索"（"ropes of heritage"）就是那根将过去与现在、未来相联结的脐带，女人的怀孕是一场"宽恕之战"（"the wars of pardon"），祖先们的幽灵用他们流浪的"坟墓吉卜赛眼睛"（"grave gipsy eyes"）看着他们的女儿，亦是汲取了基因的未来的母亲。这些形象化的词语使得人的生殖过程具体化，语言不再是抽象的所指而重新回归其创造之初的语境，而是一种实在可感之物。

又如《序诗》（Prologue）中的"鲑鱼阳光"（"salmon sun"）、"海星沙滩"（"starfish sands"），用想象把多样性联合在一起，把时间和空间的距离凝缩为一个瞬时和一个点，事实上，鲑鱼和阳光、海星与沙滩的分隔，本来就是透过概念把握世界的理性思维方式的结果，并非这个世界本身真正的形象。真实的世界是进入诗人头脑的一连串事物——"唧唧声、果实、泡沫、长笛、鳍和羽翮"（"chirrupand fruit, Froth, flute, fin and

---

① Ralph Maud, *Where Have the Old Words Got Me? Explications of Dylan Thomas's Collected Poems*, Cardiff: University of Walshs Press, 2003, p. 88.

② ［意］维柯:《新科学》，朱光潜译，商务印书馆1989年版，第191页。

quill"），这是诗人运用提喻（synecdoche）手法化抽象而成的具体，一个不再被名称与概念分开的生命整体。鸟群"闲聊的海岬"（"the gabbing capes"）、"马背般起伏的山峰"（"horseback hill"）、"狐狸日光"（"fox light"），这些短语用奇妙的想象和比喻打破了动物与景物之间的界限；"国王般颂唱的猫头鹰"（"You king singsong owls"）、"虔诚的秃鼻乌鸦"（"reverent rook"）、"咕咕地诉说木笛的赞美的鸽子"（"Coo rooing the wood's praise"），则以人格化的手法刻画了一个如人类般的"吵闹的家族"（"hullaballoing clan"），这也是诗人对一切生命形式之一体性信念的表现。

托马斯的词语游戏有时到了一种荒诞的地步，如《我看见夏天的男孩》中"子宫"的形容词是"brawned"，它既指臂部、腿部发达的肌肉，亦有"碎猪肉冻"之意，托马斯大约想用它来形容"肥硕"之意；又如《你脸上的洪波》（Where once the waters of your face）中的"死尸的蜡烛之心快要熄灭"（"Heart of Cadaver's candle waxes thin"）的阴茎隐喻，"时间的茄克或冰的上衣/可能无法将处女的 O/扎紧在整洁的坟墓里"（"I, that time's jacket or the coat of ice/May fail to fasten with virgin o/In the straight grave"）中的处女膜隐喻，等等。这些都可视为对词语自治性的一种极端的、趣味性的尝试。

和詹姆斯·乔伊斯一样，托马斯痴迷于词语的声音、节奏，特别是多重意义的可能性。意义的多重性是词语自治的一个结果，亦是现代主义文本不稳定性和认识论不确定性的体现。斯图瓦特·克瑞汗分析了《穿过绿色导火索催动花朵的力》（The force that through the green fuse）这首名诗，针对最末一节第一句"时间的嘴唇水蛭般从喷泉头吸吮"（"The lips of time leech to the fountain head"），提出至少五种可能的解读：（1）婴儿的嘴唇像水蛭般从母亲的乳房中吮吸乳汁；（2）诗人的嘴唇——既是创造性的同时也是肉体的易于腐朽的——需要从灵感的源泉中不断汲取灵感；（3）时间本身——自然循环，像吸吮的嘴唇一样，也要周期性地返回"喷泉头"——即生命源头以进行有机更迭；（4）象征男性欲望；（5）象征女性欲望。克瑞汗指出，这种意义的不稳定性所造成的流动性，不仅存在于单个词语也存在于句法结构中。① 在托马斯的诗中，通常通过

---

① Stewart Crehan, "The Lips of Time", *Dylan Thomas*, eds. John Goodby and Chris Wigginton, New York: Palgrave, 2001, pp. 52 – 53.

从属的但是表面上独立的分句对主要动词加以延迟，正常的句法往往被破坏，使得句子变得碎片化而难以理解，这可能模仿了盛期现代主义类似空间错位的手法。如《抓紧，这些布谷鸟月份的古老分钟》（Hold hard, these ancient minutes in the cuckoo's month）一诗：

> Hold hard, these ancient minutes in the cuckoo's month,
> Under the lank, fourth folly on Glamorgan's hill,
> As the green blooms ride upward, to the drive of time;
> 抓紧，这些布谷鸟月份的古老分钟，
> 在格拉莫根山第四个细长的高塔下，
> 当青翠的花朵向上生长，（抓紧）这飞驰的时间；
> ……
>
> Hold hard, my country children in the world of tales,
> The greenwood dying as the deer fall in their tracks,
> This first and steepled season, to the summer's game.
> 抓紧，我生活在传说世界里的乡村孩童们，
> 绿林死去，如同鹿倒在自己的踪迹里，
> 这第一个装饰尖顶的季节，（抓紧）夏天的游戏。
> ……
>
> Hold hard, my county darlings, for a hawk descends,
> Golden Glamorgan straightens, to the falling birds.
> Your sport is summer as the spring runs angrily.
> 抓紧，我的乡村宝贝儿们，为一只猎鹰降落，
> 金色的格拉莫根山挺直身躯，（抓紧）这坠落的鸟儿。
> 当春天愤怒地奔跑，你的消遣是夏天。

第一节六行诗中，真正的主句是"Hold hard……to the drive of time"，而不是听上去仿佛是的"Hold hard, these ancient minutes in the cuckoo's month"，另外两节也是同样的结构，"Hold hard…… to the summer's game"，"Hold hard, ……to the falling birds"，三句连贯起来目的就比较明确了：诗人以这首诗来召唤儿时的朋友们抓紧时间，与他一起去英格兰农场狩猎消夏。这种独特的句式创造使人更能体会其所谓青春苦短的紧

迫性。

　　类似的句法实验在托马斯诗中随处可见，如在《时间，像一座奔跑的坟墓》（When，like a running grave）中，在一个开放的句子中有不少于34个从句（有些短到只是一个单词），这个句子延伸至共25行，5个5行一句的诗节。又如在《养育光明》（Foster the light）中，基本句式是只用"nor"（也不）的否定句，如第一节的前三句："foster the light nor veil the manshaped moon，/Nor weather winds that blow not down the bone，/But strip the twelve-winded marrow form his circle"。在另一首诗《不幸地等待死亡》（Unluckily for a death）第一节中，托马斯也使用了这种句式："On the clay cold mouth，on the fire/Branded forehead，that could bind/Her constant，nor the winds of love broken wide/To the wind the choir and cloister……"但是从来没有"也不"（nor）不是用在"既不"（neither）之后的，"养育光明"之前应该有一个"Neither"（既不）或"never"（永不、绝不），托马斯这样巧妙地表明了自己对这一宗教主题的反对而又留下思考的余地。

　　托马斯对一切现代主义的语言实验都有兴趣，如同芭芭拉·哈代指出的，他受惠于现代主义是不争的事实：

　　　　他的写作有时模仿 T. S. 艾略特的早期诗歌，特别是《序诗》（*Preludes*）和《荒原》的碎片化、错位、中断、不透明性和开放性；并且追随艾略特在《日晷》（*Dial*）杂志上的著名宣言："代替叙事手段，我们现在也许可以使用神话手段。"从《斯蒂芬英雄》的线性连续和叙事充分性，到《一个青年艺术家的画像》的抒情性，以及《尤利西斯》和《芬尼根守灵夜》更少现实主义和叙事闭合的形式，他也追随这一转变写作。他追随伍尔夫写作，像她那样开始计数落在心灵上的原子并构建自己的乔伊斯式灵活风格。他追随立体主义的分割与棱角分明，以及初期的抽象艺术、混合曲式的错位和超现实主义自诩的破坏。

　　托马斯本人自称"一个畸形的词语使用者"（a freak user of words）[1]，

---

① Dylan Thomas, *The Collected Letters*, ed. Paul Ferris, London：J. M. Dent, 2000, p. 156.

这也是所有现代主义者的头衔。虽然他在现代主义语言实验的道路上走得足够远，但除了《太阳仆人有多快》（How soon the servant）等少数的极端之作，他从未真正彻底逃避意义建构。他承认诗歌"出自于不可避免的意象冲突"，却称自己的诗是一种"瞬间的和平"，"一条向四面八方流溢的溪流的防水部分"，即无论如何诗歌仍然要有最基本的理性控制，这也是他与其他更极端的现代主义者之间的一个重要差别。

三　本土化因素：威尔士性的隐与显

20 世纪 30 年代，时代的普遍灾难加剧了托马斯这样用英语写作的盎格鲁－威尔士作家和威尔士语作家之间的分歧，后者的价值观往往被民族—语言的排外主义所强化。主要用威尔士语写作的作家桑德斯·路易斯谴责托马斯的诗为英语语言殖民化非本真的、非威尔士的产品，称威尔士"与他（托马斯）没有任何关系，他属于英国人"①。对路易斯和其他在二三十年代挑起论争、试图界定威尔士经典文学的批评家、作家来说，威尔士认同的核心就包含在其民族语言当中，托马斯背弃了威尔士语，就等于对威尔士民族文化和价值观念的背弃。如托尼·康兰指出的，30 年代盎格鲁－威尔士作家除了伦敦没地方可去，"他们要不就待在威尔士茕茕孑立痛苦怨怼，要不就使自己呈现为国际性的和殖民地的一员补充到伦敦知识界去"②。

1936 年 4 月，在给朋友弗农·沃特金斯的信中，托马斯半讽刺半温情地写道，"如今我千方百计地希望我没有离开，我的心中充满乡愁……我不是一个乡下人；我容忍——如果说一切——蜘蛛抱蛋（'aspidistra'）、乡村小路、早晨的咖啡、晚上的酒吧……"③ 托马斯对威尔士民族性与传统的矛盾心理，还表现在他对诗学传统继承的态度中。在写给斯蒂芬·斯彭德的信中，托马斯曾否认自己受到威尔士游吟诗歌的影响，但事实上，像托马斯这样对诗歌史、对威尔士诗歌感兴趣的人，是不可能不从其严格的韵律中获得一些知识的。和托马斯很熟悉的威尔士诗人、BBC

---

① Introduction, *Dylan Thomas*, ed. John Goodby and Chris Wigginton, Palgrave, 2001, p. 8.

② Tony Conran, *Fontiers in Anglo-Welsh Poetry*, Cardiff: University of Wales Press, 1997, p. 111.

③ Dylan Thomas, *The Collected Letters*, ed., Paul Ferris, London: J. M. Dent, 2000, p. 248.

制片人安奈林·戴维斯指出，托马斯对有名的、错综复杂的威尔士 Cyng-hanedd 形式非常感兴趣。托马斯虽不懂威尔士语，但 Cynghanedd 经一些用英语写作的诗人加以模仿和改动，而后被巴恩斯、哈代、霍普金斯、欧文、格雷夫斯和其他一些不太精通音乐性的诗人所采纳，托马斯从上述诗人特别是从霍普金斯那儿学到相关技巧的可能性是很大的。凯瑟琳·勒斯（Katharine Loesch）在《威尔士诗歌句法与狄兰·托马斯的诗歌》这本小册子中也表明，托马斯可能受到 14 世纪威尔士诗人戴维兹·戈威利姆（Dafydd ap Gwilym）的无动词句和句法错位的影响，此外也受到了更晚近的用韵严格的威尔士诗人的影响。① 实践表明，托马斯的诗歌用韵非常严格，大量采用了头韵（alliteration）与谐元韵（assonance）系统，可以说有时到了为了形式而牺牲内容的地步，在短语选择、词语搭配等方面，也都带有明显的凯尔特印迹。

在托马斯诗歌的地理和风景因素运用中，威尔士性得到了更直接的体现。作为 20 世纪最有趣的地域诗人之一，托马斯描写和赞美了南威尔士迷人的海边与陆上景色，海港小镇斯旺西和拥有美丽田园风光的高尔半岛，托马斯姨妈在格拉摩根郡内陆的农场——羊齿草山和劳佛恩（Lang-harne），后者成为他生活和写作的圣地，即著名广播剧《牛奶树下》（Under Milk Wood）中 Llareggub 的原型。正是这些一度是非常私人化的景色，造就了托马斯具有鲜明地域特色的动植物意象群。《序诗》作为其动物意象的集大成者，堪称一份威尔士海陆动物名单——海鸥（gulls）、苍鹭（herons）、鲑鱼（salmon）、鸟蛤（cockles）、海星（starfish）、斑鸠（ringdove）、麻鹬（curlew）、猫头鹰（owls）、乌鸦（crow）、鹿（deer）、鹅（geese）、绵羊（sheep）等，各种飞禽走兽，种类之多令人眼花缭乱，诗人是在船屋（Boat Shed）——"在岩石断口之上/我那随大海摇撼的家"（'my seashaken house/On a breakneck of rocks'）中看到、听到并加以记录的。托马斯的自然诗描绘的都是威尔士的自然，虽然他声称"我走在布莱克的道路上"，但是远在英国模式之前，中世纪威尔士诗人戴维兹·ap. 戈威利姆和他的同代人、朋友格鲁菲兹·ap. 阿达（Gruffydd ap Adda），以及 Iolo Morgannwg（爱德华·威廉姆斯的游吟诗人名字），已经

---

① Barbara Hardy, *Dylan Thomas: An Original Language*, Athens: The University of Georgia Press, 2000, pp. 9 – 11.

为《羊齿草山》《穿过绿色导火索催动花朵的力》开启了自然和爱情抒情诗的模式。①

托马斯是一位地域诗人（poet of region），却并非一个民族诗人（poet of nation）。托马斯常对威尔士的风土人情加以抽象化、神话化与戏剧化的描写，早期的部分超现实主义小说对南威尔士的描写是想象的、神话化的，表现出不信奉国教的（Nonconformist）、怪诞的特点。这些故事来源于一本"红色笔记"（Red Book），后来有一部分故事收入《爱的地图》（*The Map of Love*）（1939），它们围绕想象中的 Jarvis 山谷展开，提供了一批威尔士乡村刻板印象的场景。诗歌中一些地理因素的运用，也是在对威尔士真实的地点、场所进行陌生化、再命名的基础上完成的。《羊齿草山》（Fern Hill）、《在约翰爵爷的小山上》（Over Sir John's hill）是托马斯诗作中较少明确地点的两首诗，其中对地理因素的变形也最显而易见。在前一首诗中，"Fernhill"是一个英国化的地名，托马斯将其拆分为"Fern Hill"（羊齿草的山）；在后一首诗中，威尔士的山"Sir John's Hill"和水"托依河"（Towy）都被加以抽象化、神话化，成为寓言式宗教审判的一个仪式之物，从原来的地域色彩中剥离出来。

在诗歌风格方面，一方面托马斯常常不自觉地陷入威尔士式表达的刻板印象，如《细察》（*Scrutiny*）杂志攻击他说的，"其非国教背景有效地激发了这种心态，助长了游吟诗人的姿势、狄奥尼索斯式幻觉、地狱之火的狂喜"；另一方面诗人又深谙节制的力量，在诗歌表达陷于过于夸张的威尔士式雄辩（hwyl）与讽刺模式之前加以调节。在《葬礼之后》（After the funeral）这首托马斯"最威尔士的"诗中，这种倾向表现得最为明显。

> 葬礼之后，驴赞美和啼叫，
> 扇动帆形的耳朵，包裹着的蹄子
> 欢快地轻叩坟根处厚厚的
> 小钉，垂下眼皮，牙齿穿丧服
> 眼里流唾液，衣袖里拢着盐池，

---

① Babara Hardy, *Dylan Thomas：An Original Language*, Athens：The University of Georgia Press, 2000, pp. 132 – 133.

> 早晨铁铲的撞击惊醒睡梦，
>
> 摇动一个孤寂的男孩，在棺材的黑暗中
>
> 他撕裂喉咙，泪落如枯叶

它是托马斯为纪念姨妈安·琼斯而写的，荒诞的漫画式夸张和变形，一连串无主要动词的意象并置，将威尔士葬礼仪式庄严之下的可笑呈现出来：人们只是假装哀悼，在为庆幸逃脱而扬扬得意地"欢乐地轻叩"之时，不自知也已经把一条腿伸进了坟墓。诗人把自己也加入到了伪善者的行列中：数小时恸哭只是一个梦，男孩掉的不是眼泪而只是秋天般零落的"枯叶"。与之相呼应的是下面诗中"干枯的"（"parched"）的威尔士，诗人把故乡潮湿的天气变形为艾略特笔下的荒原，二者都因为爱与生命的缺失而干枯。

为了弥补当年的冷漠和减轻自己心灵的愧疚，诗人在五年后重回羊齿草山时，为安祈祷、守夜、赞美："她那帽兜状的、心之喷泉曾流入威尔士/干枯世界的水洼，溺死每一颗太阳"（"Whose hooded, fountain heart once fell in puddles/Round the parched worlds of Wales and drowned each sun"）。诗人以这个壮丽的、夸大的意象，试图将之前的冷酷无情一笔勾销，自居为"高踞壁炉之上的安的游吟诗人"（"I, Ann's bard on a raised hearth"），他调动丰富的威尔士自然异教意象来赞美安的复活，在威尔士牧师布道般心醉神迷的雄辩中达到热情的顶峰：

> 呼唤所有的海浪来赞美她那缄默的美德
>
> 像浮标铃在安息者的头上絮语，
>
> 羊齿草山墙和赤褐色的树林躬身
>
> 她的爱歌唱着飘过褐色小教堂，
>
> 四只穿梭的鸟儿祝福她弯腰驼背的灵魂。

一如既往的，诗人试图找到一种能跳出威尔士的雄辩与讽刺模式，又不陷入过分感伤的方式，他采取的方法是，在讲述姨妈安的原始事实时，同时以神话化的手法建造了一个扩大的镜像：

> 她的身体像牛奶一样温润，但这座朝天的

　　有着疯狂胸脯和神圣的、硕大的头骨的雕像

　　却是在她那有一个潮湿窗户的房间

　　在弯腰曲背的岁月里一座狂热哀悼的房子里雕成。

　　我知道她擦洗干净的、带酸味的、谦卑的双手

　　就像还紧握着她的信仰，她那潮湿的词中

　　破旧的低语，她的智慧被掏空，

　　她拳头般的脸紧抓着一个圆形的痛苦死去；

　　而石刻的安是七十年的石头。

　　从"驼背的安"（"humped Ann"）、"弯腰驼背的灵魂"（"her bent spirit"）、"弯腰曲背的岁月"（"a crooked year"）的形体勾勒，到"擦洗干净的、带酸味的、谦卑的双手"（"her scrubbed and sour humble hands"）、"浸透了云的大理石手"（"cloud-sopped, marble hands"）的近距离特写，一个成年累月洗洗涮涮、操劳不停的威尔士农妇形象逐渐清晰起来。安被劳作与同样消耗人的信仰"掏空了智慧"，死亡的终结也没有带来安宁，即便如此，她还在"破衣烂衫的低语"中"紧握着信仰"，这也是荒原上威尔士农民的缩影。在托马斯的诗中，这可能是第一次对人类的受苦和忍耐表示深刻的同情和真正的理解。安的确不需要德鲁伊祭司（Druid）为她"破碎的身体"祈祷，通过诗人为她塑像这一行动，"古老的农民姨妈"[①] 被神话化为一个令人敬畏的生殖女神，一位威尔劳动阶级的女渔王（Fish Queen）。平日沉默而温顺的安，此时变身为一个雄辩的说服者："这石削的声音/发出纪念碑式的争论，姿势和赞美诗/永远暴风雨般在她的墓旁抽打我。"安使诗人认识到，谦卑、忍耐对于人而言是一种美德，对于艺术家则更是如此。从扬扬自得与玩世不恭的嘲弄转变为谦卑与真诚，从前"枯叶"般的心灵将充满爱的润泽，如同"暴风雨"将使干枯、荒芜的威尔士大地重新恢复生机与活力。

　　雷蒙·威廉斯在《乡村与城市》一书中指出："围绕着定居的观念发展出一种真正的价值结构。这种结构依赖于许多真切而持久的感情：对那些我们生长于其间的人们的认同感；对我们最初生活于斯和最先学会用眼

---

① Dylan Thomas, *The Collected Letters*, ed. Paul Ferris, London: J. M. Dent, 2000, p. 337.

去看的那个地方，那片景色的眷恋之情。"① 托马斯后期声望的提高，正在于从单纯内省、考虑个体价值，转变为对其同胞的苦难和欢乐的挂怀。如《在白色巨人的股间》（In the white giant's thigh），表面上以农场女工的色情狂欢场面为主题，其中透露出来的真实信息却是农业工人特别是女性劳动者所受的剥削和压迫，以及由此造成的生活贫穷以及土地贫瘠：

> 透过许多河流汇集的喉咙，麻鹬鸣叫着，
> 在受孕的月亮下，在高高的白垩小山上，
> 今夜我漫步在白色巨人的股间
> 那儿，卵石般贫瘠的女人渴望生产
> ……
> （什么都没留下，血管的蜂房前没有吮吸的婴儿，
> 贫瘠、赤裸，在鹅妈妈的土地上
> 她们是质朴的杰克们卵石般的妻子）

《葬礼之后》中对姨妈安·琼斯的特写，转变为更广阔视野中对生活在南威尔士贫瘠土地上的女性群像的描绘，"黑暗的女儿们"（"the daughters of darkness"）、"质朴的杰克们的卵石般的妻子"（"the simple Jacks were a boulder of wives"），她们在"孤单的无尽的夜晚"（"alone in the night's eternal"）忍受心灵煎熬，在"鹅皮的冬天"（"goodeskin winter"）、"烧烤牛肉般的烈日"（"the ox roasting sun"）下经历艰苦劳作的考验，尽管面对着一片"污秽的天空"（"the dunghill sky"），一生劳作的结果是"什么都没留下"，却始终对生活保持乐观的态度，没有放弃对爱和激情的渴望。

> 她们告诉我爱情常青，当树叶落满坟地之后
> 阳光将失落于草丛中的十字基督架擦洗净
> 女儿们不再悲伤，在狐狸生养的街道上或饥饿的
> 树林里滋生出的漫长的欲望，将她们拯救：
> 这座小山上的女人将透过求爱者的树林，

---

① ［英］雷蒙·威廉斯：《城市与乡村》，韩子满等译，商务印书馆2013年版，第121页。

永远疯狂地热恋那些健壮的、不灭的死者，
黑暗中的女儿们福克斯火药那样宁静地燃烧。

在托马斯诗歌中反复出现的"狐狸"（"fox"）和"蕨类"（"bracken"）意象又一次出现，作为欲望、自然力量、复活的象征，南威尔士的女性们重新获得了激情与力量，她们不再悲伤，并且在诗的末尾如同安·琼斯那样教导诗人，爱是一切生命与复活的源泉，即使有再多的死亡，可"爱情是常青的"（"love that is evergreen"），这也与早期诗歌《而死亡也不得统治万物》（And death shall have no dominion）中的名句"尽管情人会失去，爱却不会"（"Though lovers be lost love shall not"）相呼应。最末一句将威尔士女性喻为"福克斯火药"（"Fawkes fires"），则以历史事件表明对光明的期待与向往，暗示这些平凡的威尔士女性劳动人民，必以她们的忍耐与执着，最终成为推动历史进步与发展的动力。

托马斯的"爱的地图"，最终指向对故乡的祝福与赞美。1952年《诗合集》出版时，托马斯在序言中写道："这些诗歌，以其全部的粗鲁、怀疑和困惑，献给人类之爱并且赞美上帝……"他的赞美方式的确很独特：

黄昏轻拍海湾，像我砍劈
各种形式的喧闹，
因为你知道
我，一个旋转的人
还有这星星和鸟儿，多么荣耀
咆哮吧，大海诞生，人被撕裂，鲜血祝福。
听：我吹奏喇叭赞美这片土地
从鱼到跳跃的山峰！
看：
我用我最美好的爱
建造怒吼的方舟，
当洪水从喷泉的顶端
从恐惧、血水和活人中涌出，
灼热、巨大的海浪
席卷熟睡的伤口

绵羊般洁白空荡的农场。

　　诗人在大刀阔斧地"劈砍/各种形式的喧闹",让一切都安静下来之余,登台献之以"吹喇叭"的独奏,对一个醉醺醺的威尔士挪亚("Drinking Noah of the bay")、一个常常喝得"天旋地转的男人",这也不足为怪。方式虽不雅,诗人赞美上帝和"这片土地"的心意却很真诚,他想通过创造意志的"一个燃烧和荣耀之举",给威尔士打造一个坚固的方舟,以使它们避开战争和衰退这两个徘徊不去的阴影:"我的方舟在阳光下歌唱/当上帝加速夏日终结之际/此刻洪水如鲜花盛放。"

　　诗人用"最美好的爱",用无数页工作草稿打造的诗歌方舟,为其所钟爱的故乡成功地提供了庇护,使威尔士乡村的爱与欢乐得以劫后重生。"上帝加速夏日的终结",意味着秋天的到来,丰收的甘美,因为"上帝加速的"("God-speeded"),这个词在字典里解释为"良好的祝愿"(well-wishing),"洪水如鲜花盛放"("the flood flowers"),就是对美好与光明之最终胜利的确证。《序诗》并没有如托马斯所愿"读起来像一个序言,而不是另一首诗"①,它仍然是一首诗——他去世之前完成的最后一首,他耗尽生命所做的最后一次赞美,是献给"我怀抱中的威尔士"("Wales in my arms")的,也是献给以威尔士形式凝缩的宇宙中一切生命形式的统一体的。从这个意义上讲,狄兰·托马斯"既不是一位晕头转向的浪漫主义者,也不是一个形而上学的意象派诗人,而是一位以一种复杂的技巧运用模式和隐喻以创造一种赞美仪式的诗人"②。

　　1952 年,托马斯去世前一年,这部他自己选定意欲留世的选本《诗合集》(1934—1952)(Collected Poems)出版并受到广泛欢迎,这是"一位严肃和晦涩难懂的诗人受到代表普通读者的大众拥护的最后几次情形之一"③。作为一位少年早慧的诗人,托马斯最好与最重要的诗大多是在 20岁之前写就的,这是他坚持实验写作的时期,他声称"所有好的现代诗人必定是晦涩的",但也承认这种诗只能吸引有限的读者。个人经济危机

---

① Dylan Thomas, *The Collected Lettesr*, ed. Paul Ferris, London: J. M. Dent, 2000, p. 935.

② David Daiches, *The Poetry of Dylan Thomas*, *The English Journal*, Vol. 43, No. 7, Oct. 1954, pp. 349 – 356.

③ James A. Davies, "Questions of Identity: The Movement and 'Fern Hill'", *Dylan Thomas*, eds. John Goodby and Chris Wigginton, New York: Palgrave, 2001, p. 160.

与社会动荡使他选择了与艾略特同样的转向,《爱的地图》(*The Map of Love*)(1939)标志他开始远离盛期现代主义,后期诗歌却仍然不乏少年时的激情漫溢。写于第二次世界大战胜利后的《羊齿草山》(1945)表达了他重新燃起的热情:"时间束约我以青春和死亡,/尽管在镣铐中我还是像大海一样歌唱。"("Time held me green and dying/Though I sang in my chains like the sea.")这是托马斯在广播剧《一个孩子在威尔士的童年》(Child's Christmas in Wales)中提到的"两个舌头的大海"("the two-tongued sea"),徜徉在世界与民族、晓畅与晦涩、歌颂与怀想之间,无论是打破限定还是回到限定,狄兰·托马斯的一切努力也许只是为了证明:人的伟大正在于以有限的躯体和行动而追求创造的无限与超越。

参考文献

[1]　Dylan Thomas, *Collected Poems*, *1934 - 1952*, London: J. M. Dent, 1952.

[2]　Dylan Thomas, *The Collected Letters*, ed. Paul Ferris, London: J. M. Dent., 2000.

[3]　Dylan　Thomas, *Early　Prose　Writings*, ed. Walford　Davies, London: J. M. Dent., 1971.

[4]　*Dylan Thomas*, eds. John Goodby and Chris Wigginton, New York: Palgrave, 2001.

[5]　Babara Hardy, *Dylan Thomas: An Original Language*, Athens: The University of Georgia Press, 2000.

[6]　Ralph Maud, *Where Have the Old Words Got Me? Explications of Dylan Thomas's Collected Poems*, Cardiff: University of Walshs Press, 2003.

[7]　Jacob Korg, *Dylan Thomas*, New York: Twayne Publishers, 1992.

[8]　Tony Conran, *Fontiers in Anglo-Welsh Poetry*, Cardiff: University of Wales Press, 1997.

[9]　James A. Davies, *A Reference Companion to Dylan Thomas*, Westport: Greenwood Press, 1998.

[10]　David Holbrook, *Lareggub Revisted: Dylan Thomas and the State of Modern Poetry*, London, 1972.

[11]　Constantine Fitzgibbon, *The Life of Dylan Thomas*, Boston: Atlantic, 1965.

[12]Hermann Peschmann, *Dylan Thomas, 1912 - 1953: A Critical Appreciation*, English, Sept., 1954.

[13]　John Goodby, "Whitman's Influence on Dylan Thomas and the Use of 'sidle' as Noun", Notes and Queries, Mar., 2005.

[14]　David Daiches, "The Poetry of Dylan Thomas", *The English Journal*, Vol. 43,

No. 7, Oct. , 1954.

　　[15]［英］狄兰·托马斯:《狄兰·托马斯诗集》,王烨、水琴译,国际文化出版公司 1989 年版。

　　[16]［英］狄兰·托马斯:《狄兰·托马斯诗选（英汉对照)》,海岸译,花城出版社 1994 年版。

　　[17]［法］马塞尔·雷蒙:《从波德莱尔到超现实主义》,邓丽丹译,河南大学出版社 2010 年版。

　　[18] 张秉真等主编:《未来主义超现实主义》,中国人民大学出版社 1994 年版。

　　[19]［美］弗雷德里克·R. 卡尔:《现代与现代主义》,陈永国等译,中国人民大学出版社 2010 年版。

　　[20]［意］维柯:《新科学》,朱光潜译,商务印书馆 1989 年版。

　　[21] 北岛:《时间的玫瑰》,中国文史出版社 2003 年版。

　　[22]［英］肯尼斯·O. 摩根:《20 世纪英国:帝国与遗产》,宋云峰译,外语教学与研究出版社 2008 年版。

　　[23]［美］爱德华·W. 萨义德:《文化与帝国主义》,李琨译,生活·读书·新知三联书店 2007 年版。

　　[24]［美］赫伯特·马尔库塞:《爱欲与文明》,黄勇等译,上海译文出版社 2005 年版。

　　[25]［英］雷蒙·威廉斯:《乡村与城市》,韩子满等译,商务印书馆 2013 年版。

　　[26]［加］诺思罗普·弗莱:《伟大的代码》,郝振益等译,北京大学出版社 1998 年版。

　　[27]［奥］弗洛伊德:《释梦》,孙名之译,商务印书馆 2002 年版。

　　[28]［奥］弗洛伊德:《精神分析引论新编》,高觉敷译,商务印书馆 2013 年版。

伊丽莎白·毕晓普诗歌的写实技艺

吴远林

摘　要：伊丽莎白·毕晓普（Elizabeth Bishop，1911—1979）是美国现代诗坛"中间代诗人"的杰出代表，在"写实主义"诗歌创作上取得了显著的成就，然而，其写实艺术又带有后现代的虚拟色彩。本文拟就毕晓普诗歌不同于传统的新的"写实"技艺进行全面透视，拟从非凡的"眼"、自然的"笔"、沉默的"我"三个方面，来解析毕晓普诗歌色彩浓缩的凝练"写实"艺术技巧。

关键词：毕晓普；具象；写实性

"写实"，或曰"写实主义""现实主义"，是西方艺术史、艺术批评和艺术理论的重要概念，它从"Realism"一词翻译过来，有着多重的含义。作为一种写作技法，"写实"是指作品中表现"真实"的具体方法，其核心理念是"如实地描绘事物"，其基本原理是按照事物在现实生活中的实际形态来描写事物、叙述事件，注重再现的客观性和逼真性。

毕晓普诗歌的"写实"技艺除了具备写实艺术的一般性特征外，还特别强调诗歌的呈现艺术，讲究诗的技巧性。其诗歌由于技巧的运用、艺术的处理，贴切而完整地呈现了作品的真实性和意义性，从而形成特殊的美感与趣味。对此，诗人兼批评家兰达尔·贾雷尔（Randall Jarrell）曾有高度的评价：

> 伊丽莎白·毕晓普的诗歌安静、真实、悲痛、风趣，大部分诗歌惊奇，风格各异；它们具有声音、感觉，完全的道德和物理的氛围，与我所知的一切迥然有别。从技巧上看，它们忠实、内敛、观察细致；甚至那些最为错综复杂的、充满想象效果的诗歌，经常显得如此

个人和自然，如同马勒歌曲开始的曲调、维拉尔通往内心世界的装饰图景一样正确。①

梳理一下贾雷尔的论述，可以发现毕晓普诗歌在写作艺术方面呈现以下特点：其一，从技巧上看，它属于描写的艺术，观察细致、描写细腻，忠于事物、精雕细刻；其二，从表现上看，它属于具象的艺术，通过对具体可感的物理性事实，如声音、形状、颜色等的独特观察、感知和呈现，从而完成精神道德层面的洞察和发现；其三，从风格上看，它属于沉默的艺术，毕晓普诗歌始终恪守沉默的叙述，坚信沉静的力量，风格安静、内敛。本文将依循上述内容，分别从非凡的"眼"、自然的"笔"、沉默的"我"三大面向来考察毕晓普诗歌的写实艺术，以期从艺术技巧层面揭示毕晓普诗歌写作的内在规律，进而为当下的诗歌创作、鉴赏和批评提供启示。

一　非凡的"眼"

毕晓普的观察能力是其立足诗坛的法宝。诚如她自己所说："观察带给我巨大的快乐。"② 毕晓普观察物象，目光敏锐、视角独特，全都归功于她拥有一双非凡的"眼"。毕晓普之所以思维方式能够不拘一格，也全凭她有着敏锐的观察力和惊人的洞察力。关于毕晓普的观察能力，前人论述较多。哈罗德·布鲁姆（Harold Bloom）曾有中肯的评价，"毕晓普具有一双闻名诗坛的非凡的眼"，"那是一种认知的穿透力，甚至是辨析力，在披露人生真相的功力上远胜过哲学和精神分析"③。的确，毕晓普非凡的眼睛能够超越事物的表象，洞察人生的真理。笔者认为，毕晓普的"眼"之所以如此与众不同，主要体现在两个方面：一是婴孩的"眼"，二是透视的"眼"。

---

① Randall Jarrell, "Dust Jacket of Elizabeth Bishop", *The Complete Poems*, New York: Farrar, Straus and Giroux, 1969.

② George Monteiro (ed.), *Conversations with Elizabeth Bishop*, Jackson: University Press of Mississippi, 1996, p. 101.

③ Harold Bloom (ed.), *Elizabeth Bishop: Modern Critical Views*, New York: Chelsea House, 1985, p. 2.

（一）婴孩的"眼"

20 世纪 30—40 年代，毕晓普畅游了欧洲大部分国家，享受着旅行带来的快乐。但由于童年时期的精神创伤，毕晓普渴望获得一个全新的精神面貌。对此，毕晓普在诗作《2000 多幅插图和一个完整的经文汇编》里表达了她渴望重新感知世界的美好愿景。针对如何获得全新的体验，毕晓普在诗作的最后这样写道：

> ——黑暗如门被打开，岩穴被光线打破，
> 一道镇定自若、浑然自足的火焰，
> 透明无色、没有火星，无拘无束地燃烧在干草堆上，
> 穴中有一家人和一些宠物，内心平静
> ——并且用我们婴孩的目光向外看。（58—59）①

关于诗作最后一句的理解颇有争议，不过，笔者还是认同约翰·阿什伯里（John Ashbery）的解释："它的秘密的确与毕晓普小姐诗歌的秘密有关系。观看，或凝视，将从事物中获得意义。"② 毕晓普渴望从生活中获得意义，旅行是其获得意义的重要方式，但它毕竟有限。重要的是，我们要以"婴孩的目光"去重新观看世界，这样，生活才会随时随地获得意外的快乐。

不过，"婴孩的眼"不是要求我们的目光回归儿童时代，而是要用儿童那充满渴望和好奇的眼睛去观看周遭的生活。正如毕晓普所说："我纯粹是尝试用全新的眼光观看事物。"③ 换言之，毕晓普不是寻常地、单纯

---

① Elizabeth Bishop, *The Complete Poems: 1927–1979*, Chatto and Windus: The Hogarth Press, 1983, p. 32. 本文所引伊丽莎白·毕晓普英文原诗，均出自这本诗集，以后只在引诗末尾处标明页码。同时，本文所引用的毕晓普的译诗，皆为笔者自译，下不再注。不过，笔者的译诗也参阅了伊丽莎白·毕晓普《伊丽莎白·毕肖普诗选》，丁丽英译，河北教育出版社 2002 年版，以及伊丽莎白·毕晓普《写给雨季的歌：伊丽莎白·碧许诗选》，曾珍珍译，木马文化事业有限公司 2004 年版。在此，向她们致以诚挚的谢意。

② John Ashbery, "The Complete Poems", Thomas Travisano, *Elizabeth Bishop: Her Artistic Development*, Charlottesville: University Press of Virginia, 1988, p. 120.

③ George Monteiro (ed.), *Conversations with Elizabeth Bishop*, Jackson: University Press of Mississippi, 1996, p. 100.

地去记录生活，而是摒弃现有的成见和偏见，用全新的眼光重新观看事物。诚如让·加里格（Jean Garrigue）所说，毕晓普诗歌注重"事物原有的新奇性"①。在诗作《海湾》中，毕晓普对于挖泥现场的观察充满了新奇感，典型地体现了她那双独特的"婴孩的眼"：

> 那小型的挖泥船在码头的尽头忙碌
> 奏出乏味又完全走掉的轧轧声。
> 鸟的体型硕大。鹈鹕成群撞进
> 怪异的气体，毫无必要，
> 在我看来，活像一把把尖嘴锄，
> 不能把任何东西挖起
> 最后随同滑稽的双肘离场。
> 黑白相间的战斗鸟列队凌空
> 滑翔在摸不着边际的阵风中
> 转弯时张开的尾翼像剪刀
> 或紧张得像叉骨，微微地颤抖。（60）

　　毕晓普以儿童全新的眼光观察了海湾里杂乱无章的挖泥工事，并且，运用感性的语言、新奇的比喻，生动地展现了她所观察到的挖泥现场。诗中一连串的意象纷至沓来：小型挖泥船如硕大的鸟、船上的钓钩似鹈鹕尖尖的嘴、泥船的两根支杆宛若人体的双肘、远处等候的船只如列队的战斗鸟、船只的尾翼如同剪刀等。这都让我们目不暇接，充分显示了诗人那双婴孩式的"眼"。在毕晓普的眼里，海湾的一切焕发出鲜活的生命力，沉闷乏味的挖泥场景宛若生机勃勃的大自然。对此，佩吉·里扎（Peggy Rizza）如是说，"毕晓普诗歌具有人们所说的'客观式想象'"②。的确，毕晓普能够用不同寻常的思路和想象力去观看与描写世界。

　　到了晚年，毕晓普仍然童心未泯，坚持用"婴孩"的目光去观看身边的世界。在诗作《三月之末》的最后一节，诗人细致地观察了太阳露

---

　　①　Jean Garrigue, "Elizabeth Bishop's School", *The New Leader*, Vol. 158, No. 24, 6, December 1965, p. 43.

　　②　Peggy Rizza, "Another Side of This Life: Women as Poets", in Robert Shaw (ed.), *American Poetry since 1960: Some Critical Perspectives*, Chester Springs, Pa.: Dufour Editions, 1974, p. 170.

脸后沙滩上色彩斑斓的石头以及石头的投影：

> 回程时我们的另半边脸也冻僵了。
> 太阳只露脸一分钟。
> 就只一分钟，嵌进沙子，
> 遍地褐色的、潮湿的石头
> 变成斑驳多彩，
> 高些的全都投射出长长的影子，
> 个别的影子，然后又拉了回去。
> 戏弄着狮子太阳似的，
> 只是这会儿他躲到它们背后
> ——太阳趁着最后的落潮在沙滩上漫步，
> 制造出巨大的、威风凛凛的爪印。（180）

在毕晓普看来，刚露脸的太阳仿佛镶嵌在沙子上狮子的爪印，它映照着沙滩上的一切。同时，诗人的注意力完全被海滩上五彩的石头和它的影子所吸引。由于太阳的时隐时现，石头的影子仿佛成了主人戏弄着狮子太阳，而太阳却害羞似的躲到了石头的背后。为了能够在沙滩上留下自己的爪印，"太阳狮"抓紧这落潮的最后时刻在沙滩上漫步。不难看出，毕晓普运用孩童好奇的视角观看着眼前的一切，使得诗作呈现出"戏耍"①的兴味。

此外，诗作《鱼》《海景》《旅行的问题》《圣塔伦》等都可以看到诗人灵活地运用婴孩的"眼"来观察世界的影子。在《圣塔伦》的最后部分，当一个药剂师赠给诗人一个"小巧、精致的"空心蜂巢时，她的朋友好奇地问道："那是什么东西啊？真丑！"此一结尾，诗人用儿童的视角去睇观"空心蜂巢"，凸显了她天真的目光。毕晓普运用婴孩的"眼"去观看事物，不仅展示了诗人对事物的独特感知，而且也展示了诗人与事物的交互感知，它体现的是一种古老的诗歌思维方式。

---

① Harold Bloom（ed.）, *Elizabeth Bishop*: *Modern Critical Views*, New York: Chelsea House, 1985, pp. 2 – 3.

（二）透视的"眼"

罗伯特·洛威尔（Robert Lowell）说："毕晓普所有的诗歌近乎完美。我认为，她是现存世界上最具有观察力的诗人：她的眼睛既观看世界又察看世界背后所记忆的思想。"[①] 这里，洛威尔明确指出了毕晓普"透视"世界的能力：就物理学而言，毕晓普"透视"事物本身；就心理学而言，她透视事物背后的思想。

所谓透视，原本是绘画的理论术语，指的是一种冷静而深入的观察法。在诗歌创作中，"透视"具有两层含义。其一，作为诗歌的写作技巧，透视指的是诗人观看世界，如同画家作画，把眼前的生活物象投放在一块透明的平面，然后，将所见的景物用浅显的语言呈现出来，从而使得事物具有生命的立体感和空间感。其二，作为诗歌的感知方式，透视指的是对世界的纵深性把握，是介入现实的一种独特方式。它不仅探究事物的内部秘密和内在意义，更为重要的是，它是一种对人生的透彻性感知和洞察。笔者拟从这两个角度来探讨毕晓普透视世界的"眼"。

首先，绘画意义上的透视。关于诗歌的创作，毕晓普如是说："我是一个用视觉去思考的人。"[②] 作为业余画家的诗人，毕晓普不可避免地运用绘画的技巧去作诗。奥克塔维奥·帕斯（Octavio Paz）曾指出，毕晓普有一双画家的眼睛。"透视"，作为绘画的观察技法，也就堂而皇之地进入毕晓普的诗歌创作。作为一种普遍性的观察和描写技巧，透视是从"事物"的平面透视"事物"的背面，是对事物进行立体式把握，呈现出事物的层次感和空间感。

在诗作《鱼》里，诗人不仅描写了鱼的鳞片，如同"深棕色的壁纸"；鱼的腮颊，"新鲜、脆利，带着血"，还运用独特的想象力透视了鳞片之下的肌骨和脏腑：

> 我想到那坚实的白肉
> 呈羽毛状排列，

---

① Robert Lowell, "Dust Jacket of Elizabeth Bishop", *North and South*, Boston: Houghton Mifflin Company, 1946.

② George Monteiro (ed.), *Conversations with Elizabeth Bishop*, Jackson: University Press of Mississippi, 1996, p. 100.

> 大鱼骨和小鱼刺，
> 鲜明的红色与黑色
> 他油光的脏腑，
> 粉红色的鱼鳔
> 如一朵硕大的牡丹。（42）

　　诗人解剖学式地描写"鱼"的五脏六腑，极为生动、细致。的确，如安娜·斯蒂文森所说，该诗歌"不仅仅是写鱼，更是写诗人观察鱼"①。

　　在诗作《纪念碑》第一节后半部分，也即第18—34行，诗人在观察纪念碑的平面后，对其进行纵深的把握。诗人不仅透视了木雕背后那狭窄的海域，而且还从木雕的角度反观自身，观看者成了景观的"远方"，想象着我们身在何方？它表现的是一种反纵深的观察力度，这典型地体现了毕晓普绘画意义上透视的眼睛。的确，如毕晓普所说，《纪念碑》正是受到超现实主义画家马克斯·恩斯特（Max Ernst）的《自然地理》（*Histoire Naturelle*）中有关擦画（frottage）技法的影响写成的。②

　　其次，感知意义上的透视。如果说绘画意义上"透视"还只是关注客观事物自身，那么，感知意义上的"透视"则是注重透视事物背后所记忆的思想。的确，毕晓普从不满足于表面的观察，即使冷静地观摩一景一物，那也只是她从表面触及深处的一种方式。易言之，毕晓普所关心的是事物背后所包孕的思想和智慧，她能从事物的表层窥见其纵深，从平常的事物中获得全新的发现。无怪乎，洛威尔如是说："我确信毕晓普小姐是世界上最有观察力和好奇心的诗人。"③ 因此，毕晓普透视的"眼"，不只是绘画层面的含义，而且，更为重要的是，它是一种感知世界的方式，一种观看和探索世界的途径。

　　关于感知意义上的"透视"，换句话说，就是平常意义上的"洞察"。在毕晓普的诗歌创作里，她致力于观察一个可以感知、可以触摸的真实世界，然后凭借透视的"眼"去体验和洞察另外一个可能的、超越性的世界。此一颗透视的"眼"是毕晓普前进道路上的"聚光灯"，一方面，它

---

　　①　Anne Stevenson, *Elizabeth Bishop*, New Haven: Twayne Publishers, 1966, p. 54.

　　②　Ibid., p. 68, 132.

　　③　Robert Lowell, "Dust Jacket of Elizabeth Bishop", *The Complete Poems*, New York: Farrar, Straus and Giroux, 1969.

照亮了毕晓普探索的前程，另一方面，它凝聚了诗人的注意力，帮助诗人发现一个新的世界。这里，我们不妨看一下毕晓普的诗作《沙鹬》，它集中体现了诗人透视的"眼"。

《沙鹬》是毕晓普自然观察的力作，也是其透视感知的代表性作品。诗作通过第三人称的视角远观沙滩上的禽鸟，其目的是凸显沙鹬作为被观看和被描述的客体，同时也强调作为观看主体的诗人在描述的焦点之外。此一独特的观察角度既有利于毕晓普观察事物的表象，也有利于她跳出事物的界限，去感知一个新的世界，真正做到洞若观火。毕晓普是这样描写她观察海滩上沙鹬的过程的：

> 沙滩吱吱若锅上的肥炙。左方，一阵
> 潮水席卷而来、复返而去
> 给他暗色的瘦脚丫涂上了一层光。
> 疾奔，径直涉越，目光注视着脚趾。
>
> ——注视的，正是趾间的沙地空隙
> 那里（入眼巨细无遗）大西洋的潮水
> 快速退却、沉落。疾奔时，
> 他注视着流曳而去的尘沙。
>
> 先是雾色茫茫，然后天地瞬间
> 细微、浩瀚、清明。潮汐
> 或涨或落。他无从分晓。
> 只见他的喙聚焦，气定神凝。
>
> 寻觅这、寻找那。（131）

这里，诗人呈现的是沙鹬专注于细沙的场面。尽管海浪声如影随形、海潮"席卷而来，复返而去"，沙鹬并不为其所动，眼睛注视着自己脚趾间的那片空隙，用心地观察着拖曳而去的尘沙。值得指出的是，"只见他的喙聚焦，气定神凝。/寻觅这、寻找那"，此处，诗人想要传达的是沙鹬对生活细节的凝视和关注，其目的是寻找他对大千世界的全面认识。正如诗歌中所写"细微、浩瀚、清明"（minute and vast and clear），也即从细微之处着手，透视广阔的世界，这样，我们才能清晰地把握世界的全貌。

从整首诗作来看，毕晓普通过观察沙鹬聚焦于沙滩上的沙粒、执着于自己的生存状态的场景，感知和洞察到了一个最为朴实的哲学认识论：在特殊中寻找普遍、在独特中找回永恒。的确，作为自然的观察者，毕晓普一直津津乐道于自己的观物秘诀，专注于细微的物色，"从一粒沙见出大千世界"①。诗作正是借这一独特的场面和独特的细节，真实而又形象地展示了诗人透视世界的"眼"，其非凡的观察力和感知力尽显其中。

在毕晓普诗歌里，感知性的透视俯拾即是。在诗作《犰狳》的后半部分，也即第7—9节里，毕晓普描写了圣约翰节之时她目睹一只受到火光惊吓的犰狳，在慌乱之中孤零零地逃离火海的场面。关于此场景的描写，一方面，它显示了诗人对弱小动物的同情和关爱；另一方面，也是极为重要的方面，它让诗人走出事物的表面现象，直接向生活的层面延伸，由对小动物的关切上升到对道德的关怀和人生的思考。诗人要告诫的是，人们在追求快乐的时候，不要伤及他者的利益，特别是弱小者的利益。此一感知性洞察，体现了诗人的使命感和正义感。在诗作《鱼》结尾处，毕晓普在对鱼进行观察、研究、思索和感悟之后，决定把鱼放走。这看似随意的一个动作，体现了她对小动物的尊重和关爱，同时，也暗含了诗人对人类的观照和思考。平等和尊重是万物共存的基础。这里，诗人既透视了道德层面的含义，也透视了生态层面的含义，蕴含其中的是诗人过人的智慧和深藏的激情。

此外，毕晓普透视性的观察力还体现在《在渔屋》《浪子》《海湾》等诗作里。毕晓普透视"眼"的美妙之处在于它能够给予诗人以发现的力量，能准确无误地表达她对事物背后的意义的感知和洞察，它重构了一个亲切却迥然不同的新现实和新世界。正如罗伯特·洛威尔所说："她找到了一个世界，而不只是一种写作的方式。"② 不过，笔者想说，毕晓普

---

① 此乃威廉·布莱克诗集《天真之歌》（Auguries of Innocence）中的传世名句，原文为：To see a world in a grain of sand。威廉·布莱克（William Blake，1757－1827），英国诗人和画家，善用歌谣体和无韵体抒写理想与生活，作品风格独特，著有诗集《天真之歌》《经验之歌》等。

② Lloyd Schwartz and Sybil Estess（eds.），*Elizabeth Bishop and Her Art*，Ann Arbor：University of Michigan Press，1983，p. 197.

透视的"眼"帮助她找到了这个世界，它既是一种写作的方式，也是一种探索世界的途径。

二　自然的"笔"

毕晓普在采访中说："写诗时，我从未想过采取某种特别的声调。它是自然而然形成的。"① 毕晓普的诗歌很少去雕饰，呈现出一种自然的美。关于自然式呈现，毕晓普还说："就我而言，最大的挑战是尝试用浅白的语言去表达深邃的思想。简洁和清晰是我看重的。"② 言外之意，毕晓普诗歌的自然之"笔"，主要体现在诗人如何运用清新、简洁的语言去呈现日常的事物和生活，去表达深刻的思想和道理。可以说，"自然"是毕晓普诗歌"自然式描写"的基础，而清晰和简洁则是毕晓普诗歌自然笔法的核心内容。

为了使诗歌产生自然、晓畅的效果，毕晓普经常通过客观性的描写来实现。所谓客观性描写，就是拒绝在诗歌中展示个人的情感，仅以一个观察者的身份察看和描绘客观的事物。詹姆斯·索斯沃斯（James Southworth）就曾说，毕晓普诗歌"具有诗歌所能有的客观性"③。诚然，诗歌创作要做到纯粹的客观的确很难，但毕晓普诗歌却能够通过表象的记录、细节的描写、枚举的技法，用清晰的画面、客观的叙述、简洁的语言来实现其自然的表达效果。

（一）表象记录

表象记录就是对事物外在的视觉图像进行自然、客观的描写和再现。为了让读者能够如自己所见，毕晓普经常对生活和事物进行真实的记录和描绘，以期从平常的事物中显出事物的本质，挖掘其不平凡的意义。

在20世纪，现代、后现代艺术大师们大多倾向于描写事物的表象，呈现出一个可视性世界，强调传递个人的视觉而不是抽象的真理。现代电

---

① George Monteiro（ed.），*Conversations with Elizabeth Bishop*，Jackson：University Press of Mississippi，1996，p. 103.

② Ibid.，p. 99.

③ James Southworth，"The Poetry ofElizabeth Bishop"，*College English*，20，No. 5，February，1959，p. 213.

影制片人米开朗琪罗·安东尼奥尼（Michelangelo Antonioni）宣称，他的电影就是聚焦细节，其目的是获得对事物的感知。他写道："为了让我所展示的一切获得形式和意义，我不得不反反复复地在细节上逗留，去感知那最无效的动作。"① 约瑟夫·康拉德（Joseph Conrad）在《"白水仙号"上的黑家伙》的序言中也作了一个经典的表述："我努力尝试的工作……在所有一切面前，去让你看见。这——仅此而已，就是一切。"② 与众多的现代艺术家一样，毕晓普的诗歌也侧重于描写事物的表象，努力呈现她所看到的事物和世界，从而也让读者成为事物和场景的见证人。

　　兰达尔·贾雷尔高度赞扬了毕晓普诗歌的"录像"艺术："她的诗歌呈现的一切，我已经看见。"③ 在诗作《纪念碑》里，毕晓普冷静地描绘了一具木制纪念碑的外部表象：

> 现在你能看见纪念碑吗？木头制的
> 有点儿像盒子。不。像
> 按大小顺序排列的几个盒子
> 层层叠叠。
> 每只转个半圈使得
> 这样的角尖轮流指向下面一只的
> 边框中间（23）

　　毕晓普以至纯至净的情感，近距离地观察了眼前的纪念碑，用极其浅显的语言把纪念碑的形态和摆放描写得淋漓尽致。在《冬天的马戏团》里，毕晓普用极其形象的语言记录了别在骑马者身上的"假玫瑰"的动态性形象：

> 她用脚尖站立翻了又翻。
> 两朵倾斜喷放的假玫瑰
> 缝在她的裙子和闪亮的胸衣上。

---

　　① Michel Mardore, "Antonioni, je suis an incurable optimiste", in Ted Perry（ed.）, "A Contextual Study of M. Antonioni's Film C'Eclisse", *Speech Monographs*, 37, No. 2, June 1970, p. 92.

　　② Joseph Conrad, *Three Great Tales*, New York: Vintage Books, 1962, p. Ⅳ.

　　③ Randall Jarrell, *Poetry and the Age*, New York: Farrar, Straus and Giroux, 1953, p. 235.

> 在她的头顶，摆放着
>
> 另外一束飞溅的假玫瑰。（31）

　　寥寥数笔，装饰的玫瑰在骑马者的转动中得到生动的表现，它或喷放，或飞溅，形象生动、可爱喜人。卡尔·马尔科夫（Karl Malkoff）曾评论说，毕晓普的诗歌"经常性地，只研究事物的表面"①。尽管这句话不全对，但马尔科夫与贾雷尔的观点相近，指出了毕晓普诗歌自然式描写的重要特征——表象记录。的确，在毕晓普看来，艺术如同一面镜子，照射生活的方方面面。

　　除了对视觉艺术品的表象描写外，毕晓普诗歌的表象记录还体现在其他题材的诗作里。并且，这一写实技法不胜枚举、触目即是。这里，我们不妨再看两个例子：

> 在一座渔屋旁，
>
> 一个老人坐着织网，
>
> 他的渔网，在暮色中，若隐若现，
>
> 一种深紫褐色的，
>
> 梭子用旧了反而发光。（64）
>
> 　　——《在渔屋》

> 浪吼声如影随形，他已习以为常，
>
> 天地随时濒临动荡。
>
> 他疾奔，向南奔去，战战兢兢，
>
> 惊慌中强自镇定，布莱克的门生。（131）
>
> 　　——《沙鹬》

　　毕晓普诗歌中有关事物的表象记录，不仅是她自然观察的结果，而且也是她自然式描写的要求，它体现了诗人对物态具象的关注和对世界本身的兴趣。正如南希·麦克娜丽（Nancy McNally）所说，毕晓普的诗歌

---

　　①　Karl Malkoff, "Elizabeth Bishop", *Crowell's Handbook of contemporary American Poetry*, New York: Crowell Publishing Company, 1973, p. 67.

"尽可能地接近事物实存的表象、声音和质地，而不是阐释其意义"①。不过，需要补充的是，毕晓普的表象记录旨在帮助人们通过可见的事物表面去窥见和探索不可见的世界，去透视人生的艺术和生存的奥秘。从这个意义上说，毕晓普诗歌的具象描写是诗人和读者进行深入感知和理解的前提。

（二）细节描写

毕晓普天生爱好绘画，她相信写诗如同作画，因此，创作诗歌也需要聚焦于事物的细枝末节，对之进行精雕细刻。对于毕晓普诗歌的细节描写，前人论述较多。最早注意到这一特征的是玛丽安娜·莫尔（Marianne Moore），她赞扬毕晓普拥有一双"超级精确的眼睛"②。莫尔的意思很明确，毕晓普眼光敏锐，细致精确。诗人兼评论家路易斯·伯根（Louise Bogan）也指出，毕晓普诗歌具有"自然主义观察家的精确性"③；卡尔·马尔科夫（Karl Malkoff）更是直截了当，他说毕晓普的诗歌"描写极为详尽，致力于最微妙的细节"④。毫不夸张地说，精确的细节描写是毕晓普诗歌的区别性特征。

毕晓普诗歌关注事物本身，重视细节的准确性和精确性。通常，毕晓普采用以下三种方法来完成细节的精确性描写。

其一，精雕细刻。毕晓普曾说："我的确喜欢画画，这也可以部分说明为什么我对仔细观察物色充满了兴趣。"⑤ 在毕晓普的诗歌创作里，其"仔细观察物色"的技巧典型体现在精雕细刻这一描写艺术上。在诗作《鱼》里，毕晓普对"鱼"的眼睛进行工笔式镂刻，使得它永载史册。此外，在诗作《佛罗里达》里，毕晓普有关海龟"脑袋"的描写也毫不逊色，都体现了诗人对事物及物体细貌的痴迷：

---

① Nancy McNally, "Elizabeth Bishop: The Discipline of Description", *Twentieth Century Literature*, Vol. 11, No. 4, January 1966, p. 191.

② Marianne Moore, "Senhora Helens", *A Marianne Moore Reader*, New York: Viking, 1961, p. 226.

③ Louise Bogan, "Verse", *The New Yorker*, XⅫ, 5, October 1946, p. 121.

④ Karl Malkoff, "Elizabeth Bishop", *Crowell's Handbook of Contemporary American Poetry*, New York: Crowell Publishing Company, 1973, p. 68.

⑤ George Monteiro (ed.), *Conversations with Elizabeth Bishop*, Jackson: University Press of Mississippi, 1996, p. 100.

> 巨大的海龟，无助又温和，
>
> 死去，并在海滩上留下它藤壶的硬壳，
>
> 脑袋硕大苍白并嵌着圆圆的眼窝，
>
> 比人的两倍还大。（32）

这里，诗人精细地刻画了海滩上一只刚死去的大海龟的脑袋，它硕大、苍白，还镶嵌着两个圆鼓鼓的大眼窝，足足比人的两倍还大。不难看出，毕晓普关于海龟"脑袋"的刻画，极为细致，与鱼的"眼睛"的刻镂有异曲同工之妙。正如毕晓普所说："我的确着迷于物色……我纯粹是想用全新的眼睛观照事物。"①

毕晓普精雕细刻的技法在其诗歌里比比皆是。在诗作《三月之末》里，诗人对冲向海滩的细浪作了近距离的具象性刻画：

> 后来，我们撞见了
>
> 长段长段、没有尽头的、湿漉漉的白练，
>
> 向着潮线卷起，又落进海里，
>
> 这样来回缠绵。最后，终于结束了：
>
> 一个浓密的白色乱丝，同人等高，嘶吼袭来，
>
> 随着每一道浪头升起，一个湿透的幽灵，
>
> 扑倒了，浑身湿透，放弃了鬼混……（179）

面对一道道白色的海浪，毕晓普穷尽物色，描写了它的形状、颜色、质地、方向等，同时，诗人还运用"客观式的想象"，将它与一具具含冤的鬼魂进行嫁接，曲尽笔调地展示了海浪的物态细貌与变幻不定的特点。

此外，毕晓普的精雕细刻艺术还体现在《纪念碑》《布里多尼海峡》《沙鹬》《诗》等诗作里。在《布里多尼海峡》中，毕晓普对学校旗杆顶端的白色陶瓷把手作了精确而又传神的描绘："今天旗帜可没有在旗杆上飘，/那根旗杆是用斧子粗糙地劈出来的，/顶端有一个白的瓷质门把手。"

---

① George Monteiro（ed.），*Conversations with Elizabeth Bishop*，Jockson：University Press of Mississippi，1996，p. 100.

其二，奇特的比喻。为了使得描写的事物清晰、准确，毕晓普还辅以新奇的比喻。比喻技法是毕晓普最为擅长，也是最为常用的艺术手法。与普通的比喻不同，毕晓普的比喻可谓是神来之笔，极为独特，它不仅使得事物生动形象，而且具体可感，形状、颜色、声音和质地应有尽有，给人留下了鲜明、深刻的印象。此一技法在其描写性的诗作《鱼》《海湾》《海景》《布里多尼海峡》《冷春》等里随处可见。

这里，笔者只讨论毕晓普诗歌中"比喻"所呈现出来的奇特性。请看诗作《冷春》里的经典名句：

> 那雄蛙正在发出叫声，
> 笨重的拇指拨动松散的琴弦。（56）

表面上，松弛的琴弦与雄蛙之间没有任何事实性的联系，然而，诗人通过巧妙的联想与想象，把琴弦的声音与青蛙的声音进行有效的嫁接，从而唤起读者对雄蛙声音的鲜明而又准确的感知。此一"声音"的具象性描写，使得诗歌自动获得了精确性的效果。

为了有效地呈现事物的表面现象，如声音、质地、气息等，毕晓普经常把诗歌的想象性与修辞的明晰性有效地结合起来，而不是去阐释它的意义。还如在诗作《布里多尼海峡》里，诗人对布里多尼的海景描写得极为精确：

> 那光滑如丝的海水织了又织，
> 从不同的方向消失在迷雾中，
> 鸬鹚那水滴般的蛇状脖子，
> 时而上升，时而穿透，
> 薄雾混合着摩托艇的脉搏，
> 迅速却不急促。（67）

光滑如丝的海水，描写的是质感；蛇形水滴般的鸬鹚脖子，强调的是形状和质地；摩托艇迅速却不急促的声音，描述的是声音。毕晓普运用奇特的比喻，巧妙地将声音、形状、质地糅合在一起，体现了她惊人的描写艺术。在诗人的笔下，布里多尼的海景得到了全新的感知，美不胜收。这里，我们不妨再看两例：

> 这个无忧虑的、已变换的州遍地是黑色的斑点
> 零零散散，间隔丑陋的白；如最乏味的
> 明信片。（33）
> 　　　　——《佛罗里达》

> 我想树必定在介入，
> 把音乐抓进它们的叶子里
> 好像砂金，直到每一片巨大的叶子凹陷。（69）
> 　　　　——《从国会图书馆看国会大厦》

　　其三，赋予事物以精确的命名。为了使得描写更加准确，毕晓普时常给事物取名。譬如在诗作《佛罗里达》的第一节，诗人不仅给岛屿上的鸟进行了精确的命名，有 S 形鸟、唐纳雀、鹈鹕等，而且还给沙滩上的各式各样的贝壳也取上了可爱的名字：

> 热带的雨骤然降下
> 洗亮了裹在浪头上的成串褪色的贝壳：
> 约伯的泪珠，汉语字母表，稀有的威严螺，
> 多彩的胶质，以及女士的耳朵。（32）

　　这里，诗人将视角集中在海滩上那被雨水洗刷的贝壳上，一一给它们以精确的命名："约伯的泪珠""汉语字母表""稀有的威严螺""多彩的胶质""女士的耳朵"。还如在诗作《布里多尼海峡》里，诗人开篇就精致地描写了布里多尼海峡的"鸟岛"：

> 远望那高高的"鸟岛"，西伯克斯和赫德福德，
> 尖嘴雀和傻乎乎的鸟嘴雀背对背地站立着
> 非常肃穆，不光滑的线沿着悬崖，被草磨损的棕色边缘划过，
> 没有几只羊会"啪啪啪，啪啪啪"地走到哪儿去吃草。（67）

　　毕晓普不仅写出了布里多尼海峡上岛屿的名字：西伯克斯和赫德福德，而且给岛上的鸟儿以准确的名字，那里的鸟儿有"尖嘴雀"和"角嘴雀"。诗歌第二节，诗人还写了薄雾垂进山岭和陆地之间的峡谷，如冰川的幽灵在游荡，它游荡在"层层叠叠的杉树间"，那里是"云杉"和"杜松"。诗作最后还对海峡的荒野小路上的一辆小巴士进行了精确的描写：

　　　　一辆小巴士一路开来，上下颠簸，
　　　　载满乘客，匆忙赶路。（周末运货，运的是部分汽车零件，
　　　　和抽水机零件，
　　　　但今天只有另外两名传教士乘客，一位带着套了衣架
　　　　的法衣。）（68）

　　这里，诗人想告诉读者的是周末的运货小巴士的功用，它只是用来运汽车零件和抽水机零件，而不是用来载客的，但今天颇为特殊，额外载上了两名传教士，并且其中一位的衣服上还套着衣架。

　　可见，细节描写是毕晓普诗歌自然式描写的主要内容，它体现的是诗人对事物本身的喜爱和尊重。

（三）枚举技法

　　枚举技法，通俗地讲，就是列举的艺术。关于毕晓普诗歌中的列举艺术，玛丽安娜·莫尔曾把它命名为"枚举描写"[①]（enumerative description），即毕晓普的诗歌通常由一系列的物象或细貌的并列与组合来形成诗歌的框架，从而有效地实现诗歌的客观性描写效果。对此，路易斯·伯根称之为"与主题相关联的一系列事物或属性"[②]。为了便于论述，笔者将毕晓普诗歌中的"枚举描写"分为两种类型：一是简单的并列描写，二是复杂的并列描写。

　　所谓"简单的并列描写"，就是通过词语或短语的并列或重复来实现和加强诗歌的客观性与艺术性效果。此一简单的并列艺术典型地体现在诗作《佛斯蒂娜，或岩石玫瑰》里。在诗作的第5—6节，它布满了"枚

---

　　① Marianne Moore, "A Modest Expert", *Nation*, CLXIII, 28, September 1946, p. 354.
　　② Louise Bogen, "Verse", *The New Yorker*, XXII, 5, October 1946, p. 122.

举"的艺术：

> 它使纯白的头发闪光，
> 睡袍露出
> 汗衫领子，
> 苍白的芭蕉扇
> 她握着却扇不动，
> 她凌乱的白床单
> 像褪色的玫瑰。
>
> 杂乱的纪念品，
> 房间像晒白的旗子！
> ——破烂的衣服或破旧的套装
> 挂在椅子和钩子上，
> 每一件都形成白色的阴影，混乱不堪
> 要不是眼花缭乱。(72—73)

在这两节诗里，诗人列举了众多白色的东西，如"纯白的头发"（"fine white hair"）、"苍白的芭蕉扇"（"the pallid palm-leaf fan"），"凌乱的白床单"（"white disordered sheets"）、"褪色的玫瑰"（"wilted roses"），还有那"晒白的旗子"（"bleached flags"）等；此外，诗作中两两对举更是触目即是，如睡袍/汗衫、床单/玫瑰、纪念品/旗子、破烂的衣服/破旧的套装、椅子/钩子。最后，诗作以房间的整个场面和整体效果的并列结束："混乱不堪/要不是眼花缭乱"（"confusing / as undazzling"）。

在毕晓普的诗歌里，简单的并列描写屡见不鲜。只要稍作关切，就能发现。我们再看两个例子：

> 那最小的蛾子，仿佛中国扇子，
> 把自己展平，闪着银光，并为苍白的
> 黄色、橘红或灰色镀上银粉。(56)
> ——《冷春》

这个月，我们最喜欢的那个岛百花盛开：

金凤花、红苜蓿、紫色的野豌豆，

依旧燃烧的鹰草、杂乱的雏菊、小米草，

芳香的篷子草，灿烂如星海，

还有很多，都回来了，用喜悦替草原上彩。

金丝雀回来了，或者其他相似的鸟，

白喉雀唱着五音小调。(188)

　　　　　　——《北碇岛》

　　所谓"复杂的并列描写"，就是以词语为核心，通过附带性的修饰词语，形成一个清晰的、精确的意象，然后将相类似的多个意象串联或并置在一起，形成一连串的意象群，从而实现对事物的多元的、空间性的把握。它是毕晓普诗歌"枚举艺术"的主要特征。这里，笔者根据毕晓普诗歌中"复杂性并列"所呈现的特点，将其分为两大类，一类是串珠型并列，另一类是拼贴型并列。

　　首先，串珠型并列。顾名思义，它指的是诗歌中的形象宛若一串串珠链，由一系列单个的、生动的物象连缀而成。通常，这些具象之间具有时间上的先后承续性或事理上的前后逻辑性，并且最终能够形成一个连续的、递进的串珠型结构。

　　关于串珠型并列，萨缪尔·柯勒律治（Samuel Coleridge）曾有过近似的、富有洞察性的论断："天才的呈现不在于阐释一幅画……诗歌的力量在于，可能是通过一个单个的词语，为思维注入能量，从而促使想象创造图画。"① 尽管他的评论不是针对毕晓普，却适用于毕晓普。毕晓普的诗歌首先从单个的词语获得延伸性能量，然后逐渐铺陈开来，形成一系列的意象群，宛若一连串的珠链。在诗作《佛罗里达》第一节里，诗人这样写道：

---

　　① Samuel Coleridge, "Shakespearean Criticism", in Thomas Raysor (ed.), *Lecture* Ⅸ, Vol. 2, New York: E. P. Dutton, 1960, pp. 134 – 135.

The state with the prettiest name,

the state that floats in brackish water,

held together by mangrove roots

that bear while living oysters in clusters,

and when dead strew white swamps with skeletons,

dotted as if bombarded, with green hummocks

like ancient cannon-balls sprouting grass. （32）

　　这里，诗歌以"那州"（the state）为中心，先后描写了一系列单个的具象，如红树根、鲜活的牡蛎、死者的残骸、翠绿的山丘等，逐层荡开，形成一个较为松散的、串珠式的并列结构。诗中的每一个意象都是对"那州"的补充和解释，同时后续的意象也补充和解释前一物象，就这样，它不断地为人们的思维和想象注入前所未有的活力。在这个"有着最美丽的名字"的州里，既有喜剧性的快乐，也有令人生畏的恐惧。诗歌中的物象和细节有并列，有比拟，错落有致地摆放和呈现着，有效地表达了"那州"的整体性效果。对此一结构性的特点，兰达尔·贾雷尔如是说："结构……隐含在每一个细节的布局里。"① 而特拉维萨诺更是直截了当："诗作的布局宛若一连珠串：惊奇的事实前后缀合在一起。"②

　　毕晓普串珠型的并列艺术还体现在诗作《麋鹿》里。在诗的开篇，也即第 1—6 节，诗人使用了一个极为罕见的长句对家乡新斯科舍进行了逐层铺开式的细致描写。在这个句子里，毕晓普首先描写了海湾的潮汐，"潮水涌进来，海湾不在家"；然后写了海湾的海水，"火红的太阳没入大海，海水仿佛在燃烧"；接着描写家乡紫红色的土地、稀落的农庄板屋、明净的木搭教堂，还有田野尽头耸起的红枫、白桦等。这里，诗人按照时间先后的顺序依次描写了家乡那美丽的风景，各种物象逐层拓展而又呈珠状延伸，一切如此熟悉，一切呈现得如此自然。

　　其次，拼贴型并列。与串珠型并列不同，它指的是诗歌中的物象之间没有时间或逻辑上的先后顺序，这些具象只是按照事物空间的顺序或想象

---

① 　Randall Jarrell, *Poetry and the Age*, New York: Farrar, Straus and Giroux, 1953, p. 235.

② 　Thomas Travisano, *Elizabeth Bishop: Her Artistic Development*, Charlottesville: University Press of Virginia, 1988, p. 59.

的顺序，自由地组接，随意地拼合，从而形成一个多元的、多层的拼贴型结构。毕晓普最为擅长的是运用"拼贴型"并列艺术，即把时空不同或没有任何承续关系的物象、细貌随意地并置在一起，从而构成独特的审美世界。通常，这些丰富的意象以简单的结构、浅显的语言等形式呈现出来。请看诗作《冷春》里的"拼贴型并列"艺术：

> 一个寒冷的春天：
> 草地上的紫罗兰破裂。
> 有两星期或更久，树木犹豫不决；
> 小小的叶子等待着，
> 小心翼翼地显示着自己的特征。
> 最后，一层暗绿色的灰
> 落到了你那漫无目的的、巨大的山头。（55）

　　这里，诗人打破时间的顺序，把不同时段的物象，紫罗兰、树木、枝条和灰尘相互并列，同时运用拟人的手法，使得其细节清晰可见。在这个寒冷的春天里，破碎的紫罗兰、犹豫的树木、谨慎的枝条、暗绿色的灰各自小心翼翼地展示着自己的特点。此外，在诗作的第二节，诗人还细致地描写了山茱萸、紫荆、小鹿、橡树叶等物象，并且自由地把它们拼贴在一起，一幅模糊的春景图映入眼帘。

　　如果说《冷春》里的并列艺术还只是属于不同时间内的物象并置，那么，在诗作《2000多幅插图和一个完美的和谐》里，诗人则有意打乱时空的顺序和画面的组接规律，使得不同时空的物象在同一篇幅里得到尽情展示，呈现出一副多元共存、众声喧哗的态势。譬如，在诗的第二节，毕晓普以冷静到几乎漠然的笔触，描写了马拉喀什、罗马、墨西哥等地方的细节：

> 进入圣琼斯的海峡
> 那令人心动的羊咩声飘至轮船。
> 我们看着它们，红色的身影，跃上悬崖，
> 周围是浸透雾霭的荒草和蛋黄草。
> ……

在墨西哥死去的人躺在
蓝色的拱廊里；死去的火山
闪亮得就像复活节岛的百合。
……
在马拉喀什的妓院里
长满了麻子的小妓女
在她们的头顶平托着茶盘
还要跳肚皮舞。(96)

这里，诗作通过"and"把圣琼斯的海峡、墨西哥的山丘、马拉喀什的妓院三个不同时空的背景组接在一起，使得令人心动的羊咩声、已经死去的人、丑陋至极的小妓女等物象在同一个时空里得到共时性的表现，一方面，它展现了多元、丰富的意象，另一方面，它也体现了诗人高超的拼贴技法。

此外，毕晓普诗歌的"枚举技法"，还典型地体现在《公鸡》《鱼》《海湾》《在渔屋》《杰罗尼姆的房子》《六节诗》等诗作里。在《六节诗》里，诗人跨越时空和审美的界限，将外祖母的泪水、屋顶上的雨珠、水壶上的泪珠等意象，进行自由的并列和组接，体现的是一种更高层面的拼贴并列艺术。① 限于篇幅，不作赘述。

毕晓普自然之笔法并非尽善尽美，早在《诗集》(Poems，1955，包括《北与南》和《冷春》) 发表时，诗评家霍华德·内莫洛夫 (Howard Nemerov) 就指出了毕晓普诗歌描写方法的潜力和局限。他说毕晓普诗歌坚持让细节说话、拒绝道德说教，有得有失。尽管他不是对毕晓普整个诗歌进行评价，但其结论颇有启发性，"这一方法有令人满意的结果，它赋予语言以清新感（因为描写语言的道德化使得语言日益贫瘠），给予意义以开放和无限的可能……然而，它也有令人担忧的地方：一方面是其琐碎性，或者你可称之为缺乏行动，在行动的诗歌里，它绝不会成为细节的罗列；另一方面，与琐碎性紧密联系，则是相信所有事物都能予以理智的、

---

① For an excellent discussion, see Peggy Samuels, "Chapter 3", *Deep Skin：Elizabeth Bishop and Visual Art*, Ithaca and London：Cornell University Press, 2010.

精确的描写，最后导致干扁的语调。"① 这里，我们可以看到名家评论之间的矛盾性和差异性。

但是，毋庸置疑，毕晓普诗歌的自然式描写技艺为诗歌艺术的创作和发展做出了独特性贡献，奉献了创造性价值。对此，南希·麦克娜丽曾有客观、公允的评价："毕晓普诗歌拒绝展示自己的个性，选择一种非个人化、具有高度洞察力的自然式呈现，从技术层面上看，使得她在形色多样的现代诗坛显得与众不同。"②

三 沉默的"我"

毕晓普诗歌的描写艺术清新自然、朴实无华，展示了毕晓普写实艺术纯真、素朴的美，具有一种谦逊的色彩。她很少在诗歌中现身说法，也很少对周遭的事物做出评论，其诗歌呈现出一种"沉默"的艺术魅力。因为毕晓普清醒地意识到，细心的观察需要与周边的世界保持特定的距离，自然式的叙述需要一种沉静的力量。对此，爱尔兰著名诗人西默斯·希尼（Seamus Heaney）毫不掩饰地称她为"最缄默和文雅的诗人"③。

阅读毕晓普的诗歌，细心的读者会发现，它总是缺少一个明确的"主语"，至少这个"主语"是沉默的，它就是"我"。事实上，"沉默"不仅是毕晓普诗歌创作的基调和主调，而且贯穿其诗歌创作的始终。在毕晓普的诗歌里，无论是描写风景、地理，还是叙述人物、动物，读者都很难寻觅到诗人的影子。这些诗歌留给人的印象是，诗人竭力避免现身于诗歌创作中，很少暴露自我的情感，因为诗人认为，只有这样，诗篇才不会染上个人的主观色彩，才能呈现诗作本身的客观性。由于"我"的缺席，毕晓普能够以一种超然的态度去面对眼前的一切，去完成自然式的描写，去实现动态性表达。为了有效地阐释毕晓普诗歌中沉默的"我"，笔者拟从诗人自我身份的隐匿和自我情感的藏匿两个角度进行切入。

① Howard Nemerov，"The Poems of Elizabeth Bishop"，*Poetry*，87，No. 3，December 1955，pp. 179 – 180.

② Nancy McNally，"Elizabeth Bishop：The Discipline of Description"，*Twentieth Century Literature*，11，No. 4，January 1966，p. 190.

③ [爱尔兰] 西默斯·希尼：《舌头的管辖》，《希尼诗文集》，吴德安等译，作家出版社2001年版，第244页。

（一）隐"身"

基于对现实的清醒认识，毕晓普一开始就意识到生活之上的那部分存在。其诗歌经常采用自我隐匿的手段，远距离地观看、细心地体察，从而获得对事物的完整感受。在毕晓普的写实作品里，自我身份的隐匿和缺席是屡见不鲜的。这里，我们不妨看一下其诗作《在渔屋》和《小习作》中的隐"身"艺术。

在诗作《在渔屋》里，毕晓普自我的身份几乎完全隐匿在诗歌大篇幅的风景写实段落里。在诗的第一节，诗人通过细节的描写和画面的组接，描绘了一幅清晰的海边图景；一个织网的老渔，坐在古老的渔房，面对大海沉思着世间的一切。读者只要稍不留神，就会完全忽视诗歌中"我"的存在。请看诗作：

> 一切都是银白色：那大海沉重的海面
> 慢慢地膨胀好像考虑是否就要溢出来，
> 海色不透明，但银色的板凳，
> 捕龙虾的篓网，以及桅杆，散布在荒凉的齿状岩石之间，
> 是半透明的一层，
> 就像那座小小的旧房，它靠海的一面墙
> 长满了一层翠绿色的苔藓。
> 盛鱼的大缸全都黏附着
> 一层层亮丽的鲱鱼鳞片
> 连独轮车也同样覆盖着
> 闪光的乳白的鳞片，
> 上面爬满了彩虹色的小苍蝇。
> ……
> 他是我外祖父的朋友，
> 正等着鲱鱼船进港。
> 我们谈论着人口衰退的问题，
> 也聊鳕鱼和鲱鱼。（64）

这里，诗歌中的"我"深深地隐藏在景物的背后，进行冷静、客观而又全面的观察和描绘。不过，从起始句"一切都是银白色：那大海沉重的海面"，我们仍能感受到一个屏住呼吸、不动声色地观察者悄悄地注视着海边的一切。随后诗人发现了面朝大海的小房子的墙面上，生长着苔藓、美丽的鳞片、独轮车、古旧的木制绞盘、磨白的把手……直到这时，脆弱的"我"才或隐或现地呈现出来。不过稍后，诗中的"我"又迅速藏匿起来，诗歌转向对海面上渔船进港场景的大篇幅描写。

实际上，在诗作的其他角落，毕晓普的"我"也是如此精心地藏匿起来的，与周围的世界进行周旋：

> 寒冷深沉又绝对澄澈，
> 清晰的灰冷冷的海水……后面，在我们的背后
> 升起高大尊贵的冷杉树。
> 蓝蓝的、连着自己的影子，
> 近百万棵的圣诞树矗立着
> 等待圣诞节来临。（65）

不难看出，诗作一方面呈现了眼前寒冷清澈的海水，另一方面也注意着背后高大尊贵的冷杉。而作为观察者的主体的"我"，很少得到着墨，忽隐忽现，稍不留神就可能被现实的表面所淹没。

如果说诗作《在渔屋》中的"我"以隐匿的方式若隐若现地存在着，那么，诗作《小习作》中的"我"就完全不在场了。尽管这首诗是毕晓普的生活体验之作，不过，诗歌中没有出现"我"的影子。诗作没有主语，由祈使句串联全篇，它典型地体现了毕晓普诗歌艺术中"我"的隐身：

> 想想暴风雨令人不安地徘徊在天空
> 仿佛一只狗在寻找安身之处
> 倾听它的咆哮。
>
> 想想它们此时会怎样，红树根
> 伸展在那里，对黑暗中的闪电

毫无反应，粗纤维的家族。

……

想想林荫大道和小棕榈树

所有都黏成一排排，突然出现

像一把柔软的鱼骨。

……

想想有人正睡在小船的船底

系在红树根和桥墩上；

想想他似乎安然无恙，没有受到一丝惊扰。（41）

这里，诗人关于暴风雨的体验既紧张又轻松。开始，诗作描写了暴风雨如咆哮的狗在慌乱地寻找安身之处，气氛极为紧张；然后，诗作描写了近处的绿荫大道、远处的田野，气氛由紧张转为恐怖；最后，诗歌逐渐增强的压抑感获得了释放，有人安然无恙地睡在船底，并未受到暴风雨的惊扰。诗歌在紧张与平静的张力之间获得了平衡。然而，纵观全诗，不难发现，主语"我"自始至终是不在场的，或者说，"我"完全湮没在暴风雨的场面和体验之中，以至于"我"永远成为事件的缺席者。

在毕晓普的诗歌创作里，"自我"的隐身是一种较为常见的写作手法。它还体现在《鱼》《海湾》《海景》《有色人种之歌》《考切》《迈纽津霍》《麋鹿》等诗作里。在这些诗作里，毕晓普总是喜欢将自己隐藏在事物和画面的背后，在不动声色的描写和叙述中实现客观、准确的描写效果。

（二）藏"情"

所谓藏"情"，指的是毕晓普在诗歌创作中反对暴露感情，主张将诗歌的情感进行有效的藏匿，以一种冷静的态度描写和呈现事物的本真面貌，从而获得对事物纯粹的感受。正如著名诗人马克·斯特兰德（Mark Strand）所说："毕晓普诗歌创作丝毫没有表现自我情感。"① 在毕晓普的

---

① Mark Strand, "Dust Jacket of Elizabeth Bishop", *The Complete Poems*: *1927 – 1979*, Chatto and Windus: The Hogarth Press, 1983.

诗歌里，藏"情"的艺术比比皆是。这里，我们重点探讨毕晓普的诗作
《第十二个早晨；或你要什么》和《一种艺术》中的藏"情"艺术。

　　在诗作《第十二个早晨；或你要什么》里，毕晓普描写了一个名叫
巴尔塔扎的小男孩的贫困生活。尽管他居住在一个遥远的、寒冷的岬角
（cabo frio）上，但是，他自始至终保持一颗乐观、向上的心。其中，在
诗的第1—3节里，诗人采用旁观者的立场，冷静地描写了巴尔塔扎住处
的荒芜和凄凉，其藏"情"的艺术可见一斑：

> 像一层表面未干的石灰，
> 那灰色的薄雾让一切事物显现：
> 黑人男孩巴尔塔扎，一条栅栏，一匹马，
> 一栋破败的房子，
>
> ——来自沙丘的水泥和橡子紧紧粘在一起。
> （公司把那些发白却磨损的沙丘
> 当作草坪。）"船骸"，我们说；说不定
> 只是一堆房骸。
>
> 大海远远退去，什么也没有做。听。
> 一股呼出的气息。一声微弱的、微弱的、微弱的
> （或者你正倾听着的声音），那沙鹬发出的
> 撕心裂肺的喊叫。（110）

　　这里，诗人运用拟人的手法为我们呈现了一幅巴尔塔扎住处的背景
图。在观察者的眼里，薄雾如同表面未干的石灰，破败的房子如同一堆
"船骸"，其所要暗示的是观察者阴郁的心情。不过，诗人并没有直接描
写自我的情感或发表个人的看法。相反，她把自己的情感深深地藏匿在周
遭的事物里，只见此时，大海静静地叹着气息，沙鹬发出令人心碎的叫
声，还有陈旧的沙丘"草坪"显得如此的苍白。不难发现，毕晓普的藏
"情"艺术体现在冷静的素描和富有暗示性的风景里。

　　毕晓普诗歌的藏"情"艺术越到后期，越成熟，这在其晚年的诗作
《一种艺术》里趋于极致。面对洛塔的死亡、情人爱丽丝（Alice Methfes-

sel）的离去，毕晓普一时情伤，抚今追昔，创作了此诗篇。在这首诗里，
毕晓普以静默的"我"抗击着生活的灾难，自我的情感在轻松的、戏谑
的叙述里得到了有效的掩饰，生命的艰辛与痛楚被描述成为一种"丢失
的艺术"：

> 丢失的艺术不难掌握；
> 很多事物注定要丢失
> 失去它们并不是灾难。
>
> 每天都在丢失某样东西。承认丢掉大门钥匙的
> 狼狈，胡乱度过的那个小时。
> 丢失的艺术不难掌握。
>
> 然后，要练习更远的、更快的丢失：
> 地点、人名，以及你想去旅行的
> 地方，失去这些不会带来灾祸。
>
> 我丢失了母亲的手表。还有，先前的那栋，
> 甚至更早的那栋，总共三栋心爱的房子。
> 丢失的艺术不难掌握。
>
> 我失去了两座城市，可爱的城市。更广阔的，
> 我曾拥有过的国土，两条河流，一片大陆。
> 我想念它们，不过，这并不是灾难。
>
> ——甚至失去你（欢快的声音，我喜爱的
> 手势）我没有说谎。显然
> 丢失的艺术不难掌握。
> 即使看起来（写下来）像一场灾难。（178）

　　诗人以平常的口吻，向我们一一诉说每天都可能会丢失的事物：房门
钥匙、时间、故地、旧相识、梦想之地⋯⋯甚至母亲传下来的手表、曾经

的居所、所热爱的城市、国土、陆地与河流……这些都是渐已失去的事物。虽然毕晓普承受着生活中不可承受之痛，但她坚持说这不算是灾难。直到诗作最后，诗人才恍然明白一个可怕的真理：失去，牵涉到自己的挚爱，这就是一种灾难。尽管如此，毕晓普仍没有抒发个人的情感，而是以一种戏谑的方式，用一个相对的词语"like"结巴地说出："看起来（写下来）像一场灾难。"这里，不难看出，毕晓普承受着生活中一连串的"失去"，隐藏着一种内心的悲痛和受伤的情感，其平静的笔墨之下体现的是一种坚强的勇气和沉默的力量。

此外，毕晓普诗歌藏"情"的艺术还体现在《从国会图书馆看国会大厦》《六节诗》《克鲁索在英格兰》《拜访圣·伊丽莎白》等诗作里。在《六节诗》里，毕晓普把悲痛的情感藏匿于外祖母的日常家居之中，一方面突出外祖母生活起居按规律如常进行，另一方面则暗示一切的哀戚尽在不言中。

诚然，隐身和藏情并非完全对立，只是切入角度不同罢了，前者从主体身份角度切入，后者则从个人情感角度介入，它们共同展示了沉默的"我"，共同构成了其诗歌沉默的艺术。毕晓普诗歌的"沉默"的艺术告诉我们一个重要的道理：强烈的情感未必化成强大的诗歌。毕晓普通过有意的节制和掩饰，把自我身份和自我情感精心地加以掩藏，体现了一种古老的"沉默"式艺术风格，这在当时的美国诗坛实属罕见。毕晓普诗歌冷静的笔触、精确的描写、动态的叙述共同印证了西默斯·希尼对她的评价，"在她的天性中苛刻多于狂热，即使完全向现象敞开，她仍保持冷静。她的超然是恒久的，但那种逼近事物的专注与准确性结合在一起，如此缜密地加诸事物之上，从而几乎蒸发了她的超然"[1]。

结　语

综上所述，毕晓普诗歌的写实艺术，立足现实，创作视点聚焦地理、生活和记忆，极为重视与世界的联系，亦即，其诗多落实于现实人生，再现生活、反映生活。在写实策略上，毕晓普汲取绘画、诗歌、小说的创作

---

① ［美］伊丽莎白·毕晓普：《伊丽莎白·毕肖普诗选》，丁丽英译，河北教育出版社2002年版，第14页。

技巧，融蓄多种写作手法，发展出个人流动变易的诗想，与周遭的环境建立起私密的亲昵关系，从而在诗质、诗艺上颇有精彩的演出。从早期《佛罗里达》中的自然式描写伊始，及后来《旅中问》中客观叙述手法之突起，再变为《地理学Ⅲ》中自然描写与客观叙述的结合，我们惊喜地看到毕晓普写实主义技巧的"随心所欲"之境，其诗艺上所体现的是一种平淡而不单调、克制而不拘谨的写实魅力。一言以蔽之，在书写生活之美时，毕晓普近距离地对事物加以观察体验、凝视思考，然后透过浅显的词汇语句，予以动态又自然的表现，同时，以至纯至净的感情加以穷视，最后呈现出事物之本质与不平凡的意义。

参考文献

［1］Elizabeth Bishop, *The Complete Poems*, New York: Farrar, Straus and Giroux, 1969.

［2］Elizabeth Bishop, *The Complete Poems: 1927 – 1979*, Chatto and Windus: The Hogarth Press, 1983.

［3］Elizabeth Bishop, *North and South*, Boston: Houghton Mifflin Company, 1946.

［4］Harold Bloom (ed.), *Elizabeth Bishop: Modern Critical Views*, New York: Chelsea House, 1985.

［5］Louise Bogan, "Verse", *The New Yorker*, XⅫ, 5, October 1946.

［6］Joseph Conrad, *Three Great Tales*, New York: Vintage Books, 1962.

［7］Randall Jarrell, *Poetry and the Age*, New York: Farrar, Straus and Giroux, 1953.

［8］Jean Garrigue, "Elizabeth Bishop's School", *The New Leader*, 158, No. 24, 6, December 1965.

［9］Karl Malkoff, *Crowell's Handbook of Contemporary American Poetry*, New York: Crowell Publishing Company, 1973.

［10］Nancy McNally, "Elizabeth Bishop: The Discipline of Description", *Twentieth-Century Literature*, 11, No. 4, January 1966.

［11］George Monteiro (ed.), *Conversations with Elizabeth Bishop*, Jackson: University Press of Mississippi, 1996.

［12］Marianne Moore, *A Marianne Moore Reader*, New York: Viking, 1996.

［13］Marianne Moore, "A Modest Expert", *Nation*, CL XⅢ 28, September 1946.

［14］Howard Nemerov, "The Poems of Elizabeth Bishop", *Poetry*, 87, No. 3, December 1955.

[15] Samuels Peggy, *Deep Skin*: *Elizabeth Bishop and Visual Art*, Ithaca and London: Cornell University Press, 2010.

[16] Ted Perry (ed.), "A Contextual Study of M. Antonioni's Film C'Eclisse", *Speech Monographs*, 37, No. 2, June 1970.

[17] Thomas Raysor, *Lecture* IX, New York: E. P. Dutton, 1960.

[18] Lloyd Schwartz, and Sybil Estess (eds.), *Elizabeth Bishop and Her Art*, Ann Arbor: University of Michigan Press, 1983.

[19] Robert Shaw (ed.), *American Poetry since* 1960: *Some Critical Perspectives*, Chester Springs, Pa.: Dufour Editions, 1974.

[20] James Southworth, "The Poetry of Elizabeth Bishop", *College English*, 20, No. 5, February 1959.

[21] Anne Stevenson, *Elizabeth Bishop*, New Haven: Twayne Publishers, 1966.

[22] Thomas Travisano, *Elizabeth Bishop*: *Her Artistic Development*, Charlottesville: University Press of Virginia, 1988.

[23] [美] 伊丽莎白·毕晓普:《写给雨季的歌:伊丽莎白·碧许诗选》,曾珍珍译,木马文化事业有限公司 2004 年版。

[24] [美] 伊丽莎白·毕晓普:《伊丽莎白·毕肖普诗选》,丁丽英译,河北教育出版社 2002 年版。

[25] [爱尔兰] 西默斯·希尼:《希尼诗文集》,吴德安等译,作家出版社 2001 年版。

中西文学交互观照研究

论赵淑侠《赛金花》中的女性历史

——兼及赛金花题材文学

李 欣

摘 要： 赛金花是中国晚清民初的一位颇具争议的女性，从晚清直到现在，对赛金花题材的创作与研究从没间断过。而在众多以赛金花为题材的作品中，瑞士华裔作家赵淑侠女士创作的小说《赛金花》，突显海外女性作家的视角。本文综合历史学研究的相关理论与概念，立足于中西比较文学，发掘华裔作家赵淑侠以母国历史为题材的小说不同于本土作家创作的同类题材作品这一被忽略维度的特殊价值，对赵淑侠以跨文化视角塑造的赛金花形象进行女性历史与文化比较的多重观照，呈现这一历史人物及其所涵盖的社会、历史与文化意义。

关键词： 赵淑侠；赛金花；性别；跨文化、社会历史；

赛金花是中国晚清民初的一位颇具争议的女性，她的一生不仅体现了其自身悲剧的命运，同时也是中国近代社会屈辱历史的缩影。赛金花，本名赵彩云，安徽徽州人，但民间传说皆认为"傅彩云"是其本名。赛金花晚年对自己名字的由来，曾作过如此解释："'彩云'是我的乳名，姓傅是假冒的。因那时常常出去应酬客，为顾全体面，不好意思露出真姓氏，便想得一个富字，取'富而有财'之意，后来人们都把它写成人旁的傅字了。"① 赛金花一生的悲剧命运也就从其改名为"傅彩云"开始。她的一生，五异其名：赵彩云——傅（富）彩云——洪（赵）梦鸾——曹梦兰——赛金花——赵灵飞，每一次异名都是其人生大起大落的起点。纵观赛氏一生，其悲剧人生的起落皆与其异名时间相重合，五异其名的

_____

① 刘半农等：《赛金花本事》，岳麓书社1985年版，第4页。

她，经历了人生中的悲喜相交。笔者认为，赛氏一生可以分为以下三个时期：

　　幼年沦为娼妓（悲）→嫁与状元洪钧，出使四国（喜）→洪钧去世，重堕娼门（悲）；

　　艳名满城的"赛金花"（悲）→庚子国难时期的"赛二爷"（喜）→虐婢被告（悲）；

　　因犯案递解回籍（悲）→两次婚姻（曹、魏）（喜）→两任丈夫死后寡居至死（悲）；

　　这三个时期，均呈现出以悲入喜，又由喜转悲的过程。赛氏一生交织在"妓女""妾""状元夫人""救国豪杰""平凡女人"几种角色之间，同时，她的一生又经历了晚清、民初和当代三个历史时期。正是由于其身处特殊的历史时期，其人生又涵盖了多种角色，才会引起社会广泛的关注。

　　从晚清直到现在，以赛金花为题材进行的创作与文学作品研究从未间断，但多数出自国人对赛氏人生的描写。在众多以赛金花为题材的作品中，瑞士华裔作家赵淑侠女士，从一个具有海外漂泊情怀的女性作家的视角出发进行创作，别具一格，形成了与本土作家不同的视角与内涵。赵女士在其小说的代序中曾介绍她创作《赛金花》的原因："一来是赛金花这个名字目前常常见报，有关她的传闻、记述、讨论之类的文字不少，颇引起我的好奇，很想探一探究竟。再一个原因是，每当和外国朋友们闲谈，说到庚子年间欧美八个国家与中国交战的一段历史，观点和说法相距甚远，我们说是八国联军侵略中国，他们说是拳匪排外，杀害教士，迫使他们不能不派大军来保护自己，同时惩罚拳匪和清廷。"① 可见，赵淑侠女士在创作《赛金花》时，已自觉地将历史的书写融入了"赛金花"这一人物的人生经历中，虽然其自述要将这部小说写成"'女性文学'一类"②，但赛金花这一历史人物已作为一种文化符号留存在历史书写之中。赛金花作为一个在正史与野史之间徘徊的女性，其一生对政治、经济、社会、文化的影响是不可忽视的。

---

① 赵淑侠：《赛金花》，江苏文艺出版社 2010 年版，"代序"第 2 页。
② 同上书，"代序"第 1 页。

一　赵淑侠笔下赛金花形象的历史书写

赛金花作为晚清民初历史上一位颇受争议的女性，其一生之中的种种经历和事件都受到了当时及后人的揣测。笔者探究赛氏一生的命运，发现在其人生的三个历史时期中，有两种角色——男性和女性角色——同时存在。当她作为女性时，她的人生虽然有短暂的欢愉，但多数时期都处在地狱般的痛苦深渊中难以自拔；当她作为"男性"时，她的人生却是在尊严和他人的敬畏中度过的，尽管这所谓的"尊严感"亦相当短暂。这样一个复杂的人物形象，历来都是文人墨客描写的焦点。虽然作者是以"处理小说的方式"来完成这部作品的，但小说中对历史的虚构化描写却暗含着时代的影子。

（一）赛金花作为封建女性形象的历史意义

弗吉尼亚·伍尔夫在其《男人和女人》一文中曾说过这样一句话："我有女人的感情，但只有男人的语言。"① 可见，通常意义上的"男性特征"和"女性特征"并不是两性的固有属性，生理学上的事实和后天形成的行为模式并不同一，真正能决定男女性别差异的根本原因就是社会文化，而社会文化形成的原因又是多种多样的，其中历史的演进便是文化形成的重要因素之一。笔者认为，赛金花这一人物形象身上之所以出现"男性"与"女性"两种不同的气质，必然与社会文化的发展和影响密不可分，而文化的形成又有赖于历史的发展和推进，因此，个人的发展必然离不开历史的推进作用，也就是在这一过程中，赛金花书写了其悲喜交加的人生。

1. 妓女、妾与妻的命运书写

在赛金花人生发展的过程中，她的生命总是交织在多种身份的变换中，在其作为女性角色来描写时，焦点也多集中在她最辉煌的名妓角色上。然而，她的另一种身份同样值得思考，这一身份就是"妾"（状元洪钧之妾）。中国封建社会自古以来便将妻与妾之间的区别划分得细致严

---

① ［英］弗吉尼亚·伍尔夫：《男人和女人》，《伍尔夫随笔全集》第 4 卷，中国社会科学出版社 2001 年版，第 1837 页。

格，贵妻贱妾，从日常生活的称谓尊卑，到家庭生活的衣食住行，甚至妻与妾生育的子女在家庭中的地位都有着严格的等级分别。而对于妓女来说，"从良为妻妾。这是妓女生涯的最佳结局。这样不仅可以使她们往后的生活有所依托，而且还可以使她们摆脱低贱的妓女身份而成为良民"①。妓女想要获得这一"最佳结局"，首先取决于男人对其的偏爱程度，而这种男人的偏爱则多半取决于妓女的色貌才情，而即使男人对其偏爱异常，大多数妓女在从良后仍然只能为人妾侍，鲜有为妻者。笔者认为，纵观赛金花人生的三个发展时期，其第一时期"幼年沦为娼妓→嫁与状元洪钧，出使四国→洪钧去世，重堕娼门"正是其身为"妾"之身份的人生写照，由妓到妾、由妾至妻，转而再以妻、妾、妓的次序"重堕娼门"。在华裔作家赵淑侠笔下，赛金花这一时期的悲剧命运便以"妾"为起始而展开。

赛金花早年的经历较于一般妓女而言颇为特殊，而这种特殊性就表现在其嫁与洪钧为妾，并随夫出使欧洲的经历上。"妾"这一身份是赛金花人生里第一个由悲入喜的转折点，在此之前，她的身份是卑贱的妓女，在此之后的一段有限的时间里，她的身份又不断游移在妻与妾的角色互换中。作者抓住了赛氏早年以"妾"这一身份为人生转折点的重要性，在行文中为突出这一身份的特殊，刻意将"迎娶"一节放置在小说开篇，而以金花在迎娶途中的回忆来讲述其幼年由雏妓②至妓女的发展过程。这种插叙的手法突出了其"妾"身份在妓女与妻之间的中介作用。

在对赛氏"妾"身份之前的妓女生涯的描写中，赵淑侠并未将描述的焦点放置在赛氏作为苏州河舫上红姑娘的生活描写上，而是着意于人物心理、思想的刻画，特别是对其急于摆脱妓女身份而从良的急迫心情的描写。此时的赛氏已经意识到作为妓女只不过是在出卖自己的青春，"她到底懂得了，原来干这种营生也会有卖不出去的一天"③，她明白妓女不过是以色事人，"色衰而爱弛，爱弛则恩绝"④，要在自己色衰之前找到出

---

① 武舟：《中国妓女文化史》，上海东方出版中心 2006 年版，第 69 页。作者认为"妓女的归宿有四：从良为妻妾、色衰被弃置、直接作为牺牲、出家为尼姑女冠"。

② 摘自徐君、杨海《妓女史》，上海文艺出版社 1995 年版，第 16 页。雏妓，"指未成年的妓女，又称'幼妓'，一般年龄在十六岁以下，未破瓜"。

③ 赵淑侠：《赛金花》，江苏文艺出版社 2010 年版，第 20 页。

④ 班固：《汉书》第四册，中华书局 2012 年版，第 3382 页。

路，最佳的选择就是从良为妾，因此嫁与状元洪钧为妾便是其摆脱妓女身份最理想的归宿，也是由此，她结束了其由妓女向妾身份的转变，正式踏入了其身为"妾"身份的人生历程中。

赛金花以"妾"为身份的生活，实际上是在妾与妻身份之间转换的过程。她入洪府为妾，从迎娶之日到被逐出之时，处处受限于洪钧之妻何氏，只有在随夫出访欧洲的短暂经历中享受到了作为洪钧之"妻"的荣耀，而这份荣耀感的来源亦并非是自己的祖国和同胞，而是来自异国朋友的理解和称赞。赛金花在初入洪府时期与洪钧一起的生活，表面上看来是其脱离妓家成为良民的幸福生活，"荣华富贵柔情蜜意自不必说，最可靠的是从此有了依靠，有了安安稳稳的属于自己的家"①。然而在这个所谓"家"的小群体中，她作为"妾"仍然处于最底层，是家中的贱者。在这样的家庭中，赛金花只能低贱地活着，屈服于洪钧正妻的威严之下。然而不同于在洪府生活的卑贱情形，赛氏在随夫出使欧洲时期却是实实在在地体验到了身为"妻"的高贵和尊严，从踏上赴欧轮船"萨克森号"的那一刻，赛氏就开始了其作为"公使夫人"的生活。这段短暂的"正妻"生活，使赛氏在早年生活中唯一感到有做人的尊严，她"觉得日子比在国内可爱了不知多少倍。长了这么大，她还是初次体会到低微如她的人也会受到尊敬也可以有尊严，而这一点她在自己的国家里永远得不到的，是洋人给她的"②。不仅中西文化的差异在这里体现出来，且对于女性意识的书写也正是赵淑侠这部小说立意的关键。作者刻意将国人和洋人对赛金花的不同态度刻画得差距明显，特别是洋人以"公使夫人"这一尊称来称呼赛氏。在中国自古的民俗中，"汉及以后各代特定级别官员的母、妻才可称太夫人、夫人"③。赛金花在国内被视为低贱的"妾"，在旅欧期间则被洋人视为高贵典雅的洪钧之"妻"，正如赵淑侠在小说中的描写："这种情况，是她们这种做偏房的女人一生一世也求不到的。"④ 在随夫出使欧洲四国的这段短暂的经历中，赛氏经历了其作为"女性角色"时期最荣耀的时光，在他人的尊敬和艳羡中度过了其短暂的"正妻"生涯。

然而，赛氏随夫访归后在洪府的生活仍然无法摆脱其低贱的"妾"

---

① 赵淑侠：《赛金花》，江苏文艺出版社 2010 年版，第 22 页。
② 同上书，第 67—68 页。
③ 王绍玺：《小妾史》，上海文艺出版社 2008 年版，第 35 页。
④ 赵淑侠：《赛金花》，江苏文艺出版社 2010 年版，第 81 页。

的身份，这种情况最突出的表现就是洪妻何氏将赛金花旅欧期间生育的女儿德宫强夺为己有，正如小说中的描写："管理家务的大权照例在洪夫人手里，德宫的饮食起居，也由洪夫人直接关照阿祝和奶妈料理。不满两岁的德宫，口口声声叫洪夫人为'妈妈'，叫自己为'姨娘'，如果姨娘想跟孩子亲近亲近，洪夫人便会找个名目命人把孩子抱开。"① 在中国封建社会中，妻强夺妾侍所生子女的情况极多，妾对自己所生子女的亲权"位于家长和嫡妻之下，如果嫡妻健在，那么妾生子只有在襁褓需哺乳者可以由生母抚养外，一般是归嫡妻抚养为原则。也就是说，当嫡妻在时，妾对其所生子女的母亲身份几乎也被剥夺"②。可见，在中国封建社会的发展中，正妻强夺妾侍所生子女为己抚养的事例颇多，赛金花作为妓女出身的妾侍，其所生子女由正妻抚养，也属平常。

综上所述，赛金花早年与洪钧的生活经历了"妓—妾—妻—妾—妓"的循环，其由妓到妾，经历了短暂的"妻"生活（随夫出使时期）的荣耀之后，又由妾身份跌入妓家。值得注意的是，其身为"妻"身份时，她的这种身份的肯定却并非是由祖国和同胞赋予的，而是不同文化背景的洋人给予了其肯定和尊重。可见，在中国封建社会的发展中，"妾"这一身份的人群不仅在家庭生活中地位低下，在社会人士的普遍价值观中，她们更是没有尊严的人群，即使某些身为妾侍的女人才识过人，仍然难逃社会的谴责和鄙夷，而赛金花正是这一群体形象的代表。

2. 赛金花形象的重新建构：介于淫妇形象和传奇侠妓形象中间的普通女性

赛金花被作为"女性"角色的人物来描写时，赛氏在不同作家的作品中便呈现出两种极端的模式：淫妇形象和传奇侠妓形象。其中最早以赛氏为故事人物的作品当推晚清名士樊增祥和曾朴的作品。樊增祥，原名樊嘉，别字樊山，世人大多称其为樊樊山，其描写赛金花的作品是古体诗《前后彩云曲》。此曲前、后两部创作的时间恰好跨越了庚子国难这段时期，然而作者以晚清士大夫的眼光看待赛氏，在曲中将其描写成破坏社会秩序的淫妇形象。而在晚清另一位作家曾朴的小说《孽海花》中，赛氏被塑造成带有些许喜剧色彩但又玩火自焚的"妖女"。虽然作者在丑化赛

---

① 赵淑侠：《赛金花》，江苏文艺出版社 2010 年版，第 168 页。
② 郭洁：《试论清代妾在家族中的民事法律地位》，苏州大学，2008 年，第 28 页。

氏的同时，也对其高明的社交手腕、女性自由意识等积极方面做了细致的描写，然而作为全书的"主中之宾"，其淫妇形象仍然占据着主要地位。到了20世纪30年代，以剧作家夏衍和熊佛西的戏剧作品《赛金花》为代表，掀起了赛金花传奇侠妓的形象塑造。由于这一时期处在抗战时期，国家身处民族存亡的危急关头，因此两位剧作者所塑造的赛金花形象则是以其庚子国难时期的事迹为主线，其演出"非常明显地在嘲弄、鄙夷、痛骂国民党官吏，特别是外交官吏，比妓女都不如！"[1] 这两部戏剧作品将赛氏塑造成具有启蒙思想的"女豪杰"形象，从而激发现实中人们的思想启蒙，而其所塑造的"赛金花"也就在无意识中蒙上了虚幻或传奇的色彩。20世纪末，这一时期以赵淑侠、王晓玉、张炫为代表的作家逐渐摆脱了前人塑造的赛氏淫妇形象和传奇侠妓形象的倾向，转而在二者之间寻找平衡点，着意于将赛氏塑造成一位有血有肉、有思想有情感、有喜怒哀乐的普通女性。而最为典型的，就是华裔作家赵淑侠女士的小说《赛金花》。这部作品之所以典型，是因为其作者是一位兼具中国传统文化和国际文化视角的女性作家，能够同时将两种质素融入其创作中，将赛氏形象的塑造在从淫妇形象引向传奇侠妓形象的过程中，以不同的视角重塑赛金花的历史形象。笔者认为，赵女士小说中的赛金花形象，既有美的一面（她做过不少善事，解救碧柔等），也有恶的一面（不得不违背自己的良知卖淫，也逼迫他人做同样的事等）。她有过对幸福的追求，却始终无法摆脱冷酷的现实，于是她痛苦、愤恨、反抗，却最终无法抵抗命运的悲剧。她一生都在和她的妓女身份抗争，她做的所有努力都是为了摆脱这一身份。她第一次婚姻——嫁与洪文卿为妾侍——她便认为"这乘轿子不仅把她抬到洪状元家，也把她抬离了旧有的一切。贫穷、屈辱、没有保护、任人摆布的日子整个过去了"[2]。然而她错了，洪钧死后，她便悲惨地又回到了旧有的生活。第二次婚姻——嫁与火车稽查员曹瑞忠——她再次产生了幻想，她"暗自立下誓言，以前的赛金花譬如已死，今后的赛金花将隐名埋姓洗尽铅华，安安分分地做曹瑞忠的妻子，她要与他白头到老，再也不去涉那个'脏水塘'，她要好好地活，可不要像桃桃大姐说

①　吴㓱之：《我看过〈赛金花〉》，《上海戏剧》1979年第1期，第20页。
②　赵淑侠：《赛金花》，江苏文艺出版社2010年版，第14页。

的：孤死，穷死，烂死"①。这一次，她又错了，她第三次掉入那个"脏水塘"。第三次婚姻——与革命人士魏斯炅——"金花要做新人，连名字也洗刷得不带一星旧痕迹"②，她改名为"赵灵飞"，这最后一次婚姻也在短暂的幸福之后化为灰烬，这一次，赛金花不再抗争、不再反抗，她服从了命运对自己的安排，寡居在贫困和世人的冷漠中直到去世。在赵淑侠笔下的赛金花，不想做被人鄙薄的娼妓淫妇，也不想做救国救民于水火的传奇侠妓，她只想做一个有尊严的普通人，一个平凡如尘的女人。然而社会现实却不允许她这样，正如赵淑侠所说："社会如此，人心如此，她有什么能耐改变命运？"③

　　总而言之，赵淑侠的小说《赛金花》，无论在纵向文学史的发展演变中，还是在横向其自身作品的叙述过程中，都力求将赛氏塑造为介于淫妇形象和传奇侠妓形象中间的普通女性，将这样一个女性的人生悲剧映射为社会悲剧。小说中的描写具有"非现实性"，但人物的悲剧命运却具有深刻的"现实性"，用"非现实"的笔法去叙述深刻的"现实性"，这也正是对从非现实的淫妇形象和传奇侠妓形象走向平凡、普通和真实的回应。

（二）赛金花作为男性形象的历史意义

　　康奈尔在其著作《男性气质》里曾说："男性气质的定义是深深根植于机构和经济结构的历史之中的。男性气质不只是头脑中的一个概念或一种人格身份，它也在世界范围内扩展，融入组织化的社会关系之中。"④可见，为了研究某一历史人物，特别是某一女性身上"男性气质"的历史意义，必须研究其身处的时代中社会历史文化的变迁和发展。

　　在小说中，人们给予庚子国难时期的赛金花一个新的称呼：赛二爷。所谓"爷"是一个特殊的称呼，这一称呼最早见于南北朝时期，北朝乐府诗《木兰辞》中便有"军书十二卷，卷卷有爷名"一句，可见，"爷"最早是专指父亲的。后来逐渐发展演变，"爷"成为对长辈或成年男子的尊称。据《清稗类钞》中记载："北人齐辈相呼辄曰爷，以其姓氏加于

---

① 赵淑侠：《赛金花》，江苏文艺出版社 2010 年版，第 360 页。
② 同上书，第 382 页。
③ 同上书，"代序"第 9 页。
④ ［美］R. W. 康奈尔：《男性气质》，柳莉等译，社会科学文献出版社 2003 年版，第 38 页。

上，曰赵爷，曰钱爷，以其行列加于上，曰大爷，曰二爷。"① 可见，北京人是惯以"爷"这一传统称呼来表现自己的文化地域身份的。"爷文化"在北京由来已久，由于北京曾作为五代帝都，是政治、经济和文化交流的中心，这样的地域文化使过去的北京人逐渐养成了礼貌说话的习惯。在余钊先生的《北京旧事》一书中专辟一篇为"礼貌的北京话"，其中就写到"过去北京人称呼他人为'某某爷'（仅限男性），称呼老人为老太爷，称呼成年人则是采用'姓氏加排行加爷'的办法……如果不知道对方的姓氏、排行，则称呼'这位爷'"。② 可见，明清时期在北京称呼他人"爷"是一种对他人的尊重，但这种称呼仅限于男性使用。

可见，"爷文化"是北京民俗历史文化中是具有重要的地域文化内涵的。而以这样一个尊称男性的"爷"称谓来称呼赛金花，足见庚子年间北京人民心中对赛氏的感激，虽然这种感激之情只有很短暂的一段时间。王德威曾这样评价赛金花这一人物："既是肆无忌惮的妖，又是自我解放的新女性；既是骇人听闻的悍妇，又是革命女英雄。"③ 赛氏作为一介女流，在国家和民族危难时期以自己的力量挽救人民于水火之中，作为"爷"的形象，其身上便有不同于一般女性的新特征。赵淑侠对这一时期"赛二爷"描写道，她虽然身为妓女，但却受人尊重："'赛二爷'的名声太响，走到任何地方都会赢得感激与惊赞之声，仿佛她是救苦救难的活菩萨，身份地位忽然变得崇高了似的。"④ 甚至朝廷重臣李鸿章也"派人来托她给转圜斡旋"⑤。她坚强、自信，即使在生命遇到危险的时候也临危不乱：当面临几个德国年轻军官的无理时，她"傲然地挺挺脊背"⑥，与这些侵略者据理力争。她如男人一样支撑着一个"家"，"今天的金花可不是靠人吃饭，逆来顺受的小可怜儿了，她养了一群人，这些人要看她的脸色吃饭，要听她的指使"⑦，她不依赖任何人，她依靠自己。可以看出，

① 徐柯编撰：《清稗类钞》第五册，中华书局1984年版，第2176页。
② 余钊：《北京旧事》，学苑出版社2004年版，第127页。
③ ［美］王德威：《被压抑的现代性——晚清小说新论》，宋伟杰译，北京大学出版社2005年版，第44页。
④ 赵淑侠：《赛金花》，江苏文艺出版社2010年版，第313页。
⑤ 同上书，第309页。
⑥ 同上书，第296页。
⑦ 同上书，第240—241页。

赛金花在庚子国难时期的表现明显具有男性特征，她有自己所谓的"事业"，因救人而受人尊重，无论是在欺辱她的国人面前还是在西方侵略者面前她都自信、坚强、不屈服，这些表现都符合"男性气质"的要素。可见，赛金花身上的"男性气质"是一种社会性质的性别，这种社会性别既是历史的产物，同时又是历史的营造者。

二　历史作为"配景"：赵淑侠笔下赛金花形象的真实与建构

历史学的"配景主义"（Perspectivism）是英国哲学家 W. H. 沃尔什提出的，其要点在于"承认不同的事实之间存在着'不可公约性'；也就是说，在具有不同的道德的和形而上学的观点的历史学家们之间可以有'不可公约的'（即没有一个共同尺度的）历史事实，而在有着共同道德的和形而上学的观点的历史学家之间，则可以达成一种共同的或客观的历史意识"①。沃尔什的这一观点带有一定的相对主义色彩，他强调了在阐述历史过程中历史学家主观因素的重要性。每个历史学家对历史的阐述都受到各种主客观因素的制约，"纯粹的历史阐述"② 只不过是"想象的虚构产物"而已。文学创作中的历史人物不同于历史著作的历史人物，这种创造性的文学在对历史的书写过程中不可否认地带有作家本人对人性的理解，同时作家的理解又不同程度地必然受到历史学家叙述的影响，因此在文学创作中对历史"剧中人物"的描写就要比以往的描写"更加无比地繁复而又更加无比地多样化"③。

"如果我们不能够理解过去人们的行动，我们也就不能希望对他们的

---

① 何兆武、陈启能主编：《当代西方史学理论》，上海社会科学院出版社 2003 年版，第 217 页。

② A. N. Whitehead, *Adventure of Ideas*, London：Penguin Books, 1948, p. 12. 作者在书中的观点认为：根据 19 世纪后期的历史学派理念，应该具有"纯粹的历史阐述"，即历史学家对历史的阐述避免了个人主观审美的偏见和某些形而上学或宇宙论的主观臆断，而能够客观地阐述历史，然而 Whitehead 认为这种历史阐述是高度抽象的概念，应该从头脑中清除，因为知识总是伴随着情感、目的等因素存在的，历史学家在描述过去时，必然要依赖自己的主观判断来判定人类生活中的某些价值问题。

③ ［英］W. H. 沃尔什：《历史哲学导论》，何兆武、张文杰译，北京大学出版社 2008 年版，第 204 页。

文学有任何理解。"① 沃尔什在阐述历史与文学创作的关系时指出，对创造性的文学创作中某一历史人物的理解，必定要以对这一人物所涵盖的历史背景的阐释为前提，作家在创作过程中既要忠实于基本的史实，又要以自身的理解和想象为人物润色，在这一过程中，历史背景充当了重要的角色。笔者认为，历史作为这样一种具有"或然性"的判断，其本身即可以理解为是真实性与建构性并存一体的产物。如果说历史学家在解释历史事件或人物时带有"或然"特征，那么文学作品的创作者在塑造历史人物时由于时空的限制，对历史的理解除了需要借助历史学家的阐述，作家主观因素的介入便是历史小说典型的特征。在赵淑侠女士的小说《赛金花》中，作者虽然以史为纬，但在文本的框架中却插入了某些虚构情节来丰富历史人物的内涵。

（一）个人偏好与社会集体偏见对历史叙述的影响

沃尔什认为，造成历史学家意见不一致的原因，除了有关历史解说学说和哲学观点的根本冲突外，还有历史学家个人的偏好和社会集体偏见这两个显性原因，而这种观点同样适用于作家创作历史小说或传记等文学创作中。文学中对历史情节和历史人物的刻画更鲜活、更具有动感。某一位作家要描写某一历史事件或塑造某一历史人物，首先需要对自己所要刻画的东西有所偏爱、产生兴趣，进而才能在众多纷杂的历史资料中找寻自己所需的部分，然后再借助自己的想象力对所描写的对象加以润色，从而完成创作。赵淑侠女士在谈到自己的创作时曾说："我认为一个作家不能写自己不了解或不相信的东西，所以有个习惯，写小说一定要把背景弄清楚。"② 她曾坦言在写《赛金花》时曾到苏州、上海、北京等地实地考察，甚至还前往德国西柏林原清朝公使馆的故址——海德路 18 号——参观，而阅读有关赛金花的直接或间接的文本、图片资料更是不胜枚举。如果不是出于对描写对象的偏爱，作者不会倾入如此心力去寻找有关赛金花的历史资料。如果说历史学家在撰写历史时无法避免个人对史实的偏颇情感而必定会招致谴责，那么这种情况在文学作品，特别是在小说或戏剧的创作中却是可以理解的。在《赛金花》这部小说中，作者为了让赛氏"普通

---

① ［英］W. H. 沃尔什：《历史哲学导论》，何兆武、张文杰译，北京大学出版社 2008 年版，第 63 页。

② 赵淑侠、陈贤茂：《海外华文文坛的独行侠——赵淑侠访谈录》，《华文文学》2010 年 1 期，第 91 页。

女人"的形象更为鲜活,有意塑造了沈磊这一儿时玩伴角色,从而扩充赛氏的人生经历。

在赵淑侠笔下,沈磊这个男人既是赛金花生命中的过客,又是对她人生中产生重要影响的人。沈磊作为赛氏儿时玩伴的形象出现,文中对他的描写虽然不多,而每一处的描写都暗示了赛氏的人生阶段的内涵。沈磊首次出现是在小说"序幕"中赛氏去世一节,这时的他已是垂暮老人,"满头白发,穿了一身藏蓝色马裤呢长袍,文雅的态度,一脸的愁容"①,相随赛氏多年的忠仆顾妈道出了两人的关系:"沈老先生同我们太太在一条巷子里长大,从小玩在一起。太太聊天时讲过,说有个邻居男孩,对她痴心痴意,就指沈老先生嘛!"② 第二次是以赛氏回忆的形式出现,"十六岁,青葱儿一样的年纪"③,她和沈磊一起,"沈磊像是她顺从的兵,少言少语,只知跟在后面跑,两只大眼珠呆呆地望着她"④,然而就是这双紧随着她的眼睛,却在赛氏沦为花船上的姑娘后,"盛着那么多的绝望"⑤。如果将小说中赛氏的一生按照起始—高潮—结尾来划分的话,那么沈磊这一形象并未出现在赛氏的人生高潮阶段,他只在赛氏的人生起始和结尾处匆匆而过。然而正是因为有了这样一个形象,赛氏的人生历程才有了普通人的那种经历:她也曾纯真不谙世事,也曾有过青梅竹马的友谊和爱情,生命中也曾有人一辈子惦记着她。作者塑造这样一个人物形象,不仅使赛氏的人生经历更显饱满,不致出现中间厚两头薄的情形,更为赛氏的人生的巨大转变埋下伏笔。从这层意义来说,作者塑造沈磊这一形象也是将其作为赛氏命运转变的见证人角色。这种与赛氏青梅竹马的角色形象不仅出现在赵淑侠的笔下,在其他作家笔下同样有类似的角色出现。如柯兴《清末名妓赛金花传》(1991)中的周恒山、王晓玉《赛金花·凡尘》(1998)中的曹祖楣、张弦《红颜无尽:赛金花传奇》(2004)中的顾恩宇(麒麟)、志勤《一个真实的赛金花》(2007)中的刘秉祥。赛氏"青梅竹马"的儿时玩伴形象从沈磊、周恒山、曹祖楣发展到顾恩宇、刘秉祥,人物的塑造从早期单纯的情感依托发展到具有进步思想的先进人士形

---

① 赵淑侠:《赛金花》,江苏文艺出版社 2010 年版,第 4 页。
② 同上书,第 7 页。
③ 同上书,第 15 页。
④ 同上书,第 14 页。
⑤ 同上书,第 18 页。

象，这种虚构情节的发展使得赛金花的形象更为饱满，同时也为赛氏此后女性独立意识的觉醒提供了重要的契机，使情节的发展不致突兀。将"儿时玩伴"的形象定位于具有民主革命思想的进步人士，而同时他又参与了赛氏的人生过程，使赛氏思想转变的原因除了自身意识的觉醒外，还包括了幼年玩伴的影响。这样情节虚构避免了人物经历、思想的转变和情感发展出现"两头薄中间厚"的情况，同时也使历史人物的形象更为鲜活。正是出于作者对人物形象的偏爱，才能将关注的焦点放置于人物思想和情感的发展流变上，而非单纯的历史事件上，人物形象之所以饱满圆润，离不开作者对人物的倾力打造。

　　由此可见，创造性的文学作品在塑造人物形象时，作者的个人偏好是塑造人物形象的重要动机，然而作家在塑造人物时，是否会受到社会集体偏见的影响，对历史的阐释带上过高的主观因素？这里笔者所说的社会集体偏见，并非是将作者与社会某一集体割裂而使双方处于对立状态，而是指作者作为某一集体中的成员，当这一集体普遍对某一历史人物做出带有偏见的评价时，作者如何去塑造历史人物、讲述历史事实。沃尔什说过，"我们作为一个集体的成员所做出的种种假设，比起我们个人的好恶来，是更不容易察觉的，因而也是更不易于改正的"①。纵观文学史上对赛金花这一形象的书写过程，其写作群体大致可分为三部分：一是标榜代表社会权力阶层的晚清遗老，二是民国时期具有进步革命思想的文人，三是女性作家群体。这三类人群对赛氏形象的塑造，呈现出完全不同的面貌。第一类标榜代表社会上层人士的晚清遗老们，由于受到当时封建文化的影响，同时其社会地位也不允许这类人群为赛氏辩言，因此身处这类人群中的作家，多将赛金花描述成"红颜祸水"式的淫妇形象。第二类具有进步思想的文人，这类人群多集中在 20 世纪 30 年代，当时的中国社会正处在抗日战争时期，国共两党对敌政策无法统一，内忧外患促使一批文人创作反映时代问题的作品，这类文人之所以选择赛金花作为作品的主人公，多是由于看重赛氏在晚清庚子国难时在北京舍身救民于水火的传奇经历，欲借此反映当时社会现状。在这类人群笔下，赛金花被塑造成具有爱国、民主和自由意志的女性。第三类是 20 世纪末的女性作家群体，这类群体

---

　　① ［英］W. H. 沃尔什：《历史哲学导论》，何兆武、张文杰译，北京大学出版社 2008 年版，第 98 页。

比起之前的作家处在一个更为自由的创作环境中，她们从女性的视角出发，在还原赛金花形象的同时，创作中更倾注了浓厚的个人感情，赛金花在她们笔下更接近于平凡女人的形象。尤其是华裔作家赵淑侠对赛金花形象的塑造，由于华裔作家兼具中国传统文化和西方文化的双重影响，在塑造人物形象时，她更加强调对"现代女性"角色的定位，赛氏在她笔下，是东西方文化的综合体，或者说得更确切，是受到西方文化影响后的作家所创造的角色。在其身上固然仍有中国封建文化的印记，但同时西方女性独立文化的影响更为浓烈。可以说，赵淑侠笔下的赛金花本身就是一个经过"扬弃"后所塑造出的人物形象。在西方文化影响下进行创作的作家本人，一方面依赖于人物这一特定存在以及其所面对的中国文化背景，另一方面又以自身所包容的西方文化对其进行加工改造，从而完成对人物形象"现代女性"角色的重新定位和塑造。

可见，这三类创作群体由于其所处的社会集体范畴不同，因而在创作中对人物内涵的理解也有巨大的差异。那么，哪种塑造更接近于历史的真实面貌？比起 20 世纪末出现的女性群体，似乎第一类群体更接近于人物生活的时代，按照这种逻辑推理，第一类群体对人物的塑造应该是最为真实的，如果是这样，那么之后的创作又有存在的价值吗？为何后来的作家又要在同一题材上多费笔墨？可见，正是由于前代作家的创作并未着眼于事实，而只是一种带有集体偏见的文本，因而需要不断地更正、还原历史人物的面貌。当然，如果这一命题成立，那么我们现在看到的最新创作是否就涵盖了历史人物的真实意义？笔者认为，关于历史人物的塑造本身就是一种"循环"模式，在真实性和建构性之间寻找平衡点，后者先是否定前者，继而又被更新的发展所否定，关于历史人物的形象就在真实性与建构性之间不断游走。正是在这种模式中，历史人物成为融合历史真实、历史学家阐述、作家主观理解和读者接受四位一体的新形象，其多重意义由此得以解读出来。

（二）历史叙事与语言虚构对赛金花形象历史意义的影响

当历史学家在编纂历史的时候，在把读者不熟悉的东西变成熟悉的过程中，"隐喻和比喻语言是我们的终极策略"①。而这种策略不仅仅在历史

---

① ［荷］F. R. 安克施密特：《历史与转义：隐喻的兴衰》，韩震译，文津出版社 2005 年版，第 19 页。

学家的著述中加以运用，在广泛意义上的"描写"中——包括小说、戏剧、诗歌等——都将这一策略的运用有效地发挥出来。在小说、戏剧或诗歌等体裁中，作者的描写是一种文学的"语言虚构"，即使所描写的对象是真实存在着的，但在描写的过程中也掺杂了作者的想象和虚构，是一种隐喻和比喻的语言。同时，这种文学的"语言虚构"也与历史有着惊人的相似性。读者在阅读某小说中关于某位历史人物的描写时，小说中的叙述令人熟悉，不仅仅是因为读者对这个人物有所了解，同时也是因为这些描述本身就是读者所熟悉的文化的一部分。

赛金花作为晚清民初历史上一位屡遭磨难的女性，无论是在史书中，还是在以其为人物的文学作品中，对她的人生经历的描写都会使读者对这一历史人物的遭遇产生共鸣。在赵淑侠笔下，对赛金花的描写便以这种"语言虚构或隐喻"的形式来叙述，作家自己在自序中也说："我是完全的、百分之百的、以处理小说的方式来撰写这本书的。"[①] 然而，这种掺杂作者想象和虚构的描写却以一种语言虚构的方式重新阐释了历史的意义。

1. 以男女关系为隐喻的中西文化关系

19 世纪末，鸦片战争开启了中国近代历史，由于早期洋务派倡导的"中学为体，西学为用"说，西方的外来文化对中国封建社会的传统文化产生了强烈的冲击。一些具有进步思想的有识之士开始倡导向西方学习。这一时期出现了一个有趣的现象：一些文人学者常常以男女关系来隐喻中西文化的交流关系。梁启超在其论著《论中国学术思想变迁之大势》中这样写道："二十世纪则两文明结婚之时代也，吾欲我同胞张灯置酒，迓轮俟门，三揖三让，以行亲迎之大典，彼西方每人必能为我家有宁馨儿，以亢我宗。"[②] 以中西联姻来隐喻文化的交流之势，是这一时期的一个特殊现象。

中西文化交流在过程上同所有文化的交汇一样，经历了由最初对器物的接受逐渐发展为思想的渐进转变这一复杂的程序。以赛金花为代表的妓女群体作为"新女性"形象，其对西方文明的接受自然具有一定的进步

---

① 赵淑侠：《赛金花》，江苏文艺出版社 2010 年版，"代序"第 9 页。
② 梁启超：《论中国学术思想变迁之大势》，载《饮冰室合集》第一册，中华书局 1989 年版，第 4 页。

意义。在赵淑侠的小说中，最典型的例证就是赛金花对"我的生命属于我自己。我愿意做什么就做什么！"① 这一女性解放思想的接受。赛氏在随夫出使年间，其在德期间的女陪伴苏菲亚将这一思想传述给赛氏，此后赛氏归国后几次"孽海浮沉"，这一思想一直左右着她的行动。值得注意的是，在赛氏随夫出使年间，赵淑侠在其小说中虚构了一位人物——德少尉瓦诺·华尔德，这一人物对赛氏的思想觉醒也起到了至关重要的作用。赛氏在女陪伴苏菲亚的结婚典礼上见到华尔德，两人一见钟情，可以说是精神层面的"正负两极"的相遇，虽然结局不可避免地要以分离收场，但两人在精神层面已经合为一体。如果说赛氏是中国文化的代表，华尔德是西方文化的代表，那么他们的精神结合便是中西文化交汇的隐喻，以纯洁的爱情作为中西文化交汇之隐喻的引子，这是作者的匠心独运，巧妙而含蓄，既有中国传统文化对爱情的颂扬，又蕴含了对西方浪漫主义文化的推崇，同时又兼具现实主义的描写需要，这一隐喻正是对中西文化交汇之势的最好诠释。

鸦片战争后，当西方文化以如此迅猛的速度冲击中国传统文化时，保持国家的民族性便成为当务之急。尽管晚清封建守旧势力强大，但其作为封建落后文化的代表，最终是要被历史淘汰的。如何在保持国家民族性的同时寻求发展的新出路，便是一批有识之士共同的追求。赛金花作为晚清民初的"红妓女"，其低下的身份自然被文人士大夫所不耻，因此在20世纪初以赛金花为人物的文学作品中多是对赛氏的诋毁和侮辱。在这些所谓高雅的晚清士大夫眼中，像赛金花这样的妓女是不配拥有民族性的，更不用提救国救民的义举。然而，历尽百年之后，不少文人学者都开始为赛金花正名，认为这样一个女性形象身上所具有的民族性是晚清士大夫所无法比拟的。赵淑侠在《赛金花》中也通过赛金花这一人物的内心独白表达了自己的看法："我给国家做的事，恐怕你们这群读了一肚子书的老爷们累死也做不到呢！"② 这是赛氏对士大夫阶层的嘲讽，同时也体现了她身上不屈不挠的民族内涵。此外，在作者笔下，庚子国难时期赛金花的作为也是值得肯定的，她救民于水火的义举不能因为世人的偏见而遭到抹杀。作者认为"天地大大翻了个身，往日尊贵的如今不尊贵了，不尊贵

---

① 赵淑侠：《赛金花》，江苏文艺出版社 2010 年版，第 233 页。

② 同上书，第 93 页。

的却尊贵了。她，一个给老爷们取乐的风尘女子，平日对老爷们讨好奉承，以托他们的庇荫维护，谁会想到她有这样一天！京里的哪个王公大臣不来跟她攀交情，送重礼，求她保护？……一个卖笑的苦命女人，居然管起国家大事来了"①。将以赛金花为代表的妓女群体与晚清士大夫群体放在一起进行比较，作者却给予以赛氏为代表的妓女群体以颂扬，以冷静的笔触讽刺了晚清士大夫的昏庸和无能，特别是在面对国家内忧外患之际，对两者的着意刻画就显得更为犀利。在这里，晚清士大夫一族代表了中国落后的封建文化，而赛金花则代表接受了西方进步文化的"新女性"。

综上所述，赵淑侠女士在其小说《赛金花》中，分别以"赛氏与德少尉华尔德"和"赛氏与晚清士大夫"这样两组形象来隐喻中西文化交汇这一现象。但在具体的表现手法上却各有侧重，赛氏在这两组比较中，分别以中、西两种文化的化身出现。当赛氏作为中国文化的化身时，作者以爱情的精神结合作为中西文化交汇的隐喻；而当其作为西方文化的化身时，作者又将其强烈的民族特性作为中西文化交汇的契机。作者以其精妙含蓄的构思，将赛金花的"新女性"形象以文化符号的形式表现出来，通过对中西文化交汇现象的描写，重新阐释了赛金花这一女性形象的意义。

2. 社会上层人士和底层人群的连接者：妓女群体的"边缘人"属性

法国学者安克强在其著作《上海妓女》中对妓女群体做出这样的评价，他认为妓女群体是"体面的社会"与"非正常社团"之间的连接者，妓女群体是一个特殊的女性群体，她们既不为社会主流所接受，也被社会拒斥的人群所排斥，是社会的边缘群体。她们游荡在社会上流人士和底层小人物中间，是一个"福斯塔夫式"的社会群体，一群带有喜剧色彩的悲剧人物。作为不同阶层的连接者，她们以特有的"边缘人"方式书写自己的历史。

赛金花作为晚清民初时期妓女群体的代表，其自身就是一个具有"边缘人"属性的形象。由于赛氏自身经历与普通妓女相比丰富许多，不仅嫁与状元洪钧为妾并随夫出使外国，还在庚子年间与八国联军统帅交好，其阅历已远远超过了普通妓女的眼界。赵淑侠女士决定以这个人物作为小说的主人公时，自然对赛氏特殊的社会地位和经历进行了细致的考

---

① 赵淑侠：《赛金花》，江苏文艺出版社 2010 年版，第 311 页。

察。在小说中，作者多次提到赛氏与晚清士大夫等社会上流人士的交往。如赛氏在沪期间，来往于其寓所的达官显贵多不胜数，在小说中，作者还提到一段关于李鸿章到赛氏"书寓"的情节，可见在当时赛氏"书寓"是相当有名气的。此外，作者在描写赛氏到天津江岔胡同开设妓院"金花班"时，也写道："赛金花的艳帜像渤海的怒潮，席卷了整个北地风流，内务府大丞立山，巡抚大人德晓峰，朝廷重丞，富商巨贾，像闹春的猫儿一般，往返于京津道上。"① 可见赛氏作为一个所谓的"高级妓女"，她与社会上层人士交往的事实是不可忽视的。这些所谓的上层人士虽然并不像对待普通妓女那样看待赛氏，但本质上仍将她视为取乐解闷的工具，把她作为发泄欲望的对象。可见，在中国近代史上，高级妓女与社会上层人士的交往已经是普遍现象，妓女群体虽然是社会上层人士取乐的对象，但同时她们自身女性意识的觉醒也让其萌生了反抗意识。作为社会的边缘人物，妓女不仅与社会上层人士交往密切，同时也与一些下层人士或具有新兴思想的革命人士有联系。

在小说中，赵淑侠女士对妓女与社会下层人士和具有新思想的革命人士的交往也做了翔实的描写。赛金花一生之中有过三次婚姻，其中后两次婚姻，一次是与社会下层人士——火车稽查员曹瑞忠结合，另一次则是与新兴革命人士魏斯炅，虽然两次婚姻都有过短暂的幸福，但最终还是以悲剧告终。在中国近代史上，高级妓女除了从良结婚、沦为低级妓女、出家为尼之外，很少有其他的出路，当然死亡也是一种选择，但多数人都会试着生存下去。妓女为生活所迫而与社会下层人士交往也是正常现象。

此外，作者在小说中不仅分别描写赛氏与社会上层人士和底层小人物的交往，还将赛氏作为二者连接者的形象以庚子国难时期为代表叙述出来。在这一时期，赛氏每天"故意去大街小巷转，靠着能说德语，救了不止上万的人"②。赛氏并未因为自己受到世人的鄙薄而泯灭良心，仍然尽力救助百姓，作者在赛氏与百姓的交往中虚构了小男孩请赛氏回家吃饺子的情节，足见赛氏当时与社会底层人民交往的和谐，虽然这种"和谐"的现象是短暂的。而由于赛氏与联军瓦帅的特殊关系，晚清官员、富商等社会上层人士也都来"跟她攀交情，送重礼，求她保护"。由此可见，赛

① 赵淑侠：《赛金花》，江苏文艺出版社 2010 年版，第 238 页。
② 同上书，第 295 页。

金花作为晚清民初时期名噪一时的妓女代表，是社会上层名流与下层人士、新兴革命人士的连接者。在小说的描写中，她的一生不断游走于这两者之间，在其中扮演着穿针引线的角色。

综上所述，笔者认为在《赛金花》这部小说中，作者在忠实于历史事件的真实性的基础上融入个人虚构的手法，将以赛金花为代表的妓女群体在晚清社会中作为具有"边缘人"属性的阶层之间连接者的形象以严谨的逻辑构思讲述出来。妓女这样一个特殊的女性群体，既周旋于社会上层人士中间，又与底层人民交往密切，作为社会的边缘群体，她们无疑是具有"边缘人"属性的人群。

结　语

赛金花作为在中国晚清民初这段屈辱历史时期留存的最具争议的女性形象，她身上兼具多种形象，尤其体现在被众多文人墨客经过艺术加工的文本当中：从救国救民的侠妓到淫乱放荡的娼妇形象，从游走于上层社会的妾侍到跻身于下层社会的妓女形象，她的身影不仅横跨中国近代历史上最屈辱的一段岁月，同时也贯穿了晚清民初娼妓群体的历史画面。这样一个备受褒贬的历史人物，在中国近现代的文学史上出现了三次书写热，被众多报纸杂志提及的次数更是不胜枚举，足可见其历史意义的重要性。笔者认为，赛金花作为娼妓群体的代表，虽然不被主流社会认同其身份，甚至对其某些行为都予以否定，但其作为历史符号留存在历史中的意义书写是无法湮灭的。

当我们在关注华裔作家赵淑侠所塑造的历史人物赛金花的形象意义时，我们所看到的，便是以中西文化、语言为中介的意义书写。当我们去探究某一历史人物的文学书写留存在历史或社会中的某方面意义时，必然要以语言为中介去做判断，而这样的判断就将人物的意义以一种"历史符号"的意义特性涵盖其中。赵淑侠笔下的赛金花便是典型的以语言为中介而建构的形象，其所具有的"历史符号"特征，以及她个人的人生意义与社会的发展意义、历史意义相连接的特性，甚至其对历史的过去、现在及未来的意义亦包含其中。

正如关键词"history"的意义是"人类自我发展（human self-development)"①, 它不只是与过去或现在相关, 更特殊的是其与未来相关。当身处他国文化背景下的赵淑侠女士在 20 世纪末重新塑造赛金花的形象时, 必然会根据不同于以往的文化环境予以新的描述, 这种描述力求塑造具有"现代女性"特征的赛金花形象, 但同时又以中国传统文化作为基本的背景和中介, 人物是过去的人物, 而现在的塑造仍然存在, 这种塑造又指向未来的社会发展, 这种三元交织的现象正是其笔下塑造的历史人物赛金花作为"历史符号"特殊性的表现。她以及对她的文学书写和研究不仅交织了她所处那个年代的文字书写, 纵贯了文学史的文学记录, 更以其内涵的复杂性而延续了历史人物的意义发展。赛金花已然作为一种"历史符号"的印记, 留存在历史的记录中间。

参考文献

［1］ A. N. Whitehead, *Adventure of Ideas*, London: Penguin Books, 1948.

［2］ Grace S. Fong& Ellen Widmer, *Inner Quarters and Beyond*: *Women Writers from Ming through Qing*, Brill Academic Publishers, 2010.

［3］ Hu Ying, *Tales of Translation*: *Composing The New Woman in China*, 1899 – 1918, The Stanford University Press, 2000.

［4］ Jin Feng, *New Woman in Early Twentieth-Century Chinese Fiction*, Purdue University Press, West Lafayette, Indiana, 2004.

［5］ Laikwan Pang, *Distorting Mirror*: *Visual Modernity in China*, University of Hawaii Press, 2007.

［6］ Paola Zamperini, *Lost Bodies*: *Prostitution and Masculinity in Chinese Fiction*, Koninklijke Brill NV, Leiden, The Netherlands, 2010.

［7］ Wu Shengqing, *Gendering the Nation*: *The Proliferation of Images of Zhen Fei* (*1876 – 1900*) *and Sai Jinhua* (*1872 – 1936*) *in Late Qing and Republican China*, NAN Nü, Volume 11, Number 1, 2009.

［8］ 程郁:《纳妾: 死而不僵的陋习》, 上海古籍出版社 2007 年版。

［9］［法］安克强:《上海妓女——19—20 世纪中国的卖淫与性》, 袁燮铭、夏俊

---

① ［英］雷蒙·威廉斯:《关键词: 文化与社会的词汇》, 刘建基译, 生活·读书·新知三联书店 2005 年版, 第 205 页。他认为 "History" 的意涵不仅仅只局限在关于过去的有系统的知识, 更与现在和未来相联系。其重要代表是 18 世纪初期维柯 (Vico) 的作品以及新种类的 "普遍历史" (Universal Histories), 认为过去的事件不被视为 "特殊的历史" (specific histories), 而被视为持续、相关的过程。然而, 强调 history 的 "人类自我发展" 意涵, 会使 history 在许多用法里失去了它跟过去的独特关联性, 并且使得 history 不只是与现在相关, 而且与未来相关。

霞译，上海古籍出版社 2004 年版。

　　［10］何兆武：《历史理性的重建》，北京大学出版社 2005 年版。

　　［11］［荷］F. R. 安克施密特：《历史与转义：隐喻的兴衰》，韩震译，文津出版社 2005 年版。

　　［12］黄濬：《花随人圣庵摭忆》（上、中、下），中华书局 2008 年版。

　　［13］柯兴：《清末名妓赛金花传》，华艺出版社 1991 年版。

　　［14］刘半农等：《赛金花本事》，岳麓书社 1985 年版。

　　［15］鲁迅：《中国小说史略》（修订版），人民文学出版社 2007 年版。

　　［16］［美］R. W. 康奈尔：《男性气质》，柳莉等译，社会科学文献出版社 2003 年版。

　　［17］［美］王德威：《被压抑的现代性——晚清小说新论》，宋伟杰译，北京大学出版社 2005 年版。

　　［18］邵雍：《中国近代妓女史》，上海人民出版社 2005 年版。

　　［19］王绍玺：《小妾史》，上海文艺出版社 2008 年版。

　　［20］王书奴：《中国娼妓史》，上海三联书店 1988 年版。

　　［21］武舟：《中国妓女文化史》，上海东方出版中心 2006 年版。

　　［22］［英］W. H. 沃尔什：《历史哲学导论》，何兆武、张文杰译，北京大学出版社 2008 年版。

　　［23］［英］柯林武德：《历史的观念：增补版》，何兆武、张文杰、陈新译，北京大学出版社 2010 年版。

　　［24］余钊：《北京旧事》，学苑出版社 2004 年版。

　　［25］曾朴：《孽海花》，上海古籍出版社 1979 年版。

　　［26］赵淑侠：《赛金花》，江苏文艺出版社 2010 年版。

　　［27］张超：《民国娼妓盛衰》，社会科学文献出版社 2009 年版。

　　［28］张京媛主编：《当代女性主义文学批评》，北京大学出版社 1992 年版。

从中西文化看《雪花和秘密的扇子》中的"老同"关系

宋姗姗

摘　要:《雪花和秘密的扇子》是美国华裔作家邝丽莎的新作,其中的姐妹情谊,确定为"老同"关系,源自中国湖南江永县潇水流域的民俗文化。对姐妹情谊与"老同"关系以西方性别理论的角度审视,可见其中微妙的女同性恋倾向。"女书"是中国湖南少数民族地区隐秘的缔结的拟亲属关系与终生的心灵契约关系的特殊女性文字。本文从性别理论观照姐妹情谊与"老同"关系,同时结合"女书",探讨超越同性恋性别含义之外的中国民俗、伦理与文化内涵。

关键词:"老同";女书;拟亲属关系;女同性恋

《雪花和秘密的扇子》是美国华裔女作家邝丽莎的作品,书写的是清末中国湖南江永县少数民族地区主人公百合与雪花之间的姐妹情谊。本文将以其为研究对象,重点研究其中的姐妹情谊主题。它在作品中表现为"老同"关系,与当地的"女书"文化紧密相连。本文将解析"老同"关系与"女书"之间的密切联系,并将视野转换于中国民俗文化与西方性别文化之间去观照"老同"关系,发现其中深邃的文化内涵。

一　"老同"关系与"女书"

《雪花和秘密的扇子》中主人公百合与雪花在幼年时就结为"老同"关系。在当地,"老同"指的是父母按照媒妁之言等与婚姻相同的程序为家中的女儿寻找年龄相近、贫富相同、八字相合的结拜对象,只是这个对象不是异性对象,而是同性姐妹。但它类同于婚姻的范式。当地将这种与婚姻类似又不同于婚姻的关系称为结拜姐妹，也就是"老同"关系。

这种结拜"老同"的行为成为一种民俗，它在中国历史上有很大的影响。之所以如此是因为结拜姐妹这种风俗中存在着"女书"这样一种女性文字。而这种女性自创和专用的文字，仅供女性内部交流使用，将男性摒弃在外，是具有鲜明性别色彩的文字。"它是女性的，而不是男性的，也不是全社会的，它只限于在女性这个小圈子内流传，它被女性创造出来，记录的是女性的劳动、生活和思想感情，它反映的是当地的女性社会。"①

邝丽莎第一次接触"女书"就对它产生了极大的好奇和兴趣，最终吸引她深入到湖南边远地区，进行"女书"文化的田野考察。纵观西方历史，妇女文学和女性书写并不罕见，勃朗特三姐妹、波伏娃、伍尔夫、艾略特早已进入普通读者的视野；然而中国民俗文化中的女书却因其历史性、偏僻性、非主流性，很少被人关注。其熟知的范围也仅限于国内少数学者和研究专家。身为美国华裔作家，邝丽莎由于其强烈的文化寻根意识，对中国历史上女性的真实存在状态极为关注，她在田野调查后将"女书"写进小说，用文学作品的形式来展示古老的女书文化。

"女书"不仅在文字学方面有独到的价值，同样又具有很高的妇女文学价值。正如宫哲兵等所言，"妇女文学在古今中外普遍存在，并不罕见，但是，湖南省江永县、道县的农村妇女创造了一种女性专用的文字，以这种文字作为书写工具，创作了大量的叙事诗、抒情诗、民歌山歌、传记等文学作品，用以抒发自己的感情，描写自己的生活，这在全世界找不到第二例。因此，女书文学作品在民间文学，妇女文学等研究领域具有独特的价值"②。

其实，女书为我们考察性别关系同样提供了非常有价值的民俗记录。邝丽莎《雪花和秘密的扇子》正是建立在"女书"与性别关系基础上的文学作品。"女书"是百合与雪花之间"老同"关系的见证，她们将女书文字写在各自的身体上，是她们肉体接触的媒介。这样，"女书"就和"老同"之间的性关系紧密联结在一起了。

---

① 田李隽：《江永女书及其女性文化色彩》，《中华女子学院学报》2004 年第 2 期，第 23 页。

② 宫哲兵、刘自标：《女书与妇女文学》，《湖南大学学报》（社会科学版）2000 年第 1 期，第 46 页。

"女书"之所以能成为结拜姐妹表达性爱的媒介，源于其鲜明的性别倾向和排他性。它仅供女性内部交流使用，仅为女性所熟知，是女性结交姐妹、诉说苦难、交流感情、言说自我的话语符号。诚如女书研究专家宫哲兵所言，女书是"一种女人创造、女人使用、专门写女性生活、女性感情的文字"①。它是一种倾斜的修长字体，呈菱形框架，彰显了柔美的女性气质。作为女性创造的文字，它赋予女性独特的话语符号，彻底打破了传统男性话语机制的独裁局面。"女书"研究专家宫哲兵就认为："在男权话语居于统治地位的文字世界里，'女书'作者终于构建起了压迫下的一片蓝天，对于男权社会的高压统治提出了发自内心的最强烈的反抗。在历史文本与话语实践中，女性被占绝对统治地位的男性表述为'她们'。在'女书'作品中，女性成长为叙事和言说的主体'我们'。从某种意义上来说，女书的出现打破了'男书'（汉字）一统天下的局面。"②沉寂了数千年的女性终于拥有了属于自己的文字，构筑了一个将男人摒弃在外的秘密的"女书"天地。

小说中的雪花和百合不仅将"女书"写在身体上，而且用女书写信交流生活和情感体验。这里没有男性参与、没有男性声音、没有男权话语，她们掌握了自身的发言权，坚持女性的身份和立场，站在女性的视角观察、思考问题，分享各自在男尊女卑的封建社会里受压迫、受歧视的苦难。共同的遭遇诉说，使得"老同"情谊更加紧靠和深厚，对自由、家庭平等幸福的向往和对封建礼教的不满与反抗是她们共同的渴望。

女书物件的情爱性为女性提供了安全的私密空间。传统意义上的女书物件有纸、书、巾、扇四大类，分别可以称为女纸、女书、女巾、女扇。③ 在通信不发达的古代中国，这些物件常常被青年男女用来寄托爱情，成为表达情爱的信物，而扇子又在爱情信物中占据了重要的一席。情侣往往以扇子相赠，作为定情之物。清代民歌《杂曲·情人送奴一把扇》："情人送奴一把扇，一面是水，一面是山。画的山，层层叠叠真好看。画的水，曲曲弯弯流不断。山靠水来水靠山，山要离别，除非山崩水

---

① 宫哲兵：《抢救世界文化遗产——女书》，时代文艺出版社 2003 年版，第 85 页。

② 同上书，第 51 页。

③ 参见宫哲兵、刘自标《女书与妇女文学》，《湖南大学学报》（社会科学版）2000 年第 1期，第 45 页。

流断。"①《雪花和秘密的扇子》中雪花和百合飞信传情的女书物件就是一把折扇。美丽的扇子象征了她们忠贞不二、缠绵悱恻的爱情。小说中雪花就是将缔结老同的愿望写在折扇上交给了百合,她写道:"悉闻家有一女,性情温良,精通女学。你我有幸同年同日生。可否就此结为老同?"百合清楚这把画满树叶花环的折扇将是承载她俩秘密的信物,她期待着"永结连理、亘古不变"的缠绵关系。她回信给雪花:"我们将会如同一对水中的鸳鸯,一座跨于两岸的虹桥。"

此外将男性排除在外的"女书"文字,为女性姐妹提供了一个安全的可以自我保护的隐秘空间。他们可以随意抒发自己的真情实感和内心体会,不用担心被男性压迫和虐待,反而会得到同性姐妹的安慰和支持。《雪花和秘密的扇子》中的雪花和百合从很小就开始裹小脚,塑成三寸金莲,她们注定终身禁锢在闺房绣楼,不能和异性自由交往。在江永,男女不仅在婚前受到隔离,就是在婚后,只要女方没生子女,便不能落住夫家。女性的生理肉欲和情感都受到了极大的约束,"女书"将这些有血有肉、身心健康的女性纽连在一起,她们结拜姐妹、缔结老同。在封闭的女性阁楼里,雪花和百合以及其他女性朋友学女书、唱女歌、做女红,用"女书"文字自由地发泄情感,寻找精神互慰,构成的是隐秘的"女书"内交社群。清华大学的赵丽明教授就认为女书老同是一种以文会友、以情感联结而凝聚的农村妇女散居小社群,由此构成了一个封闭的女性社会。不与任何异性来往,但又不是秘密结社;结构松散、对外开放,不带任何军事、政治色彩。它是一个以老同为组织形式的女性精神王国。这个封闭式的女性内交社群,不与任何异性联系,只与朝夕相处的"老同"姐妹同吃、同住、同睡。这样具有私密性、封闭性的安全空间很容易孕育出"老同"之间更为亲密的关系。

二 中国民俗文化中的"老同"关系

这种"女书"文字将"老同"姐妹紧密地联结在一起,而"女书"无论是在文字学还是在文学方面的独到价值都显示了其作为中国民俗文化的重要性。而放置在民俗文化中的"老同"关系则具有更为深厚的中国

---

① 乔玢:《扇之韵》,北京出版社 2004 年版,第 46 页。

文化内涵。

在《雪花和秘密的扇子》中所看到的"老同"是自由选择的结合，老同姐妹要成为彼此情感的伴侣，并永远忠于对方。

这种"老同"关系是永存的，它不会因为婚姻而改变；相反，"老同"关系可以增加女孩儿的价值，因为"老同"姐妹一方的家世、身份、地位都会影响另一方。小说中出身农家的百合因为"老同"姐妹雪花的显赫家世而增加了新一层次的关系保护，这将为她缔结上好的婚姻关系提供更好的筹码。

显然，这种"老同"关系蕴含着中国少数民族地区的民俗文化传统，表现了在以血缘关系为纽带的宗族社会里父母为女儿安排多一层次的人伦拟亲属关系纽带的愿望，寄托着对女性命运的牵挂。它也是生活与生存都不能保障的家长希望缔结多一重社会关系的渴望，为其女儿提供多一层人伦关系的保护，才会产生这种奇特的文化现象。它体现的是中国的结拜、结义等连亲方式，同时也是中国重家族亲缘关系的体现。很明显，"老同"是根植于中国文化的独特女性存在状态，其结拜的仪式性和缔结的规约性都显示了其浓厚的民俗文化内涵。

中国是一个传统的以血缘关系为纽带的社会，在血缘、姻亲基础上建立起来的亲属关系更是形成一个巨大的网络将人们联结在一起。此外，民间还有一种亲属关系的扩展形式，称为"拟亲属关系"。它指的是没有任何血缘、姻缘关系的人通过某种仪式结为亲属关系，双方会形成一定的权利和义务联系，以此为基础发展为亲密关系，如民间的结拜兄弟。这就为人们增加了一种人伦关系的网络，拓展了社会交往的范围，增加了命运的支撑力量。而在中国封建父权社会里，女性的命运更是无法自己掌控，她们自身毫无经济地位，将一切希望寄托在丈夫、儿子身上，希望母以子贵、妻以夫荣。女性自身的命运是依附于男性而存在的；在家从父、出嫁从夫、年老从子，女性始终以男性为自己命运的全部依托。女性之间缔结非血缘姻亲的拟亲属关系，就为女性提供了一种新的命运寄托；这种依托于同性的人伦支撑为女性提供了一个安全的可以依靠的关系形式。

小说中雪花和百合缔结的"老同"关系，正是建立在非血缘关系上的拟亲属关系。它在父母之命，媒妁之言中安排，需要测八字、匹配属相，甚至要求同年同月同日生，还要脚型相当。一旦缔结"老同"，姐妹之间就会形成一种责任和义务关系，要求坦诚相待，要用善意言行抚慰彼此的心灵，相伴在女人屋里做活细语，共同分享物品和喜怒哀乐。

"老同"姐妹情谊为女性提供了可以相互依赖和信任的人伦关系纽带，以拟亲属关系为基础的义务和责任关系是她们感情的坚实基础。小说中百合一生交流最多、感情最深的人就是她的"老同"姐妹雪花，她们分享着各自婚姻生活中的酸甜苦辣、喜怒哀乐。百合在雪花家里做客时遇到了战乱，逃荒中雪花一家倾尽全力保护了百合的安全，就像对待家人一样。在雪花病危时，百合悉心照顾在她身边，不离左右；雪花离世后，百合承担起雪花身为母亲的所有责任，倾心照顾雪花的子孙，为他们安排最好的归宿。

最重要的是她们之间还有浓烈而纯洁的爱，发自心灵的契约和誓言，这就使得这层人伦关系纽带甚至比亲属关系更为亲密和紧致。雪花和百合缔结的"老同"姐妹关系是一种终生的心灵契约关系，她们是彼此心灵的栖息地和精神支柱。就像小说中所说，它是两颗心的结合：

> （老同）又和婚姻不同，它是专一的，没有第三个人加入老同的关系。这是两颗心的结合，它不会因为彼此间隔的距离，或是意见相左，孤独寂寞，一方嫁入更好的人家而拆散，也不会容许其他女孩或是女人介入其中。[①]

她们之间没有太多的口头约定和誓言，更没有现代意义上所谓的签订协议。她们只是发自内心的结合，来源于心灵的牵挂和情感的纽连。正如百合所说，她们之间的姐妹情谊是强烈的情感的结合，是心灵的誓言：

> 雪花和我是老同啊，是最最真挚最最强烈的情感的结合，甚至超越了地狱和空间的阻隔。我们之间的结合甚至比纯粹的男女婚姻关系更为神圣。我们是发过誓的，保持对彼此的坚贞和坦诚直到死亡把我们分开。[②]

即使产生误会，她们的心灵依然牵连在一起，念着、爱着对方。这就

---

① 邝丽莎：《雪花和秘密的扇子》，忻元洁译，人民文学出版社 2006 年版，第 58 页。
② 同上书，第 229 页。

比其他女同性恋关系更加稳固和紧密，它不会因为性取向的改变或者是兴趣的变化而改变，它是人伦关系的支撑点，更是心灵的契约关系，是姐妹心灵的港湾和精神的支柱。

三 西方性别理论观照下的"老同"关系

作品中的雪花和百合从幼年就开始了"老同"关系，结交之后，她们常常互访，住在对方家里十天半月。同吃，同住，同睡，同玩，同做女红，同写女书。在缔结之初，它完全是出于父母为女儿安排人伦关系的表现，其中根本没有性关系的存在。然而，"老同"姐妹在"女书"提供的私密、隐蔽空间里朝夕相处，耳鬓厮磨，有时候会存在亲密的身体接触等微妙性关系。

小说中雪花与百合发展出一种恋情关系，隐秘着女同性恋倾向。这种恋情从整个一生的关系来看主要还是爱与情感的关系，最后发展为一种心灵的契约关系。同时她们也有过微妙的肉体接触，作品中只有在"吹凉节"一章进行了唯一一次的描写，她们睡在一张床上，天气燥热，就脱掉了身上所有的衣服，只留下裹脚布和睡觉时穿的鞋子。懵懂的两个少女都被对方的身体吸引，带着羞涩和好奇，她们开始在对方的身体上书写女书文字，表达浓情爱意。百合的手指滑动在雪花身体的敏感部位，用女书文字写着爱意，抚摸着身体。小说中是这样写的：

> 我选择写在她的胸口正中，因为根据我对自己身体的了解，那是敏感地带。是爱，是恐惧的发源地。雪花在我的指痕滑动下，颤抖了起来。①

亲密的接触带来了微妙的生理反应，透露出丝丝性的味道：

> 在燥热的天气、皎洁的月光和雪花娇嫩的肌肤的诱惑下，我鼓足勇气把湿湿的手指伸向了她的乳房。她的唇微微地张开了些，甚至发出了轻微的呻吟。我又舔湿了指头，在她的娇乳上一笔一画的移动

---

① 邝丽莎：《雪花和秘密的扇子》，忻元洁译，人民文学出版社2006年版，第93页。

着。只见她的乳头开始收紧，四周也略显褶皱。

接着又渐渐上升到了她大腿的内侧。我还在我手指划过的地方，轻轻吹着气。我知道它将带给雪花的感受，她的大腿在我眼前抽搐着，一直延伸到她身体的幽深处。①

这种亲密的身体接触必定建立在姐妹之间深厚的感情之上，彼此将最隐秘、最柔弱的部位暴露给对方，任凭对方抚摸。在身体上书写女书的行为可谓包含了身体的抚摸和器官的刺激。作品中对两个女性之间肉体关系的描写也就仅止于此。然而据女书研究专家宫哲兵考证：当地实际上存在比这样一种停留于抚摸的行为更深一层的"老同"姐妹关系，称为"行客"，意思是经常互相走访的客人，有些感情最深的发展成为同性恋关系。她们之间存在着抚摸对方的器官或用萝卜、黄瓜等刺激对方等亲密的性行为。②

我们从《雪花和秘密的扇子》中所看到的是相对于"行客"之间的性行为比较浅层的一种女性间的关系，特别是作者将这样一种两性肉体的接触与女书的书写关联在一起，就使得百合与雪花之间的关系不仅有性的层次，更有深一层的文化内涵。它不仅彰显了雪花和百合之间微妙的同性恋关系，更透露出姐妹之间时刻以"女书"传情达意的深厚文化内涵。由于与女书文字及其书写的联系，它就不是纯粹的肉体享受与欢愉，它与文化具有某种联结，因而使女性之间的性爱倾向更带有了隐幽、含蓄、温柔、优雅的特征。西蒙·德·波伏娃就曾描述过，"两个女人之间性快乐不像男女之间那样狂乱而令人眩晕，它是一种自然的快乐，不会引起过于激烈的变化；男女情侣一旦从拥抱中分离，彼此立即再次变得陌生，女方会厌倦男方的肉体，女方的肉体也使男方感到淡而无味。女人之间的肉体吸引却比较平和，且具有持续性，她们不会陷入疯狂的热恋，也不会产生敌意的冷漠，她们面面相对，互相抚摸之时便有平静的欢乐产生，床笫之欢从而得到延续。女人之间的爱却是静观的，那抚摸不再是占用对方，而是通过对方来逐渐地再造自己"③。

① 邝丽莎：《雪花和秘密的扇子》，忻元洁译，人民文学出版社 2006 年版，第 94 页。
② 参见宫哲兵《女书与行客——女性同性恋者的作品和情感》，《中国性科学》2003 年第 4 期，第 38 页。
③ 王先霈、王又平：《文学理论批评术语汇释》，高等教育出版社 2006 年版，第 651 页。

　　同样是同性恋，女同性恋与男同性恋对性的依赖、卷入程度与体验又有很大的区别。莉娜·费德曼认为，"女同性恋描述了一种关系，这是一种两个女人之间保持强烈感情和爱恋的关系，其中可能或多或少有性关系，抑或根本没有性关系。共同的爱好使两位妇女花大部分时间生活在一起，并且共同分享生活中的大部分内容"[1]。据此，小说中百合与雪花之间仅有一次的亲密身体接触和微妙性行为也是女同性恋的范畴。

　　女性之间的身体接触和性体验更为深刻和刻骨铭心。小说中的百合在新婚之夜依然深深留恋着雪花的抚摸，"我早已习惯了雪花的温柔的触摸"。她始终惦念着与雪花之间亲密的肉体欢愉，即使经历世事的沧桑，百合仍能感到"当年的呻吟声仿佛又呈现在了我的耳畔。我不由得红了脸，急着将其从心头挥去"。在百合的记忆中，"吹凉节"这章写到的亲密的身体接触似乎成为她最受用、最舒服、最值得怀念的性体验经历，足见其影响的深刻性。而在与丈夫的关系中她却从未体验过欢愉和享受。

　　女性之间的性爱倾向是温和、柔美、含蓄的，肉体的欢愉与享受是优雅而深刻的。正像小说中雪花和百合之间微妙的身体接触、隐幽的性行为都暗示了她们之间女同性恋关系的存在。雪花和百合仅有一次亲密的身体接触和微妙的性行为，她们出嫁前的很长一段时间是生活在一起的，婚后也是互通书信，共享喜怒哀乐。她们之间的姐妹情谊早已超越友谊，是女同性恋之间纯美的爱情关系。她们在父母的安排下缔结为"老同"姐妹，一辈子不离不弃；即使嫁为人妇，她们依然选择了坚守"老同"情谊，这是她们一辈子选择的生活方式。正如西方性学理论家福柯所说，"这（指同性恋）并不是人的内心中某种先验的本质，而是一种经人选择可以进入的状态，是一种在形成过程中的自我，是一种可供选择的生活方式"[2]。

　　小说中百合与雪花之间的"老同"关系之所以可以与女同性恋关联起来，至少被认为有同性恋倾向的存在，是因为两人中也存在着女同性恋恋情中男性角色的扮演者。这种角色不是表现在性关系上，而是表现在传统中国男人的强势姿态去规训温顺女人的关系范式上。

　　小说中的老同关系中，百合就表现出明显的男性角色倾向，她时刻以

①　Bonnie Zimmerman，*What Has Never Been*，The New Feminist Criticism，p. 206.

②　李银河：《福柯与性：解读福柯〈性史〉》，山东人民出版社 2001 年版，第 197 页。

男权社会的标准和规范去要求雪花、安慰雪花。百合成为二人女同性恋关系中男性角色的一方。小说借梅花之口责备百合对雪花的做法就道出了百合所处的男性角色位置：

> 可是你有太多的男人的做法。你对她的爱就像是男人般的，你只是用男人的法则来衡量着她的价值。①

百合身上有太多男权社会的价值观念，并严格按照这些准则行事。在此意义上，百合是严重的被男权社会的权力规范规训和毒害的女人，她从小就受到这样的教育"脸蛋是上天赐予的最好礼物，而一双娇小的脚更能提高你的地位"。缠足成功的百合拥有了漂亮的三寸金莲，使得她嫁给了大户人家。儿子是女人的根基，他们的降生给了女人身份、尊严、庇护和财产上的保障，同时他们还继承了祖先的香火。于是新婚后的百合非常努力地和丈夫行房事，为的就是生个儿子。之后她殷勤地照料公婆，服侍丈夫和子女，顺从恭敬；因为性的角色规定由女人从事家务和照料孩子，而人类的其他业绩、事业和抱负却是男性的分内事。百合循规蹈矩，忠于职守，温和顺从，这是男权制对于女性气质、角色的社会化，以此来适应基本的男权制惯例。百合的奶奶、母亲作为男权家庭中掌握了话语权的家长教导规训百合，女人应该学会忍耐、学会顺从。话语权包括了概念的用法、对什么重要什么不重要的句子判断、价值判断等内容，百合的话语权力从小就丧失了，她在父辈们该做什么不该做什么的价值评判下塑造形象，是被男权话语权规训而成的社会体。而权力是一种由制度固定下来的策略关系，它的变动性极为有限，就像一座堡垒，要动摇它们非常非常困难，因为它们已经制度化了。百合根本无力对抗，只能压抑自己喜好自由的天性，百合甚至明白"那些从小到大都牢牢束缚着我的繁文缛节再次将我的真心层层包裹住"。

不仅如此，百合对待雪花仍是处处以男权社会的规范和标准去衡量，对待雪花的不幸她又总是以一种命令者的态度告诉雪花应该按照男权社会的规范行事。

---

① 邝丽莎：《雪花和秘密的扇子》，忻元洁译，人民文学出版社 2006 年版，第 257 页。

你也必须这样，听着，你必须顺从你的丈夫。听从你婆婆的吩咐，我希望你不要有太多的顾虑。[①]

百合在此关系中的男性角色归因于男权社会对她的规训，她的行事作风完全符合妇德的要求。无形中她想将这些标准和规范附加在雪花的身上，希望雪花也能按照男权制度下的各种规范规约自己的行为。作为男权社会的牺牲品和规约物，百合被塑造成了受人爱戴和敬仰的县长夫人；同时，在与雪花的同性爱中，她又将此规训用来教导雪花，明显地处于性别理论中所谓的男性角色位置。

结　　语

"老同"关系植根于中国最偏僻、最没有西方影响的湖南潇水流域，却能用西方理论去看；在西方文化的观照下，《雪花和秘密的扇子》中的百合与雪花之间的"老同"关系具有微妙的女同性恋倾向，其中百合处于性别理论中男性角色的一方。在传统的民俗文化中去考察，小说中的百合与雪花之间亲密的"老同"关系同样具有丰富的内涵：它因为当地独特的"女书"文化而更具吸引力，尤其是对有着强烈寻根意识的华裔女作家邝丽莎而言。以西方华裔身份进入"老同"关系，邝丽莎展现了其中蕴含的深厚中西方文化，它是中国文化重家族血缘关系的体现，可见"老同"关系的根深深地埋藏于民俗文化之中；但以西方的视角去观照"老同"关系，其中微妙的肉体接触和身体行为又有浓厚的女同性恋倾向。

当代西方性别理论为我们重新审视此一文化现象提供了新的切入点和观察点，中西方文化交织下的"老同"关系更为饱满和立体。这也正是邝丽莎深得中西方主流文化认同的原因所在。这部小说被改编为电影剧本《雪花与秘扇》，已由美国 Dolby Laboratories 制作发行，美籍华人导演王颖执导拍摄。演员阵容也非常强大，由中国演员、韩国演员、澳大利亚演员以及美国华裔演员共同演绎，并由武汉大学中国女书研究保护中心主任宫哲兵担当学术指导顾问且在片中饰演女书专家。可见其作品不仅得到了美

---

① 邝丽莎：《雪花和秘密的扇子》，忻元洁译，人民文学出版社 2006 年版，第 175 页。

国、中国读者的肯定和支持，也得到了来自中西方主流社会的认同。《雪花和秘密的扇子》不断地被肯定、被造势，其关注中国女书世界中"老同"姐妹生存状态的独特之处不断地被彰显于普通大众。作者的华裔身份、受众的中西合璧，更加深了本文从中西方文化双重视角去观照"老同"关系的意义和力度，在此意义上"老同"关系也更为立体和深刻。

参考文献

［1］李隽：《江永女书及其女性文化色彩》，《中华女子学院学报》2004 年第 4 期。

［2］宫哲兵：《抢救世界文化遗产——女书》，时代文艺出版社 2003 年版。

［3］宫哲兵、刘自标：《女书与妇女文学》，《湖南大学学报》（社会科学版）2000 年第 1 期。

［4］赵丽明、宫哲兵：《女书：一个惊人的发现》，华中师范大学出版社 1990 年版。

［5］宫哲兵：《女书与行客——女性同性恋者的作品和情感》，《中国性科学》2003 年第 4 期。

［6］王先霈、王又平：《文学理论批评术语汇释》，高等教育出版社 2006 年版。

［7］乔玢：《扇之韵》，北京出版社 2004 年版。

［8］李银河：《福柯与性：解读福柯〈性史〉》，山东人民出版社 2001 年版。

东方主义观照下 18—20 世纪初英国
文学中的"黄祸"形象

李秀红

摘　要：根据一系列英国文学文本可以看出，从笛福到罗默，英国文学中"黄祸"形象愈演愈烈。本文结合萨义德东方主义理论来探讨 18—20 世纪初英国文学中的"黄祸"形象，阐释"黄祸"形象在两个多世纪英国的演变，并说明它是英帝国主义对中国的东方主义观照的产物，除了军事上对殖民地进行统治以外，英国人的白人中心主义的立场与种族歧视，都是与"黄祸"的称谓与形象相关的因素。

关键词："黄祸"形象；英国文学；东方主义

"黄祸"（Yellow Peril），指来自黄色人种的危险。在英国文学中，普遍存在令人厌恶、鄙夷的"黄"中国形象和让人恐惧、害怕的"祸"中国形象。这种套话式的描述"传播了一个基本的、第一的和最后的、原始的形象"①。这被爱德华·W. 萨义德称为"东方学"。"它提供给人们想象、思考东方的框架，它解释特定的主题及其意义，确定价值，生产出大量相关的文本……它们相互参照、对应、协作，共同传播，构成一个具有特定原则性的知识整体。任何个别表述都受制于这个整体，这是所谓的话语的非主体化力量，任何一个人，哪怕再有想象力、个性与独特的思考，都无法摆脱这种话语的控制，只能作为一个侧面重新安排已有素材，参与既定话语的生产。"②"黄祸"形象正是这种东方主义话语积淀下的产物。就像萨义德《东方学》所说，"东方学不是欧洲对东方的纯粹虚构或

---

① 孟华：《比较文学形象学》，北京大学出版社 2001 年版，第 157 页。
② ［美］爱德华·W. 萨义德：《东方学》，王宇根译，生活·读书·新知三联书店 1999 年版，第 349 页。

奇想，而是一套被人为创造出来的理论和实践体系，蕴含着几个世纪沉积下来的物质层面的内含"。① 通过"黄祸"一词，中国人成了丑陋怪异、冷漠残酷、虚伪狡诈、道德败坏、生命力顽强、勤劳坚忍等的代名词。关于"黄祸"形象，福建师范大学的葛桂录和刘艳都已对萨克斯·罗默所塑造的傅满楚这一形象进行了研究，而本文则结合萨义德东方主义理论，分三个阶段具体论述 18—20 世纪初英国作家笔下的系列"黄祸"形象，进而梳理出"黄祸"形象在英国文学中的发展脉络，揭示出所谓"黄祸"形象，是英帝国主义在文化上控制中国的一种方式，也是长期东方主义话语积淀下的产物。

一　工业革命之前——想象中的"黄祸"形象

工业革命之前的阶段，英国人关于中国"黄祸"形象的塑造，基本出于自己的主观想象。如萨义德所说，"东方几乎是被欧洲人凭空创造出来的地方"②。当时的中国，封建制度登峰造极，统治者沉醉在天朝上国的迷梦中，整个西方也盛行着"中国热"，传教士们的著作都极力褒扬中国。而伴随着新航路的开辟，海上霸权的建立，资产阶级革命的完成，此时英国急需扩展海外殖民地，发展资本主义，所以他们塑造这种"黄祸"形象来为其商业与贸易扩张辩护。当时代表这种声音的主要有丹尼尔·笛福、乔治·贝克莱、乔治·斯蒂文斯、乔治·安森、托马斯·珀西等人。

笛福在 1720 年发表的《鲁滨孙漂流记续篇》中表明了以下观点：耶稣会士颂扬的所谓中国光辉灿烂、强大昌盛等言论，未必值得一提；中国人已经自傲到了无以复加的程度；三四万个英国兵就能把中国的全部军队打得无影无踪；中国的宗教也是最野蛮的，中国人在一些怪物的偶像前面弯腰致敬，而那些偶像是人类所能制造的最下流、最难看的东西等。作为一个宗教信仰、爱国热情、商业兴趣很浓厚的作家，笛福为了宣扬基督教精神和资产阶级殖民扩张政策，否定中国文化。贝克莱通过他笔下虚构的人物，向读者传达了这样一种思想，即中国人"对于许多无聊琐事的好

---

① ［美］爱德华·W. 萨义德：《东方学》，王宇根译，生活·读书·新知三联书店 1999 年版，第 9 页。
② 同上书，第 1 页。

奇心很强，易轻信，热衷于寻求点金术和长生不老药，热衷于占星术、占卜和各种预感。他们对于自然界和数学的无知，从耶稣会士利用这些知识在他们中间取得巨大成功这一点上可以看出"①。所以他得出的结论是，不论中国人所处的环境或他们的政治原则多么优越，他们的博学和精明还是不足以在科学上赶上欧洲人。斯蒂文斯在校注莎士比亚的戏剧《温莎的风流娘儿们》时说，Cataian（契丹人）这个名词等同于"贼或骗子"，理由是"在欧洲文学中'契丹'等同于'中国'；而中国人是素来善于做贼或骗子的，所以契丹人的含义便是贼或骗子了"②。以后编的《新英文字典》就引用斯蒂文斯的话，来解释这个名词，还在"契丹人"这个词后面加上"贼、狂徒、流氓"三个意义。之后继续对中国文化抱有偏见的是安森。他曾两次率舰队到过中国，这一点与笛福他们的想象略有不同。在1748年出版的《环球旅行记》中，他批判那些赞美中国物质和文化的传教士说："有些传教士却告诉我们说，尽管中国人在科学技能上的确比欧洲人落后许多，但他们教育人民并以之实施的道德和司法却极堪仿效。根据某几位好心教士的描述，我们应该被劝诱而相信，整个中华帝国是一个治理完善、温情脉脉的大家庭，在那儿唯一的争执只是该由谁来展示最大的博爱和仁慈。但我们所见到的广州官员、商人以及手工艺人的行为，足以反驳那些耶稣会士们的杜撰。"③ 安森及其部下对中国人的总体评价是感觉迟钝、懦弱虚伪、不诚实。

对中国人持这种贬低态度的，还有18世纪另外一位英国作家珀西，他的观点主要表现在其对清代中篇小说《好逑传》的评价中。《好逑传》讲述的是主人公铁中玉和水冰心的爱情故事。二人患难之中互通情愫，却又谨守礼义，最终被御赐婚姻，终成"好逑"。此书18世纪传入欧洲，1761年英国刊印了第一部英译本《好逑传》，珀西借此书对中国人大加批判。葛桂录在《中英文学关系编年史》一书中记载："中国的贤人政治和科举取士一向为传教士们所仰慕，但珀西却认为中国政治制度不见得真的那样开明。耶稣会士们褒扬中国完备的法律制度，珀西却认为中国法律有缺陷，全在于没有宗教根基的缘故。耶稣会士们对中国的道德赞誉有加，

---

① ［英］雷蒙·道森：《中国变色龙》，时事出版社1999年版，第268页。

② 转引自史景迁《文化类同和文化利用》，廖世奇等译，北京大学出版社1990年版，第54—56页。

③ 同上。

《好述传》更被认为是提倡道德维持风化的杰作。珀西又两次批评《好述传》的作者，以为未尽劝善的责任：描写铁中玉的粗亵和侮辱女性；描写水冰心的狡猾。珀西说中国人之所以佩服水冰心的狡猾性情，是因为中国人自己也是狡猾的一族。"随着《好述传》英译本在欧洲大陆的重印，珀西关于中国人的观点，也不断地传播，并产生了一定的负面影响。

伴随资产阶级殖民扩张活动的这一批人，他们对中国"黄祸"形象的构建与塑造，深深地影响了其后伴随着工业革命而成长起来的一批作家的中国形象观。

二　工业革命至鸦片战争——文化偏见下的"黄祸"形象

正如有专家所指出的，"西方眼中的中国形象一直受到两种因素左右：一是现实中的中西关系，一是西方文化观念中的'中国形象原型'"①。英国文学中对中国"黄祸"形象的塑造，不仅源于"一种引述其他著作和其他作家的体系"，而且还是"某些政治力量和政治活动的产物"。② 1793 年，乔治·马嘎尔尼爵士率领一个四百多人的英国使团访华，却被清政府拒之门外，这使其在贸易与政治上一无所获。1797 年，使团副使乔治·斯当东编辑的《英使谒见乾隆纪实》由伦敦 Stockdale 出版社刊行。"本书与使团随行人员对新闻媒体发表的各种报告、谈话，彻底打破了传教士苦心经营的中国神话。"③ 从此，越来越多的欧洲人开始相信有关中国的负面言论的真实性了。英国的工业革命 18 世纪晚期开始起步，使团正是带着对英国技术、工业与文化的自信与优越感来到中国的，虽然英国人也承认主权这一层外衣，但民族优越性则不证自明地显示出来。

在这样一种大背景下，随着种族优越论越煽越炙，贬抑中国之风也就愈演愈烈，开始出现一系列贬斥中国的"黄祸"形象。就像萨义德说的："人文学科的知识生产永远不可能忽视或否认作为人类社会成员之一的生

---

① 周宁：《历史的沉船——中国形象，西方的学说与传说》，学苑出版社 2004 年版，第 425 页。

② ［美］爱德华·W. 萨义德：《东方学》，王宇根译，生活·读书·新知三联书店 1999 年版，第 259 页。

③ 葛桂录：《中英文学关系编年史》，上海三联书店 2004 年版，第 70 页。

产者与其自身生活环境之间的联系。"① 这一时期，这类黄祸论的"生产者"主要有马嘎尔尼使团的随行者、拜伦、达凯莱、德·昆西等人。他们是带着文化偏见进行创作的。

马嘎尔尼使团总管约翰·巴罗所著《中国旅行记》，于 1804 年由伦敦 Cadell & Davis 出版社刊行。他在书中对中国的评价不高，比如，《中英文学关系编年史》描述，"他说中国'这个民族总的特征是傲慢和自私的，伪装的严肃和真实的轻薄，以及优雅的礼仪和粗俗的言行的牢固组合。表面上，他们在谈话中极其简单和直率，其实他们是在实践着一种狡诈的艺术，对此欧洲人还没准备好如何去应付'。在他看来，应该被称为'蛮夷'的不是西方人，而是'不进则退'的中国人自己"②。巴罗对中国的这种态度，影响了以后英国作家的看法，后来一些人"几乎原封不动地沿袭前人赋予东方的异质性、怪异性、落后性、柔弱性、惰怠性，认为东方需要西方的关注、重构甚至拯救。"由此，我们可以说，"殖民文学的作家就是在这样一个密密匝匝的文本参照的传统中进行写作的。"马嘎尔尼自己在日记里也说，"尽管从我们掌握的有关他们的描述中我们估计他们是什么样的，我们必须把他们当做野蛮人……他们是不应该同欧洲民族一样对待的民族"③。

英国作家拜伦对中国形象的塑造，就延续了上述立场。拜伦在写于 1818 年到 1823 年的《唐·璜》第十三章第三十四小节的诗中提到，"一个满清官吏从不夸什么好/至少他的神态不会向人表示/他所见的事物使他兴高采烈"。作为一个浪漫主义诗人，抒发真实情感被视为其所追求，而从这两句小诗可以看出，拜伦认为中国人是用冷漠的面具掩饰真实情感的，这肯定是否定性的。

达凯莱在《一个悲惨的故事》里，则塑造了"一个'睿智'的中国人，他唯一操心的就是一条神秘的'英俊的猪尾巴'，尽管他费尽力气想把它拿到前面来，它却总是垂在屁股后面，他对此束手无策。这是条迫使

---

① ［美］爱德华·W. 萨义德：《东方学》，上海三联书店 2004 年版，第 15 页。

② 葛桂录：《中英文学关系编年史》，上海三联书店 2004 年版，第 71 页。

③ 参见 ［英］马歇尔《十八世纪晚期的英国与中国》，载张芝联主编《中英通使二百周年学术讨论会论文集》，中国社会科学出版社 1996 年版，第 16—29 页。

中国人回头瞧的尾巴——隐喻保守落后、停滞不前、保持原状"①。所谓尾巴，实际指的是当时中国人留的辫子，西方人以此作为一个嘲弄中国人的核心表征。

浪漫散文家德·昆西于 1822 年分两期在《伦敦杂志》上发表的《一个英国鸦片吸食者的自白》，也将中国人描述成是野蛮的、低能的。德·昆西是位鸦片吸食者，他曾说"在我服用鸦片的 10 年间，在我允许自己享用这种奢侈品的那一天之后的一整天，我总是精神焕发，精神舒畅"②。这本书大多篇幅来自他自己的鸦片吸食经验。当然，他不光是在诉说个人的感受，也是在为大英帝国对中国输入鸦片做辩解。在他眼中，中国人非常低能，甚至就是原始的野蛮人。

从这些描述里我们可以看出，英国人的中国观念本身存在着霸权，"这种观念不断重申欧洲比东方优越，比东方先进"③。因为"欧洲文化的核心是认为欧洲民族和文化优越于所有非欧洲的民族和文化"④。随着英国国力的逐渐强盛和殖民扩张野心的越来越大，这种观念也就愈演愈烈。

三　鸦片战争至"一战"——欧洲中心主义下的"黄祸"形象

从鸦片战争到"一战"期间，一方面，英国进入了维多利亚女王统治的鼎盛时期，"帝国主义，特别是与民族有关的意识形态日趋成型"⑤，再加上社会进化论思想的推动，当时的英国人普遍具有一种很强的民族和文化优越感，就像吉卜林曾经描述过的那样：

> 骡、马、象、牛听命于车夫，车夫听命于中士，中士听命于中尉，中尉听命于上尉，上尉听命于少校，少校听命于上校，上校听命

---

① 参见 ［法］米丽耶·德特利《19 世纪西方文学中的中国形象》，载孟华主编《比较文学形象学》，北京大学出版社 2001 年版，第 247 页。

② ［美］爱德华·W. 萨义德：《东方学》，王宇根译，生活·读书·新知三联书店 1999 年版，第 10 页。

③ 陈太胜：《西方文论研究专题》，北京大学出版社 2008 年版，第 243 页。

④ ［英］艾勒克·博埃默：《殖民与后殖民文学》，盛宁、韩敏中译，辽宁教育出版社 1998 年版，第 34 页。

⑤ See Jonah Raskin, *The Mythology of Imperialism*, New York: Random House, 1971, p. 40.

于准将，准将听命于上将，上将听命于总督，总督听命于女王。①

另一方面，经过两次鸦片战争，中国已逐渐变成西方世界眼中一个落后得可以任意宰割的对象。所以从鸦片战争到"一战"结束近八十年，英国文学中出现了许多宣扬中国人"阴险可怕"的作品，致使 19 世纪的欧洲人对中国人的麻木与野蛮确信无疑。这体现了萨义德所说的，"正是这一文化与残酷的政治、经济和军事原因之间的相互结合才将东方共同塑造成一个复杂多变的地方"②。

英国《笨拙》杂志曾于 1958 年刊登了题为《一首为广州写的歌》的诗歌，诗中写道：约翰·查纳曼（中国佬）天生是流氓，他把真理、法律统统抛云霄；约翰·查纳曼简直是混蛋，他要把全世界来拖累。这些残酷而顽固的中国佬长着小猪眼，拖着大猪尾；一日三餐吃的是令人作呕的老鼠、猫狗、蜗牛与蚰蜒；他们是撒谎者、狡猾者、胆小鬼；约翰牛（英国佬）来了，就会给约翰·查纳曼开开眼。③而当时影响较大的辞书《19 世纪世界大词典》（1869），关于"中国"词条的解释，竟写的是中国人吃人肉。曾任英国驻上海领事的麦华佗在其著述里也说："有关中国人的突出观点是，他们是非同寻常但却是愚蠢昏聩的人类，他们无休止地吸食鸦片，生出女婴就把她们溺死；他们日常食物中有小狗、小猫、老鼠，以及诸如此类的东西；他们在荣誉、诚实和勇气方面水平是最低的；对他们来说，残忍的行为是一种消遣娱乐。"④ 1870 年，狄更斯在其最后一部未完成的小说《德鲁德疑案》里，把中国人写成吸毒成瘾、被毒品搞昏头的人，显然，他"把这些嗜吸鸦片的中国人当成是中国国民的真正典型"⑤。

19 世纪的最后二十年，有关社会倒退和民族衰落的忧虑在英国蔓延，英国社会出现了短暂的文化恐慌。"正如约瑟夫·康拉德在世纪之交写下

---

① See Jonah Raskin, *The Mythology of Imperialism*, New York: Random House, 1971, p. 40.

② ［美］爱德华·W. 萨义德：《东方学》，王宇根译，生活·读书·新知三联书店 1999 年版，第 16 页。

③ ［英］雷蒙·道森在《中国变色龙》一书里复制了这首诗及漫画，见该书中译本第 188—189 页。

④ ［英］麦华佗：《在遥远中国的外国人》（*The Foreigner in Far Cathay*），第 1—2 页，转引自 J. A. G. 罗伯茨编著《十九世纪西方人眼中的中国》，时事出版社 1999 年版，第 201 页。

⑤ 葛桂录：《中英文学关系编年史》，上海三联书店 2004 年版，第 100 页。

的小说《黑暗之心》和《吉姆老爷》所反映的，帝国的上上下下都已自觉意识到了一种毁灭性的损失。"① 在英国人的印象中，中国人冷漠、残忍、报复心强，再加上现实生活中的中国洋务运动的开展，特别是在 1883 年到 1885 年的中法战争中，中方虽有失利，总体却取得胜利，迫使法国内阁倒台，这使英国人的恐慌进一步加深。这些都导致他们在叙述"难以描述和统治的国度中的见闻时，都要凭借一些关于威胁和诱惑的意象。他们依仗程式化的意向而想当然地得到一种安全感"②。英国历史学家皮尔逊就是这种叙述的一个代表。

1893 年，皮尔逊发表《民族生活与民族性：一个预测》一书，反复论述有色人种，特别是中国人的"可怕"，认为有色人种将席卷全球，吞噬白色人种的势力范围乃至生存空间。这便造成了一种席卷西方世界的"黄祸"理论的出笼。皮尔逊认为，如果中国能有一个像彼得大帝或腓特烈二世一样具有组织才能和进取精神的人做君主，对英属印度或俄国将构成可怕的威胁。中国的近代化或者西方化，在皮尔逊看来同样包含"危险"，因为欧洲的进步措施可能很快被中国人采纳并大规模推行，这样，"就可以把中国缔造成为没有一个欧洲强国敢于轻视的国家，拥有一支能够按照一定的步骤穿越亚洲的陆军，和一支抗得住欧洲列强中最强大的国家派来常驻于中国领海中的任何舰队的海军"；因而中国"迟早会溢出他们的边界，扩张到新领土上去，并且把较弱小的种族淹没掉"。而"如果黑色和黄色的带子侵占了地球的话……英国人、俄国人和其他民族的扩张将被阻止，这些民族的性格将发生深刻的变化，因为他们不得不适应一种停滞的社会状况。除此之外，还有一种更为微妙的危险，这就是，当低等种族把他们自己提高到高等种族的物质水平的时候，高等种族可能会同化于低等种族的道德低下和心理消沉状态"。③

紧接着 1896 年英澳作家盖伊·布思比的小说《尼科拉医生》出版发行。这部小说出版后，布思比连续创作了有关尼科拉医生的几部小说，统称为"尼科拉医生系列小说"。《尼科拉医生》是以中国为背景，描写英国医生尼科拉对中国医学产生兴趣，到中国寻求长生不老药的经历。小说

---

① ［英］艾勒克·博埃默：《殖民与后殖民文学》，盛宁、韩敏中译，辽宁教育出版社 1998 年版，第 36 页。

② 同上书，第 24 页。

③ 《"黄祸论"历史资料选辑》，吕浦等译，中国社会科学出版社 1979 年版，第 85—97 页。

中的中国人都是以邪恶的面目出现的，他们总是千方百计地对英国医生的寻药之行进行阻挠。特别是其中的一个"中国恶棍"为"面目狰狞，缺了半边耳朵的蒙古人"。布思比通过英国医生尼科拉的口说："这是我所见过的最丑陋的蒙古人。他的眼睛斜角得厉害，鼻子有一部分不见了。这种脸只有在噩梦中才可能见到，尽管我这个职业的人习惯了各种恐怖的景象，但我得承认，我看见他时差点呕吐了。"中国被视为到处充满险恶的地方，外国人在中国旅行就是在冒险，因此，最安全的办法只能是假扮成中国人，因此小说描述"尼科拉化装得天衣无缝，除非有超人的聪明才智，否则别想识破他。他在所有的细节上都像一个真正的天朝人。他讲中国话的口音听不出半点瑕疵，他的穿着跟地位很高的中国佬毫无二致，就连最爱挑刺的人，从他装扮的行为举止上也找不出丝毫差错"。

　　1907年，作家威廉·卡尔顿·道的小说《北京密谋》出版发行。小说写的是英国人爱德华·克兰敦如何在中国为光绪皇帝当"皇帝监察人"，专门对付那些密谋策划反对清政府的人。而克兰敦负有按照英国的方式使中国西化的使命。作者将克兰敦塑造成一个无所不能者，目的是说明中国人是劣等民族，需要西方的治疗和解救，而英国人则无比强大，他们可以对中国的芸芸众生任意操纵与摆布。在《北京密谋》中，中国和中国人都以"丑"著称，其视中国人为丑类的描写，表现了英帝国主义和殖民主义的种族优越感，与此同时又伴随对中国人的恐惧情绪。

　　1900年，义和团运动在西方世界造成了广泛的恐慌。就像《"黄祸论"历史资料选辑》记载的那样，"在西方人的想象中，漫山遍野的黄种人在亚洲广阔的天幕下，排山倒海地扑向孤岛式的西方人的据点。那里微弱的文明之光，将被这野蛮残暴的黄色浪潮吞噬"[①]。他们需要将这种恐慌以文字的形式表现出来，傅满楚形象就应运而生了。

　　1913年，英国通俗小说家萨克斯·罗默所著的傅满楚系列小说的第一部作品《狡诈的傅满楚博士》出版。在随后的四十五年，罗默又陆续写了其他十二部关于傅满楚等中国罪犯的长篇小说。罗默在第一部小说里即把傅满楚描述为亚洲对西方构成威胁的代表人物，"你可以想象一个人，瘦高、耸肩，像猫一样的不声不响，行踪诡秘，长着莎士比亚式的额

---

① 周宁：《"义和团"与"傅满楚"：二十世纪初西方的"黄祸"恐慌》，《书屋》2003年第4期。

头，撒旦式的面孔，秃脑袋，细长眼，闪着绿光。他集所有东方人的阴谋诡计于一身，并且将它们运用发挥得炉火纯青。他可以调动一个富有的政府可以调动的一切资源，而又做得神不知鬼不觉。想象这样一个邪恶的家伙，你的头脑里就会出现傅满楚博士的形象，这个形象是体现在一个人身上的'黄祸'的形象"①。在欧洲人统治殖民地的过程中，"当殖民地人不服从欧洲人的要求时，欧洲人就会用难以驾驭、令人费解或者不怀好意等字眼来描写他们"②。正因如此，罗默在这段描述中就赋予了傅满楚智力超人、法力无边的特征，并集东方所有"邪恶"智慧于一身。罗默还通过小说里的其他人物，直接表示对华人的蔑视与恐惧。作品中所谓正面人物如皮特里，不仅公开称华人为"中国佬"，而且还不断提醒读者，"这些黄种游牧部落使白人陷入困窘失措的境地，也许这正是我们失败的代价"③。就像有学者所说的，"欧洲人要求别人认可自己的存在，自己却又拒绝承认对方具有完整的人格"④。在罗默笔下，傅满楚及其助手作为亚洲人的代表，种族低下，行为狡诈。傅满楚作为"黄祸"的化身，作者通过他表现英国人对中国觉醒的恐惧，对科技知识向有色人种传播的恐惧。1929 年以后，经由一系列广播系列剧和好莱坞影片的上演，傅满楚很快成了一个西方家喻户晓的名字，一整套关于中国人冷酷、无情、狡诈和凶恶的观念，也迅速传遍了大半个世界。用好莱坞制片宣传材料中的话来说，傅满楚"手指的每一次挑动都具有威胁，眉毛的每一次挑动都预示着凶兆，每一刹那的斜眼都隐含着恐怖"⑤。在西方人看来，傅满楚代表的"黄祸"，似乎是一种永远无法彻底消灭的罪恶。这恰如萨义德所说的："媒体影像把未知的敌人妖魔化，给他们贴上'恐怖分子'的标签，服务于继续煽动和激怒人民这一总目的。"⑥ 中国人就这样遭到敌视，成

---

① Sax Rohmer, *The Insidious Docter Fu Manchu*, London：Methuen, 1913, p.17.
② ［英］艾勒克·博埃默：《殖民与后殖民文学》，盛宁、韩敏中译，辽宁教育出版社 1998 年版，第 108 页。
③ 宋伟杰：《中国·文学·美国——美国小说戏剧中的中国形象》，花城出版社 2003 年版，第 105—107 页。
④ 参见 Albert Memmi, *The Colonizer and the Colonized*, Boston：Beacon, 1965, 转引自［英］艾勒克·博埃默《殖民与后殖民文学》，盛宁、韩敏中译，辽宁教育出版社 1998 年版，第 93 页。
⑤ ［美］哈罗德·伊萨克斯：《美国的中国形象》，于殿利、陆日宇译，时事出版社 1999 年版，第 157 页。
⑥ ［美］爱德华·W. 萨义德：《东方学》，王宇根译，生活·读书·新知三联书店 1999 年版，"序言"。

为不可接受的他者。

1919 年，英澳作家玛丽·刚特的长篇小说《荒野之风》出版。这部小说完全以中国为背景，塑造了长得凶神恶煞的"中国佬"形象。这是当时同类小说的一般模式，即把中国视为英国的殖民地，凡与英殖民主义对抗的中国人都是反动落后的，而与之合作的则是开明人士。中国男人都道德堕落、丑陋不堪、邪恶无比；中国女人则充满性的诱惑力，同时又充满危险，隐藏杀机，令白人冒险者难以从她们那里满足欲望。与中国有关的故事充斥着诱拐、谋杀、鸦片走私等犯罪活动。这些叙述模式都是为了迎合西方民众的阅读期待，对中国人与中国文化进行丑化，因为贬低有色人种成了当时的时尚。

对"黄祸"的恐惧，以一种集体无意识的方式充斥西方世界，而这些形成了殖民文学，成为东方主义的积淀，在不同时期都可以听到它的回响。

结　　语

综上可见，英国文学中的"黄祸"形象，是英帝国主义对中国的东方主义观照下的产物，"因为你是东方人，所以你有罪，所以你是低人一等的"[①]。因为你是中国人，所以你"是和神秘、愚昧、腐朽、纵欲、罪恶等本性联系在一起的"[②]。英帝国主义一方面对中国进行着政治经济军事上的控制，另一方面又通过文化话语对中国实施贬低，后者则是萨义德所说的无形的控制。他说："殖民话语理论中有一个重要的内容，即对于帝国的控制不仅是对真正的有形世界的控制，而且还需在象征的层面上实行，也就是说，由于殖民权威是要通过表征中介来实现其控制的，所以一部殖民文学作品也会发挥出权利的功能。"[③]"黄祸"是不同时期的西方殖民文学、文化文本中长期积淀下来的形象，它已经被西方赋予了特定的象征意义，成为帝国主义贬低有色的中国人的特定称谓与歧视符号。

[①]　陈太胜：《西方文论研究专题》，北京大学出版社 2008 年版，第 244 页。

[②]　同上书，第 244 页。

[③]　［英］艾勒克·博埃默：《殖民与后殖民文学》，盛宁、韩敏中译，辽宁教育出版社 1998 年版，第 58 页。

参考文献

［1］Sax Rohmer，*The Insidious Docter Fu Manchu*，London：Methuen，1913.

［2］Jonah Raskin，*The Mythology of Imperialism*，New York：Random House，1971.

［3］［英］雷蒙·道森：《中国变色龙》，时事出版社 1999 年版。

［4］葛桂录：《中英文学关系编年史》，上海三联书店 2004 年版。

［5］史景迁：《文化类同和文化利用》，廖世奇等译，北京大学出版社 1990 年版。

［6］周宁：《历史的沉船——中国形象，西方的学说与传说》，学苑出版社 2004 年版。

［7］［美］何伟亚、怀柔远人：《马嘎尔尼使华的中英礼仪冲突》，邓常春译，社会科学文献出版社 2002 年版。

［8］［英］艾勒克·博埃默：《殖民与后殖民文学》，盛宁、韩敏中译，辽宁教育出版社 1999 年版。

［9］［英］马歇尔：《十八世纪晚期的英国与中国》，载张芝联主编《中英通使二百周年学术讨论会论文集》，中国社会科学出版社 1996 年版。

［10］［美］马丁·布思：《鸦片史》，海南出版社 1999 年版。

［11］陈太胜：《西方文论研究专题》，北京大学出版社 2008 年版。

［12］J. A. G. 罗伯茨编著：《十九世纪西方人眼中的中国》，时事出版社 1999 年版。

［13］《"黄祸论"历史资料选辑》，吕浦等译，中国社会科学出版社 1979 年版。

［14］［美］爱德华·W. 萨义德：《东方学》，王宇根译，生活·读书·新知三联书店 1999 年版。

［15］宋伟杰：《中国·文学·美国——美国小说戏剧中的中国形象》，花城出版社 2003 年版。

［16］孟华：《比较文学形象学》，北京大学出版社 2001 年版。

中国政治文化视域中聂鲁达的接受研究

岳志华

摘　要：诗人巴勃罗·聂鲁达在新中国不同的历史时期，呈现出不同的诗人形象，经历了从新中国建立初期的"政治诗人"到20世纪80年代的"爱情诗人"直至大众传媒时期的"传奇诗人"的转换过程。这些形象的确立与不同年代的文学译介需求和传播接受语境密切相关。本文集中论述在新中国成立后三十多年，在文学翻译与接受的政治文化语境下，聂鲁达的"政治诗人"形象是如何在接受过程中被塑造和确立的的。

关键词：聂鲁达；接受；政治诗人

巴勃罗·聂鲁达作为一个有着国际声誉的诗人，对中国文学有着非常重要的影响。聂鲁达不仅数次来中国进行文学交流，与艾青、袁水拍等诗人结下了深厚的友谊，而且由于不同年代的文学译介和传播环境的巨大差异，聂鲁达的"诗人形象"也相应地发生了非常大的变化，经历了从新中国建立初期的"政治诗人"到20世纪80年代的"爱情诗人"直至大众传媒时期的"传奇诗人"的转换过程。可以说一定程度上聂鲁达成为中国接受环境的政治文化生活参照性的风向标。尽管聂鲁达有着特殊的政治身份，但他的诗歌创作极其丰富和多元，爱情诗和国际题材的诗歌创作也都取得了非常高的成就。但是在新中国成立后的前三十多年，聂鲁达在中国主要被接受为"政治诗人"，新时期之后，又被接受为"爱情诗人"与"传奇诗人"。本文集中讨论聂鲁达在中国接受为"政治诗人"的阶段，他的特殊的政治身份和国际共产主义诗人形象，曾为大家所熟悉。聂鲁达"政治诗人"形象之所以在中国曾经被确立起来，主要与新中国成立后三十多年中国的政治文化语境以及主流的文学翻译和接受有关，因而在这一时期聂鲁达的诗歌被窄化与被阶级化地接受，而呈现为一位"政治诗人"。

1949—1980 年，中国对国外文学的接受，无论是在其国别选择上，还是在作家选择以及作品选择上，都依据意识形态和阶级属性为唯一标准。作为这一阶段外国文学在中国的接受个案，聂鲁达是颇具典型性的。

在这一历史时期，聂鲁达大量的政治抒情诗被翻译为中文，如《伐木者，醒来吧!》《致斯大林格勒的情歌》《向中国致敬》《中国大地之歌》，都是中国读者所熟知的，而他的爱情诗作则作为时代禁忌，未能进入中国文学界的视野。当时的主流媒体如《诗刊》《人民日报》《译文》《光明日报》《红岩》《延河》《文艺报》《读书》《世界文学》《世界知识》等报刊，对聂鲁达诗歌和诗论的译介带有强烈的时代印记——政治色彩。这些媒体出于对当时国内政治环境与国际政治形势的考量，更多从政治、革命、阶级、斗争的角度对聂鲁达的身份、诗歌、诗论、散文予以思想性和政治化的评价。由此，聂鲁达在这一时期中国的接受和传播过程中，也就成为国际和平卫士、政治抒情诗人和革命诗人的形象，甚至还可以说被中国文学界塑造而上升为一个政治家和革命家的形象。

一　1949—1980 年文学翻译与接受的政治文化语境

新中国成立初期，译介外国文学的目的是直接为国际和国内的政治运动与阶级斗争服务的。在逐渐加剧的极"左"路线的政治文化语境之下，中国对西方文学的态度是二元对立的，正如当时毛泽东所强调的"不是东风压倒西风，就是西风压倒东风"。正是在所谓的社会主义无产阶级文学和西方资产阶级文学的空前紧张的矛盾冲突中，西方文学被视为落后、反动的文艺形态而被批判与否定。在庸俗化、僵化的"社会主义文学观念"的制约下，社会主义文学被限定在所谓的现实主义文学和社会主义现实主义文学的诗学框架之内，除此之外的文学表现方式和文学流派尤其是现代主义文学则被视为反动、堕落、颓废的异端，被认为是与工农兵大众文学水火不容的"毒草"（即"封资修"的黑线文艺）。那么在此极端而狭隘的政治文化语境的影响之下，西方尤其是欧美国家的现代主义文学以及国内带有现代主义色彩的文学流派和作家，如象征派、新月派、"现代"诗派、九叶诗派（又称"中国新诗"派）、海派以及新感觉派等都被冠为"反动文学""落后文学"而遭受放逐与批判。这些流派不仅在此后长期的文学史写作和研究中成了惨遭遗弃的"怪胎"，而且有的作家因此身陷囹圄或遭受灭顶之灾，如胡风等"七月"作家群、老舍、李广田、陈梦家等。而与此相应，亚非、拉美等社会主义国家带有强烈的政治色彩和现实主义特征的文学作品则被视为有力的战斗武器、旗帜和号角而被大力译介与宣传。

从20世纪30年代中后期开始，随着左翼文学和普罗文学的发展，尤其是到了40年代的解放区文学的兴起，文学翻译工作就逐渐被纳入到社会政治意识形态的轨道上来。甚至从更早期的文学翻译中，我们都能看到这种带有明显的意识形态的选择性。以1915—1921年的《新青年》的诗歌翻译情况为例，翻译最多的是日本，占总数的38%，印度占25%（主要是泰戈尔的诗歌），而西方诗歌则大体被忽略。可见，当时的译者对日本当代诗歌和印度泰戈尔诗歌的选择首先是以地区的相近、民族的亲和性以及政治意识形态为决定因素的。另外一个具有说服性的例子是1921—1925年的《小说月报》，该杂志相当系统地翻译和介绍了受压迫的、弱小的、"被损害"的民族和国家的文学，如荷兰、爱尔兰、冰岛、尼加拉瓜、波兰、保加利亚等，而这与《小说月报》的主编以及翻译者的"文学是为人生、为社会"的观念是直接相关的。伴随内战结束和新中国成立，左翼文化不仅成为主宰思想文化界的核心力量，而且逐渐成为一种"规范"，即左翼之外的文化被左翼文化吸引、改造或排斥。从20世纪40年代的解放区的大众诗歌到新中国成立后的各种会议、重要人物的讲话以及诗人"表态"性质的文章，都能够看出这种国家话语对诗歌写作形态和翻译的巨大规约作用。新中国成立后文学翻译与接受的政治意识形态色彩越来越强烈，"翻译工作是一个政治任务，而且从来的翻译工作都是一个政治任务。不过有时是有意识地使之为政治服务，有时是无意识地为政治服务"①。新中国成立前翻译由译者和出版社共同决定的现象在新中国成立后被终止，此前带有出版社个人行为的翻译和出版模式被严格的翻译组织机构甚至国家行政命令所取代。当1942年毛泽东的《在延安文艺座谈会上的讲话》成为新中国成立后的文艺总方针时，诗歌写作、批评和翻译就不能不同其他的文学艺术样式一样只能是为政治服务、为工农兵大众服务，而且这一服务方向越来越走向极端化。翻译对象的作品也被严格

---

① 金人：《论翻译工作的思想性》，《翻译通报》1951年第2卷1期。

限定在被阶级化、政治化的社会主义现实主义的革命文学层面，这就造成了包括诗歌在内的文学翻译工作的政治化倾向的愈益显豁和同样明显的片面性。如果说"接受者对接受对象的任何反应事实上都来自对本文化潜在的参照"① 的话，那么新中国成立后三十余年的时间里接受者对聂鲁达的反应主要是来自对政治意识形态的参照。

就拉美诗歌的接受与传播而言，从 20 世纪初到新中国成立前其接受范围是极其有限的②，对拉美诗歌的译介也大体是从英译本和俄译本转译过来的。新中国成立后，拉丁美洲文学以显豁的整体性形象进入当代文学的视野。这在一定程度上还与其时创办的西班牙语专业有关③，而西班牙语专业的设立是完全出自国家政治和外交的需要。换言之，新中国成立后三十多年当代中国对拉美文学的接受与传播直接受到了政治的决定性影响并作为工具和武器为政治运动和阶级斗争服务。可见，在当时特殊的政治文化语境中，文学翻译、接受与国家政治、意识形态之间的关系是相当复杂的。文学接受与国家和政治话语之间的关系既可能是一个不断妥协和合谋的过程，也可能是一个不断斗争和抗议的过程，而在中国更多的是一种不断妥协和合谋的过程。聂鲁达作为中国诗歌的接受个案相当典型地体现了文学接受与政治之间极其复杂的互动，并且体现了拉美文学参与中国不同时期的意识形态和文化的建构过程。当代中国对聂鲁达等拉美作家的接受与翻译既呈现了我们对异域文化的想象甚至要求，同时更为重要的是通过这些异域文学和文化为中国本土的政治和文学服务。这正如韦努蒂所强调的，文学翻译不仅以巨大的力量构建对异域文本的再现，制造异国他乡的固定形象，同时更为重要的是也制造了一个本土性的主体，参与了本土身份的塑造过程④。基于此，20 世纪 80 年代之前中国对聂鲁达的接受和

---

①　金丝燕：《文学接受与文化过滤——中国对法国象征主义诗歌的接受》，中国人民大学出版社 1994 年版，第 111 页。

②　在早期的拉美美学的翻译中，茅盾起到了较为重要的作用，茅盾在 20 世纪二三十年代曾翻译爱德华多·马列亚（阿根廷）、鲁文·达里奥（尼加拉瓜）、洛佩斯·阿布耶尔（秘鲁）、费德里科·梅尔顿斯（阿根廷）等人的小说、戏剧。

③　古巴革命胜利之后，根据中国和古巴外交的需要，北京大学、北京第二外国语学院、南京大学、上海外国语学院、广州外国语学院、西安外语学院、北京外贸学院、北京外语学校纷纷成立西班牙语专业。

④　参见韦努蒂、许宝强、袁伟选编《语言与翻译的政治》，中央编译出版社 2001 年版，第358—382 页。

传播的过程也是不断参与主流的文化领导权的过程。

二　聂鲁达政治身份在接受中的凸显

聂鲁达的政治身份（政治家、议员、外交官、共产党、流亡者、国际和平使者、总统候选人、无产阶级战士）和政治经历在新中国成立初期对其诗歌接受与传播有很大影响，"许多人认为我是或曾经是个重要的政治家。我不知道，这个天大的传奇故事是从哪里冒出来的。有一次，我看见我的一张邮票大小的相片，刊登在《生活》画报向读者展示共产主义世界领袖人物的两个专页上，着实感到吃惊。我的肖像挤在普雷斯特斯和毛泽东中间，我觉得是个有趣的玩笑"①。也就是说聂鲁达的政治身份和政治活动是他被中国大力译介的重要原因，其政治身份参与了当代中国的政治文化与文学的建构。作为拉丁美洲的重要诗人，聂鲁达的政治身份、特定时期的诗歌观念和一些带有强烈政治色彩的诗歌文本正好与新中国成立后的政治文化相合拍。因此，聂鲁达的"政治诗人"形象在这一时期不断得以强化。在政治文化的建构过程中聂鲁达呈现给中国读者的只能是"政治诗人"形象。而聂鲁达其他的文学形象（比如爱情诗人、传奇诗人）是不符合当时中国的政治和文化建构需求的。聂鲁达参与政治并被选为参议员，在此过程中他不断深入矿山、工厂进行演说和诗歌朗诵，其间北方的苦难深重的工人、矿区成为聂鲁达诗歌写作的主要内容，其诗人的现实主义一面不断得以强化。聂鲁达的诗歌开始关注社会现实，关注底层大众，为拉丁美洲的革命呐喊。这时的聂鲁达，不能不带有革命家和政治家的色彩。1933 年聂鲁达任布宜诺斯艾利斯的领事，同年认识了对其影响巨大的西班牙著名诗人洛尔迦。正是西班牙的这段经历使聂鲁达逐渐由一个先锋派的现代主义诗人，一个曾经热衷于波德莱尔、马拉美、阿波利奈尔的纯诗倾向的诗人开始向"政治诗人""战士诗人"转变，也为越来越多的亚非和拉美国家的读者所注意。1937 年出版的《西班牙在我心中》无疑是聂鲁达诗歌写作转变最为有力的证明。看收入其中的诗作题目即可一目了然，如《西班牙原来是这样》《佛朗哥将军在地

---

① ［智利］聂鲁达：《回首话沧桑——聂鲁达回忆录》，林光译，知识出版社 1993 年版，第 386 页。

狱里》《西班牙贫穷是富人的错》《被侵犯的土地》《国际纵队来到马德里》《献给人民军队的太阳颂歌》《献给阵亡民兵母亲们的歌》《在新的旗帜下集合》等。

聂鲁达曾长期担任智利驻东方的领事，在仰光、科伦坡、新加坡、爪哇、马德里等地都留下了聂鲁达的身影。东方民族的不幸、贫穷、饥饿、战乱都使得聂鲁达成为一个反殖民主义的外交官和诗人。实际上早在1928年，年仅24岁的聂鲁达在到新加坡任领事时就曾途经上海，而贫穷、落后、黑暗的中国给聂鲁达留下的记忆是沉痛的，"一个满脸皱纹的老太婆，／穷得一无所有，／端着一只空空的饭碗，／站在一座庙宇的大门口"（《新中国之歌》）。

1949年"世界保卫和平大会"之后聂鲁达被任命为理事，由于职务的特殊性，聂鲁达到过苏联、中国、印度、蒙古、危地马拉、墨西哥、捷克、波兰、匈牙利、丹麦等国家。中国和苏联的友好关系使得两国在政治和文学上接受聂鲁达成了共同的选择。聂鲁达曾参加过苏联纪念普希金诞辰150周年的庆祝活动，并在1949年12月被苏联最高苏维埃主席团任命为斯大林和平奖评委会委员。其间，聂鲁达与艾伦堡和后来的其诗歌俄语翻译者奥瓦季·萨维奇、基尔萨诺夫成为挚友。而聂鲁达也在1950年获得世界和平理事会国际和平文学奖金，1953年获得斯大林"加强国际和平"奖金。1954年爱伦堡亲自到圣地亚哥为聂鲁达颁奖。中国官方刊物《诗刊》1958年10月号刊登了聂鲁达为纪念苏联十月革命胜利40周年而写的政治抒情诗《献给列宁》（邹绛译），而《诗刊》选译聂鲁达的这首诗不只是在于它强烈的政治色彩，如诗中有这样的诗句："列宁，为了歌唱你，／我必须和文字告别。／我必须用树木，用禾苗，用锄头，／用车轮来写作。／你就像事实，就像大地，／响亮而准确。／从来不曾有过／像吴拉季米尔·乌里扬诺夫／这样属于大地的人。"当时几乎所有的关于聂鲁达的诗歌、散文和评论的中译本都是由苏联译本转译过来的。而随着20世纪60年代中国和苏联关系的交恶，鉴于聂鲁达与苏联文艺界以及其与斯大林的关系，聂鲁达在中国的接受被禁止，这显然也首先是出于政治的考虑和需要。

聂鲁达作为世界和平大会理事的政治身份也使得他在中国政界和作家中留下了鲜明的政治诗人和民主战士的形象。1949年9月，在墨西哥召开的全美洲保卫和平大会上，聂鲁达在发言中称毛泽东是一个伟大的诗人，他正在领导着一场改变千万人命运的战争。1951年初聂鲁达与爱伦堡一行①来北京给宋庆龄颁发"加强和平"斯大林奖金，这次中国之行对推动和扩大聂鲁达及其诗歌的影响起到了相当重要的作用。在颁奖会上聂鲁达即兴创作了诗歌《致宋庆龄》②并在中南海怀仁堂当场朗诵③，引起巨大反响。在中国政治运动暴风雨前夕的1957年聂鲁达和妻子玛蒂尔德以及巴西作家若热·亚马多夫妇访华。聂鲁达在回忆录《我承认，我曾历尽沧桑》（1974年）中提到他来中国访问的情形，尤其是在《初访中国》《再访中国》中对中国的印象和认识有着深入而动情的描述，"他在回忆录中谈了每次来我国留给他的印象。其中有热情的赞扬，也有善意的批评，但是不难看出，他对新中国是深切同情、由衷地喜爱的。'透过她那巨大的革命干劲，我看到，这是一个建设了几千年的国家，而且总是一步步、一层层地建设着'"④。聂鲁达在20世纪50年代的这两次中国之行（包括多次的苏联之行）在当时甚至很长时期看来都被赋予了文学之外的政治寓意，"当苏联社会主义革命成功后，他多次赴苏考察。新中国诞生后，他又不远万里，克服种种困难和阻碍，两次来中国，表达了他鲜明的立场和对新中国的赞美"⑤。在访华过程中，聂鲁达与艾青、郭小川、茅盾、萧三、丁玲、宋庆龄、齐白石、郭沫若、周扬、周而复等都有过密切交往。当时与毛泽东主席的会面给聂鲁达留下了极其难忘的印象⑥，而这

---

①　颁发"加强和平"斯大林奖金的委员会于1950年组成，参加者有德·弗·斯科贝尔琴（主席）、阿拉贡、郭沫若、安德逊·尼科所、克勒曼、贝尔纳、爱伦堡、聂鲁达、波夫斯基、萨多维亚努、法捷耶夫。第一届的获奖者除了宋庆龄之外，还有约里奥·居里。

②　《致宋庆龄》中有这样的诗句："宋庆龄先生，我们敬爱的和平战友，／这金黄的麦穗来自斯大林的国土，／现代戴上了你的衣襟……／这决不是偶然，也决不是偏爱，这是由于人民对你的热爱尊敬。／我们也爱你所保卫的和平，你的斗争不仅是为了你自己的人民，／你的斗争能使全世界人民得到自由、幸福、和平。"

③　诗人郭小川在1957年7月16日的日记中谈到了聂鲁达的情况，"五时多，到艾青家，聂鲁达夫妇和西马多夫妇已在座，还有徐迟、沙鸥夫妇，不久，赵毅敏也到了。聂鲁达是一个很朴实的人，西马多说话不多，因路上疲劳，身体不太好。聂鲁达有一个夫人年七十多岁，比他大二十一岁，去年去世，新结婚这个，四十五岁，嘴很大。"《郭小川全集·9》，广西师范大学出版社2000年版，第139页。

④　岳添主编：《诺贝尔文学奖辞典1901—1992》，敦煌文艺出版社1993年版，第350页。

⑤　苏常：《他一生呼唤智慧、友谊和爱心》，载《聂鲁达自传》，林光译，东方出版中心1993年版，第3页。

⑥　"我与社会主义世界的重要领袖有过的最长一次接触，是在我们访问北京期间。那是在一次庆祝会上，我与毛泽东互相祝酒。他在碰杯时面含笑的眼睛看我，半是亲切半是诙谐地笑得很开朗。他拉着我的手，握的时间比通常长几秒钟。然后，我回到自己的座位上。"《聂鲁达自传》，林光译，东方出版中心1993年版，第386页。

在当时看来只能是政治性的会面，而非诗人之间正常的文学交往。1954年聂鲁达五十寿辰的时候，艾青和萧三等诗人赴智利访问并为聂鲁达祝寿已经不再是单纯的文学交流活动，而是以政治为首要前提的。而20世纪60年代初期，聂鲁达和切·格瓦拉的交往、对古巴人民斗争的支持以及歌颂也影响到了中国对聂鲁达的积极接受与传播。聂鲁达的诗作被后来对中国影响相当大的古巴革命领袖切·格瓦拉谱成歌曲，"在那漫漫夜色，在那黑色大地中／我不感到孤单／我就是人民，难以计数的人民／我的声音里蕴含着／穿透沉寂／在黑暗中萌发的纯洁力量／死亡、酷刑、阴影、寒冰／突然间淹没了种子／人民仿佛也被埋葬／可是玉米重又破土萌发／它那不可遏制的鲜红肩膀／冲破了沉寂／我们从死亡中获得新生。"

可见，在20世纪50年代至70年代末期极端的政治年代里，文学接受与传播不能不带上强烈的政治文化烙印。而在中国对聂鲁达的接受和翻译过程中，聂鲁达的政治身份、其与苏联和中国特殊的政治关系都起到了决定性的作用。

三　聂鲁达"政治诗人"形象的确立

在新中国成立之初的五六十年代，中国对外国诗歌接受大多是出于政治意识形态以及社会主义文艺建设的考虑。从这一点来说，拉美国家反殖民统治、反民族压迫的作品成为重要的译介内容，因而聂鲁达的政治抒情诗被大量的译介就是最为合理的时代需要，而其"政治诗人"形象也在传播过程中得以逐步确立。

20世纪50年代，重要的报刊《诗刊》《人民日报》《文艺报》《译文》《光明日报》《红岩》《延河》等都刊载过聂鲁达的诗歌和诗论，并把聂鲁达看作是伟大的"和平斗士"①。当时《诗刊》的副主编、著名诗人徐迟在中央人民广播电台朗诵聂鲁达的长诗《伐木者，醒来吧!》②。在新中国成立后很长的时间里，强大的政治文化的影响使得聂鲁达被塑造成了民主战士和"政治诗人"形象，"聂鲁达是中国人民的热情的朋友，他

---

① 张孟恢：《光辉的和平斗士——作家爱伦堡》，《世界知识》1953年第2期。

② 不久后中央人民广播电台将朗诵录音制成唱片赠送给聂鲁达。

是智中学会的最热心的创始人之一。许多年以来他一直关怀着中国人民在英明的领袖毛泽东领导下进行的斗争,他的诗篇证明着这一点"①。这一时期对聂鲁达的诗歌翻译、推介文章和著作主要有《让那伐木者醒来》(袁水拍译,新群书店 1950 年版)、《聂鲁达诗文集》(袁水拍译,人民文学出版社 1951 年版)、《流亡者》(邹绿芷,文化工作社 1951 年版)、《葡萄园和风》(邹降等译,上海文艺出版社 1959 年版)、《英雄事业的赞歌》(王央乐译,作家出版社 1961 年版)。而其中著名诗人和翻译家袁水拍②对翻译和推介聂鲁达的诗作、诗论并将其塑造成"政治诗人"起到了重要作用。

袁水拍最早读到聂鲁达的诗《亚尔美里亚》是在 1944 年③,此后陆续读了聂鲁达其他的为数不多的诗作,而袁水拍要翻译聂鲁达诗文其中一个重要的原因就是 1950 年波兰国家剧院颁发"加强和平"斯大林奖金的典礼上他遇到了"全世界和平人民所敬爱的诗人"聂鲁达,另一个重要原因是袁水拍听说聂鲁达要在 1951 年来中国,袁水拍希望借此机会通过出版中译本的诗文集来表达自己对聂鲁达的敬意④。

我国最早的聂鲁达中译本作品集就是由袁水拍翻译、新群书店 1950 年出版的《让那伐木者醒来》。这首流传最广的长诗成为 50 年代中国社会和生活中的有力号角与旗帜,也使聂鲁达在中国读者心目中确立了"政治诗人"和民主战士的形象——"不要登陆 / 中国——腐朽的蒋介石

---

① 孙玮:《一九五三年"加强国际和平"斯大林国际奖金得奖人之一——诗人巴勃罗·聂鲁达》,《世界知识》1954 年第 1 期。

② 袁水拍(1916—1982),原名袁光楣,笔名袁水拍、马凡陀,"水拍"取自梅尧臣诗句"朱旗画舸一百尺,五月长江水拍天"。马凡陀,则来自 Movado,取其谐音吴语"麻烦多"等。抗战胜利后,袁水拍任《新民报》《世界晨报》副刊编辑。新中国成立后到《人民日报》文艺组(后升为文艺部)工作,相继担任组长、副主任、主任等职,并兼任《人民文学》《诗刊》编委。其新中国成立后的诗集主要有《华沙北京维也纳》(人民文学出版社 1953 年版)、《诗四十首》(上海新文艺出版社 1954 年版)、《歌颂与诅咒》(作家出版社 1958 年版)、《煤烟和鸟》(上海新文艺出版社 1959 年版)、《春莺颂》(人民文学出版社 1959 年版)、《政治讽刺诗》(作家出版社上海编辑所 1964 年版),论文集《诗与诗论》(上海云海出版社 1946 年版)、《文艺札记》(北京出版社 1959 年版)、《诗论集》(作家出版社 1958 年版),译著《聂鲁达诗文集》《现代美国诗歌》《伐木者醒来》《马克思主义与诗歌》等。

③ 当时袁水拍是在美国作家编译的《联合国诗选》中读到聂鲁达的《亚尔美里亚》这首诗的。

④ 参见袁水拍《聂鲁达诗文集》(译者后记),人民文学出版社 1951 年版,第 295—296 页。

集团不会在那里——而接待你的将是一座农民的 / 镰刀的森林和一座炸药的火山","但是我爱我的寒冷的小小的祖国 / 即使是它的一枝树根 / 如果我必须死一千次, / 我也要死在那儿, / 如果我必须生一千次, / 我也要生在那儿","给和平予正在到来的黎明 / 给和平予桥,给和平予酒 / 给和平予寻找我的诗句 / 它们在我的血里升起"。

　　1951年人民文学出版社又出版了《聂鲁达诗文集》[①],其中收录的九首诗作[②]全部为政治抒情诗,此外还有四篇聂鲁达的讲演稿[③],其中有两篇是在和平大会上的发言。《聂鲁达诗文集》还附有三篇评介文章,爱伦堡(苏联)的《巴勃罗·聂鲁达》、亚马多(巴西)的《拉丁美洲国家的呼声》和袁水拍的《和平战士——诗人聂鲁达》,其内页有聂鲁达为这个中译本的题词"毛泽东万岁! 人民中国万岁!"另有聂鲁达的照片和作品插图十五幅。综上所述我们会发现袁水拍翻译的这本《聂鲁达诗文集》呈现给中国读者完完全全是一个政治抒情诗人和和平卫士,"斯大林格勒啊,我们不能 / 来到你的岸边,我们离得你太远了—— / 我们墨西哥人,亚拉冈尼亚人, / 我们巴塔冈尼亚人,瓜拉尼人, / 我们乌拉圭人,智利人, / 我们是千百万人民, / 虽然幸亏有我们的兄弟们在, / 但是,母亲之城啊,我们还是没有为你出够力。// 城市啊,火焰中的城市,抵抗吧!直到有一天, / 我们这些沉船的人能够到达你的岸边, / 好像游子归来,我们要亲吻你的城墙。// 斯大林格勒啊,现在依旧没有第二战场, / 可是你是决不屈服的"(《致斯大林格勒的情歌》)。中国读者看到的是聂鲁达和中国人民战斗在一起,和中国的诗人一起歌颂新中国的诞生,痛斥旧时代的苦难,"现在,英雄们不再在 / 这些大地的洞窟里了; / 他们的种子 / 已经长得蓬勃,高大, / 他们分散又重新结合 / 传播到遥远的边疆地带 / 使中国的辽阔广大的 / 沙土原野,光辉灿烂"(《新中国之歌》)。

　　在中国以及在苏联和拉美地区,聂鲁达被塑造为一位爱好和平的政治

---

　　① 袁水拍翻译的《聂鲁达诗文集》当时有三种版本,一为仿宋宣纸线装本,一为精装大开本,一为平装二十四开本。

　　② 分别为《亚尔美里亚》《致斯大林格勒的情歌》《广场上的死者》《逃亡者》《让伐木者醒来吧》《致霍华特·法斯特》《我要》《新中国之歌》《致宋庆龄》。

　　③ 分别为《在普希金一百五十周年庆祝会上的发言》(1949年6月)、《对生命的责任——在墨西哥城全美洲保卫和平大会上的发言》(1949年9月)、《在华沙第二届世界保卫和平大会上的发言》(1950年11月)、《致拉丁美洲的知识分子》。

诗人并表现出对他早期爱情诗歌的否定。捷克作家魏斯柯普夫①在为《聂鲁达诗文集》所作的序言中就认为聂鲁达摆脱了他所属的环境和早期的艺术上的偏见和癖好，转变为拉丁美洲人民的希望卫士，"最后成为一个全世界著名的、被全世界人民所尊敬和爱好的和平与自由的歌唱者"②。巴西作家亚马多也认为尽管聂鲁达曾经描绘过温情、爱情和失恋，描写过自然风光，但现在的聂鲁达是智利的火山和矿工的儿子，"他几年来的诗作，表现了我们这一洲的人民的经常不息的反抗斗争"，"他成为拉丁美洲人民的响亮的呼声。这是愤怒的声音，控诉的声音，也是加强我们的坚定信念的声音"③。

　　1959 年由邹绛翻译、上海文艺出版社出版的《葡萄园和风》包括了《欧洲的葡萄园》《向中国致敬》《波兰》《西班牙》《布拉格谈话》《新世界多么辽阔》《意大利》七首诗作。这些诗作是诗人访问西欧、东欧人民民主国家、中国和苏联之后写下的，描写各国人民保卫和平的斗争。在《葡萄园和风》的内容提要中译者强调从这些气势磅礴、热情洋溢的诗篇中，我们可以清楚地看到和平民主阵营的无比优越性，劳动人民对幸福的热爱，对帝国主义战争狂人的愤怒控诉，以及对人类美好前途的坚强信念④。聂鲁达在这本诗集中对社会主义国家进行了歌颂，其中长诗《向中国致敬》在当时中国诗人和读者中产生了相当广泛的影响。在 20 世纪 50 年代出版的这些诗集中，我们丝毫看不到聂鲁达作为优秀的爱情诗人以及复杂而丰富的诗人的多个层面，似乎聂鲁达生来都在为世界的和平忙碌奔波，或者我们根本无法想象在这些斗志昂扬的诗篇之前，他曾经写过那么多优美的爱情诗篇，曾经有过那样美妙的爱情。而事实上聂鲁达最早是以《二十首情诗和一首绝望的歌》享誉拉美文坛的，但是 20 世纪 50—60 年代的中国诗歌翻译恰恰过滤了他的爱情诗，而给我们留下了一个生命不息、战斗不止的政治诗人的形象。

---

① 曾为捷克斯洛伐克驻华大使。
② ［捷］魏斯柯普夫：《聂鲁达诗文集·中译本序言》，袁水拍译，人民文学出版社 1951 年版，第 3—4 页。
③ ［巴西］亚马多：《拉丁美洲国家的呼声》，《聂鲁达诗文集》，袁水拍译，人民文学出版社 1951 年版，第 277 页。
④ 参见聂鲁达《葡萄园和风》，邹绛译，上海文艺出版社 1959 年版，第 2 页。

结　语

　　在一定程度上聂鲁达确是一个抒写政治的诗人，但是他政治题材的诗歌绝非像中国 20 世纪 50—70 年代主流政治诗歌的抽象说教，单纯是政治口号和运动的传声筒。聂鲁达涉及政治的诗歌首先以尊重诗歌美学的特性为依据，"我比亚当还赤裸裸地去投入生活，但是我的诗却要保持穿戴整齐，这种创作态度是一点也不能打折扣的"①。聂鲁达的诗歌创作将现实主义、象征主义和现代主义诗歌的艺术手法结合起来，在繁复、深邃的呈现中表达诗人的情感，注重意象的创设和语言的锤炼。但在 1949 年到 1980 年这一时期，中国对拉美文学的接受、传播直接受到了强大的政治因素的驱动与影响并直接为政治运动和阶级斗争服务。因此这一时期只有与无产阶级的文学观念和文艺形态相一致的诗人才有可能在单一的接受要求中被传播。在这样的历史语境下，中国对聂鲁达的接受就不能不与政治文化复杂地纠结在一起，聂鲁达也只能以"政治诗人"的形象出现在中国读者的视野中。

参考文献

　　[1]［美］阿尔蒙德·鲍威尔：《比较政治学：体系、过程与政策》，曹沛霖等译，上海译文出版社 1987 年版。

　　[2]［法］阿芒·马特拉：《世界传播与文化霸权》，中央编译出版社 2001 年版。

　　[3]［乌拉圭］爱德华多·加莱亚诺：《拉丁美洲被切开的血管》，王玫等译，人民文学出版社 2001 年版。

　　[4] 陈光孚：《拉丁美洲抒情诗选》，江苏人民出版社 1985 年版。

　　[5] 程光炜：《艾青传》，十月文艺出版社 1999 年版。

　　[6]［德］H. R. 姚斯、R. C. 霍拉勃：《接受美学与接受理论》，周宁、金元浦译，辽宁人民出版社 1987 年版。

　　[7] 金丝燕：《文学接受与文化过滤——中国对法国象征主义诗歌的接受》，中国人民大学出版社 1994 年版。

　　[8] 刘宏彬：《接受美学论》，河南人民出版社 1992 年版。

---

　　①　陈光孚：《轶事·借鉴·风格——关于聂鲁达的创作实践》，载《聂鲁达诗选》，邹降等译，四川人民出版社 1983 年版，第 433 页。

［9］刘小枫编选：《接受美学译文集》，生活·读书·新知三联书店1989年版。

［10］［英］乔治·拉伦：《意识形态与文化身份：现代性和第三世界的在场》，戴从容译，上海教育出版社2005年版。

［11］邵培仁主编：《政治传播学》，江苏人民出版社1990年版。

［12］王向远主编：《中国比较文学论文索引1980—2000》，江西教育出版社2002年版。

［13］王央乐：《拉丁美洲文学》，作家出版社1963年版。

［14］［俄］伊里亚·爱伦堡：《人，岁月，生活》，冯南江译，人民文学出版社1980年版。

［15］赵振江、滕威：《山岩上的肖像：聂鲁达的爱情·诗·革命》，上海人民出版社2004年版。

后　记

　　《理论与文本》作为一本论文集看起来普通，其实蕴含丰富，它是比较文学与世界文学方法与视域上的一个探索性成果。在理论高度与问题意识视域下的不同界面组合与交叉，使比较文学的影响研究与平行研究的边缘范式，转换为了辐射广泛的中心化论题，因此每一篇论文在选题上都显出一定的突破性，对各自研究对象形成了具有冲击力的新阐释。

　　电子信息时代大学被称为没有围墙的学校，不再有绝对的老师与静态的课堂，新型的师生关系是学习伙伴关系。我与学生一直保持着学习与工作伙伴的关系，学生们都是在最美好的青春岁月走进首都师大校园的，我陪伴他们度过几年的求学时光，他们的发奋追求也会成为对我的事业的促进力量。我经常把理想的师生关系比喻为，老师与学生都在爬山，只是老师先爬，各自前面都有高峰，师生形成思想与学术上的呼应与互动乃是最佳状态。成长是学生的主题，其实也是老师的，甚至每个人的终生主题。苏珊·朗格在《情感与形式》中提到四种"生命的逻辑形式"，其中的生长性，我认为是最重要的生命逻辑形式。生命的意义在于生长，生命需要日日更新。我们师生虽然付出的辛劳可能更多，但我们获得了生长与超越，本书就是师生共同经历生长的见证！

　　在当代西方，父母需要赢得儿女的尊重，儿女也需要赢得父母的尊重，这种现代关系，不同于封建关系规定性下的服从型尊重。我们师门师生之间、同学之间，也是靠每个人向上的力量与不断进取的精神，彼此赢得相互的尊重与关爱，这种关系是建设性并富于成果的。

　　《理论与文本》的成功出版，受惠于各方，也是多种见证。它得益于首都师范大学研究生院推出的"博士生导师组项目"，见证了首都师大作为金砖学校谋发展的方略；它得益于文学院的整体学术环境，其完善的研究生学术活动的设置与课题、奖励、出国等激励机制，为学生培养提供了有效的平台。文学院院长马自力教授、副院长洪波教授、副院长张桃洲教授都在富于激情地推进文学院的工作。牛亚君书记对研究生的招生选拔特别敢于担当。冯新华副院长，他是具有博士学位并获国家社科基金的行政副院长，正是其双料领导的眼光，使之提出了富于成效的建议，促成了本书的出版。当然，还有文学院学术委员们的慧眼，本书的出版资助，获得了学术委员会委员们的匿名投票评审通过。

在此，也要特别感谢项目申报表上的导师组成员胡燕春、庄美芝、尹文涓老师，她们与我一样，放弃使用该项目经费，留给学生使用。周以量副教授，甚至不属于项目组成员，但只要有需要，他就参与对博士生面对面的指导。周老师的无私，一直赢得学生们由衷的尊敬。

本书的整理、编辑过程，还凝结了在校学生的辛勤劳动。师生之间配搭做事的传统，一个年级又一个年级地传承下来。李欣、赵孟翰、王长亮、刘禹熙等，是我目前在校学生中的高效工作团队。

最后，诚挚感谢中国人民大学曾艳兵教授、北京师范大学刘洪涛教授对本书的鉴定与给予的称赞；诚挚感谢中国社会科学出版社接受本书的出版以及为本书已经与将要付出的辛勤劳动！

易晓明

2014 年 12 月 17 日于吉晟